박완서
소설전집
결정판

015   미망 ❶

세계사

* 일러두기

〈박완서 소설전집 결정판〉은 국립국어원 맞춤법 규정을 따랐으나,
일부 표현의 경우 작가와 협의하여, 최초 창작 의도에 따라 원문을 유지하였음을 알려드립니다.

기획의 글

 1994년 세계사에서 박완서 전집을 첫 출간한 이래, 2002년 개정판을 거쳐, 2012년 〈박완서 소설전집 결정판〉을 내게 되었다.
 선생님은 데뷔작인 『나목』부터 손수 교정을 봤는데 안타깝게도 암 수술을 받은 후 병석에 눕고 나서는 당신의 글을 직접 다듬지 못했다. 누가 삶의 깊은 뜻을 알 수 있을까! 선생님은 지난해 정월, 갑작스레 세상을 떠나셨고 1주기를 추모하여, 선생님 생전에 기획한 대로 결정판을 출간하게 되었다.
 선생님의 장편소설을 다시 읽고 재평가하는 작업은 큰 산맥을 종주하는 듯 방대했다. 힘들고 지루했지만 '박완서 문학'의 폭과 깊이, 그리고 한국문학의 미래를 향한 가능성을 확인한 축복의 시간이었다.
 선생님 작품의 넓고 깊음은 한 단어로 말하기 힘들다.

한국전쟁으로 텅 비고 황폐한 도시 속에서도 '물이 차오르듯 삶의 희망'을 찾아내던 선생님은, '사람 사는 모습'을 깊은 관심을 갖고 바라보았고 사회 변화에도 민감했다. 작품 활동을 시작한 이래 조금도 쉼 없이 많은 글을 쓰실 만큼 현상을 분석하는 데 탁월했다. 그만큼 소재에 제한이 없었다. 본인이 직접 겪어내신 한국전쟁뿐 아니라, 구한말부터 일제 강점기까지의 경제와 풍속, 체제 변화 속 개인의 혼란, 가부장제와 여권운동의 충돌과 허상, 중산층의 허위의식과 계층 분화 등 기존 작가들이 다루지 못했던 사회상을 문학 속으로 끌어들이는 데 앞장섰다. 선생님의 작품은 진실을 천착하는 집요한 작가 정신, 모든 구속과 드러나지 않는 음모와 싸우는 자유의 기운이 구석구석 흐르고 있어, 시대의 징후를 읽어내는 소설문학 고유의 양보할 수 없는 미덕을 넘치게 갖추고 있다.

첫 출간 때와 달리 각 초판본에 실린 서문이나 후기를 그대로 옮겨 실은 것은 작품을 쓸 당시 선생님의 생생한 육성을 듣기 위한 것이었다. 그 글을 쓴 시대와 작가의 심상이 느껴지는 짧은 글은 '박완서 문학'의 역사를 담고 있다. 덧붙인 평론들은 작품의 새로운 의미와 생명력을 불어넣어 준다.

'박완서 문학'은 언어의 보물창고다. 파내고 파내어도 늘 샘솟는 듯 살아 있는 이야기와, 예스러우면서도 더 이상 적절할 수 없는 세련된 표현으로 모국어의 진경을 펼쳐 보였다. 재미있는 글과 활달한 언어가 주는 힘은 우리들을 뜨겁게 매료시켰으며, 이는 아름다운 문학의 풍경을 만들어냈다. 40년 내내 여러 계층의 독자들에게 사랑받았고 말년까지도 긴장감과 유머를 잃지 않았던 선생님은 문학의 이름으로 길이 살아계실 이 시대의 스승이고 표양이다.

'재미와 뼈대가 함께 담긴 소설'을 쓰는 것이 선생님의 평생 과업이었다. 다가오는 세대들에게 글 쓰는 이의 외로움과, 그보다 더한 사랑을 온전히 물려주고 떠난 준엄함과 따뜻함은, 그대로 문학하는 이들의 상징이 되었다. 선생님에 대한 그리움으로 기획의 글을 대신한다.

2012년 1월
〈박완서 소설전집 결정판〉 기획위원
권명아 · 이경호 · 호원숙 · 홍기돈

작가의 말

 지척에 둔 고향 땅(개성)을 이 세상 끝보다도 더 멀게 느끼면서 살아온 지도 어언 40년째가 된다. 도저히 어째볼 수 없다는 무력감, 풀 길 없는 분노 때문이었을까, 내가 만들어낸 인물들만이라도 그 그리운 산하를 거침없이 누비며 운명과 싸워 흥하고 망하고 울고 웃게 하고 싶다는 건 내 오랜 작가적 소망이자 내 나름의 귀향의 방법이었다. 그러나 속으로 벼르고 벼른 푼수로는 구체적, 세부적인 계획 없이 〈문학사상〉지에 덜커덕 연재 먼저 시작해놓고 본 것은 당시의 이어령 주간의 강권에 힘입은 바가 컸다.
 지금은 어떤지 알 길이 없지만 개성·개풍지방 일대는 조선시대부터 분단 직전까지 오랜 동안 인삼 고장과 상업의 중심지로 독자적인 번영과 독특한 문화를 누려왔었다. 따라서 삼포와 장사 얘기를 빼고는 도저히 개성인의 전형을 만들어낼 수가 없다. 개성에 살면서 그 두 가지를 외면하고 산 별종을 그릴 바에야 구태여 개성 땅을 무대로 할 필요가 없어지고 만다. 그런데 우리 집안은 몇 대째 개성 근교에 살면서 인삼농사도 장사도 하지 않고 오로지 벼슬에만 연연해온 좀 치사한 별종의 집안이었다. 내가 여지껏 써온 소설의 대부분은 나의 직접적인 체험이나 가족들을 통한 간접적인 경험 또는 내 핏속에 누적되어 거의 기질화된 조상들의 경험을 바탕으로 했기 때문에 쉽게 내 이야기를 만들 수가 있었는데, 이 소설을 쓰면서는 그게 부족한 게 가장 고통스러웠다. 자료나 이야깃거리를 아무리 많이 모아들여도 내가 작중인물화하지 않고는 써지지 않는 나의 작법이자 한계는 회를 거듭할수록 요지부동 나를 괴롭혔다. 내가 살아보지 않은 시대, 19세기 말경을 쓸 때는 인물들이 작가가 여실히 그려 보일 수 없는 장소에선 도무지 살아 움직여주지를 않아 애를 먹다가, 시대가 내 어머니 세대가 증언할 수 있는 20세기 초로 접어들면서 그런 경색증이 조금은 부드러워지고, 내 기억이 미치는 30, 40년대 경을 쓸 땐 좀 더 편해지던 것도 내가 이 소설을 써가면서 깨닫게 된 여간해서는 극복될 성싶지 않은 내 역량의 한계라 하겠다.

분량이 내가 지금까지 발표해온 장편 중 제일 길고, 또 최초로 내가 살아보지 않은 시대 이야기에 도전해본 작품이라 이렇게 내 딴엔 여간 힘들지 않았다. 도중에 몇 번이나 중단을 생각하기도 했었고, 정말 몇 달씩 쉬기도 했었다. 그래 그랬던지 어렵사리 끝내고 나선 시원섭섭한 중에 대견한 마음도 없지 않더니 교정을 보느라 다시 읽으면서 그만 맥이 빠지고 말았다. 나는 그냥 내 한계 안에 있었던 것이다. 인삼 농사와 상업을 겸한 개성인 이야기를 하려니 어쩔 수 없이 가진 자들이 중심인물이 되었고, 가진 자나 배운 자가 자신의 기득권에 연연하면서 일제에 저항한 흔적은 오늘의 어려운 현실을 사는 소위 양심적인 중산층의 최소한의 고민과 거진 같아지고 말았다. 결국은 또 내 얘기를 하고 만 것 같아 낭패스럽지만, 오늘에도 유효한 중산층적인 삶의 태도에 대한 내 나름의 반성이 아니었을까 자위해본다.

여기 나오는 몇몇 집안 얘기는 거의가 다 돌아가신 어머니와 숙부 숙모로부터 전해들은 고향마을에 떠돌던 여러 집안 소문에서 간추린 것들이나, 그냥 재미있는 이야깃거리에 지나지 않는 것들 중에서 쓸 만한 것을 골라내어 시대에 맞게 실로 꿸 수 있는 근거를 마련하기까지는 동향의 웃어른인 박성규 옹에게 힘입은 바가 크다. 그 어른은 소장하고 있던 풍부한 자료, 귀한 사진들을 아낌없이 내주셨을 뿐 아니라, 놀라운 기억력으로 지금은 답사할 수 없는 고장의 모습들을 여실히 들려주시곤 하셨다. 깊은 감사를 드리며 오래 건강하시길 빈다.

이 소설을 탈고하자마자 여지껏 내 이야기의 풍부한 원천이었으며 또한 가장 신랄한 비판자였던 어머니를 여읜 것도 통한으로 남는다. 어머니, 어머니 보기엔 비록 초라한 이야기책이오나 삼가 영전에 바치오니 어여삐 여기소서.

정정 5년 동안이나 귀한 지면을 내주었고, 힘들고 좌절하여 쉬는 동안도 기다려주었을 뿐 아니라 책으로 묶는 수고까지 도맡아준 문학사상사 여러분도 그 일을 일단락 지었으니 좀 시원해졌으면 좋겠다.

1990년

박완서

* 1990년, 문학사상사에서 출간된 『미망』 초판 작가 서문

| 차례 |

1권	기획의 글	⋯ 005
	작가의 말	⋯ 008
	1 전씨가의 사람들	⋯ 015
	2 동해랑의 낙조	⋯ 103
	3 묵은 것과 새로운 것	⋯ 251
2권	4 풍운 속의 화촉	⋯ 007
	5 어머니의 아들	⋯ 245
	6 풍진세상	⋯ 356
3권	7 적선정 나으리 댁 사람들	⋯ 007
	8 아들딸의 시대	⋯ 154
	9 인삼장의 연회	⋯ 283
	종장	⋯ 410
	해설	⋯ 431
	작가 연보	⋯ 449

1

전씨가의 사람들

고려가 망한 지 근 5백 년, 고려의 옛 서울 개성은 왕도의 영화는 비록 만월대의 추초秋草처럼 속절없이 되었을망정 또 다른 번영을 누리고 있었다. 조선 팔도를 고루 누비며 5리의 이문을 위해 10리 쫓기를 마다않는 보부상들뿐 아니라 상업의 요지마다 자리 잡고 그 일대 물산의 유통을 원활하게 하여 때로는 담대한 매점으로 거액의 이윤을 노리는 소위 송방들의 돈과 물자의 모든 길은 개성으로 통한다 해도 과언이 아니었다.

그러나 이름난 거부, 거상들의 전廛과 도가都家와 본가가 있는 개성의 중심 상가는 겉보기는 서울의 종가鍾街나 이현梨峴의 흥청거림에 훨씬 못 미치는 차분하고 조촐한 것이었다. 막대한 물자는 동업자끼리의 계 조직인 도가 창고에 보관돼 있었고, 큰 거래는 거의 거상들의 사랑방에서 어음으로 이루어졌다.

　실속을 중하게 여기고 외화 치레를 가벼이 여기는 개성 사람다움은 그들의 집 꾸밈에도 여실히 드러났다. 당대에 수만금을 모은 것으로 소문난 거상 전처만田處萬 영감의 집 역시 그러하였다. 북부 동해랑에 있는 그의 집 사랑채는 윗사랑 아랫사랑 행랑채의 규모를 고루 갖춘 것이었으나 야트막하고 지붕은 이엉을 인 초가였다. 큰사랑엔 본디 여섯 자가 넘는 큰 돈궤가 놓여 있었으나 근래엔 보이지 않았다. 소문엔 궤 안에 가득한 은전의 무게를 견디지 못하여 방고래가 내려앉아 사랑채에 딸린 곳간으로 옮겼다고 하지만 사실 여부는 영감의 마누라도 모르는 일이었다.

　원산에서 급히 당도한 차인(差人: 남의 상점에서 시중드는 사람을 말하나 여기서는 큰 장사꾼이 지방에 파견한, 현대의 지점장에 해당하는 고용인. 개성에서는 이 차인 제도가 발달해서 큰 상인들은 조선 팔도에 차인을 파견하지 않은 데가 없었다) 최 서방은 그의 긴한 용건을 전처만이 조금도 비위가 당겨하지 않는 데 몹시 낙담을 하고 있었다. 전처만 영감의 수십 명 차인 중 가장 영감의 신임이 두터울 뿐 아니라 돈과 산물의 흐름을 손금처럼 빤히 들여다보며 어디다는 보를 막고, 어디다는 물꼬를 터야 한다는 계책의 비범함이 그 신임에 합당하다는 본인의 자부심 또한 만만치 않은지라 최 서방은 낭패스럽다 못해 분노를 누르기 어려웠다. 땅 짚고 헤엄치기처럼 쉬운 돈벌이를 아무런 그럴 만한 까닭 없이 다만 내키지 않는다는 이유로 거절을 하다니. 최 서방의 용건인즉, 삼남 지방의 작년 목화 농사가 대흉이니

올해 함경도 지방의 목면을 매점했다 풀면 크게 이문을 남길 것 같다는 얘기였다. 틀림없는 장사였고 빠를수록 좋았다. 최 서방이 큰돈 먹을 만한 정보를 물어들인 게 이번이 한두 번째도 아니었다. 이번 일보다 훨씬 잇속의 전망이 약한 일에도 최 서방의 말이라면 꼬치꼬치 따지지 않고 큰돈을 선뜻 대던 전처만이었다. 최 서방이 개똥을 매점하래도 두말없이 돈을 댈 전 영감이라느니 개똥을 매점해도 아마 세 곱의 이문을 남길 최 서방이라느니 하는 소문이 개성의 난다 긴다 하는 도거리 장사꾼(매점매석에 능한 상인)들 사이에 파다한 것만 봐도 두 사람의 관계와 최 서방의 사람됨을 알 만했다. 최 서방의 분노는 배신감과도 같은 것이었다. 홧김에 시변이라도 얻어서 혼자 장사를 해볼까도 싶었지만 전처만이 내키지 않아 하는 일에 대한 막연한 불안감 또한 어쩔 수가 없었다. 전처만 밑에서 잔뼈가 굵어 오늘날까지 전적으로 그의 신임에 힘입었던 최 서방인지라 그의 그늘을 떠난다는 생각은 실상 일시적인 오기에 불과했다.

"한증이나 한탕하고 집에 들러 묵은 회포를 풀고 가면 이번 길이 말짱 허행은 아니잖는가."

최 서방의 이런 편안치 못한 심사를 헤아리지 못할 전처만이 아니건만 짐짓 딴청을 부려 다둑거리려 든다. 한증 소리에 최 서방은 문득 노독에 찌든 발 고린내에 신경을 쓰면서도 처음으로 안색을 폈다.

"한증 좋습죠. 타관에서 제일 그리운 건 여편네보다도 한증이니까요. 집에 안 들르고 가면 모를까 들르려면 한증부터 해야겠습죠."

"자네 말 켯속이 수상하게 돌아가는구먼. 그게 어드렇게 여편네보다 한증이 더 그리운 게 되나. 원 사람두……."

전 영감이 맺고 끊는 듯한 태도를 누그러뜨리고 허튼소리를 하려 들자 최 서방은 다시 한증이나 여편네 생각보다는 큰 돈벌이 생각이 굴뚝 같아져서 또 한 번 빌붙어보고 싶어진다.

"주인어른, 한 번만 다시 생각해보십시다요. 어차피 송상이 먹을 건데 뻔히 보고 놓치기가 여간 아쉽지 않습니다요" 하면서 보꾹을 쳐다본다.

"도고(都庫:물건을 도거리로 혼자서 파는 것)해서 이문 먹는 걸 누가 모르나."

"그런데 뭘 그렇게 망설이시니까?"

"세월이 하 수상해서……."

전처만 영감이 말끝을 흐린다.

"원 주인어른답지도 않게 그런 말씀이 어디에 있시니까? 세월 시끄러울 때를 요리조리 잘 타 돈 버는 게 장사하는 재미 아닙니까요? 서울 양반님네들 즈이끼리 실컷 쩔고 까불고 시끄러우라죠. 암요. 그 틈바구니에서 우린 돈을 벌자 이 말씀 아닙니까요. 고래 싸움에 새우등 터지는 게 아니라 한심한 양반님네들 싸움에 송상은 더욱더 치부를 하자 이 말씀이야."

최 서방은 신바람이 나서 목소리에 열기가 올랐다. 열렬하건 싸늘하건 간에, 무의식적이든 의식적이든 간에 개성상인들의 이씨왕조에 대한 반골 정신은 한결같았다. 최영 장군의 사당을 덕물산에 모시고 이태에 한 번씩 질탕한 도당굿을 올려 억울한 원혼을 위로하며,

억울한 원혼에게야말로 길흉화복을 내다보고 자유자재로 할 수 있는 신통력이 있다고 믿는 그들의 마음속엔 이성계의 위화도 회군을 미워하고 이씨조선을 능멸하는 마음이 가득했다. 그들의 조상은 그 한심한 조정에 벼슬하느니 차라리 마음 독하게 먹고, 선비들이 얕보는 장사꾼이 되어 돈을 벌기로 작정했다. 당초의 순수하고 독한 마음은 수없는 대를 거치면서 더러 흐려지기도 하고 약해지기도 하고, 사람 속의 어둡고 깊은 골짜기에 숨어 있기도 했을망정 면면히 이어져 오고 있었다. 그래서 그들은 서울 사람들이 입쌀이라고 부르는 백미를 이쌀이라고 해서 안 부르고 왕쌀이라고 하기를 좋아했다. 이씨왕조가 골육상잔을 하건, 당파 싸움을 하건 강 너머 불처럼 구경하면서 그 허술한 틈바구니를 요령껏 뚫고 돈벌이에 날로 이골이 났다. 보부상과 개성상인 특유의 차인은 방방곡곡에 퍼져 교류함으로써 당시로선 가장 빠른 정보 전달의 역할도 했다. 고로 나라 살림이 기울고, 나라 기운이 하루하루 쇠잔해간다는 걸 서울사람보다 먼저 알았지만, 나라의 위기 중에서도 돈벌이가 되는 절호의 기회만을 날래게 포착하고 나면 나머지는 구경거리에 불과했다. 덕 없이 세운 나라, 골육상잔의 피로 세운 나라가 그러면 그렇지, 그들은 악의 씨가 어떤 줄기를 뻗으며 어떤 꽃을 피우고 어떤 열매를 맺나 흥미진진하게 지켜보면서 그 영검함에 경악하는 싸늘한 방관자로 일관했다.

  전처만의 나라 형편에 대한 생각도 기본적으로는 이와 크게 다르지는 않았지만 보는 시각이 좀 달랐다. 그는 남달리 나라 밖에서 제 나라를 바라본 경험이 풍부했다. 그가 한창때 큰 재산을 모은 건 인삼이나 짐승 가죽을 도고하여 청국과 밀무역을 했기 때문인데 직접 북경까지 가본 적도 여러 번 있었다. 정치 같은 것과는 전혀 상관없는 고달프고 위험하고 잇속에 눈이 벌건 먼길이었지만 남의 나라의 격변기는 남의 일 같지 않게 그의 피부에 사정없이 와 부딪혔고, 그런 경험은 나라 안에서 잇속만을 추구하는 동업자들과는 색다른 현실감각을 일깨워주었던 것이다. 그렇다고 해서 잇속보다는 나라 근심을 더했던 것은 아니지만 이번에 이조가 망한다는 것은 또 한 번 왕의 성이 바뀌는 단순한 왕조의 흥망과는 다른 양상이 되리라는 고약한 예감이 그의 상업 의욕을 위축시키고 있다.

"정말 안 되겠시니까? 주인어른."

최 서방이 아직도 한 가닥의 미련을 못 버리고 본론으로 돌아가려고 했다.

"그럼, 내가 우정 그러겠나?"

전처만의 주름 사이로 수심이 어렸다. 최 서방은 속으로 영감도 이제 많이 늙었다고 생각하면서 더 이상 조르지 않기로 한다. 그냥 일어나기도 뭣해서 그가 돌아다니며 본 것 중에서 신기한 것을 하나 얘기해서 가벼운 웃음거리로 삼아보려 든다.

"이번 길에 서울에서 하루 묵었는데 거기서 글쎄 말로만 듣던 양인을 구경하지 않았겠시니까? 양인이 지나가자 사람들이 백절치니같이 모여들어 구경을 하는데 정말 눈이 움푹하니 새파랗고 머리칼은 옥수수 쉬엄 말라붙은 것 같은데 꼬리가 달린 것 같지 않던뎁쇼. 벗겨보진 못했지만 바지가 넣고 꿰맨 것처럼 꽉 껴서 푼더분한 데라곤 없으니 어드메 어드렇게 꼬리를 사려두었겠시니까?"

"자넨 그럼 양인들이 미개해서 아직도 꼬리가 남아 있단 소릴 믿나?"

"아무 데서나 흘레를 붙는다니 짐승과 다를 바가 뭐 있시니까?"

"이제 그만 가보게나. 한증하는 거 잊어뿌리지 말고. 그리고설라므네……."

"그리고설라므네 어찌하랍쇼?"

"아, 아닐세. 그 다음은 자네가 알아서 할 일이지 날더러 물어? 멀쩡한 사람 같으니라구."

최 서방이 물러간 다음에도 전처만은 한동안 멍하니 보꾹만 쳐다보고 앉아 있었다. 그도 양인을 본 적이 있었다. 이 땅의 여기저기서 양인 구경했단 소리가 돌기 몇 해 전 북경에서 양인을 본 적이 있었다. 그것도 사람들이 아무 데서나 흘레붙는다고 질겁을 하는, 끌어안고 입 맞추는 장면을 직접 본 것이었다. 말이 끄는 바퀴 달린 가마 같은 데서 바지 입은 남자 양인이 먼저 내리더니 그 안의 여자를 부축해 내려주는가 했더니 꽉 끌어안고 볼을 부비고 입을 맞추는 것이었다. 넣고 꿰맨 것처럼 팔때기 모양이 그대로 드러난 하얀 옷을 입은 여자의 팔도 남자의 모가지를 꽉 끌어안고 놓아주지 않았다.

"저, 저, 짐승만도 못한 오랑캐를 봤나. 정말 길바닥에서 흘레를 붙으려는 거 아닌감."

동행은 제풀에 벌겋게 달아오른 얼굴로 이렇게 호령을 하고 도망을 쳤지만 전처만은 알 수 없는 힘에 이끌려 꼼짝을 못 하고 지켜보았다. 양인 남자가 양인 여자를 길에 내려놓았다. 그 두 사람의 얼굴이 왜 그렇게 환하고 눈부셔 보였는지, 전처만은 지금까지도 그걸 이해할 수가 없었다. 두 사람의 얼굴은 그가 한 번도 경험해보지 못한 순수한 기쁨으로 아침햇살 속에 갓 피어난 커다란 꽃송이처럼 빛나고 있었다. 이상도 하지, 양인들은 저런 얼굴로 흘레를 붙는 걸까. 양인 여자는 양인 남자에 비해 키가 작달막했다. 머리칼이 둘 다 명주실 다발 같은 미색이어서 나이를 짐작할 수는 없었지만 어쩌면 부부가 아니라 부녀간인지도 모른단 생각이 들었다. 흘레까지는 안 갔더라도 부녀간에 볼을 부비고 입술을 서로 댄다는 것도 해괴망측한 일이긴 하지만 더욱 해괴한 것은 전처만 자신의 눈이었다. 그는 그들의 모습이 보기 싫지가 않았다. 보기 싫기는커녕 생전 처음 맛보는 설레는 황홀감을 경험했다고 해도 지나친 말이 아니었다. 그의 설렘 속엔 전혀 음탕함이나 정욕의 낌새 같은 게 없는 것도 신기했다. 구체적인 성욕이라는 걸 느끼기 전 소년 시절 깜짝 놀라게 아름다운 노을이나 꽃을 보고 느낀 설렘과도 닮은 순수한 것이었다. 지금도 그 광경을 생각하면 마음이 설렌다. 그는 괜히 한 번 큰 소리로 허튼 기침을 두어 번 했다. 그리고 반듯하게 의관을 정제했다. 갓 그늘이 그의 깐깐한 이마에 살짝 우수를 더했다. 섬돌로 내려선 그는 굽 높은 나막신을 신었다. 나막신은 그가 집 안에서만 신는 신이었다. 밖에 볼일이 있는 것은 아닌 모양이었다. 그렇다고 안에 긴한 볼일이 있는 것도 아닌 듯 중문 밖에서 머뭇거렸다.

중문을 지나면 고래등 같은 기와집이 높이 솟아 있고 마당의 꾸밈이 운치스러워 볼 만했다. 아무리 게딱지 같아도 방과 부엌과 뒷간은 갖추어야 집 구실을 하듯이 개성 집이라면 거기에다 화초석이라는 화초 놓는 긴돌을 하나 덧붙여야 비로소 집이 된다. 전처만의 집쯤 되면 세 층이나 되는 화초석에다 연못과 귀한 관상목을 고루 갖춘 풍치 있는 마당이 조금도 분수에 어긋나는 게 아니었다.

드높은 안채 역시 골고루 정결하고 반들반들했지만 기가 질리게 으리으리하지는 않았다. 그도 그럴 것이 조촐하고 꼭 필요한 세간이 안식구들의 손때로 그렇게 윤이 나는 것이지 부자 티가 나게 값비싼 세간이 있는 것은 아니었다. 층항아리가 층층이 놓인 3층 찬장이나 마루나 기둥이 한결같이 얼굴이 비치게 반들대는 걸 보면 으리으리하기는커녕 문득 청승맞다 싶은 적막감에 사로잡힐 때가 있었다. 안식구는 전처만의 마누라 홍 씨와 행랑것들이 머릿방 아씨라 부르는 혼자된 며느리와 손녀 태임이까지 모두 세 식구였다. 살림은 주로 홍 씨가 했다. 시어머니가 아랫것들과 마찬가지로 도랑치마를 휘두르며 온종일 부지런하게 안팎살림을 건사하는 것을 며느리는 손끝 하나 까딱 안 하고 태연히 지켜보았다. 속 모르는 사람은 홍 씨더러 극성 좀 작작 떨고 이제 그만 며느리한테 곳간 열쇠 내주라고들 하지만 홍 씨의 살림주장엔 순전히 일복만 따랐지, 남들이 생각하는 것처럼 물욕과 상관있는 실속이 있는 건 아니었다. 곳간 열쇠는 영감이 쥐고 있었고 하다못해 바늘 한 쌈까지 영감이 사들였다. 설이 돌아오면 세간 난 아들들과 전에 거느리고 있는 사환이나 서사들의 망건을 공단으로 새로 꾸미는 일까지 홍 씨의 몫이 되는데 그게 여간 까다로운 일이 아니었다. 망건을 꾸밀 수 있도록 조각조각 마름질해 파는 검은 공단은 올을 다투게 얕얕해서 까딱 잘못하면 못쓰게 되는 수가 있었다. 그러나 영감은 그 잘난 공단 조각 하나도 여벌로 더 들여보내는 일이 없어 한두 개 더 얻으려면 곱지 않은 눈총과 못마땅해하는 헛기침 소리를 들어야만 했다. 지금은 둘째 아들에게 넘겨주었지만, 그의 청포전 도가에 중국의 금단과 토산의 명주와 마포, 저포가 길길이 쌓여 있을 때나, 돈궤의 무게로 구들장이 내려앉았다는 소문이 자자한 지금이나 전처만의 홍 씨에 대한 반지빠름은 한결같았다. 그렇다고 홍 씨가 그걸 원망스럽게 생각하는 것도 아니었다. 풍족하게 타고난 일복을 홍 씨는 매우 만족스럽게 여기고 있었고, 날로 일복이 불어나는 것으로써 살림이 불어나는 것을 대강 계량하는 재주가 남달라 호의호식 안 하고도 제법 당당하게 부자티 낼 줄도 알았다. 홍 씨에게 걱정이 있다면 허구한 날 손끝 하나 까딱 안 하고 그림처럼 머릿방을 지키고 있는 청상과부, 며느리 때문이었다. 홍 씨가 손녀 태임이하고 거처하는 안방과 머릿방 사이는 네 칸 큰 마루를 격해 있건만 홍 씨는 잠잘 때나 바느질할 때나 부엌일 건사할 때나 쉴 새 없이 머릿방 정적 속에서 한숨 소리, 옷깃 스치는 소리를 가려내려고 신경을 곤두세우고 살았다. 그 일에 스스로 지치기도 하고 말벗도 그리울 때면 홍 씨는 넌지시 며느리를 안방으로 부르기도 했다. 빚어놓은 것처럼 단아하고 무표정한 며느리는 이런 호출에 순순히 응했지만 홍 씨는 왠지 허수아비를 상대하는 것처럼 허전해서 괜히 말만 많아졌다.

"내 솜씬 네가 물려받아야지 아까워서 어드렇거는? 죽어도 손은 남기고 가라고들 하지만 손 두고 가는 게 별거냐. 맏며느리한테 물려주는 거지. 나도 이제 옛날 같지 않다. 누우면 삭신이 안 쑤시는 데가 읎어야."

이러면서 바느질거리를 펴놓고 더 열심히 주절대게 마련이다.

"느이 시아버님은 솜을 조금이라도 두둑하게 두면 안 입으신단다. 그저 두는 둥 마는 둥 백지장처럼 펴두어야지. 솜 둘 때는 솔기에다 살짝 풀칠을 해서 솜을 눌러줘야 한다. 삼팔에 명주 안 받친 두루막은 고약해서 그렇게 안 하면 솜이 아래로 처지거든. 젊어서 한창 난봉 필 때도 무명옷만 입으시던 양반이, 기껏 모양낸다는 게 반주班紬 두루막이 고작이더니, 요즈음 삼팔이나 명주를 부쩍 받치시는 걸 보면 그 극성맞은 양반도 늙으셨는지, 돈이 누룩머리를 앓는지……. 애야 바늘귀 좀 꿰주련?"

며느리한테 들으라고 하는 소린지 혼잣말인지 주절주절 주절대며 삼팔두루막을 꾸미고 있던 홍 씨가 허리를 펴면서 시종 말없이 앉아 있는 며느리에게 바늘과 실패를 내밀었다. 한쪽 무릎을 세우고 꼼짝 않고 앉아 있던 며느리가 마지못해 그걸 받으려고 하자 "할머니 제가……" 하면서 태임이가 얼른 가로챘다. 할머니 바늘귀 꿰는 건 늘 태임이 소임이었고 태임인 그 밖에도 눈썰미가 있어 할머니 옆에서 조각보도 모으고 토시 같은 것도 곧잘 만들 줄 알았다. 아까부터 며느리에 대해 속으로 단단히 벼르고 생각한 바가 있는 홍 씨인지라 바늘귀도 못 꿰게 한 게 못내 서운해서 바늘 대신 자신의 열 손가락을 있는 대로 곧추세워서 며느리 앞에 들이대면서 푸념을 하기 시작한다.
 "이 손끝 좀 보렴. 험하기가 꼭 다박솔 같잖는? 가려운 델 긁어도 시원하단 못해 핏줄이 서게 생겼으니 삼팔 바느질이 아랑곳이냐. 만지기가 무섭게 보푸래기가 일어나니 어드렇거는? 내 몸도 예전 같지 않다. 느이 시아버님은 내가 천년만년 무쇠인 줄 아시지만 속은 곯고 삭아 삭신이 안 쑤시는 데가 있는 줄 아는? 여북해야 해마다 정이월이면 빨아 만져 바느질까지 해서 집어넣어 놔야 직성이 풀리던 겨울 바느질을 이제야 주물럭대고 앉았겠는?"
 방 안이 훗훗하고 마당에 만개한 영산홍이 창호지를 은은한 노을빛으로 물들이고 있었다. 잠자코 듣고만 있는 머릿방 아씨의 숨결도 훗훗했고 무릎 위에 사뿐히 깍지 낀 손가락은 뱅어처럼 유연하고 매끄러워 보였다. 그러나 콧날이 서고 입가가 오밀조밀하고 목이 상큼한 얼굴엔 차가울 것 같은 느낌 외엔 표정이라곤 없었다. 차가울 것 같은 느낌도 표정이라기보다는 만지면 차가울 것 같다는 일종의 질감이었다.
 "언년네한테 시키세요."
 며느리가 처음으로 입을 열어 짤막하게 한마디 했다. 나직하고 감정이 섞이지 않은 목소리였다.
 "느이 시아버님이 그 언년네가 바느질한 옷을 입으실 성싶는? 어림 반 푼어치도 읎어야. 어드렇게 그렇게 내 솜씨 하나는 잘 알아보시는지. 이년의 팔자가 타고난 영감복은 그것밖에 읎다니까."
 그리고 나서 홍 씨는 속으로 아차 했다. 청상과부 며느리 앞에서 늙은 게 금실 자랑을 한 것 같아서였다. 며느리를 처음부터 잘못 길들인 것도 홍 씨의 이런 자격지심과 관계가 있었다.

 맏아들의 병은 보신만 잘하면 나을 수 있는 부족증이라고 했지만 인삼 녹용에 살모사를 끼니처럼 대놓고 보신을 해도 병은 하루하루 골수에 사무쳐갔다. 부족증엔 부부 합방을 가장 금기로 쳐 결혼한 부부도 갈라놓는 걸 약보다 우선하는 게 마땅하거늘 씨라도 받을 욕심에 장가를 들였으니 처음부터 며느리를 상전으로 받들 수밖에 없었다. 용케 씨는 받은 줄 알았더니 낳고 보니 딸이어서 허탕을 치고 명 재촉만 한 셈이었다. 한 번만 더 씨를 받을 수 있게 해줍시사고 천지신명께 간절히 빈 보람도 없이 맏이는 태임이 돌 안에 부모를 앞서가고 말았다.

 제 팔자가 사나워서 과부가 됐다며 속상할 때는 더러 구박도 할 수 있으련만 이건 번연히 과부 만들 줄 알고 데려온 며느리니 늘 떳떳지가 못해 눈치보고 상전처럼 떠받들던 게 아주 굳어버렸으니 이제 와서 버릇 좀 고쳐봐야겠다고 아무리 별러봤댔자 말짱 허사였다. 지금도 며느리한테 바늘귀 하나 못 꿰게 한 주제에 주책없이 주절댄 말이 행여 며느리의 울적한 심사를 건드렸을까 싶어 주섬주섬 주워 담기에 바빴다.

 "느이 시아버님이 나한테 못할 노릇 한 건 말도 말아라야. 나처럼 서러운 세상 산 여편네도 드물다. 그 양반이 스물넷, 내가 열아홉에 혼인을 했으니 서로 과년했구, 난 머리꼬랭이가 어찌나 남부끄럽던지 어드렇거든지 그저 쪽만이라도 찌고 싶었으니까 신랑이 가난한 건 안중에도 읎더라. 우리 친정 역시 촌에서 근근이 살았으니까. 나 들어오고 이 집 참 무섭게 불어났지. 불 일어나듯 했으니까. 처음 시집왔을 땐 시접골 김 부자네 서사로 있던 어른이 김 부자 마음에 들어서 의주에 차인으로 나가 계시면서 참 김 부자네 돈도 많이 벌어주고, 당신도 엄청 버셨지. 워낙 통이 큰 어른이라 조선 팔도 돈을 긁어모은 것만 가지곤 성이 차지 않아 대국하고도 장사를 하셨으니까. 홍삼이나 수달피 같은 걸 이 땅엔 씨가 마르게 긁어모아 대국 상인한테 팔면 부르는 게 값이라 다섯 곱, 열 곱 장사가 된다더라. 당신이 몸소 북경까지 가보신 적도 있지. 배 타고도 가고, 의주로 해서 강 건너도 가고, 돈 버는 일이라면 만 리 길도 남 백 리 길보다 우습게 아는 양반이니까. 그러면 뭘하는? 집엔 1년에 한 번 설에나 다니러 오시는걸. 딴 집 차인들은 추석에도 다니러 오고 딴 핑계로도 집에 들르곤 하더라만 그 양반은 실수로도 그런 일이 읎지 뭐냐. 그 지방에 소실을 두셨으니까 정분은 거기 두고 본가엔 그저 도리만 다하신 것뿐이지. 그 양반이 도리를 저바리지 않아 그래도 아들 셋은 두었다만 생각하면 억울한 세상 살았지. 태임 애비도 10월 생일이지만 둘째 애, 셋째 애가 왜 다같이 10월 생일인 줄 알겠는? 다 설에 생긴 자식이니까. 더 낳고 싶어도 하늘을 봐야 별을 따지.”

며느리는 한마디도 대꾸를 안 했고, 으레 그러려니 며느리의 말 수 없음에 이제 이골이 난 홍 씨는 대꾸 같은 건 기대도 안 하고 그렇게 주절대는 거였다. 홍 씨는 자기의 신세타령이 며느리에게 위로가 된다는 걸 한 번도 의심해본 적이 없었다. 그러나 홍 씨가 눈치가 없어서 그렇지, 며느리의 긴 눈꼬리가 상큼하게 곤두서면서 표정 없는 얼굴에 서릿발 같은 냉기가 돌았다. 며느리는 홍 씨가 아들을 셋 낳은 걸 마치 영감님과 생전 잠자리를 세 번밖에 같이 안 한 증거처럼 말함으로써 의당 있음 직한 그녀의 그 방면의 기갈을 다독거려보려는 속셈에 구역질을 느꼈다. 부족증이란 워낙 여자를 밝힌다지만 그녀의 남편은 그게 더 심해, 죽기 며칠 전까지 그녀를 바쳤고, 남자에 대한 기억이 병적인 색정이 전부인 그녀는 혼자되고 나서 10년이나 되지만 한 번도 그 방면의 욕정으로 남자를 그리워해본 적이 없었다. 그렇다고 자기 신세가 딱하게 된 걸 모르는 바는 아니지만 그런 말로 위로 받을 수 있는 성질의 것이 결코 아니라는, 자기 신세에 대한 막연하면서 옹골찬 주장을 가지고 있었다.

나막신 소리와 찌렁찌렁 울리게 우렁찬 헛기침 소리가 났다. 전처만은 집 안에선 굽이 높은 나막신을 신기 때문에 그 덜그럭 소리만으로도 인기척이 되고도 남으련만 안에 들 때는 꼭 그렇게 헛기침을 해댔다. 홍 씨는 거의 매일 듣는 영감의 그 거창한 인기척에 번번이 질겁을 하게 놀랐다. 스스로를 안차고 다부지다고 알고 있건만 영감한테만은 주눅도 잘 들거니와 경망도 잘 떠는 까닭은 알다가도 모르겠고 다만 며느리 앞에 민망할 따름이었다.

"벌써 김심때 됐는?"

홍 씨는 솜을 다 둬 뒤집으려던 삼팔두루막을 주섬주섬 접어서 밀어놓으면서 며느리 눈치를 살폈다. 며느리는 역시 대답 없이 새초롬하니 고개를 숙이고 일어선다.

전처만은 겨우 환갑에 백발이 성성했지만 기골이 장대했고 눈빛이 섬뜩하도록 매서웠고 하관이 빠르고 턱이 날카로웠다. 은빛 수염에 덮여 한결 부드럽고 후덕해 보이는 지금까지도 홍 씨는 열아홉 살 적 어여머리 하고 시집가던 날 처음 본 신랑의 깐깐하고 정 없어 보이는 인상을 잊지 않고 있었다. 당신이 무슨 양반이라고. 홍 씨는 안에 들 때도 깍듯이 의관을 정제한 영감을 이렇게 속으로 비웃었다. 만약 입 밖에 그런 소리를 냈다간 비웃음보다도 크나큰 욕이 되리라는 것도 알고 있었다. 원래 벼슬아치나 서울의 세도가와 거미줄만 한 연줄만 닿아도 교만하게 자세하는 향반 따위를 우습게 넘보는 것은 개성 사람들의 대대로 물려받은 기질이고 전처만은 그게 좀 유난했다. 그가 밖에서 부리는 사환이나 서기 중 교활하거나 게으른 자에게 호령하는 말은 으레 양반 같은 놈이었고 더 변변치 않은 자에겐 양반만도 못한 놈이었다. 그러나 그의 양반에 대한 미움이 왜 그리 치열한지는 홍 씨 푼수로는 어림짐작도 안 가는 일이었다. 다만 홍 씨는 영감이 안에 들어올 때도 행전 치고 두루막 입고 갓 쓰고 마치 스스러운 데 나들이 하듯 들르는 게 아니꼽고도 야속할 따름이었다. 젊어서는 타관의 이쁜 소실한테다 정을 두고 다니는 영감이다 싶어 그저 어렵기만 하더니, 늘그막엔 또 의관의 위엄으로 마누라의 범접을 막는다 싶었던 것이다. 영감과 여태껏 세 번밖에 합방을 안 해봤다는 건 거짓말이지만 맏며느리가 청상의 신세로 머릿방을 지키게 되고부터 영감은 한 번도 안방에서 잠자리를 한 일이 없었다. 남보다 큰 엄장이 장년처럼 씩씩하고, 식탐이 한결같고, 인삼즙을 장복을 하고, 술도 인삼주 아니면 안 마시는 영감이 마누라를 소 닭 보듯 하니 도대체 그 기운이 어디로 뻗치는 걸까? 홍 씨는 그게 안달이 나게 궁금했지만 감히 입 밖에 내진 못했다. 멀리 천 리 밖 의주에 소실을 두었을 땐 숨길 수도 있으련만 그걸 본가에 숨길 척도 안 한 영감이었다. 홍 씨는 그런 영감이 미덥다기보다는 무서웠다. 시앗을 보면 돌부처도 돌아앉는다는데, 한창나이 때도 마누라 속이 볶이는 걸 조금도 헤아려주려 들지 않았으니 영감 눈엔 아예 마누라가 여자로 보이지 않았을지도 모른다. 그런 생각을 하면 홍 씨는 아직도 제법 앙칼진 부아가 끓어올랐다. 그러나 감히 영감 앞에선 내색을 못했다. 영감이 알아주지 않는 여자다움이기에 홍 씨도 그런 게 자신 속에 있다는 걸 내색할 수가 없었다. 영감이 콩을 팥이라면 팥이라고 따라 부르기만 할 뿐 아니라 팥으로 보일 수도 있는 홍 씨였다. 영감이 홍 씨한테서 투기할 수 있는 능력을 인정해주지 않았기 때문에 투기를 못 해봤는지도 모를 일이었다.

"어느새 어쩐 일이시니까? 곁두리라도 차려 올리리까?"

"아니오. 김심은 작은애네서 들겠소. 그 애한테 긴히 일러둘 것도 있고 해서. 근데 태임이 너 지금 뭐 하는?"

토시를 꿰매고 있는 태임의 앙증맞은 손놀림을 보고 있던 전 영감의 눈이 휘둥그레졌다. 그사이 머릿방 아씨는 그림자처럼 조용히 빠져나갔다.

"할아버지 토시 만들고 있어요."

"누가 너더러 그런 거 허랬는?"

"할머니가요. 이제 조금 있으면 바지저고리 짓는 것도 가르쳐주신 댔거들랑요."

"쯧쯧 허라는 글공부는 안 허고 바느질은 왜 허는? 썩 집어쳐라. 그리고 임자, 접때 내가 지전에서 들여보내준 종이는 어떡허구 재한테 저런 걸 시키고 있소."

"어드렇게 그 많은 종이를 다 매서 글씨공부를 시키니까? 영감님은 재가 당추(고추)라도 하나 달고 나온 줄 아시나 본데 태임인 계집애야요. 시집가서 시부모 받들고 남편 수발들 공부는 공부 아니니까?"

"허어, 왜 이리 말이 많소."

"나 말 많은 거 이제 아셨시니까? 막내며느리 볼 때 큰부잣집 딸 데려온다고 온 동네가 다 떠들썩하더니만 시상에 뭐 한 가지라도 제대로 할 줄 아는 게 있었시니까? 아무거나 헐 줄 아는 걸 한 가지 해보라니까 토시를 헐 줄 안다더니 토시 한 짝을 온종일 소경 애 낳아 주무르듯이 주무르기만 하길래 자세히 보니 얼추 흉내를 내긴 냈는데 창구멍을 안 내고 다 꿰매버렸으니 제가 무슨 재간으로 뒤집겠시니까. 내 기가 막혀서. 이 송도바닥에도 딸년을 그 따위로 가르쳐 시집보내는 에미가 있으니. 난요 태임이가 그 짝 날까 봐 누가 뭐래도 가르칠 건 다 가르쳐야겠습니다요."

홍 씨의 항변은 구구절절 옳아서 전 영감은 말문이 막힌다. 그렇다고 태임이에게 아녀자들이 익혀야 할 수공과 범절 이상의 것을 가르치고 싶다는 굴뚝같은 바람을 단념한 건 아니다. 그런 엉뚱한 생각은 일찍부터였다. 손녀가 태어났을 때 홍 씨는 손자가 아닌 게 섭섭해 영감에게 이름을 지어달란 부탁도 안 하고 제멋대로 간난이라고 불렀었다. 태임인 거의 백날이 될 때까지 간난이라고 불렸는데 그건 영감 역시 손녀의 작명에 무심해서가 아니고 그렇게 오래 고심했기 때문이었다. 생업에 종사하기에 부족함이 없을 만큼의 언문과 진서를 익히고 사개치부四介置簿법에 능통한 그였지만 선비만큼이야 유학에 깊지 못한지라 어질고 현숙한 후비 태임태사의 고사를 만나기까지가 그만큼이나 걸렸던 것이다. 전 영감은 말머리를 손녀한테로 돌렸다.

"태임아, 글씨공부하고 바느질하고 어느 쪽이 더 재미있는?"

"다 재미있어요. 할아버지."

"그럼 글씨공부에 더 힘써야지."

"글씨공부도 많이 했어요. 집에 있는 이야기책이란 책은 다 세 번 네 번씩 베낀걸요."

홍 씨가 마땅찮고 아니꼽다는 듯이 참견을 했다.

"정 의심스러우시면 장지문을 한번 열어보시겠시니까. 윗방에 태임이가 베껴서 쌓아놓은 이야기책이 그 애 키보다 더 클 테니. 아이가 손재주가 있어서 글씨가 쭉 고른 게 주옥 같습니다요."

영감은 글씨 쓰는 일도 토시 꿰매는 일과 마찬가지 손재주로밖에 안 보는 홍 씨가 마땅찮아서 눈살을 찌푸렸다. 그러나 태임에게 그토록 글씨공부를 시키고 싶은 건 단지 내간편지 한 장이라도 흉잡히지 않도록 반반하게 쓰게 하고 싶어서 뿐만은 아니라는 데 대해선 스스로도 딱하게 여길밖에 없었다.

영감보다 먼저 저세상으로 간 불효막심한 맏아들 때도 그랬었다. 둘째는 개성상인의 자제라면 누구나 겪게 돼 있는 길을 가게 했다. 세교가 있는 믿을 만한 상인의 전에 들여보내 사환으로부터 착실히 고된 상인 수업을 받게 한 연후에 그의 청포전을 물려주었다. 막내에겐 또 수만 간의 그의 삼포를 물려주기 위해 실한 종삼種蔘을 키울 수 있는 특수한 토양을 만드는 비법부터 차근차근 훈련을 시켰었다. 그런데 정작 맏이에겐 그런 유형의 것을 하나도 물려줄 척을 안 했었다. 맏이가 미워서도 병약해서도 아니었다. 병약해진 건 청년기로 접어들어서였고 어려서는 씩씩하고 하나를 가르치면 열을 아는 총명한 아이였다. 그 총명함이 대견한 나머지 엉뚱한 걸 물려주려 했는지도 모른다. 영감은 앞을 내다볼 줄 아는 상업적 밝은 눈과 남다른 배포로 당대에 큰 재산을 이룩했지만 그의 마음속엔 아직도 돈으로 채워지지 않은 빈자리가 있었다. 그 빈자리와 그 속에 손톱 밑의 가시처럼 깔치작거리는 울분을 물려주려 했음인가. 맏이는 그걸 감당 못해 창백하게 콜록거리다가 마침내 피를 토하고 죽어갔다. 그랬으면 됐지 그 자식이 남긴 핏줄에게까지 그가 지닌 빈자리의 해독을 끼치려 들다니. 그는 문득 아들도 아닌 계집애에 대한 자신의 무턱대고 과분한 기대에 불길한 예감을 품은 적도 있었지만 그걸 깨끗이 단념하지는 못했다.

"아가 그럼 앞으론 진서를 써보렴. 천자문을 떼었으니까 그냥 그리지만 말고 뜻을 알고 쓸 수 있겠는?"

"네, 할아버지."

"아니 영감, 계집애를 명필을 만들어 뭘 어쩌자고 이러시니까? 한석봉이도 그 어머니는 떡 쪽 고르게 써는 걸로 족했단 소리도 못 들으셨시니까?"

전 영감은 마누라한테서 명필 소리를 듣자마자 손녀가 되길 바라는 게 결코 명필 따위가 아니란 걸 알 것 같아진다.

"임자 말이 맞소. 종이를 수백 권을 매어서 글씨공부를 시켜봤댔자 잘돼야 명필이지. 그까짓 명필은 돼서 무엇하겠소. 학문을 익혀야지. 내 일찍이 가빈해서 어깨 너머로 겨우 『동몽선습』을 뗀 것으로 학문이 끝났으니 손녀 하나 가르칠 자격도 읎구려. 그렇다고 계집앨 서당에 보낼 수도 읎구. 독선생을 구해볼밖에……."

"설마 온정신으로 하시는 말씀은 아니겠죠?"

"왜 아니오. 내가 언제 임자한테 허튼수작합디까?"

"민 중전 또 나겠구랴."

홍 씨는 기가 차서 겨우 한마디 빈정거리곤 되레 말문이 막힌다. 그러나 속으론 흥, 딸의 덕에 부원군은 아무나 하는 줄 아남. 아무리 손녀가 귀해도 중인 주제에 넘볼 일이 따로 있지. 저 양반이 혹시 망령이 난 게 아닌가 하는 생각을 하고 있었다. 그러나 전 영감의 입에서 떨어진 불호령은 전혀 딴판의 것이었다.

"말이면 다하는 게 아녜요. 우리 태임이가 어떤 손주딸이라고 하필이면 민 중전한테 비한단 말이오. 에잇 방정맞은 사람 같으니라구."

"아니 그럼 상감도 마음대로 좌지우지하고, 벼슬자리란 벼슬자리는 부르는 게 값으로 몽땅 팔아 치마폭 아래 챙기고 시아버지도 내쫓은 민 중전보다 더 난 여자가 이 나라 안에 있다는 말씀이시니까?"

주절주절 말은 많아도 한 번도 뼈대 있는 소리로 그에게 대든 적이 없는 마누라가 빈정거리기를 거듭하자,

"듣기 싫어요. 민 중전 얘기는 왜 자꾸 해요?"

영감은 이렇게 버럭 화만 냈지, 그가 태임이에게 바라는 게 뭔지를 구체적으로 밝히진 못했다. 그는 태임이가 이 나라 여자들과는 다르게 살길 바랐다.

이 나라 여자들이 빈부, 귀천에 상관없이 공통으로 쓰고 있는 숙명적인 굴레에서 태임이만은 풀어주고 싶었다. 그러나 여태까지 여자들이 살아온 것과 다른 삶이 어떤 것인지 또 어떻게 그런 삶을 예비해야 되는지 조금이라도 알고 있는 것은 아니었다. 그냥 미구에 여자들의 삶도 달라지게 되리란 막연한 예감을 가지고 있을 뿐이었다. 나라 안팎에 감도는 심상치 않은 풍운이 다만 왕의 성이 바뀌는 역성혁명으로 끝날 것 같지 않다는 예감과도 상통하는 그만의 현실 감각이었다. 그러나 그의 감각은 자신이 생각하기에도 하도 유별난 것이어서 섣불리 발설할 계제가 아니었다. 태임이가 그렇게 살길 바란다는 것은 민 중전을 꿈꾸는 것보다 더 황당스러운 것이어서 환장을 안 하고는 발설할 일이 못 됐다.

"할아버지 할머니, 제가 글공부도 더 열심히하고 바느질도 잘할 테니까 다투지 마세요. 네?"

태임이가 숨 둬 뒤집어서 창구멍을 곱게 마무리한 토시를 얌전하게 포개서 한편으로 밀어놓으면서 의젓하게 말했다. 열한 살짜리로 그닥 숙성하달 순 없어도 언동이 늠름했고, 나긋한 어깨와 곱게 딴 윤기 나는 머리꼬랑이와 희고 상큼한 목고개에선 여자다움이 향기처럼 은은히 풍겼고 에미 닮아 단아한 얼굴에선 에미 닮지 않은 풍부한 표정이 생동하고 있었다. 전 영감은 손녀에게 애정 표현을 하고 싶어 가슴이 옥죄는 것 같았다. 그리고 그가 외지에서 본 양인 남녀 생각이 났다. 그도 손녀를 그 양인들처럼 꼬옥 끌어안고 볼을 부비고 싶었다. 자신의 가슴으로 손녀 가슴의 건강한 고동 소리를 확인하고 싶었다. 오랑캐들 풍속 중에서도 가장 망측한 걸 흉내 내고 싶은 자신의 속셈이 민망해서 그는 두어 번 허튼 기침 소리를 내고 나서 말했다.
  "참 둘째네 가는 길에 태임일 데리고 갈까 해서 들어온 길이오. 태임아, 할아버지하고 작은집 가지 않겠는?"
  태임이 발딱 일어나면서 입이 함박같이 벌어졌다.
  "할머니, 저 할아버지 따라가도 되죠? 네, 할머니."
  "느이 할아버지가 하고 싶으신 일을 누구라 말리겠는? 그렇지만 영감, 태임인 계집애야요. 태임 애비 키울 때 하시던 대로 앞세우고 다녀봤댔자야요. 그땐 남 보기에도 좋았고 영감도 자랑스러우셨겠지만 지금은 청승맞습니다요. 남 보기에 세상천지에 손녀딸 하나밖에 없는 불쌍한 청맹과니 늙은이로 보이고 싶으면 앞세우고 나가시구랴."

"쯧쯧, 그 반지빠른 입 썩 닥치지 못할까. 태임아, 어서 옷 갈아입어라. 이쁘지."

태임이가 냉큼 윗방으로 올라갔다.

"영감 나무래 뭐 하겠시니까. 쟤 에미 버릇은 내가 망쳐놓았고, 쟤 버릇은 영감이 망쳐놓으려 드니 서로 피장파장이죠."

"태임일 내가 망치다니요. 말벗이나 하려고 데리고 다니는 걸 그렇게 말하는 게 아니에요."

냉큼 옷을 갈아입고 내려온 태임을 앞세우고 전 영감은 집을 벗어났다. 집을 벗어나자 마음이 한껏 흔쾌하고 자유로워진 영감은 손녀를 얼르기 시작했다.

"눈에 넣어도 아프지 않을 요 예쁜 각시는 어디메서 생겼는?"

"할아버지가 야다리 밑에서 주워왔지."

태임이가 겨우 말을 배우기 시작할 때부터 가르친 재롱이었다. 전 영감 아니라도 개성 사람들은 아이들이 예쁘게 굴 때도 밉게 굴 때도 야다리 밑에서 주워왔단 우스갯소리를 잘했다. 전 영감은 문득 그런 야다리 말고 새로운 야다리를 태임이에게 가르쳐주고 싶어진다.

"태임아, 이 할아버지가 지금부터 하는 말, 잘 들어두어야 한다. 야다리는 그 옛날 고려가 이 송도를 서울로 하고 융성했을 때, 수만 리 밖 서역의 오랑캐들이 고려 임금에게 예물로 바치려고 약대를 몰고 와 매어놓았던 자리가 남아 있는 다리란다."

"약대가 뭔대요? 할아버지."

"소문에 들기론 등에 큰 혹이 달린 큰 짐승인데 물 한 모금 안 마시고도 먼 길을 갈 수 있고 짐도 많이 싣는단다."

"할아버지도 못 본 짐승이 있어요?"

"그럼 이 나라 안에 읎는 짐승이니까."

"약대는 새끼를 못 낳나 보죠?"

"새끼를 못 낳는 게 아니라 새끼를 받을 새 읎이 야다리 밑에서 굶겨죽였단다."

"왜요? 할아버지, 불쌍하잖아요."

"그땐 우리 고려의 힘이 그만큼 셌단다. 그래서 그까짓 오랑캐들이 바치는 예물에 허겁지겁하지 않는다는 의젓함을 보여주려고 그런 것이지. 알겠는?"

"약대가 불쌍해요. 새끼를 퍼뜨렸으면 더 좋았을 걸 그랬어요. 그럼 지금 우리도 볼 수 있을 거 아네요."

그런 소리를 들으면 전 영감은 계집애는 역시 별수 없다는 생각을 한다. 태임 애비의 소년 시절에도 같은 얘기를 들려준 적이 있는데 소년은 죽은 약대를 불쌍해하기보다는 지난 시대 고려의 거칠 것 없는 기상을 흠모하는 기색이 역력했거늘. 그는 쓸쓸한 심사로 지난날, 약대 얘기 다음으로 소년에게 들려준 사해를 누비며 무역을 자유자재로 한 고려의 거대한 3층 배 얘기나 끊임없이 북방을 넘본 그 원대한 포부 얘기는 안 하기로 한다.

"전에 먼저 들렀다 가자. 삼촌한테 할 얘기가 있으니까."

시전 거리는 동해랑에서 그리 멀지 않아 이내 둘째 아들 부성富成이가 맡아 경영하는 청포전에 당도했다.

"아버님 납셨시니까요."

서기하고 이마를 맞대고 산가지를 놓고 있던 부성이가 얼른 일어서서 영접했다.

"응 느네 집에서 김심을 먹으려고. 요새 입맛이 읎어서 그런지, 둘째아기 탄평채 솜씨 생각이 나더구나."

"편수도 좀 장만하라고 이르겠습니다. 종상아, 너 후딱 안에 좀 다녀온."

피륙을 감았다 풀었다 하며 반듯하게 감는 연습에 열중하고 있던 아녀석이 고개를 들었다.

"못 보던 애 아니냐?"

"아, 네 아버님."

"새로 왔는?"

"아, 네 아버님."

"어디 사는 뉘 집 자제냐?"

"아, 저 거시키……."

"어디메서 본 듯한 얼굴이다만……."

"아, 네 저 거시키, 이성利成이가 며칠 전에 소개해서 사환으로 들였습죠."

이성이는 삼포를 하는 영감의 막내아들이었다.

"이성이가 소개했다면 샛골 사람의 자젤 텐데 뉘 집 아들인고."

부성이도 종삼이도 대답을 못 하고 머뭇거리기만 했다.

"왜 대답을 못 해, 어쩐지 많이 본 얼굴이더라니, 내가 알아맞히련?"

"실은 저 거시키, 샛골 이 생원 댁 있습죠. 그 이 생원의 손자뻘 되는……."

"뭐, 뭐라고. 이 생원 그 작자의 손자라고? 그 작자가, 그 잘난 양반이 제 손자를 내 집 사환으로 보냈더란 말이냐?"

전 영감의 목소리에서 쇳소리가 나면서 풍성하고 부드럽던 수염이 노한 사자의 갈기털처럼 곤두섰다. 거기다 날카로운 눈빛이 분노로 이글대니까 무서운 형상이 되었다. 원래 샛골 이 생원 댁과 전 영감이 앙숙인 건 알고 있었지만 그렇게까지 무섭게 노할 줄은 부성이도 뜻밖이었다.

"고정하세요, 아버님. 언제적 이 생원인데 생원님이 아직 살아 계실 리가 있남요. 생원님 돌아가신 후 가세가 기울어 식구들도 풍비박산이 되었나 봅니다. 저 애도 타관에 나가 있던 생원님 막내 자손의 막내아들이라니까 아마 종손은 저보다도 손위가 되겠습죠."

"그래, 아직도 그 옛집에 남아 있는 안식구가 파파 늙은 노파인 걸 본 적이 있느니라. 그 노파가 그 작자의 맏며느리일 테지. 그래도 그렇지 그 도도하고 잘난 양반의 핏줄을 천한 장사꾼의 집 사환으로 들여보내? 양반이 썩고 영락해도 아주 고약하게 영락했구나."

"그 댁 형편이 어디 지금 양반 찾게 됐남요? 우리네와 다른 양반 체통이 남아 있다면 안식구들이 치마를 외로 입는다는 것밖에 읎을 걸요."

"모르는 소리, 양반님네들이란 누덕치마도 외로만 입으면 바로 입은 비단 치마를 얼마든지 능멸할 수 있다고 생각하는 맹랑한 족속들이지.”

약간 누그러진 듯한 분노가 다시 타오를 것 같은 기미를 보이자 종상이가 얼른 심부름을 가려고 했다.

“너 이놈 게 섰거라.”

전 영감의 찌렁찌렁 울리는 목소리에 종상이의 몸이 그 자리에 얼어붙고 말았다.

“이리로 고개를 돌리고 나를 똑바로 봐라.”

종상이가 시키는 대로 했다.

“닮았어. 그 작자와 쏙 빼닮았어.”

전 영감의 목소리가 착 가라앉으면서 분위기가 무시무시해졌다. 태임이가 겁먹은 얼굴로 할아버지의 두루막 자락에 매달렸다. 전 영감은 천천히 종상이한테로 다가가 한 손으로 멱살을 잡고 한 손으로 턱을 받쳐 들었다. 애티가 가시지 않은 갸름한 얼굴에 어딘지 기품 같은 게 서려 보였다. 눈찌도 맑고 순해 보였고 눈썹이 숯으로 그린 듯 짙고 뚜렷했다. 이 생원의 눈썹도 그랬었다. 소년이 와들와들 떨었다.

“겁낼 것 읎다. 나를 똑바로 봐라. 그렇게 겁먹은 눈으로 보지 말고 힘껏 노려보란 말이다. 알겠는? 원수처럼 노려봐. 눈을 부릅뜨고, 이렇게 노려보란 말야. 이 못나 자빠진 양반의 새끼야.”

멱살을 잡은 영감의 손에 힘줄이 솟고 눈알이 무섭게 불그러졌다. 처음 보는 아버지의 이런 험상에 부성이는 가슴이 섬뜩했고 종상이는 와들와들 떨기 시작했다. 부릅뜨기는커녕 종상이의 눈엔 눈물이 가득 괴었다.

별안간 비단 찢는 것 같은 날카로운 소리로 태임이 울부짖었다.

"할아버지 그만해. 저 애를 용서해주세요. 할아버지 제발, 저 애가 불쌍해요."

전처만 영감은 종상의 멱살을 놓지 않은 채 다른 한 손으로 태임이가 잡은 두루막 자락을 모질게 뿌리쳤다. 부드득 솔기 뜯어지는 소리가 나면서 태임이가 나동그라졌다.

"아버님 왜 이러시니까? 고정하십시다요. 네, 아버님."

뜻밖의 사태에 놀란 부성이가 뒤늦게 이 기괴하고 무시무시한 대결에 끼어들었으나 말뿐, 두 사람 사이에 손을 대서 직접 뜯어말릴 엄두도 못 냈다. 아버지를 생각할 때마다 엄하게만 당한 깐으론 푸근한 정을 느끼게 하던 그 보기 좋던 수염이 가닥가닥 곤두서자 노한 사자 대가리 같아졌다. 그 형상으로 으르렁대는 모습에 부성이는 가위를 눌리는 것처럼 비현실적인 공포감을 느끼고 있었다. 그런 공포감은 전 영감도 마찬가지였다. 종상의 멱살을 잡지 않은 전 영감의 다른 한 손의 다섯 손가락이 쇠붙이처럼 비정한 살기를 띠고 천천히 종상이의 미간으로 뻗쳐갔다. 영감은 자신도 어쩔 수 없는 힘에 의해 종상이의 싱싱한 눈알을 뺄지도 모른다는 끔찍한 생각을 하고 있었다. 한편 그러면 안 돼. 그 일은 이 어린것과는 상관없는 일이야. 이런 필사적인 자제력이 그의 손을 조금씩 떨게 했고 전체적으로 그를 아무도 간섭할 수 없는 고독하고 귀기 어린 긴장

상태 속에 홀로 있는 것처럼 보이게 했다.

부성이는 그의 어린 사환을 절체절명의 위기에서 우선 구해야 된다는 생각으로 입에 침이 다 바짝 타들어가면서도 손끝 하나 까딱할 수가 없었다. 두 사람의 관계가 마치 아슬아슬한 줄타기처럼 보여 바스락 소리라도 내면 엄청난 파국을 몰고 올 것 같아서였다.

그러나 저만큼 나동그라졌던 태임이는 겁도 없이 이번엔 할아버지의 바짓가랑이를 두 팔로 죽자꾸나 얼싸안고 앙칼진 푸념을 했다.

"할아버지가 나빠요. 부리는 사람이나 없는 사람한테 인심 잃지 말라고 글강 외듯 하시던 할아버지가 어드렇게 삼촌네 사환을 때리시니까? 그 아이가 뭘 어드렇게 잘못했다구."

"태임아, 입 닥치지 못하겠는? 방구리만 한 계집애가 사작스럽긴."

부성이가 태임일 나무라면서 전 영감의 눈치를 보았다. 전 영감의 쏘는 듯한 눈길과 갈기털처럼 곤두선 수염이 미세하게 흔들렸다.

"에잇."

전 영감이 탄식 같기도 하고 포효 같기도 한 큰 소리를 내뱉으면서 뒷발길질로 태임일 뿌리쳤다. 동시에 종상이의 멱살도 스르르 놓았다. 종상이의 짙은 속눈썹 끝에 맺힌 눈물이 풀 끝의 이슬처럼 가련해 보이는 게 전 영감의 엄청난 분노를 멋쩍게 만들었다. 전 영감은 울먹이는 종상이보다 눈을 말똥말똥하게 뜨고 자기의 일거수일투족을 주시하고 있는 태임이 더 마음에 걸렸다. 태임은 저만큼 물러나 있건 만도 영감은 아직도 손녀가 행전 친 종아리 위를 온몸으로 악착같이 엉겨붙고 있는 것처럼 느꼈고, 그런 감촉은 어쩌면 영감이 그의 속마음에 꼭꼭 숨겨놓은 여리디여린 연민의 정이 부스스 살아 움직이는 낌새일 수도 있었다.

"네 아비 이름을 대렷다."

이윽고 전 영감이 착 가라앉은 목소리로 물었다.

"문文자 수洙자입니다요."

종상이가 떨리는 소리로 대답했다.

"원수는 외나무다리에서 만난다더니, 이 생원의 손자만으로도 참기 어렵거늘 문수의 아들이라니. 해괴한 일이로다."

전처만은 입속으로 이렇게 중얼거리고 나서 추연해졌으므로 미처 그 말뜻을 알아듣지 못한 부성은 아버지의 노여움이 너누룩해진 줄 알고 그사이에 얼렁뚱땅 종상이를 피신시킬 궁리부터 했다.

"종상아, 뭘 우물대고 있는? 횟딱 안에 다녀오라니까. 아버님 납셨으니 김심 장만하라고 전갈하고. 내친김에 아주 진 도중 어른 전에도 다녀오려므나. 어제 셈한 우수리가 들쭉날쭉하니 도중(개성상인들이 동업자끼리 부르는 말) 어른께서 한 번 다시 해보시라구 여쭙고 온. 덤벙대지 말고. 진 도중 어른 전까지 가려면 나깟줄(작은 개울)을 몇 번 건너야 하는지 아는?"

부성이는 이렇게 별로 급하지 않은 용건을 주섬주섬 궁색하게 꾸며대서 종상이를 내보내고 한숨을 돌리자마자 아버지의 유별난 노여움에 대한 호기심을 구태여 감추려 들지 않는다.

"아버님, 어쩐 일이시니까? 아버님이 그렇게 화내시는 건 생전 처음 봅습니다요. 더군다나 고 쬐그만 아녀석한테."

"애비가 잠깐 망령이 났드랬나 보구나."

전처만은 아들의 얕은 호기심이 더 이상 빌붙을 여지없이 짧고 쌀쌀하게 말하고 나서 슬며시 태임이를 끌어당겼다.

언젠가 이 아이한테만은 말할 수 있으리라. 그렇게 생각하다 말고 정말 내가 망령이 난 건지도 모른다는 섬찟한 생각이 들었다. 그건 계집애 따위한테 들려줄 만한 얘기가 아니었다. 더군다나 전처만의 태임에 대한 사랑은 유별났다. 입 밖에 내서 말한 적은 없지만 이 나라 여자들이 빈부귀천에 상관없이 다만 여자이기 때문에 써야 하는 굴레로부터조차 태임이만은 자유로워지길 바라지 않았던가. 그런 태임에게 그의 일생을 고달프고 외롭게 몰고 간 그만의 굴레를 물려주려 하다니, 천부당만부당하다고 생각하면서도 그게 자신의 운명의 열쇠이기에 가장 사랑하는 혈육에게 물려주고 싶다는 미련으로 속이 깊숙하게 쓰렸다.

전처만이 자기 땅이라곤 이마빡만 한 땅뙈기도 없는 주제에 자식만은 자그마치 칠 남매를 둔 찢어지게 가난한 소작농의 셋째아들로 태어난 샛골은 개성에서도 가장 삼포가 널리 분포돼 있는 청교면에 있는 50여 호의 큰 마을이었다. 자연히 샛골은 인근의 10여 호 내지 10호 미만의 작은 마을들의 중심지가 되었고 그 중심의 정점엔 이 생원이란 향반이 도사리고 있었다. 이 생원의 선대는 본디 서울 양반으로 언제 무슨 까닭으로 낙향했는지는 잘 알려지지 않았지만 서울의 세도가들과 가까운 인척 관계에 있고, 아들딸이 하나같이 서울 양반과 통혼한 걸로 크게 자세하여 그 일대에서 막강한 세력을 누리고 있었다. 그러니까 이 생원이 그 고장의 중심인물이란 것도 양반다운 고고한 기품이나 깊은 학문이나 본받을 만한 수신제가로 그 일대의 정신의 맥을 거머쥐고 있었다는 얘기가 아니라, 당시 극에 달한 향반들의 토호질의 판도 중 이 생원의 세력권을 설명하려는 것뿐이다.

이 생원은 20세 미만에 소과에 급제하여 생원이 된 후 그 소성에 만족하여 대과엔 나갈 척도 안 하고 오로지 선대의 토호질을 계승 발전시키기만을 일삼아, 선대가 힘없는 상민의 고혈을 빨았다면 그는 한술 더 떠 그들의 껍질을 벗겨먹으려 들었다.

이 생원이 가진 토지라야 겨우 1년 계량이나 할 정도였으나 샛골에서는 제일가는 문전옥답이었고, 몽땅 소작을 주어 자식들은 쌀나무가 어떻게 생겼느냐고 묻는 걸 재롱으로 삼을 만큼 어려서부터 농사와 농사꾼을 능멸하고 양반 놀음에만 힘쓰게끔 길렀다. 이 생원도 서울 나들이가 잦았지만, 서울 양반들의 이 생원 집 출입도 잦은 편이어서 그때마다 그 대접이 융숭함을 지나쳐 질탕하였으나, 내로라하는 관직에 있는 집안과의 인연을 인근에 과시하고 빙자하여 얻는 소득이 토지에서 얻는 소득에 비할 바 아니었으므로 아무리 과람한 대접도 밑질 염려가 없었다.

마침 이 생원의 서울 양반 친척이 개성 유수로 부임해와 달리는 말이 날개를 얻은 듯 한층 양양해진 그의 세도로 인근 마을의 힘없는 백성들은 잠자리조차 편할 날이 없을 즈음 그의 집엔 큰 경사가 났다. 쉰 살이 내일모레로 이미 단산한 지 오래인 그의 마누라가 태기가 있는 듯하다 하여 긴가민가하였더니 열 달 만에 아들을 낳은 것이다. 워낙 노산인지라 아들 욕심 없이 다만 순산만을 바랐다고는 하지만 떡두꺼비 같은 아들을 얻고 보니 자식 욕심도 재물 욕심 못지않은 이 생원의 기쁨은 이만저만이 아니었다.

그 무렵 처만네도 일곱 번째 아기를 낳았고, 처만은 심지가 굳고 말수가 적고 뼈마디가 어른처럼 굵어 장정 한몫의 일을 거뜬히 해내는 열두 살의 소년이었다. 처만네는 생원댁 안방마님처럼 노산은 아니었지만 첫국밥도 배불리 먹을 형편이 못 되는지라 젖이 달려 갓난 아기가 숨넘어가는 소리로 울어대는 소리가 사립문 밖까지 들렸다. 생원댁 쉰둥이도 젖이 달려 아랫것들이 발을 동동 구르며 젖 도는 데 좋다는 온갖 귀물을 구해들이느라 솟을대문이 미어졌다. 그러나 전복, 홍합, 쇠꼬리, 돼지족발, 펄펄 뛰는 잉어, 숭어, 늙은 청둥호박, 심산유곡의 석청 등 온갖 좋은 걸 욕지기가 나게 장복을 해도 안방마님의 말라붙은 젖가슴은 불어날 척도 안했다. 그때 행랑것의 간사한 목소리가 소곤소곤 안방마님의 귓전에다 대고 속삭였다.

"마님, 처만네도 요새 해산을 했사온데 젖이 달려 갓난것의 형상이 차마 눈뜨고 못 보게 참혹하더라고 합니다요."

"듣기 싫다. 그 상것들 젖이 달리든지 굶어죽든지 나와 무슨 상관이란 말이냐. 그 미물만도 못한 것이 배 주리는 걸로 어찌 감히 우리 귀한 도련님 목마르는 걸 위로할 수 있다고 생각하느냐? 아무리 소갈머리가 밴댕이만도 못한 상것이기로소니 갖다 댈 걸 갖다 대야지."

 마님의 호령은 추상같았지만 그쯤에서 움찔하고 말 행랑것의 넉살이 아니었다.

 "마님 그걸 왜 제가 모르겠시니까? 처만네는 아직 한창나이니까 절로 말라붙은 젖이 아니라 워낙 먹는 게 부실해서 말라붙은 젖이라 이 말씀이야요. 시방이라도 괴기 넣구 끓인 진국 멱국 한 뚝배기만 벌컥벌컥 들이켜보라죠. 단박 보얀 젖을 곱빼기로 뽑아낼 테니 두고보시라구요."

 "네 이년, 누굴 약을 올리는 게냐? 네가 필시 늙었다고 나를 능멸하려는 수작이렷다."

 "아유 마님도, 남의 말을 끝까지 들어보시지도 않구 화만 내시면 어드렇거니까? 제 말씀은입쇼, 제 말이 가짓부렁인지 아닌지 처만네를 데려다 한번 증험해보시구 나서 정말이거던 유모로 들이시라구요. 그 여편네 변변히 얻어먹는 것도 읎이 한 해 걸러로 자식새끼를 그렇게 여럿 뽑아내고도 살피듬이 그만한 걸로 봐서는 잘만 멕이면 두 아기 먹고도 남을 젖이 철철 샘솟을 테니 두고 보시라니까요."

 "그럼 우리 막내도련님을 그 상것하고 같은 젖을 빨게 하란 말이냐?"

 "그럼 어쩌겠시니까. 상것의 젖이 아니라 짐승의 젖이라도 빌 수 있으면 빌어다가 우선 귀한 도련님을 살려놓고 봐얍습죠."

 "암 여부가 있나. 그러나 그것의 자식하고 우리 도련님하고 한 젖을 빨게 할 수는 없네."

마님이 서슬 푸르게 말하는 바람에 아부에 이골이 나서 혀가 바람개비처럼 돌아가던 행랑것의 접시굽처럼 얕은 마음에도 문득 짚이는 게 있어 가슴이 덜컥 내려앉았다.

"그러시면 어드렇게 허시겠다는 말씀이시니까?"

"그것의 자식에겐 암죽거리를 후히 내리겠네. 암 후히 내리고말고. 우리 도련님 덕에 그것의 갓난쟁이뿐 아니라 여러 식구가 이밥을 배를 두들겨가며 먹게 될 걸세. 그나저나 정말 그것을 잘만 먹이면 젖이 샘솟을까."

"그러믄입쇼. 제가 언제 가짓부렁허는 거 보셨시니까?"

이렇게 해서 처만네는 당장 이 생원 댁으로 불려갔고 하루 세 끼를 뽀진뽀진한 이밥에다 보양 곰국을 약비나게 먹는 신세가 되었고, 행랑것의 예언대로 젖이 귀한 도련님이 먹고 남을 만큼 샘솟았다. 처만이네 집으론 쌀가마가 한 바리나 당도하고 동네사람들은 처만네가 금시발복했다고 입을 모아 쑥덕대며 부러워했다. 그러나 제 가슴에서 샘솟는 젖을 제 자식에게 못 물리고 남의 자식에게 물려야 하는 처만네의 심정은 오죽했으랴. 전처만은 지금도 생생하게 기억하고 있었다. 생원댁 눈을 기고 구미구미 집으로 와 어린 동생에게 가슴을 열고 젖을 물리며 눈물짓던 어머니를.

처만네가 생원댁 눈을 기고하는 게 또 한 가지 있었다. 그건 틈만 나면 냉수를 켜는 일이었다. 냉수를 켜기가 힘겨우면 냉수에다 간장을 한 방울 떨어뜨려서 마실 수 있을 때까지 들이켰다. 처만네 소견으론 그렇게 함으로써 젖이 묽어질 뿐 아니라 양이 곱빼기로 늘어날 수 있다고 믿었다. 마치 곰국을 한 그릇 끓여놓았는데 손님이 들어오자 한 대접의 물을 타듯이 그녀는 때도 없이 마시는 냉수로 제 자식에게 먹일 도둑 젖을 마련하려는 것이었다. 때로는 집에 와서까지 우선 냉수부터 들이켜고 나서 젖을 물린 적이 있었다. 그녀의 냉수 들이켜는 모습이 어찌나 비장해 보였던지 한번은 처만이 이렇게 물은 적이 있었다.

"어머이 냉수 대신 괴깃국을 더 먹으면 안 됩니까?"

"모르는 소리 말아라. 양반댁이라고 괴깃국이 냉수처럼 흔한 건 아니란다. 마님이 도끼눈을 뜨고 앉아 차를 해서 주시는걸. 그뿐인 줄 아냐. 아기가 푸른 똥 눌까 봐 푸성귀도 못 먹게 허신단다. 그 흔한 상추쌈 한 번을 못 먹어봤단다."

"시상에 이런 법이 어디메 있시니까? 아무리 양반이라도 우리 아기가 타고난 젖을 다 빼앗아가는 법이 어딨시니까? 어머이."

"누구라 들을라 쉿. 양반네들이 뭘 못 허겠슨? 툭하면 볼기 치고 거저도 빼앗는데 이 여러 식구 1년 양식을 대주지 않았는? 그만 허면 후하게 받은 거야. 한 사람 복으로 열 식구도 먹여살린다더니 우리 아기 식복으로 우리 식구가 자그마치 한 해 동안이나 양식 걱정 안 하고 살게 됐으니 얼마나 고마우냐. 알겠는?"

끼니를 잇는 문제에 단 하루도 쫓기지 않은 날이 없는 처만네가 1년 양식으로 행복해하는 모습은 아기에게 빈 젖을 안 물리려고 냉수를 죽자꾸나 들이켜는 모습보다 훨씬 더 눈뜨고 보기 민망했다. 아기는 상것의 자식답게 암죽만으로도 배만 부르면 잘 자고 잘 놀았고, 생원댁 도련님보다 훨씬 여물게 자랐다. 1년 양식도 다해가고 생원댁 도련님도 젖 떨어질 때가 되었건만, 도련님은 어떻게 된 게 돌이 되어도 이빨도 안 나고 밥풀 하나도 안 넘기려 들고 젖만 바쳤다. 그 무렵 마마가 돈다는 흉흉한 소문이 돌기가 무섭게 제일 먼저 처만네 어린것이 마마님한테 붙들리고 말았다. 마마님이 처만네 오막살이에 들었다는 기별을 받은 생원댁에선 처만네가 행여 집에 다니러 갈까 봐 철저하게 감시를 하기 시작했다. 그 전에 처만네가 그만큼이나 집에 드나들 수 있었던 것도 그만큼 감쪽같이 마나님의 눈을 길 수 있었기 때문만은 아니었다. 자식 길러본 사람이라면 짐승도 자식 가진 짐승은 함부로 못 하는 측은지심이 있듯이 아무리 상것이라지만 자식 보고 싶어 눈을 기는 것을 알고도 모르는 척, 모르고도 모르는 척해줄 만한 기본적인 아량은 마나님에게도 남아 있었던 것이었다. 그러나 마마가 든 집하고 통할 수는 없는 일이었다. 들켰다가는 살아남지 못할 죄가 되리라는 것은 처만네도 알고 남을 만했다. 처만네는 냉수를 들이켜는 대신 냉수를 떠놓고 천지신명께 마마님이 곱게 지나가줄 것을 빌고 또 빌밖에 없었다.

그때 이미 암죽도 떼고 된밥을 꿀꺽꿀꺽 잘도 먹던 어린것은 마마가 들어 몸이 불덩이처럼 달아오르자 혼미해진 정신으로 간간이 입을 내두르고 젖 빠는 시늉을 했다. 미음을 흘려 넣어도 꿀물을 흘려 넣어도 다 마다하고 새까맣게 탄 입술 사이로 붉은 혀를 날름대며 젖만 찾았다.

"공연스리 젖맛은 뵈어 가지고설라므네."

보다 못한 못난 아비는 이렇게 간간이 젖을 물리러 왔던 에미만 나무랐다.

마침내 마마가 활짝 피어나 얼굴이 온통 진물딱지로 뒤덮여 이목구비를 분간할 수 없게 되었다. 다만 젖을 찾는 혀가 간간이 날름대는 걸로 입이 어디라는 것과 숨이 아직 붙어 있다는 걸 동시에 표현할 뿐이었다. 그런 표현마저 멎자 아기의 불덩이 같은 몸은 싸늘하게 식었다. 그동안 몇 번이나 처만은 생원댁에 가서 어머니를 불러오겠다고 미친 듯 길길이 날뛰었지만 그때마다 아비는 아들의 허리에 죽자꾸나 매달려서 그 무모함을 타이르고 만류했었다. 마마가 첫밖에 아이를 잡아가자 온 마을이 전전긍긍했다. 마마가 첫밖에 순하게 들면, 끝끝내 순하게 돌다가 순하게 나가고 첫밖에 험하게 들면 험하게 돌다가 험하게 나가게 마련이기 때문이었다. 아니나 다를까 마마는 그 후에도 닥치는 집마다 아이의 목숨을 노렸다. 마마는 결국 생원댁에서 덕물산 무당을 불러다 큰 굿으로 마마님을 달랜 후에나 물러났다. 그 무서운 마마님도 생원댁의 높은 담장은 못 넘었고, 더군다나 생원댁에서 곡식과 피륙을 아낌없이 풀어서 마마님을 달래서 내보낼 수가 있었으니 생원댁의 위세는 한층 등등해질 수밖에 없었다. 마마도 가라앉고, 생원댁 도련님 젖도 떨어지고 하여 집으로 돌아온 처만네는 어린것의 죽음을 그닥 애통해하지 않았다. 거의 한 집 걸러 당한 일이고, 외아들을 잃은 집도 있는데 처만네는 아직도 여러 자식이 남아 있어 죽은 자식은 한 뼘 빈자리조차 남겨놓을 틈서리가 없었던 것이다.

처만네의 꿈같은 횡재―저절로 나오는 젖을 1년 먹여주고, 열 식구 가까이의 1년 먹이를 번―는 끝나고 다시 고달픈 품팔이가 시작됐다. 처만네는 사시장철 허리에다 종댕이를 차고 다녔다. 때를 가리지 않고 뿌리고 거두기 위해서였다. 그렇다고 사시장철 뿌리고 거둘 땅이 있는 것도 아니었고, 논두렁에 떨어진 콩꼬투리나 채마밭에 남아 있는 꽁배기 하나라도 예사로 지나치지 않고 주워 담고, 봉당 언저리건 뒷간 모퉁이건 남의 텃밭머리건 빈 땅만 보면 후비적후비적 파고 씨 뿌리기엔 허리에 찬 종댕이와 그 속에 든 호미가 매우 유용했을 뿐이었다.

처만네는 모든 개성 여자들이 그렇듯이 임질을 잘했다. 물동이쯤 머리에 이고는 전혀 뭘 이었다는 걸 의식하지 않은 양 자유자재로 요두전목을 하고, 구경할 거 다 하고 참견할 것 다하며 두 팔을 휘젓고 다녔다. 모처럼 나들이할 일이 생겨 버선 신고, 맨머리로 길을 걸을라치면 머리가 붕 공중으로 뜰 것처럼 허전해서 하다못해 버선이라도 쑥 뽑아 두 절로 접어 머리에 얹어야 걸음이 제대로 걸렸다.

허리엔 종댕이 차고, 등엔 아이 업고, 머리엔 임을 인 어머니 외의 어머니 모습을 전처만은 지금도 상상할 수가 없었다.

마마로 어린것을 잃은 후 전 서방은 아내 배 속에 또 하나의 씨앗만 뿌려놓고 훌쩍 마을을 떠났다. 송도로 나가 장삿길을 터보겠다고 했다. 죽자꾸나 소작을 부쳐봤댔자 마당질하고 나면, 타작마당 쓸어 담은 검부러기에 섞인 싸라기까지 골라 바치고 손 털고 일어나야 하는 가혹한 수탈에 천생의 농사꾼도 마침내 땅을 버릴 어려운 결심을 한 것이었다. 그는 이태 만에 돌아왔는데, 신수도 훤해졌거니와 전대 속엔 몇 닢의 은자까지 들어 있었다. 생전 처음 보는 은자에 기절초풍하게 놀란 처만네는 동네방네 불고 다녔다. 곧 땅도 사고 삼포도 살 거라는 허풍은 며칠이 안 가 당시 개성상인 사이에서 성행하던 홍삼의 청국 밀무역에 전 서방도 가담했을 거라는 그럴듯한 소문이 되어 마을에 자자하게 퍼졌다. 보부상으로 떠돌면서 자기가 정말 하고 싶은 건 장사보다는 농사라는 걸 뼈저리게 느끼고 오로지 땅뙈기 장만할 희망 하나로 온갖 고초와 수모를 견디고 환향한 전 서방에겐 청천벽력 같은 소문이었다. 그는 관아에 끌려가서 문초를 받을까 봐 전전긍긍한 끝에 이 생원에게 탄원을 하면 관원에 끌려가지 않을 수도 있으리라는 데 생각이 미쳤다. 아직도 이 생원의 친척이라는 서울 양반은 개성 유수로 있었고 그 연줄로 아전 자리라도 하나 얻어걸릴까 해서 청을 드리러 드나드는 무리가 이 생원 댁 문전에 줄을 잇고 있었기 때문이었다. 그는 붙들려 가기 전에 이 생원에게 탄원해보리라는 자신의 꾀에 스스로 감탄했고, 미리 마음을 놓았다. 자기 막내아들에게 젖을 먹여준 은혜를 생각해서라도 이 생원이 그의 탄원을 괄시할 수 없으리라는 게 전 서방의 순진한 생각이었다. 그러나 미처 청탁을 드리러 들어가기도 전에 이 생원 댁 하인들이 포졸 찜 쪄 먹을 기세로 들이닥쳐 전 서방을 잡아갔다. 물론 관아가 아니고 이 생원 댁 사랑마당이었다.

  종놈들의 우락부락 막돼먹은 버르장머리 없음과 정자관 밑에서 꿈틀대는 이 생원의 숱이 짙은 눈썹과 비정하고 교만한 눈빛에 질린 전 서방은 혀가 굳어져서 자신의 무고함도 아드님을 길러낸 제처를 봐서라도 생원님이 이러실 수가 있느냐는 원망도 아뢰지 못하고 그저 온몸을 사시나무 떨듯 떨기만 했다. 전 서방 따위가 이 생원의 적수가 될 수 없었다. 이 생원은 처음부터 전 서방을 갖고 놀려들었다.

"여기서 백 냥어치 인삼을 청국놈한테서는 3백 냥, 4백 냥씩 받는다며?"

"그걸 소인이 어드렇게 알겠시니까요."

"돈푼이나 있는 청국놈들은 아편을 담배처럼 피워서 몸뚱이를 망친다는데, 아편으로 곯은 몸엔 홍삼이 직효라더라. 그러니 다섯 곱 아니라 열 곱을 받아도 싸지 안 그런가?"

"그러믄입쇼, 그러믄입쇼. 지당하신 말씀입니다요."

"이놈, 뭐가 지당하다고? 되놈과 내통해서 나라의 귀중한 재물을 팔아 사복을 채운 죄가 얼마나 크다는 걸 알고나 함부로 주둥이를 나불대는 게냐? 모르는 척 시침을 뗄 작정이냐? 아무리 무지랭이로서니 국법을 어기고 번 재물을 온전히 지닐 줄 알았더냐? 응큼한 놈 같으니라구."

"억울합니다요. 생원님 정말입니다요. 등짐장수로 조선 팔도 안 누빈 데가 읎습죠만 청국 사람이 어드렇게 생겼는지 먼발치로 구경한 적도 읎습니다요. 정말입니다요. 어드렇게 감히 생원님 앞에서 가짓말을 시킬 수 있겠습니다까요."

"그놈 왜놈은 보았겠구나?"

"네? 왜놈이라뇨?"

"네놈이 끝내 시침을 떼는 걸 보면 관아에 가서 문초를 받아야 이실직고할 모양이로구나. 한동네 사는 의리로 봐주려고 했더니 안 되겠구나."

"아, 아닙니다요 나으리, 뭐든지 다 바른대로 고할 테니 제발 소인을 관아로 넘기지만 말아주십시오. 네 생원님."

"되놈은 못 봤다니 왜놈이 어떻게 생겼는지 고하라는밖에."

"아이구 생원님, 소인을 그저 죽여주십시오."

"왜놈한테 홍삼을 판 게 사실이렷다. 하긴 왜놈이 되놈보다 더 비싼 값으로 홍삼을 탐한다 하더라. 왜국에선 홍삼이 무슨 병에든지 듣는 만병통치약으로 통한다니까. 게다가 건강한 사람이 먹으면 양기에 그만이라고 알려졌다니 호색하는 민족이 값을 안 아끼고 탐할 만하지. 열 곱 장사는 실히 되었겠구나."

이 생원의 말끝이 별안간 은밀해졌다. 그러나 전 서방은 정신 바짝 차리고 허위적댈밖에 없었다.

"아이구 생원님, 소인은 정말 모르는 일입니다요. 소인 같은 무지랭이가 어드렇게 왜놈하고 장사를 틀 수가 있겠습니까?"

"아니 땐 굴뚝에 연기 날까. 소문이 자자한데도 끝내 잡아뗄 작정이냐?"

"그건 음해입니다요. 은자 몇 푼 벌어온 걸 시기하는 자들의 음해입니다요."

"이제야 슬슬 실토를 하는구나. 그래 네놈이 무슨 수로 전대로 하나 가득 은자를 차고 환향을 하였더냐. 밀무역을 안 했다면 도적질을 했느냐?"

"도둑질이라뇨. 생원님. 제발 굽어살피시어 갈수록 당치 않은 말씀일랑 거두어주십시다요."

"네놈이 끝내 내 말을 당치 않은 말로 잡아뗄 작정이로구나. 그렇게도 관가의 곤장 맛이 보고 싶으냐?"

"생원님, 잡아뗄래서 떼는 게 아니라, 첫째로 전대로 은자가 하나 가득이란 말씀이 당치 않사옵고, 도둑질해 벌었다니 더욱 당치 않은 걸 어드렇거니까? 전대 속에 은자 몇 냥 싸고 싸 가지고 돌아온 건 사실이오나 천지신명께 맹세하고 그건 어찌어찌해서 주인을 잘 만나 신용으로 피륙을 몇 필 얻을 수 있어 그걸 밑천으로 조선 팔도를 발톱이 빠지게 누비며, 눈썰미로 동무들한테 배운 대로 해물로도 바꾸고, 지물로도 바꾸고, 곡물로도 바꿔, 그런 게 귀한 고장에 당도하면 되넘기기를 이태 동안 하다 보니 본전에 변을 얹어 갖고도 떨어지는 게 어찌 옳겠시니까?"

"이런 고얀 놈 봤나. 네놈이 이태 동안 장사를 해서 은자를 전대로 하나 가득 벌었다는 걸 누가 믿겠느냐? 내가 그걸 믿고 너를 그냥 풀어줬다간 다 장사꾼으로 나가 농사지을 놈이 하나도 안 남는 후환을 남길까 두렵구나."

"생원님, 장사는 아무나 하는 게 아닙니다요. 돈 벌기가 그렇게 쉬우면 소인이 뭣 하러 돌아왔겠시니까? 그건 번 게 아니라 순전히 제 용을 이를 악물고 안 쓴 게 모인 기막힌 돈입니다요. 잠은 남의 추녀 밑이나 헛간에서 자지 않으면 한뎃잠이 일쑤고, 먹는 건 빌어먹기도 하고 굶기도 하다가, 잔칫집이나 초상집을 만나면 허기를 채우길 이태를 해서 겨우 모은 돈이 단돈 은전 몇 닢입니다요. 생원님, 소인의 말씀에 추호의 어김도 읎다는 건 하늘이 아십니다요."

처음엔 벌벌 떨기만 하던 전 서방도 하도 앰한 조련질을 당하다 보니 제법 너스레를 떨 만한 배짱이 생긴 것 같았다. 꾸역꾸역 몰려들었던 구경꾼들도 같은 농사꾼 처지이건만 사촌이 논을 사면 배 아픈 소갈머리인지라 전 서방의 억울한 곤경을 되레 고소해하다가 전 서방의 말발이 그럴듯하게 돌아가자 금세 동정하는 기색이 역력했다.

그때 이 생원은 무슨 생각에선지 하인을 시켜 주안상을 내오게 했다. 주안상은 조촐했으나 석쇠를 얹은 화로가 딸려 나왔다. 이 생원은 자작으로 약주잔을 기울이며 노비를 시켜 석쇠에다 고기를 굽게 했다. 고기는 비계가 많은 제육이어서, 불꽃과 연기와 함께 양념이 타는 냄새와 누린내가 진동을 했다. 마침 날은 어둑어둑한데 비계가 지글대며 불꽃이 환하게 넘실댈 때마다 이 생원의 숱이 짙은 눈썹 언저리와 기름기가 번드르르한 입가엔 잔혹하고 식욕적인 미소가 괴기하게 넘실댔다.

"느이들 이게 무슨 고긴 줄 아느냐?"

이 생원은 제육 구운 걸 혼자서 꾸역꾸역 먹다 말고 전 서방에게랄 것도 하인배들에게랄 것도 구경꾼들에게랄 것도 없이 혼잣말처럼 중얼댔다.

"그놈의 볼깃살 비계 한번 푸지다."

이 생원의 혼잣말을 계속됐다.

"이게 무슨 고긴고 하니 재 너머 소리개 사는 호뱅이 아비 볼깃살이야. 그 아비가 우리 집 문지방이 닳도록 드나들며 애걸하여 내가 호뱅이란 놈을 개성부 관아의 문졸로 천거한 건 세상이 다 아는 일이다. 문졸이면 얼마든지 세도를 부릴 수 있는 자린데도 그 아비가 그 후엔 발을 딱 끊고 의당 차려야 할 도리를 안 차리길래 잡아다 족쳤더니, 자식이 문졸이 되기 전이나 된 후나 하루 세끼 피죽도 못 얻어먹긴 마찬가지라고 개수작을 부리더구나. 하, 같잖아서. 그래서 내가 자식이 문졸인 걸 자세하여, 억울한 소장을 들고 아문을 통과하려는 백성의 등을 쳐먹은 사실을 밝혀내서 관아로 넘겼지. 넘기면서 포졸들한테 그 영감의 볼깃살을 두어 근만 베어다 달랬다네. 정말 피죽도 못 얻어먹었나 보려고. 다들 보게나, 이게 어디 피죽도 못 얻어먹은 영감의 볼깃살인가."

이 생원의 말은 물론 정말이 아니었다. 소리개 사는 호뱅이 아비가 얼마 전에 관가에 붙들려 갔다 나와서 장독을 앓고 있는 건 사실이지만 볼깃살을 베어주었단 소리는 못 들었고 당초에 그럴 만한 볼깃살이 있는 늙은이도 아니었다. 이 생원은 약주가 거나한 김에 횡설수설 되는 대로 지껄이고 있을 뿐인지도 몰랐다. 그러나 번연한 제육을 인육이라고 우기는 주장은 예사 주정하곤 달랐다. 매캐하고 누릿한 고기 타는 냄새에 군침이 흘러 어쩔 줄 모르던 소증난 늙은이도 별안간 작년 추석에 먹은 송편이 올라올 것처럼 비위가 상해 얼굴을 고약하게 일그러뜨리고 자리를 피했다. 하인배들도 악몽을 꾸고 있는 것처럼 심사가 뒤숭숭해서 뒷손질로 제 볼기를 꼬집어보고 고개를 갸우뚱했다.

"그놈의 볼깃살 순 비곗덩어리잖아."

비계가 오그라들면서 또 한 번 큰 불길이 횃불처럼 타오르자 이 생원은 이렇게 말하면서 끝이 날카로운 이빨을 드러내고 희희덕댔다. 그는 술김에 다만 객쩍은 농담을 즐기고 있는지도 몰랐다. 그러나 그의 의도가 무엇이든지 간에 사랑마당의 분위기는 저절로 기괴하게 돌아가고 있었다. 사람들은 말없이 그냥 이심전심으로 이 생원이 제육을 한사코 인육이라고 우기는 게 단순한 술주정이 아니라, 앞으로 차마 인두겁을 쓰고는 못 저지를 일을 저지를 수도 있다는 무시무시한 예고라고 느끼고 있었다. 그래서 어떤 사람은 벌써 꽁무니를 뺐고, 어떤 사람은 숨이 찼고, 어떤 사람은 소름이 끼쳤고, 어떤 사람은 다리가 벌벌 떨렸다. 그리고 당사자인 전 서방은 두 손을 모아 싹싹 빌면서 은자를 전대째 갖다 바칠 테니 한 번만 용서해달라고 처절하게 애걸을 했다. 이 생원은 제육 맛과 함께 약한 자들의 이런 형형색색의 반응을 천천히 음미하려는 듯이 둘러보기 시작했다.

그때 둘러선 구경꾼 사이에 전처만 소년도 끼어 있었다. 처음부터 일의 진행을 낱낱이 지켜본 소년은 이 생원이 제육을 인육이라고 우기자 정말 인육을 씹고 있는 괴물을 보는 것처럼 치가 떨렸다. 저런 끔찍한 괴물을 가만둘 수 없다는 힘찬 아우성과 분노로 뜨겁게 용솟음치는 젊은 피로 하여 소년의 몸뚱이는 곧 파열할 것 같았다. 그러나 소년을 꼼짝도 할 수가 없었다. 겁이 나서도 아니고 때를 기다려서도 아니었다. 너무나 엄청난 분노와 증오는 정지한 것 이상의 표현을 불가능하게 했을 따름이었다. 소년은 숨도 안 쉬는 것처럼 경직된 채 꼼짝을 못 하고 서 있었다. 그러나 돌파구가 전혀 없는 것은 아니었다. 그의 두 눈이야말로 그의 분노와 증오의 피할 수 없는 돌파구였다. 그는 스스로도 그걸 느끼고 있었다. 그는 자기의 눈이 이 생원을 향해 불길을 내뿜고 있는 것처럼, 비수를 겨누고 있는 것처럼 느꼈다. 눈빛만으로 능히 이 생원을 살해할 신통력을 믿으며 소년은 이 생원을 노려보았다. 설사 신통력을 믿을 수 없다 해도 소년은 그 일을 멈출 수가 없었다. 소년의 눈빛이 불길이 되고 비수가 된 건 전혀 소년의 의지와는 상관없는 일이었다.

　자작으로 술을 마시면서도 질탕한 잔치판의 상객이 된 것처럼 흥겹게 취한 이 생원의 몽롱하면서도 간교한 시선이 드디어 소년의 눈길과 부딪쳤다. 이 생원은 술이 확 깨면서 하마터면 술잔을 놓칠 뻔했다. 이 생원은 취중답지 않은 말똥말똥한 의식으로 소년이 강렬하게 내뿜고 있는 불길과 비수를 분명하게 판별했다.

　"저런 고얀 놈 봤나. 저 저놈은 전 서방의 자식 처만이놈 아니더냐. 네 이놈, 네가 나를 죽일 듯이 노려보면 어쩔 테냐. 저런 발칙한 놈이 있나. 그래도 고개를 숙이지 못할까? 고개를 숙이기 싫으면 눈이라도 감으렸다. 얼른 눈을 감으라는데."

　이 생원이 고래고래 악을 쓰며 미친 듯이 날뛰었다. 그는 두려워하고 있었다. 상것의 자식을 두려워하다니 말도 안 된다고 생각하면서도 가슴이 섬뜩하도록 두려웠다. 그러나 뜨거운 불길 같기도 하고 차디찬 비수 같기도 한 소년의 눈길은 미동도 안 했다. 소년 자신도 어쩔 수가 없었다. 당장 죽인대도 눈을 감을 수가 없을 것 같았다. 깜박일 수조차 없었다. 드디어 이 생원이 화로에서 부젓가락을 빼들고 일어섰다. 흉악한 얼굴이었다.

"네놈이 그런 눈으로 나를 노려보면 어쩔래? 당장 물러가든지 꿇어 엎드리지 못할까? 저, 저런 독한 놈 봤나, 네가 외눈 하나 까딱 안 하면 어쩔래. 조오타. 내 이 부젓가락으로 네놈의 그 눈깔을 빼놓고 말 테다."

이 생원이 부젓가락으로 소년을 겨누면서 사랑마루를 천천히 내려섰다. 눈 뜨고 못 볼 참상에의 예감으로 내남없이 간이 콩알만 하게 오그라들어 숨도 크게 내쉬지 못했다. 다만 전 서방만이 이 생원에게 온 몸으로 매달리며 애걸했다.

"안 됩니다요. 그 자식은 비록 셋째지만 저희 집안의 기둥입니다요. 그 자식만은 온전해야 합니다요. 철이 덜 나서 그런 걸 나으리가 봐주셔야지 어드럭허겠시니까. 네 나으리. 차라리 그것으루다 제 눈깔을 빼가시오. 이놈의 눈깔을요."

그러나 이 생원은 들은 척도 안 하고 곧바로 소년을 향해 한 걸음 한 걸음 다가갔다. 소름이 끼치게 무서운 형상이었지만 이 생원 역시 허수아비에 지나지 않았다. 그는 자기가 무엇을 하려는지 전혀 깨닫지 못하고 다만 소년의 눈길에 한 발자국 한 발자국 빨려들고 있을 뿐이었다.

이 사건은 결국 피를 보고 끝났다. 이 생원이 부젓가락으로 소년의 눈을 뽑기 전에 전 서방이 먼저 기성을 지르면서 제 손으로 제 눈을 후벼 판 것이었다. 소년도 구경꾼들도 그제서야 비명을 지르면서 전 서방에게 달려들었고, 이 생원도 악몽에서 깬 것처럼 식은땀을 흘리며 부젓가락을 내던졌다.

　제 몸에게 입히는 자해란 제아무리 마음을 독하게 먹는다 해도 한계가 있는 법이어서 전 서방도 눈을 찔렀을 뿐 눈알을 뽑아내지 못했다. 그러나 다친 두 눈 중 한 눈은 기어코 실명을 하고 말아 죽는 날까지 '애꾸눈 전 서방' 이란 별명을 면치 못했다.

　전처만 소년은 아비의 상처가 아물기도 전에 샛골을 떠났다. 아비는 소년에게 전대 속의 은자를 내주었다. 소년은 그것을 구태여 사양하지 않고, 그중 몇 냥만을 받았다. 소년에게 그것은 밑천인 동시에 아비가 먼저 닦아놓은 장삿길이기도 했다. 샛골에서 개성 성내까지는 20리 길이었다. 마지막 고개인 용수산에 오르니 개성 시가지가 한눈에 바라보였고 시가지를 사이에 끼고 수려한 송악산이 우뚝 마주 서 있었다. 생전 처음 보는 대처에 소년은 황홀한 눈길을 보냈다. 소년의 눈에 그 고장은 온통 은백색으로 빛나 보였다. 사람이 밟고 사는 땅이 어찌 저리 새하얄 수가 있을까. 그 영화로운 이름이 사해에 떨쳤다고 전해지는 고려의 서울다운 위엄은 찾아볼 길 없었으나 어딘지 기품이 서린 고장이었고, 상업의 중심지다운 활기가 소년의 심장을 울렁거리게 했다. 소년은 발 아래로 바라보이는 도시를 두고 엄숙하게 맹세했다.

큰 부자가 되리라고. 샛골땅을 다 살 만큼 돈을 벌기 전엔 절대로 용수산을 넘지 않으리라고.

맹세를 끝마친 소년은 자신의 핏속에서 먼먼 조상의 피가 살아 움직이는 걸 느꼈고, 그런 느낌이 소년을 자신 있고 늠름하게 했다. 소년의 먼먼 조상 역시 같은 맹세를 하고 있었다. 의롭지 못하게 비롯된 새로운 왕조에 나아가 벼슬을 함으로써 망국의 한을 더욱 욕되게 하느니 차라리 돈을 벌자, 새로운 왕조의 이념인 유교가 가장 능멸하여 거들떠보지 않는 장사꾼이 되어 돈을 벌자고.

안에서 계집종이 점심상 봐뒀으니 듭시라는 전갈을 해왔다.
"왜 태임이하고 겸상을 보지 않고……."
전처만은 외상을 받고 나서 옆에서 시중을 들려는 둘째 며느리에게 불만스러운 듯이 물었다.
"아버님도……. 어드렇게 그럴 수가 있겠시니까?"
그녀도 시아버지의 태임에 대한 유별난 편애를 알고 있었고, 늘 그걸 불만스럽게 여기고 있었지만 감히 입 밖에 내진 못했다.
"태임이도 편수를 좋아하느니라."
"염려 마십시오. 찬간에서 사촌들하고 같이 먹게 두루기상을 봐놨습니다요."
"나박지가 시원하구나."
전처만은 도무지 식욕이 나지 않아 두어 번 김칫국물만 훌쩍거리면서 말했다. 영감은 음식 솜씨 칭찬이 듣고 싶어 잔뜩 기대하고 있는 며느리의 존재를 잠시 잊고 생각에 잠겼다.

문수의 자식놈이 내 집 사환으로 들어올 줄이야. 문수는 바로 그의 어머니의 젖을 얻어먹고 자란 이 생원의 막내아들이었다. 젖을 빼앗긴 동생의 이목구비를 분간할 수 없을 정도로 진물과 딱지를 뒤집어쓴 얼굴과 죽는 순간까지 젖을 찾아 날름대던 붉은 혀가 생생하게 떠올랐다.

"아버님 제육 좀 드십시다요."

솜씨 칭찬에 언제나 자상하던 시아버지가 오늘따라 맛을 알고 드는지 모르고 드는지 분간을 못 하게 무덤덤한 식사를 하자, 며느리가 참다못해 이렇게 채근을 했다. 그녀가 삶아서 눌렀다가 썬 제육 편육을 전 영감은 특히 좋아해서 도당 곡기(덕물산 도당 굿 때, 최영 장군에게 바치는 돼지고기. 이 나라에서 가장 맛있는 고기로 치는 유명한 고기)보다 맛있다는 최고의 찬사를 아끼지 않았었기 때문이다. 그러나 전 영감은 제육 소리에 눈살을 찌푸리더니 화를 버럭 냈다.

"치워라, 썩. 꼴 보기 싫다."

그러더니 편수도 반 그릇이나 넘어 남기고 수저를 놓는 게 아닌가. 시아버지의 젊은이 못지않은 식탐을 아는지라 곧 한 그릇 더 대령할 수 있도록 불을 아주 꺼뜨리지 말고 양지머리 국물을 밍근히 끓이고 있으라고 일러놓고 있던 며느리는 크게 실망하고 행여 뭘 잘못했나 싶어 어쩔 줄을 몰랐다.

"잘 먹었다. 상 물리거라."

"아버님 편수 소 간이 안 맞았으면 진지를 조금이라도 잡수시지요. 곰삭은 그이장(게장)이 여간 별미가 아니올시다요."

"아니다. 편수 소 간이 안 맞긴. 누구 솜씨라고."

전 영감은 뒤늦게 며느리 솜씨 칭찬을 빠뜨린 걸 깨닫고 이렇게 마지못해 비위를 맞추었다. 그래도 뭐든지 더 권하려고 안달을 하는 며느리가 부담스러워 전 영감은 얼른 자리를 뜨면서 말했다.

"내 먼저 전에 나가 있을 테니 태임인 김심 먹고 나거던 내보내려무나. 참 김심 먹던마다 내보내지 말고 느이 아이들하고 조금 놀리다 내보내는 게 좋겠다. 그 아이가 늘 혼자서만 지내서 너무 일찍거니 어른 흉내만 내는 것 같아 불쌍해서 그런다."

며느리는 속으로 이 집 손자 손녀 이름도 제대로 몰라 늘 느이 아이들이라고 훗두루 몰아 부르면서 태임한테만은 지나친 자상함을 드러내는 시아버지가 야속했지만 감히 내색하진 못했다.

전엔 청포전의 젊은 도중들이 모여서 세상 돌아가는 얘기를 하고 있다가 전 영감이 들어서자 모두 일어서서 공손히 맞았다. 부성이는 점심 전에 전에서 있었던 일을 도무지 이해할 수가 없었지만 그 일로 아직도 아버지의 심사가 울적하다는 것만은 헤아릴 수가 있어 될 수 있는 대로 가벼운 이야깃거리에 아버지를 끌어들이려고 애썼다.

"아버님, 이 사람이 엊그제 한양을 다녀왔는데 아주 큰 봉변을 당할 뻔했다지 뭡니까요."

"자네도 아마 양인을 본 게로구만."

전 영감이 시큰둥하게 넘겨짚었다.

"아니 아버님이 그걸 어드렇게?"

"더 알아맞히련? 양인이 길에서 흘레를 붙었겠지?"

"아, 아닙니다요. 저희끼리 흘레를 붙고 싶으면 붙으라죠. 어차피 인류를 배우지 못한 오랑캔 걸입쇼. 그까짓 게 우리덜한테 봉변이 될 게 뭐 있시니까?"

"그게 아니굽쇼, 아버님. 이 사람이 양인한테 혼을 빼앗길 뻔했다지 뭡니까."

"혼을? 어드렇게?"

"아버님도 그들의 그 신기한 기계에 대해선 모르셨군요?"

"그럼 양인들이 사람 혼을 빼앗는 기계를 가지고 다닌단 말인가?"

"글쎄 그렇다니까요."

"남의 혼은 빼앗아다 뭣에 쓸려고. 사람은 각기 제 혼 하나만 제대로 간수하면 되거늘."

"그건 인륜과 분수를 아는 우리나라 사람 생각입죠. 인륜보담은 편리한 기계를 더 치는 양인 속셈을 우리가 무슨 수로 짐작이나 하겠시니까."

"그런 기계를 자네가 눈으로 직접 보았는가."

"보다마다요. 혼을 빼앗길 뻔했다니까요."

"어드렇게 생긴 기곈데."

"목에 걸고 다닐 수 있는 요만한 까만 상자곽인데 가운데는 뚱그란 눈이 하나 달렸습구요."

"그게 혼 빼는 기계라는 걸 자네는 어드렇게 알아봤는가?"

"우리나 모르고 있지 한양 사람들 사이에선 벌써 소문이 자자한 걸입쇼. 그걸 목에 건 양인이 나타나면 혼비백산해서 도망치느라고 난리고, 철없는 아이가 모르고 도망을 안 치면 에미가 차라리 제 혼을 빼앗길지언정 자식만은 구하려고 뛰어드는 모습이 처절허다 헙니다요."

"그러니까 다들 그 혼 뺏는 기계를 믿는단 말이지?"

"안 믿는 사람도 더러는 있었답니다요. 일부러 당해본 사람도 있었굽쇼."

"일부러 당해보았다면 그 기계의 성능을 알아보았을 게 아닌가?"

"여부가 있나요. 겁 읎고 의심 많은 한 친구가 글쎄 일부러 당허길 자청하고 나섰더랍니다. 그랬더니 그 사람을 반듯하게 세워놓고 저만치 물러나더니 총을 겨누듯이 외눈으로 기계를 겨누더랍니다. 이윽고 기계에서 찰칵 소리가 나자마자 벌써 혼이 반쯤 나간 것처럼 정신이 멍허더래요."

"그러니까 그 기계한테 혼을 반만 빼앗겼단 말이지?"

"아니죠. 그랬으면 좋게요. 그 친구도 종가에서 전을 보는 친군데 며칠 만에 그 양인이 찾아왔드래지 뭐니까. 제가 빼가진 혼을 여봐란 듯이 가지고서요. 그 친구 말고도 여럿이 함께 봤는데 영락읎는 그 친구 화상이 찍혔드랍니다. 혼백이니까 빛깔은 읎이 부연 연기 같더래요. 제 혼백을 제 눈으로 똑똑히 본 그 친구 심정이 오죽했겠시니까."

"그 후 그 친구는 어드렇게 되었나?"

"시난고난 앓다가 석 달 안에 죽었다고 합니다. 잘 죽었죠. 사람이 혼백 읋이 살아봤댔자 죽은 목숨보다 나을 게 뭐 있겠시니까?"

"이 나라가 어찌될려고 양인들에게 문을 열었는지, 참말로 한심한 노릇이 어디 한두 가지여야죠."

여태까지 듣고만 있던 그중 젊은 도중이 입맛을 쩍쩍 다시면서 참견을 했다.

"우리네 장사꾼이야 나라 형편이 어찌되든지 상관할 게 뭐 있나. 정치의 혼란기가 장사꾼한테는 한몫 잡을 수 있는 바라던 기회였던 게 어디 한두 번이었나."

"난 안 그렇게 생각하네. 각지에서 일어나는 민요로 전 재산을 잃거나 불태워버린 송방이 적지 않단 소문도 못 들었나?"

"참, 아버님."

부성이가 갑자기 정색을 하더니 좌중 눈치를 살피고 나서 말을 이었다.

"이렇게 납신 김에 샛골에도 잠시 들르시면 안 되겠시니까?"

"왜, 이성이네 삼포에 무슨 일이 있다더냐?"

"아, 아닙니다요. 그런 건 아니옵고 소문이 하도 이상해서요."

"뭔 소문인데?"

"이성이네 삼포뿐 아니라 크고 작은 삼포마다 타관에서 온 수상한 거간꾼들의 출입이 부쩍 잦다는 소문이 어째 마음에 걸려설라므네요."

"이성이가 근래에 다녀간 일이 있는?"

"아닙니다요. 개가 어디 요즈음처럼 바쁠 철에 삼포 비울 앱니까. 또 예까지 왔다가 아버님 안 뵙고 갈 애도 아니구요."

"안 그래도 샛골 일이 궁금하던 차였다. 내 횡하니 들렀다 오마. 실은 너한테도 의논하고 싶은 일이 있어 들렀다만 손님들도 있고 허니 이따 보자."

"20리 길입니다. 아버님. 하룻밤 묵어 오시지요."

"머나먼 의주길도 내 걸음이 너희들보다 빠른 거 모르는? 해 안에 다녀오마."

"그러시면 태임인 그냥 안에서 놀리도록 허십시다요."

"그러는 게 좋겠구나. 아니다. 앞세우고 가고 싶다. 그까짓 거 당일치기 못 허면 대수냐. 태임이도 샛골을 좋아허거던. 그 애가 좋다면 며칠 묵었다 올지도 모르겠다. 그리 알고 큰집에 그렇게 전갈허렴."

태임인 샛골 막냇삼촌댁에 가자는 할아버지의 말에 다소곳이 따라 나섰지만 그전처럼 좋아라고 깡충거리지를 않고 신중했고, 반듯한 이마엔 나이에 걸맞지 않은 우수가 그림자처럼 드리워져 있었다.

종상이 때문인가? 나잇값도 못하고 어린것한테 그런 꼴을 보여주다니. 아니지. 태임인 뭐든지 알고 있어야 해. 전처만은 어린 손녀의 팔자에 깊이 관여하고 싶어하는 자신이 딱했지만 억누를 수가 없었다.

몇 번 할아버지와 동행한 적이 있는 태임은 말없이 고남문 쪽으로 길을 인도했다.

"아니다. 오늘은 용수산으로 해서 가자. 너도 이만치 자랐으니 용수산을 넘을 수 있을 게다."

"네, 할아버지."

그가 처음으로 개성 시가를 바라보던 그 자리에서 태임이와 함께 그 아름다운 고도, 은빛으로 빛나는 고장을 바라보고 싶었다. 그러나 전처만은 그의 이런 속뜻을 감추고 짐짓 쾌활하게 이렇게 말했다.

"이맘때가 용수산이 가장 아름다운 때란다. 싱아도 한참 먹을 만한 때지. 용수산엔 싱아가 많을걸. 태임이도 싱아를 좋아하쟈?"

"네, 할아버지."

"그래 계집애들은 다 싱아를 좋아하지. 아녀석들은 칡뿌리를 좋아하고. 칡뿌리도 이맘때가 제일 단물이 오를 때지."

용수산 고개는 가팔랐다. 개성 시가를 한눈에 내려다볼 수 있는 마루턱 훨씬 못 미쳐서 태임은 할딱이며 뒤처지기 시작했다.

"쉬었다 가련? 조금 더 올라가면 샘터가 있는데 거기서 쉬려 했더니 안 되겠구나."

전 영감은 태임의 이마에 밴 진땀을 무명 수건으로 닦아주며 말했다. 땀은 닦아줄 수 있어도 우수를 지워줄 수 없는 게 전 영감은 못내 가슴 아팠다. 4월 파일이 며칠 안 남은 용수산은 한때 온 산을 새빨갛게 물들였던 진달래가 지고 바야흐로 잎이 피어날 시기였다. 그러나 수수꽃다리는 꽃이 한창이어서 그 향기가 숨이 막히게 짙었다. 태임은 마냥 다리를 쉬고 앉아 한 손으로 풀을 쥐어뜯고 있었다. 그 목고개의 선이 애처롭도록 고왔다. 태임이 가만가만 떨리는 소리로 노래를 부르기 시작했다.

앞산에는 빨간 꽃요
뒷산에는 노란 꽃요
빨간 꽃은 치마 짓고
노란 꽃은 저고리 지어
풀 꺾어 머리 허고
그이(게)딱지 솥을 걸어
흙가루로 밥을 짓고
솔잎을랑 국수 말아
풀각시를 절시키세
풀각시가 절을 허면
망건을 쓴 신랑이랑
꼭지꼭지 흔들면서
밤주먹에 물 마시네

구슬을 굴리듯이 맑고 고운 목소리가 전처만의 심금을 미묘하게 휘저었다.
아, 전처만은 지난날 북경 거리에서 본 양인 남녀처럼 거리낌 없는 애정 표현을 손녀와 나누고 싶다는 갈망을 억제하느라 무겁게 신음했다.
"할아버지가 싱아 꺾어다 주련?"

전처만 영감은 두루막자락을 허리까지 걷어 올리고 풀숲을 헤쳤다. 싱아가 연하고 맛있는 철이었다. 싱아는 지천으로 있었다. 상수리나무 사이로 아름다운 장끼가 푸드득 날며 큰 소리로 울었다. 까투리를 부르는가 싶어 영감은 숨을 죽이고 기다렸다. 그러나 까투리의 모습은 보이지 않았다. 영감은 한숨을 쉬면서 허리를 폈다. 있는 둥 마는 둥한 산들바람에 아직 어린 이파리들이 살랑대는 사이로 우러른 하늘이 주렴 사이로 본 하늘보다 더 황홀하고 감질이 났다. 전 영감은 한 움큼의 싱아를 꺾어가지고 태임이 곁으로 돌아왔다. 태임의 숱이 많고 윤기가 나는 머리꼬랑이가 노란 숙고사 저고리 등을 타고 내리다가 겨드랑 밑으로 돌아 치마폭에 서릴 만큼 치렁치렁한 게 영감 보기에 언짢았다. 태임이가 숙성한 게 싫었다. 마냥 슬하에 두고 싶었다. 영감은 말없이 싱아 껍질을 벗겨 연한 줄기를 태임에게 내밀었다. 머리꼬랑이에 물린 댕기를 가지고 손장난을 하고 있던 태임이가 그걸 받아 씹으며 부르르 진저리를 쳤다. 꽤 신 모양이다.

"산엔 사시장철 먹을 게 지천으로 있단다. 삘기, 진달래, 송기, 칡뿌리, 송순, 송홧가루, 찔레순, 싱아, 무릇, 멍석딸기, 산딸기, 까마중, 머루, 다래, 가얌, 밤, 도토리……. 할아버지 어렸을 땐 산에서 허기를 달랜 적이 많았느니라."

"그만 쉬고 어서 가요, 할아버지."

태임이가 발딱 일어섰다.

"쉬엄쉬엄 가도 해 안에 당도할 게다. 넌 막냇삼촌네가 좋으냐?"

"샛골이 좋아요."

"샛골이 왜?"

"온종일 싸다녀도 할아버지 땅만 밟으니까요."

태임이가 희미하게 웃으면서 말했다.

"그게 그렇게 좋느?"

전처만은 뜻밖이라는 듯이 반문했다.

"또 있어요. 어디메서 무슨 짓을 하든 누구라 찾지도 않고 상관도 안 하니까 편해요."

"저런 못된 것 봤나."

"그럼 안 되니까? 할아버지."

"아니다. 널더러 그러는 게 아니라 느이 숙모 말이다. 자주 가는 것도 아니고 어쩌다 한 번 가는 조카딸 대접을 어드렇게 그리 소홀히 할 수 있단 말이더냐. 조카딸도 보통 조카딸이면 또 몰라."

"전 그게 좋대두요. 온 집안 식구가 저만 바라보고 제 역성만 들고 그런 게 싫단 말예요. 그게 얼마나 답답한 줄 아시니까?"

"그러니깐 두루 식구들이 널 위하구 귀애하는 게 넌 싫단 소리렷다?"

전처만의 안색이 좋지 않아지면서 따지듯이 물었다.

"싫은 게 아니라 답답해요."

"계집애가 답답한 걸 알아서 뭘 하느? 쯧쯧. 그래 샛골에선 놓아먹인 망아지처럼 멋대로 싸다녔다 이 말이지. 망측한 일이로다."

"망측한 짓은 안 했어요."

"뭘 하고 놀았는?"

"삼포에서 굼벵이를 잡았어요."

"굼벵이를? 네가? 누구라 그런 일을 너더러 하랬는? 응 누구라?"

"아무도 안 시켰어요. 할아버지. 일꾼들이 하는 것 보고 배웠어요. 조금도 안 어려워요. 중툭이 잘려서 쓰러진 삼 밑을 곧바로 파들어가면 영락읎이 굼벵이란 놈이 있는걸요. 그걸 잡아 죽이면 돼요. 저번에도 일꾼 한몫을 한걸요."

"굼벵이 그 징그러운 걸 규중처녀가 잡아 죽이다니, 차마 못할 짓이라는 걸 왜 모르는?"

"할아버지, 굼벵이는 징그럽지만 불쌍하진 않아요."

태임이가 고개를 빳빳이 곧추세우고 할아버지를 똑바로 바라보면서 말했다.

"그래서? 그래서 어쨌다는 게야?"

"차마 못할 짓은 불쌍한 걸 못살게 구는 게지, 징그러운 걸 못살게 구는 게 아녜요, 할아버지."

전 영감은 속으로 뜨끔하면서도 태임이가 아직도 종상이 일을 마음속에 꽁하게 간직하고 있음을 알아차렸다. 전처만은 태임이가 이생원의 손자놈 따위를 좋게든 나쁘게든 불쌍하게든 징그럽게든 생각하고 있다는 것만으로도 참을 수 없는 노여움에 사로잡혔다.

"네가 감히 할애비를 훈계하려 들다니 고얀지고."

그러나 이런 할아버지를 똑바로 쳐다보는 태임은 너무도 당차고도 사려 깊어 보여 전처만의 노여움이 되레 열적어지고 말았다.

"가자, 이렇게 걷다간 해 안에 당도하기 힘들겠다."

농바위고개라고 불리는 오르막길 마루턱엔 장롱같이 생긴 바위들이 세간짐을 한 바리 부려놓은 것처럼 우뚝우뚝 서 있고 그 사이에서 달고도 시린 약수가 샘솟고 있었다. 그곳은 다리가 아프든 안 아프든 잠깐 쉬면서 개성 시가를 한눈에 내려다볼 수 있는 맞춤한 장소이기도 했다. 언제 보아도 아름다운 고장이었다. 그러나 소년 시절 처음 그 고장과 대면했을 때처럼 가슴이 울렁거리진 않았다. 그때는 온종일 산에서 나는 것만 가지고 허기를 달랬는데도 싱싱한 기운이 온몸을 활기차게 했고 거렁뱅이나 다름없는 행색을 하고 있었음에도 오히려 늠름했었다.

나이 탓이야. 내 나이 지금 몇이라고 한창때의 기운을 그리워하남. 이렇게 자신에게 변명했지만 자신이 그리워하고 있는 게 몸의 기운이 아니라 마음의 기운이라는 걸 모르지 않았다. 큰 부자가 되리라. 샛골땅을 다 살 만큼 돈을 벌기 전엔 절대로 용수산을 넘지 않으리라던 맹세를 이룬 것은 전처만이 마흔도 채 되기 전이었고 그 후에도 그는 지칠 줄 모르고 돈을 벌었고, 용수산도 셀 수 없을 만큼 여러 번 넘나들었다. 그가 맹세를 이룬 것은 누가 보기에도 의심할 여지가 없었다. 그런데 왜 이렇게 허전한 것일까? 뼈마디까지 시린 것은 별로 목도 마르지 않은데 습관처럼 떠 마신 약수 때문만은 아니었다. 외로움이 뼈끝까지 사무쳤다.

이 생원의 손자가 그의 청포전 사환으로 들어올 정도라면 이 생원에 대한 앙갚음도 충분히 이룬 셈이었다. 그러나 그가 꿈꾼 앙갚음은 결코 그런 게 아니었다는 생각이 점점 뚜렷해지고 있었다. 벌써 오래 전부터 문득문득 그를 울적하게도 불안하게 하던 것의 정체가 종상이를 보고 나서 확실해졌다고나 할까. 지금보다 비록 외모는 남루했지만 피는 지금보다 훨씬 정결하고 정신은 기운찼을 때 꿈꾼 앙갚음은 이 생원 개인의 집안에 대해서가 아니라 이조의 한껏 타락한 양반 노릇에 대해서였다. 양반 노릇에만 사람 노릇이 있는 게 아니라 이조의 양반이 경멸해 마지않는 장사꾼 노릇에도 귀한 사람 노릇이 있다는 걸 보여주는 거였다. 소년 시절의 전처만은 지금의 그보다 훨씬 무식했건만도 이조의 양반 노릇을 외면하고도 독자적인 번영과 그윽한 기품을 누리고 있는 고려의 옛 서울과 첫 대면한 자리에서 그가 기리던 그런 정신의 맥을 짚은 것처럼 감격해 마지않았었다. 그러나 큰 재산은 거머쥐었을지 모르지만 그런 정신의 맥을 거머쥐진 못했다. 도대체 그런 정신의 맥이 남아 있기나 한 것일까. 그는 그의 생애 태반의 활동 중심지였으며 지금은 손금 들여다보듯이 뻔한 고장을 텅 빈 마음으로 굽어보면서 그렇게 뇌까렸다. 소년 시절의 그를 늠름하게 하던 싱싱한 마음 기운은 간데없고, 다만 물욕을 한껏 채워 나른하고 교만해진 늙은이가 되어 내려다본 고장에 그런 정신의 맥이, 반골의 기백이 남아 있대도 보일 리 만무했다. 마주 보이는 송악산도, 그 기슭의 자하동, 채하동 계곡도 여전히 아름다웠지만 그 옛날의 왕도의 기상도, 망국의 한도 찾아볼 길 없고 다만 나른하고 풍류스러울 따름이었다. 외로움이 다시 한번 뼈끝까지 사무쳤다.

"가자."

그는 화난 듯이 걸음을 재촉했다. 태임이도 쌔근대며 잘 따라갔다. 샛골이 저만큼 바라보이는 동구 밖에서였다. 늘샷갓을 깊이 쓴 두 젊은이가 전처만 곁을 횡하니 지나쳤다. 서로 시선이 마주친 바 없는데도 전처만은 느낌으로 젊은이들이 그를 뚫어지게 쳐다본 것처럼 느꼈고, 그런 느낌은 사뭇 고약했다. 전처만은 그들과 엇갈리고 나서 서너 발자국도 안 가서 휙 돌아섰다. 그 두 사람이 휙 돌아선 것과 동시였다. 아니나 다를까 전처만이 피부로 느낀 것과 조금도 다르지 않은 날카롭고 음험한 시선이 그와 마주치자 잠시 흔들리는가 싶더니 되돌아와 길바닥에서 넙죽 절을 하는 것이었다.

"아이고 하마터면 몰라뵐 뻔했습니다요. 이성이 어르신네 아니시니까?"

"그대들은 뉘고?"

"이성이 친구올습니다요. 네, 그렇습죠. 이성이하곤 죽마지우 간입니다요. 그간 평안하셨시니까? 어르신네."

"허허, 이성이 죽마고우라면 내가 모를라구. 나는 생판 처음 보는 젊은이들인데, 어디메 사는 뉘 댁 자제들인고?"

전처만은 그들이 마음에 안 들었다. 옷깃을 스칠 때부터 남의 눈을 기는 음험한 낌새를 채고 잔뜩 마음을 도사려먹고 있었다.

"저어, 그런 게 아니라 그냥 친한 사이입니다. 이 친구가 좀 무식해서."

처음부터 말없이 친구가 하는 짓을 따라만 하던 다른 젊은이가 간사한 대처 말투로 이렇게 정정을 했다. 그러나 전처만은 그 젊은이가 무식해서가 아니라 몹시 당황해서 그랬으리라고 넘겨짚고 있었다. 왜 이성이 친구가 자기를 보고 그렇게 당황해하는지 알아내야겠지만 나중에 이성이를 통해서 알아내도 늦을 건 없다고 생각했다. 전처만은 그들이 마음에 안 들었을 뿐 아니라, 호락호락 그가 알고 싶어하는 걸 불 젊은이들이 아닐 것 같아 상대하고 싶지가 않았다.

"가보게나. 인사 차리다가 길에서 날 저물겠네."

전처만은 마뜩찮은 눈길로 그들을 일별하고 돌아서서 남은 길을 재촉했다. 그는 이성이네 솟을대문이 한가운데 자리 잡은 마을 앞 길을 그냥 지나쳐 머슴들이 기거하는 삼포에 딸린 오두막으로 먼저 갔다.

낯이 선 날품팔이꾼도 몇 명 섞인 머슴들은 우물가에서 세수를 하고 있었고, 돌쇠 어멈은 커다란 막사발에다 조가 반쯤 섞인 김이 무럭무럭 나는 밥을 고봉으로 꾹꾹 퍼 담아 부뚜막에 늘어놓고 있었다. 그녀는 전 영감을 보자마자 치마에 휘감기는 돌쇠를 휘이휘이 낟알에 꼬여드는 닭 쫓듯이 마을 쪽으로 쫓는 게 아마 안채에 들어가 영감님 온 걸 알리라는 시늉 같았다. 돌쇠가 급한 마음에 질러가려고 둔덕길을 피해 쟁기질해놓은 빈 밭을 가로질렀다. 내년에 묘삼을 옮겨 심을 삼포 예정지는 금년 내내 아무것도 안 심고 놀려야 하지만, 때때로 깊이 쟁기질하는 걸 게을리하지 않았단 표시처럼 돌쇠의 발이 푹푹 빠지면서 보얀 흙바람이 일었다. 굳은 땅으로 돌아가는 것만 못할 텐데 아이는 오히려 그게 즐거운 듯 킥킥대며 팔을 팔랑개비처럼 휘저었다. 어느새 태임이까지 돌쇠 흉내를 내 팔을 휘저으며 밭을 가로지르기 시작했다. 두 아이는 마치 물장난이라도 치듯이 깊이 일구어놓은 모래질 땅에서 허우적대면서 그것을 즐기고 있었다. 아이들이 히히덕대며 앞서거니 뒤서거니 밭을 다 가로지를 때까지 지켜보던 전 영감의 얼굴에 부드럽고 인자한 미소가 번졌다.

"저 애가 글쎄 저렇게 어리다우. 덩치만 숙성하지 아직 어린애라우."

전 영감은 직접 말을 건넨 적이 거의 없는 돌쇠 어멈한테 이렇게 안해도 될 변명까지 해서 그녀를 몸둘 바를 모르게 했다. 그녀는 갈퀴 같은 손을 행주치마로 가리면서 어쩔 줄을 몰랐다. 태임이가 어린애에 불과하다는 게, 어른이 되려면 아직아직 멀어 뵈는 게 영감의 마음을 누그러뜨리고 편안하게 했다. 그러나 곧 근엄한 얼굴로 광이랑 헛간, 외양간을 둘러보기 시작했다. 헛간 모퉁이엔 내일쯤 묘포苗圃에 가토加土할 것인 듯, 사토, 약토, 구재 등이 봉우리 봉우리 쌓여 있고 방금 손질이 끝난 보습은 예리하게 반짝거리고 있었고, 광 속엔 바작, 호미, 쇠스랑, 삽, 괭이, 가래, 지게, 삼태기, 퇴비체, 모래체 등 농기구들이 구색이 고루 갖추어져 있었고, 제각기 길이 잘 들어 있었다. 모든 게 트집 잡을 데라곤 없었다. 그럼에도 불구하고 영감은 트집이 잡고 싶었다.

부성이에게 장사를, 이성이에게 삼포를 물려줄 때, 전 씨네를 아는 사람들은 하나같이 바뀌어 됐다고 수군댔다. 영감이 하는 일이라면 팥으로 메주를 쑨대도 옳다고 믿게끔 길들여진 마누라 홍 씨까지 어느새 망령이 났느냐고 대들 만큼 그 일은 누가 보기에도 부당해 보였다. 어려서부터 부성이는 샛골에서 삼포일을 거들고 총찰하기를 소임으로 알고, 이성이는 청포전에서 산가지 놓고 피륙 감는 재롱부터 부리기 시작했대서만이 아니었다. 부성이는 진국스럽고 고지식하고 참을성이 많고 영감을 닮아 뼈마디가 굵고 강건했다. 이성이는 턱이 예리한 것만 영감을 닮고, 허우대는 외탁을 해서 왜소하고 민첩해서 쥐 같은 인상을 주었다. 성질도 사교적이고 눈치가 빠르고 영악하고 셈을 잘했다. 전 영감은 자신 속에 공존하는 것들이 자식들한테는 나뉘어 나타난 걸 보면서 적이 낭패스러웠다. 특히 자신의 기질 중에서 돈 벌고 농사짓고 세상 살아가는 것과는 별로 상관없으되 가장 많이 아끼고 싶은 씩씩하고 늠름한 마음 기운을 물려주었다고 믿었던 맏이를 잃고 나서는 그런 낭패감이 한층 절절했다.

그렇다고 영감이 남들과 본인들의 기대를 뒤엎고 부성이에겐 장사 수업을 시키고 이성이에겐 삼포 일을 배우게 해 끝끝내 그 길로 나가게 한 게 낭패 끝에 아무렇게나 저지른 착오는 아니었다. 영감은 이성이의 천성의 장사꾼다움 속에 숨은 교활함이 싫었고 그걸 어떡하든 눌러주고 싶었다.

전 영감은 허를 찌를 요량으로 먼저 들른 삼포에서 아무것도 트집 잡을 걸 발견 못 하자 흡족하기보다는 이성의 교활함에 한 수 당한 것처럼 찜찜했다.

아이들의 전갈을 받은 이성이가 안채에서 달음질쳐 나와 공손히 아버지를 맞이했다. 늦은 봄의 꼬리 긴 저녁나절도 어느 틈에 꼴깍 저물어 별안간 한기가 돌았다. 전처만은 이성이의 인도로 마을로 들어가 사랑채에 들었다. 토시도 뒤집을 줄 모르는 부잣집 딸이라고 홍씨 부인의 불만이 대단한 막내며느리가 안채 쪽으로 난 여닫이문을 빠끔히 열고 인사를 했다.

"아버님 납셨시니까. 어머님께서도 편안하시죠. 어린 게 어드렇게나 심한지 자주 가 뵙지도 못하고……. 곧 진짓상 올리겠습니다."

전 영감은 홍씨 부인 못지않게 막내며느리가 마음에 들지 않았지만 첫아들까지 낳았으니 관대하게 굴 수밖에 없다고 생각했다.

"어린것이 많이 컸쟈? 잠깐 데리고 나오렴."

"네, 태임이가 업혀달래서 업혀줬으니까 곧 나올 것입니다요. 태임이가 어드렇게나 아이를 귀애하는지……."

저녁상을 마주하고 전 영감은 얼굴을 찡그렸다.

"등잔불이 왜 이리 밝으냐? 대낮 같고나. 냄새도 고약하고……."

"네 아버님, 저게 석유불이라는 것입니다요."

"석유불? 돌에서 짜내는 서양 기름이 들어왔단 소린 들었다만 이 시골구석에서 그런 신식 기름불을 보다니."

"아버님이 모르셔서 그렇지 송도에서도 더러 켠다고 하던뎁쇼."

"넌 어데서 저런 걸 샀느냐?"

"서울 친구가 귀물이라고 조금 갖다 주었습죠. 저게 불을 켜는 데만 유용한 게 아니라 아이들 횟배앓이할 때 몇 모금만 먹이면 배 안의 벌레를 모조리 쏟아놓는답니다요. 아편과 함께 집 안에 꼭 갖춰 놓아야 할 신효한 약이라고 합니다."

"큰일 날 소리. 장수회까지 죽이진 않는 법이란다. 몸 안의 회충도 괜히 있는 게 아냐."

"글쎄올시다."

"참, 동구 밖에서 네 친구라는 젊은이들을 만났다. 어디메 사는 뉘집 자제냐?"

이성이 왠지 얼른 대답을 못 했다. 흘긋 전 영감의 눈치를 살피고 지나가는 눈빛이 쥐상에 어울리게 교활하다는 생각이 전 영감을 불쾌하게 했다.

"허어, 뉘 집 자제냐는데……."

"글쎄올시다. 근본을 알 만큼 친한 사이는 아니라서요."

"이 근방에 사는 것 같진 않던데. 농사꾼 같지도 않고, 친하지도 않은 친구가 타관에서 예까지 널 찾아왔더란 말이냐?"

"아버님도 참 자세히도 보셨시다."

이성이는 어느새 평정을 회복하고 있었다. 만만하게 실토할 아들이 아니란 걸 알고 있건만도 전 영감은 추궁을 멈추지 않았다.

"근본을 모르더라도 뭐 해먹고 사는 친구들이란 건 알 게 아니냐?"

"꼭 뭘 해야만 먹고 삽니까요. 아무것도 안 허구도 호의호식하는 양반님네들이 좀 많시니까."

"그럼, 그 친구들이 벼슬아치란 말이렷다?"

"아, 아닙니다요. 이놈의 다된 세상에 벼슬은 무슨. 거저 줘도 안 헐 약은 친구들인겁쇼."

"네 말버릇이 어찌 이리 천박하냐. 말머리를 살살 돌려 이 애비 정신을 혼미시키면 네 대답을 면헐 줄 아는? 허어 해괴헌지고."

전처만은 뎅그렁 소리가 나게 수저를 놓으면서 호통을 쳤다. 그러나 이성이는 조금도 움찔하지 않고 할 소리를 다할 모양이었다.

"아버님 고정허십시다요. 이를테면 그렇다 이 말씀이니까요. 저도 어렸을 때는 우리 같은 중인이 먹고살려면 뼛골 빠지게 농사를 짓든지, 입술과 발가락이 부르트게 애써 장사를 허든지 하다못해 낮은 벼슬자리라도 얻어걸리든지 해야 허는 줄 알았는데 그렇지도 않기에 드리는 말씀 아닙니까요. 아까 그 친구들만 하더라도 일정한 생업이 읎이도 처자식 굶기지 않고 우리네보다 개명해서 앞을 내다보는 눈도 있습지요. 알고 지내 해로울 것은 읎는 친구들이니 아버님 너무 걱정 마십시다요. 제가 어디 한두 살 먹은 갓난애니까?"

"알겠다. 네가 갓난애가 아니란 걸 하마터면 잊어부릴 뻔해서 미안허구나."

"아버님도 무슨 말씀을 그렇게……. 그 친구들은 워낙 서울 출입이 잦다 보니 보고 들은 거 자랑이 허고 싶어지면 훌쩍 한 번씩 들르곤 허는 것뿐입니다."

"서울 소문이 이 시골구석에서 농사짓는 데 무슨 보탬이 된다더냐?"

"세상이 하루가 다르게 개명을 허는데 시골이라고 언제까지나 시골인 채로 있갔시니까?"

"그래서? 그래서 양인들이 길에서 흘레를 붙는다든가 아이들을 잡아다 삶아서 약으로 쓴다든가 허는 해괴한 소문이 시골에까지 퍼져서 뭘 어드렇거겠다는 게냐?"

"아버님도 그런 소문을 들으셨군요?"

"암, 너보다는 대처에 사니까."

"저도 그런 소문은 들었습죠만 안 믿습니다. 제 친구들은 적어도 그런 소문을 믿고 퍼뜨릴 실읎는 친구들이 아니니까요."

"나도 안 믿어. 그렇지만 양인이 사람의 혼을 빼앗는 기계를 갖고 다닌단 소린 좀 그럴싸허더구나."

"그건 사람의 혼을 뺏는 기계가 아니라 사람의 화상을 있는 그대로 찍어내는 기계랍니다. 양인들은 그렇게 찍어낸 저들의 가족은 물론 즈이 나라 왕이나 재상들의 화상까지 가지고 다닌다니 설마 사람에게 해를 끼치면서까지 찍어냈겠시니까? 더군다나 혼을 뺀다는 건 말이 안 되지 않겠시니까?"

이성이가 의기양양하게 설명을 했다. 전처만이 평소 이성이를 교활하다고 여긴 게 일부러 밉게 본 게 아닌가 싶을 만큼 이성이의 눈빛에선 진지한 열정이 번득이고 있었다.

"그럼 넌 어드런 소문을 믿는?"

"지금 한창 세도하는 외척 아무개네선 말도 약식을 약비나게 먹는다는 둥 아무개 대감 댁에선 노비들도 인삼을 무유(무)처럼 짓썹는다는 둥 허는 소문은 믿습니다요. 믿고말굽쇼."

이성이는 전 영감을 똑바로 쳐다보면서 말했다. 전 영감이 섬뜩할 만큼 겁 없이 반항적인 눈이었다. 이성이는 좀 그런 데가 있었다. 어려서 형제끼리 다툴 때도 어른들이 사리를 따져 잘잘못을 가려주지 않고 아우니까 형한테 져야 된다든가 형이니까 아우를 봐줘야 된다든가 하는 흐리멍텅한 판결을 내리는 걸 제일 싫어했다. 어른들이 아무리 윽박질러도 끝끝내 사리를 따져 잘잘못을 가려내고야 마는 집요한 데가 있었다. 전 영감은 얼핏 아들의 교활한 기를 누르고자 한 건 몰라도, 잘잘못을 따지고 싶어하는 경우바름까지 시골구석에 묻혀 있길 바란 건 잘한 짓이 아니었단 생각이 들었다.

"그게 우리네 농사하고 무슨 상관이라고 믿는? 내 생각으론 귀담아들을 것도 읎다 싶다만."

"상관이 왜 읎시니까? 아버님도 참 답답도 하십니다."

"세도하는 양반들 저희끼리 예로부터 해온 짓거리야. 개명됐다고 그것까지 달라질 줄 아는?"

"그들이 달라지는 게 아니라 우리가 달라져야죠."

"우리가? 어드렇게? 무엇 때문에?"

"무엇 때문에라니요? 그들이 어드렇게 말이 약식에 물리고, 종이 인삼을 채소처럼 먹을 만큼 잘살 수가 있겠시니까? 우리들의 피땀 흘린 소득을 협잡질하고 수탈해다가 잘사는 게 아니겠시니까?"

"그건 너보다도 내가 더 잘 안다. 너는 소문으로 알고 있지만 나는 몸으로 당했다. 일찍이 우리 일가가 이 생원한테 당한 게 철천지한이 되어 오늘의 내가 있다는 걸 너도 아주 모르지는 않을 텐데……"

"그걸 제가 왜 모르겠시니까. 그건 어린애도 아는 샛골의 옛날얘긴걸요."

"그럼 됐다. 난 일찍이 그 앙갚음을 했다. 돈만 있으면 양반도 문전에 꿇어 엎드리게 헐 수가 있거든. 벼슬도 돈 주고 사는 세상이니 양반보다 돈의 세도가 더 무섭지. 이 전처만의 어음은 상감도 알아준다고들 허지. 그럼 됐지 않냐? 나는 내 자식들만은 원한을 품고 앙갚음을 벼르며 살지 않아도 될 만큼 많은 재산을 모았다. 느이들이 다만 그걸 잘 지키기만 허면 된다."

"그럼 아버님은 세상이 아무리 어수선하게 돌아가도 재산을 온전하게 지킬 수 있다고 여기시니까?"

이성이 딱하다는 듯 경멸하는 듯 말했다.

"하긴, 방방곡곡에서 일어나는 민요가 심상치는 않다만 우리 재산은 누가 뭐래도 정당하게 모은 재산이다. 발톱이 닳고 피땀을 흘려서 이룩한 재산이야. 성난 백성들이 깨부수고 불태우는 재산은 다 세도가들이 노략질해 모은 재산이고."

"아버님은 재산을 모으기 힘든 것만 아시고 지키기 힘든 건 왜 모르시니까?"

"허허 뉘 앞에서 감히 그런 말을……. 네가 나를 훈계하려는 게냐? 엄살을 떨려는 게냐?"

전처만이 찌렁찌렁 울리는 쇳소리로 호령을 했음에도 불구하고 이성이는 점점 더 차분해지고 있었다.

"아버님, 1년 농사도 앞을 내다볼 수 없는 어지러운 세상에 어드렇게 자그마치 6년이나 걸리는 삼농사를 질 신명이 나시겠시니까?"

"어드렇게 넌 인삼농사와 쌀농사를 비교허는? 인삼은 자고로 은과 맞먹어. 인삼 열 근이면 은으로 2백 냥도 더 나가고, 은 2백 냥이면 쌀이 얼만 줄 아는?"

"그건 우리가 농사지은 삼이 홍삼이 되고 포삼이 됐을 때의 값이 아닙니까요? 은과 맞먹는 것만치 호시탐탐 수탈을 노리는 눈이 좀 많시니까? 채 1년 앞도 못 내다보게 바뀌는 인삼 정책만 해도 어떡 허면 중간에서 협잡질이 용이할까만 생각했지 삼농가의 이익을 생각해서 바뀐 적이 어디 한 번이나 있었시니까? 도라짓값처럼 싸게 수매하고 나서도 뒤탈이나 없으면 좋게요. 부정인삼을 끼워 넣었다고 모해를 잡아 곤장을 치곤 돈을 써야 풀어주는 일까지 있답니다요."

"듣자 듣자 하니 엄살이 지나치고나. 우리 정도의 삼포를 갖고 유지가 안 된대서야 도대체 누가 삼농사를 지을 수 있다더냐?"

"우리야 유지는 되죠. 그렇지만 유지만 허려고 이 고생을 한다는 건 암만 생각해도 어리석은 짓 같습니다요."

"이건 우리 가업이다. 전을 없애고 장사를 안 허면 안 헐까 삼포를 처분할 순 없다."

전처만은 단호하게 말했다. 다시는 그것 비슷한 말도 벙긋 못 하게 더 심하고 결정적인 말이 있었으면 싶었지만 얼핏 생각나지 않았다. 미흡한 것은 전처만만은 아니어서 이성도 잠시만 입을 다물고 있다가 다시 집요하게 그 문제를 따지고 들었다.

"삼포를 처분허다니요. 소자 꿈엔들 그런 생각한 바 읎습니다요. 또 아버님의 삼농에 대한 각별한 애정도 모르는 바 아니구요. 일찍부터 대국과의 교역에 눈뜨신 아버님이 인삼의 높은 경제성을 깨닫고 그걸 직접 재배해서 농사와 상업을 겸하려던 계획은 틀림이 읎었습니다요. 그러나 아버님, 아버님도 인삼을 재배해서 돈을 버신 것 아니잖시니까? 인삼장사로써 돈을 버신 것이지. 아버님이 온갖 금령을 뚫고 인삼 밀무역을 허신 건 세상이 다 아는 사실이고 전 그런 아버님을 자랑스럽게 생각헙니다. 그런데 왜 그 사실을 감추고 인삼에서 저절로 돈이 쏟아지는 것처럼 꾸미시니까? 왜 저한테는 인삼을 심고 가꾸는 법만 가르치시고, 인삼에 합당한 값을 쳐 받을 수 있는 장삿속은 모르는 척하라 하시니까?"

"점점 못 하는 말이 읎구나. 어떤 애비가 자식에게 그런 험하고 위험한 짓을 가르치겠는? 더군다나 난 너에게 만 간이 넘는 삼포를 물려줬거늘 어찌 그리 애비에게 방자한 말을 헐 수 있단 말이냐?"

전처만은 노여움을 지그시 삭이고 초연하게 말했다.

"밀무역에 나서겠다는 얘기가 아니올시다. 다만 사복을 채우기에 급급한 관리들에게 헐값으로 수매를 당할 수만은 읎다 이 말씀입니다요."

"정말 나라가 망허려나 세도가로부터 서리들에 이르기까지 백성들 고혈을 빠는 데만 이골이 났으니."

"이골이 나라죠. 백성들이라고 허구헌 날 당하고만 있겠시니까?"

이성이가 비밀을 잔뜩 간직하고 있는 것처럼 복잡한 웃음을 웃었다.

"넌 꼭 민요라도 꾸미고 있는 것 같은 말투구나."

"웬걸입쇼. 제가 그런 그릇이 되남요. 다만 뛰는 놈 위엔 나는 놈도 있다, 이 말씀이지요."

"농사꾼은 그저 우직해야 허느니. 꾀부려서 될 일이 아니니라."

태임이가 아기를 업고 나와 부자의 대화는 절로 끊겼다. 이성이가 정작 할 말은 어금니 사이에 잔뜩 물고 있으면서 객쩍은 소리만 지껄이는 데 장단을 맞췄다 싶은 게 전처만을 고단하게도 꺼림칙하게도 했다. 영감은 어린것을 내리라고 해서 두어 번 건성으로 얼르고 나서 이성이한테 넘겨주면서 태임이 고단할 테니 일찍 재우라고 일렀다. 먼길 온 태임이에게 아기를 업혀놓은 게 못마땅해서였다.

이성이는 자리를 봐놓고 나서 자기는 안에 들어가 잘 뜻을 비쳤다. 전 영감 역시 고단해서 일찍 자고 싶었지만 아들이 그와 더 말상대 하기를 피하려는 태도가 섭섭했다. 그는 아들이 보는 앞에서 선하품을 하고 옷 벗고 자리에 누웠다.

"불 끄고 어서 들어가렴. 태임이 아무 데나 쓰러져 자지 않도록 잘 보살피고……."

전처만은 어둠 속에서 부시럭부시럭 몸을 뒤챘다. 구들목은 알맞게 따습고 이부자리는 정결하고 가볍고 폭신했다. 그러나 고단한 깐으로 쉬 잠이 올 것 같지가 않았다. 처음엔 석유불 끄고 나서 코를 찌르는 역한 냄새 때문에 잠이 달아난 줄 알았다. 기름을 짤 수 있는 열매를 재배할 것 없이 저절로 지천으로 있는 돌에서 기름을 짜낸다니 편리하고 신기하긴 하지만 부러울 건 없다고 생각했다. 독하고 연한 냄새가 그 신식 기름을 정떨어지게 했다. 그리고 조금 더 밝다고 그 신식 기름을 선뜻 받아들여 자랑스럽게 켜놓은 아들의 진득지 못함이 도무지 마음에 안 들었다.

"원, 하나를 보면 열을 안다니까……."

이렇게 중얼대며 몸을 뒤챘다. 코에 익었는지 저절로 가셨는지 석유 냄새를 못 느끼게 된 후에도 전 영감은 전전반측했다. 이번엔 매듭을 못 짓고 흐지부지 끝난 아들과의 이야기가 속에서 체증처럼 보깨고 있어서 잠이 오지 않았다. 큰일 저지를 녀석이야, 도무지 불안해서 견딜 수가 없었다. 안에다 대고 큰 소리로 들입다 호령을 해서 아들을 당장 불러내고 싶은 충동을 느꼈다.

승냥이 울음소리가 들렸다. 안채 뒤란 터줏자리 옆에 승냥이가 내려와 있을 것 같았다. 어려서 사랑채도 울타리도 없는 외딴 삼간 초옥에 살 때도 승냥이 울음소리 때문에 곧잘 잠을 설쳤었다. 그땐 바로 뒷문 중방 밑에 와 있는 것처럼 그 소리가 가까웠다. 어느 달밝은 밤 뒷문 창호지를 뚫고 내다본 적이 있었다. 바로 뒤란 터줏자리 옆에서 울고 있었다. 집집마다 있는 터줏자리가 어려선 왜 그리 무섭던지, 술래잡기할 때 겁 없이 터줏자리 속에 숨는 아이를 보면 그 담대함에 떨려 절로 기가 죽곤 했었다. 그렇게 무서운 터줏자리와 승냥이가 함께 있는 모습은 괴기하고도 신령스러워 소름이 쫙 끼쳤었다. 그 후 승냥이 울음소리를 들을 때마다 터줏자리를 떠올리는 버릇이 생겼다. 승냥이 울음소리는 좀 더 극성스러워졌다. 떼지어 내려온 것도 같고 예서 제서 우는 것도 같았다. 집집마다 터줏자리 옆에 승냥이가 한 마리씩 붙어 있을지도 모른다고 생각했다. 어렸을 적처럼 소름이 끼치진 않았다. 그러나 잠은 멀리 달아나고 속에서 꿈틀대던 어떤 충동은 좀 더 확실해졌다. 처음엔 안에다 대고 호령을 해서 이성이를 불러내고 싶은 충동인 줄 알았다. 이젠 그게 아니었다. 승냥이 울음소리는 점점 더 처절해졌다. 넘어가는 초승달을 바라보며 슬프고도 사납게 우는 승냥이의 흰 이빨이 보이는 것 같았다. 그의 속의 어떤 충동도 점점 더 기운을 더해갔다. 그 충동은 뜨겁고도 싱싱했다. 그는 거칠게 몸을 뒤챘다. 도저히 그 충동을 이길 수도 잠재울 수도 없을 것 같았다. 그 충동에서 해방되는 방법은 단 하나밖에 없었다. 이성이가 챙겨서 횃대에 걸어놓은 그의 옷가지가 어둠 속에서도 희끄무레하게 보였다. 마침내 그는 그의 속에서 요동치는 기운찬 충동에 몸을 맡겼다. 그는 벌떡 일어나 횃대에 걸린 옷가지를 하나하나 입기 시작했다. 그의 동작은 민첩하고도 정확하고 숨결은 젊은이처럼 뜨겁고 가빴다. 그동안에 초승달도 지고 바깥은 칠흑이었다. 그는 승냥이 울음소리도 어둠도 겁나지 않았다. 오히려 승냥이 울음소리에서 그의 충동과 닮은 뜨거운 생명력의 충동을 감지하고 친화감마저 느끼고 있었다.

사랑마루는 안채로 통하는 대문 밖에 있었기 때문에 거칠 게 없었다. 샛골에서 강릉골까지는 10리 길이었다. 음력 4월의 밤바람은 감미롭고 상쾌했다. 하늘의 별은 쏟아질 듯이 총총하고 풀내음, 잎내음은 꽃향기보다 싱그러웠다. 그는 망아지처럼 뛰었다. 실제로 그는 자신을 짐승처럼 느꼈다. 그런 느낌은 순수하고 벅찼다. 가끔 호랑이가 나온다는 소리개고개도 단숨에 넘었다. 별이 쏟아져서 부서져 흐르는 시냇물이 가로막았다. 징검돌이 놓여 있었지만 급한 마음에 첨벙대며 곧장 시냇물을 가로질렀다. 물은 차갑고 깊은 데는 정강이까지 찼다. 숲을 지나기도 했다. 짐승인지, 샌지 푸드덕대며 달아나는 소리가 들렸다. 그는 숲내음을 폐부 가득 들이마셨다.

강릉골에서도 외딴 초가삼간은 불빛도 인기척도 없이 괴괴했지만 어둠에 익은 눈에 해주댁이 즐겨 가꾸는 모란꽃이 피어나는 게 보였고, 긴 돌 위에 치자나무 분도 보였다. 벌써 치자꽃이 피었을 리 없건 만도 그의 코는 앞질러 치자꽃 향기를 맡은 것처럼 느꼈고, 화려한 기쁨으로 가슴이 터질 것 같았다. 사립문은 열린 채였지만 봉당으로 난 방문은 안에서 걸려 있었다. 전처만은 가쁜 숨을 가다듬으면서 문고리를 가만가만 흔들었다.

"해주댁, 나야 나. 문 열어요."

부스스 인기척이 나고 조심스럽게 문고리가 벗겨졌다. 전처만은 방으로 한 발 들여놓으며 조급하게 그녀의 따뜻한 어깨를 안았다. 그의 차가운 입술이 언 몸을 녹이려 아랫목으로 파고들듯이 그녀의 목덜미 깊숙이 파고들었다. "에그머니나." 그의 버선과 행전이 흠뻑 젖어 있는 걸 알아차린 여자가 화들짝 놀랐다. "쉿." 그는 콜콜 세상모르고 자고 있는 아녀석의 동그란 얼굴에 신경을 쓰며 여자의 입을 막았다. 여자가 장지문을 가리켰다. 그는 고개를 끄덕이고 여자를 안고 발로 장지문을 밀었다. 윗방 삿자리 바닥에 여자를 눕히고 우선 물에 젖은 행전부터 풀었다.

 이미 사십 고개를 넘은 여자의 몸은 싱싱하달 순 없어도 너그럽고 편안했다. 그 역시 홍씨 부인이 그 기운을 어디다 쓸까 가끔 의심하는 것만큼 그렇게 기운차진 못했다. 그의 나이 환갑이었다. 그를 거기까지 몰고 온 충동도 몸에서 우러난 거라기보다는 마음에서 우러난 건지도 몰랐다. 그가 농바위고개에서 사무치는 외로움을 느꼈을 때부터 그런 충동은 이미 비롯되고 있었다. 그 여자와의 만남은 처음부터 그랬다. 젊은 나이에 차인으로 외지로만 돌 때 그는 본댁한테도 공공연히 현지에 첩을 두었었다. 젊은 혈기를 다스리기 위한 첩과의 인연은 얼마간의 돈으로 제때제때 끝내, 한 번도 구질구질한 후유증을 남긴 일이 없었다. 그러나 늘그막에 해주에서 우연히 상관하게 된 수절과부와의 인연은 그렇게 맺고 끊은 듯이 다스릴 수가 없었다. 자식이 생겨서만은 아니었다. 그 여자를 안고 있으면, 안고 있다기보다는 안겨 있는 것처럼 편안하고 믿음직스럽고 근심이 없어졌다. 그 여자의 욕심 없음도 그의 휴식감을 한층 완벽하게 했다. 그가 얼마나 부자라는 걸 알고 있으면서도 혼자서 건사해서 아들하고 겨우 먹고살 만한 농토와 오막살이 집 한 채로 불만이 없었다. 어쩌다 바람처럼 도둑처럼 들르는 그에게 이러쿵저러쿵 앙탈을 하는 일도 없었다. 수절은 못 했지만 아들을 얻어 가진 것을 하늘이 내린 복처럼 늘 고마워하며 조신하게 살고 있었다. 여자가 그의 귓전에 더운 김을 뿜으며 속삭였다. 이대로 죽어버렸음. 동시에 그도 그를 못 견디게 비틀던 충동에서 해방되는 기쁨에 온몸을 떨었다. 그는 충동에서 해방되어 어디론지 곧장 추락하는 것도 같고 둥실 떠오르는 것도 같다가 이내 편안하고 깊은 잠속으로 빠져들었다. 그는 동트기 전에 깨어났다. 여자가 쭈그리고 앉아 질화로에 그의 젖은 버선이랑 옷을 말리고 있었다. 그는 부스스 일어나 앉았다.

"벌써 가시게요? 아직 한밤중이에요. 다 말려 입으셔도 안 늦어요."

"샛골에 왔다가 들렀소."

"아이를 한번 만져라도 보고 가세요."

"누구 닮았소?"

"그게 궁금하시면 날 밝거든 가시든지요."

"딴 부탁은 없소? 아쉬운 거라든가."

"모자가 지낼 만해요."

"원한다면 호강도 시켜줄 수 있소."

"호강허게 되면 영감님헌테 버림받게요?"

"그게 무슨 당치 않은 소리요?"

"그냥 그럴 것 같아서요. 저 같은 걸 뭘 보고 영감님이 가끔 찾아주시겠어요. 못살다가 호의호식허면 가끔 옛날에 먹던 보리밥 생각나듯이 이 집과 제가 생각나시는 거 아닌감요?"

뜻밖의 대답에 전 영감은 아니라고 선뜻 부정을 못 했다.

"그럼 임자는 순전히 나 때문에 우정 어렵게 지낸단 말요?"

"그게 어째서 영감님 때문인가요. 기생들이 분 바르고 비단옷 입고 하루라도 더 님의 정을 잡아놓으려는 것과 마찬가지로 저 같은 못난 계집은 이렇게 구질구질한 단장을 하고 영감을 놓치지 않으려는 것뿐이죠."

그녀의 말씨는 여전히 느리고 구수했지만 전에 없던 가시 같은 게 느껴졌다.

"그럼 임자도 남과 같은 물욕은 있다 이 말이오?"

"자식이 있는걸요. 떳떳지 못한 자식이기에 앞으로 고생이라도 덜 시키고 싶어요. 제 욕심이 지나친가요?"

"그 정도가 욕심이랄 게 있소. 내 유념하고 있으리다."

"이렇게 사는 게 달라지길 바라는 건 아녜요. 정말이에요."

"알아요, 임자 뜻은. 그러나 좀 달라진들 어떻겠소. 임자 말을 듣고보니 서발 막대 거칠 것 없는 임자 살림이 되레 나에겐 여직껏 해본 어떤 호강보다도 분수에 넘치는 사치였다는 걸 알 것 같소. 알고 난 이상 예전처럼 편할 것 같지가 않구만."

"제가 안 해도 될 소리를 했나 보죠?"

"아니오, 알아야 될 걸 알았을 뿐이오. 속아 사는 건 질색이오."

"또 하나 상의드릴 말씀이 있어요."

"뭐요, 말해보오."

"머슴을 하나 두었으면 싶어서요."

"혼자 손에 부치지 않을 만큼만 농사를 짓겠다더니 역시 힘에 부치나 보구려. 하긴 임자도 나이가 있으니까. 그러게 내 뭐랬소? 바쁠 땐 품을 사라니까."

"꼭 힘에 부쳐서만은 아녜요. 집 안도 적적하고, 몇 간 되진 않지만 시험 삼아 해본 삼농사도 올 가을엔 캐게 되니까 부쩍 걱정이 되지 뭡니까."

"걱정도 팔자요. 다 된 농사 거두지 못할라구."

"혹시 샛골에선 이상한 소문 못 들으셨는지요?"

"이상한 소문이라니?"

"그쪽엔 큰 삼포도 많은데 어째 그 소문이 안 들어갔을까? 하긴 전에 읊던 흉흉하고도 생급스러운 소문이라 믿을 만허진 않지만……."

"어떤 소문인지 말해보오."

전 영감은 해주댁이 깜짝 놀라도록 날카로운 소리로 말했다. 어제 급하게 샛골에 들른 것도 청포전에서 부성이가 귀띔해준 그 이상한 소문이란 것을 알아보기 위해서였다는 데 비로소 생각이 미쳤다. 이성이가 얼렁뚱땅 딴 얘기만 하는 바람에 정작 목적을 잊어버릴 뻔했던 것이다.

전 영감이 매섭게 추궁하니까 해주댁은 되레 말하기가 망설여지는 모양이었다.

"소문이 하도 말 같질 않아서……. 그렇지만 말 같지도 않은 일도 예사로 일어나는 세상이니까 아주 안 믿을 수도 읎고……. 믿자니 말 같질 않구……."

"왜 이리 서두가 긴고. 말 같지 않아도 말을 해보라는 밖에."

"소문인즉슨……."

"소문인즉슨?"

전처만의 언성에 쇳소리가 섞였다.

"아이 깨겠어요. 말씀드릴게요."

해주댁은 겁먹은 소리로 더듬대며 꼭 닫힌 정지문을 괜히 다시 한 번 여몄다.

"소문인즉슨 근지 모를 타관 거간들이 큰 삼포마다 돌면서 눈치껏 이상한 흥정을 붙인다고 합니다."

"으음."

전 영감은 낮에 샛골 동구 밖에서 만난 젊은이들이 어디서 뭐 해먹고 사나를 이제야 알아낼 것처럼 느꼈다. 왜 그걸 진작 못 알아봤을까. 농사꾼에게도 장사꾼에게도 건달에게도 안 어울리는 날카롭고 음험한 눈빛은 거간 중에서도 옳지 못한 흥정을 붙이는 데 능한 거간꾼의 눈이거늘, 그걸 못 알아봤으니 이성이한테 당할 수밖에. 전 영감은 정신이 번쩍 나면서 이성이한테 실토를 못 시킨 게 분하고 억울했다.

"이상한 흥정이라니?"

"참으로 해괴한 흥정이라 합니다."

"들은 대로 말하시오."

"그들은 왜놈의 앞잡이라고들 합니다."

"왜놈의? 설마."

"왜놈들이 고려인삼을 오죽이나 좋아합니까. 왜놈 밀수꾼이 금년에 캘 삼포에다 미리 거간을 보내 흥정을 하고 돈을 건네주고 나서 몇 명씩 작당을 해서 야밤에 삼을 캐간다고 합니다. 삼포 주인은 다음 날 삼포가 모조리 도굴당했다고 관아에 거짓 고발을 하면 되고요."

"아무리 소문이라지만 하 해괴해서 믿기지가 않는구려."

전처만은 입으론 그렇게 말하면서도 속으론 반나마 믿고 있었다. 그는 인삼이 얼마나 믿기지 않는 기상천외의 방법으로 관의 온갖 금령과 단속을 피해 밀조, 밀매, 밀수출되는지 너무도 잘 알고 있었다. 그건 바로 그의 생애 자체였고 치부의 비결이기도 했다. 힘하고 아슬아슬한 고비도 여러 번 넘겼다. 그런 걸 사람들은 운이 따라야 돈을 번다고 말하나 보다. 이렇게 인삼으로 큰돈 버는 온갖 치사하고 더럽고 기기묘묘한 켯속을 고루 경험했음에도 불구하고 방금 들은 소문처럼 더럽고 징그러운 방법은 처음이었다. 분해서 치가 떨렸다.

"그래서 의논드리는 건데……."

"뭘 말이오. 거간꾼들하고 흥정하는 방법이오? 왜놈들을 끌어들이는 방법이오?"

"뭔 말씀을 그렇게……. 설사 그러고 싶어도 이런 작은 삼포는 그들이 거들떠도 안 본다고 합니다."

"그러면 됐지, 웬 걱정이 그리 많소?"

"그 대신 이번 통에 송두리째 손해를 보는 건 우리 같은 작은 삼포들이라고 합니다."

"왜요? 그 해괴한 흥정에 못 끼어들어서요? 남이 그러는 게 배가 아파서요?"

"고정허십시오. 너무 화만 내시니까 드릴 말씀이 헷갈립니다. 그 사람들이 도굴헐 때, 미리 돈을 내고 흥정한 삼포뿐 아니라 아무 상관도 없는 작은 삼포도 하나둘 껴서 도굴을 헌답니다. 짜고 한 게 들통 날까 봐 일부러 정말 도굴을 해 억울한 사람을 만들어내는 거죠. 언제나 억울허게 당허는 건 송사리라는 건 정한 이치지만 안 당할 수 있으면 안 당허려고 끝까지 애는 써봐야죠."

"그런 못된 방법으로 삼포 팔아먹는 사람은 어쩌다가 있지 다야 그렇겠소? 그러니 억울허게 당허는 작은 삼포야 더 드물 테니 너무 걱정 말아요."

"그러시면 머슴 두는 일은 허락을 안 허시는 겝니까?"

"아 참, 머슴을 두었으면 허는 의논이었던 걸 깜박 잊었댔소. 의중에 마땅헌 사람이 있는 모양이니 두구려."

"아니올시다. 영감님께서 구해주셨으면 합니다."

전처만은 문득 이 생원의 손자 종상이 생각이 나서 고개를 끄덕였다. 그가 서둘러 샛골로 돌아왔을 땐 훤히 동이 트고 있었다. 부지런한 이성이가 큰기침을 하며 대문을 열다가 깜짝 놀라며 물었다.

"아니 아버님, 새벽에 어델 납셨시니까?"

일단 놀라고 나서 밤새도록 이슬을 헤친 것처럼 젖은 아랫도리를 보고 더욱 미심쩍은 얼굴을 했다.

"밤새도록 삼포를 순라 돌고 오는 길이다. 우리 삼포가 좀 크냐. 서너 번 돌고 나니 날이 새더구나."

"삼포를 순라 도시다뇨? 그것도 밤새도록. 아버님 어서 안으로 드십시다요. 혹시 병환이 나신 거 아니시니까?"

"병환이 아니라 노망났나 묻고 싶겠지? 멀쩡한 정신으로 눈 똑바로 뜨고 돌았느니라. 왜놈 도굴꾼들을 잡아볼까 해서."

"네? 왜놈 도굴꾼이라뇨?"

비로소 이성이의 눈빛이 어쩔 줄 모르고 흔들렸다.

"해괴한 소문이 자자해. 우리 삼포가 만일 그런 일을 당하면 아무리 내 자식이라도 내 재산을 관리할 재목이 못 되는 걸로 치고 한 뼘의 땅도 안 주겠다. 그런 줄 알고 삼포 잘 지켜야 한다."

이렇게 한마디로 못을 박은 전처만은 아침도 뜨는 둥 마는 둥 태임이를 앞세우고 송도로 돌아와 그날로 종상이를 강릉골로 보냈다.

2

동해랑의 낙조

그로부터 5년 후.

1893년 계사 정월.

북부 동해랑에 있는 전처만 영감의 윗사랑엔 올해도 매화 꽃봉오리가 막 터질 듯이 부풀어 있었다. 고목처럼 운치 있는 매화 등걸이 정월의 햇빛을 담뿍 받아 명주폭처럼 따습고 부드러워진 미닫이의 창호지를 배경으로 한 폭의 그림 같았다.

아무것도 달라진 건 없었다. 해마다 세배꾼이 모여들 정월 초승께면 전처만 영감 사랑의 매화는 꼭 그만큼만 부풀어 있었다. 음력 절후란 해의 운행하곤 많이 틀려서 이를 적도 있고 늦을 적도 있건만도 세배꾼들은 그보다 덜 핀 매화를 본 적도, 활짝 핀 매화를 본 적도 없었다. 오늘 최 서방은 전처만 영감과 긴히 할 얘기가 있어 세배꾼이 모일 초승께를 일부러 피해 왔건만도 마찬가지였다. 그러면 그렇지 이 댁이 뉘 댁이라고. 최 서방은 별것도 아닌 걸 가지고 자신을 안심시키려 들었다. 그렇다고 그가 전처만 영감의 형편이 달라지고 있다는 소문을 밖에서 들은 것도 아니었다. 그건 순전히 최 서방 혼자만의 느낌이었다. 최 서방은 아직도 원산에 있는 송방의 주인이자 전처만의 차인으로 함경도 일대의 목면값이라면 그의 손에 달렸다고 해도 과언이 아닐 만한 큰 장사꾼이었고 전처만의 신임도 여전했다. 한때 전처만의 차인은 수십 명을 헤아려 조선 팔도의 상업의 요지, 항구, 국경 지방은 물론, 지물이나 짐승 가죽의 도고를 위해선 험지의 사찰이나 사냥꾼들 사이에까지 퍼져 있지 않은 데가 없었다. 전처만은 그들의 두목이자 돈줄이었고 모사였다. 전처만이 마음먹기에 따라서는 조선 팔도의 돈을 다 긁어모을 수도, 길에 널린 개똥을 금값을 만들 수도 있었다. 적어도 최 서방 보기엔 그랬다. 그는 전처만을 외경했을 뿐 아니라 사사했다. 그가 노후에 도달하기를 꿈꾸는 최고의 목표이자 우상이었다. 우상은 불변한 것이라야만 했다. 그런 전처만네 형편이 달라지고 있다는 낌새는 문득문득 최 서방을 불안하게 했다. 달라지고 있던 게 전처만의 가세라면 도울 수도 있었다. 그러나 최 서방이 감지한 주인의 변화는 그런 것하곤 전혀 다른 그 무엇이었다.

 이윽고 안에서 설상이 나왔다. 전처만과 겸상이었다. 최 서방은 어쩔 줄을 몰랐다. 느낌으로만 감지하던 변화를 눈으로 똑똑히 본 것 같았다.

"자아 드세."

전처만 영감이 먼저 반병두리 뚜껑을 열며 말했다. 은빛이 나게 잘 닦은 놋반병두리 안에선 김이 모락모락 피어오르고 조랑떡국 위에 예쁜 편수와 그 위에 얹은 맛깔스러운 고명이 드러났다. 보시기 속의 보쌈김치는 마치 커다란 장미꽃송이가 겹겹이 입을 다물고 있는 것처럼 보였고 갖가지 떡 위에 웃기로 얹은 주악은 딸아이가 수놓은 작은 염낭처럼 색스럽고 앙증맞았다. 설 때마다 느끼는 거지만 전처만네 설상은 귀한 댁 아가씨가 가꾸는 작은 꽃밭처럼 아기자기하고 색스러웠다. 먹기가 아까웠다.

최 서방은 다시 한 번 달라진 건 아무것도 없다고 겸상에 놀란 자신을 다독거리려 들었다.

전처만네 음식 솜씨는 개성 부내에서도 소문이 나 있었다. 개성 음식이 맛깔스럽다는 건 조선 팔도가 다 알아주는 건데 그중에서도 소문난 집 음식 솜씨이니만큼 맛도 맛이려니와 깔끔한 모양과 정결하고 아름다운 기물이 잘 어울려 혀뿐 아니라 눈을 즐겁게 했다. 뿐만 아니라 1년에 한 번 섣달그믐에 고향에 돌아와 전처만과 셈을 보고, 집에 들러 설 쇠고 나서 다시 세배 오는 수많은 차인들에게 일일이 독상을 차려내기로도 유명했다. 음식 솜씨 깔끔한 집이 흔히 분량에 있어서 다라운 수가 있는데 전처만네는 그렇지도 않았다. 독상이라도 차린 음식의 가짓수를 고루 갖추었을 뿐 아니라 담음새가 보기 좋을 만큼 소담했다. 그러니까 아무리 양이 커도 한 상을 다 먹을 수는 없는 일이었다. 그렇다고 눈요기만 시키고 김 서방이 먹다 남긴 걸 이 서방 상에 다시 놓을 속셈으로 수많은 독상을 차리는 건 아니었다. 독상엔 으레 정결한 백지가 온장으로 딸려 나왔고 차인들은 먹다 남은 걸 거기다 싸가지고 가 처자식한테 눈요기 겸 맛을 보였다. 어른을 모시고 있는 차인들은 먼저 싸놓고 나서 쌀 수 없는 떡국과 나박지 등으로 요기를 했다. 그건 전처만네서만 통하는 전처만과 차인들 간의 독특한 유대와 친애의 방법이었다. 그렇게 하려니 음식을 여간 많이 장만해야 하는 게 아니어서 안식구들과 하인들의 수고 역시 이만저만이 아니었다. 더군다나 이제 살림을 주관해도 좋은 맏며느리의 머릿방 아씨를 손끝 한 번 까딱하게 하기가 화중미인 부려먹기보다 더 힘드니 홍씨 부인의 신역 고된 건 이루 말할 수 없었다. 몸 편하면 되레 삭신이 쑤시는 증도 섣달 초승께부터 엿 고랴, 두부 만들랴, 떡 치랴, 다식 박으랴, 약과 지지랴, 강정 만들랴, 돼지 잡으랴, 설음식을 장만하기 시작해서 보름께까지 계속되는 손님 치다꺼리에서 비롯됐다고 해도 과언이 아니었다. 설을 유난하게 쇠는 것과는 딴판으로 전 영감의 생일이나 혼인 잔치는 큰살림에 걸맞지 않게 검소하게 치르는 것 또한 전씨 집의 특이한 가풍이었다. 전처만은 조선 팔도에 골고루 흩어져 그의 돈을 불리고, 돈 될 물산을 즉각즉각 조달하는 그의 차인들을 마치 피가 같은 식솔처럼 생각해 그들이 고향으로 모여들어 자리를 함께할 수 있는 설을 가장 큰 명절이자 유일한 명절로 삼아왔던 것이다. 홍씨 부인 역시 그때만 되면 삭신이 쑤시는 증세도 말끔히 가시고 도랑치맛자락에서 신바람이 쌩쌩 돌 만큼 생기가 났다. 시집와서 이날

이때 호랑이처럼 무섭기만 한 영감 그늘에서 유순하고 소심하게 눈치만 보던 수수한 얼굴에 느닷없이 당당한 위엄까지 서렸다. 아랫것들을 쉴 새 없이 닦달질해가며 엄청난 물량의 설음식을 장만할 때처럼 자신이 얼마나 큰 부상富商의 아내란 걸 실감할 때도 없었으니까. 세배 손님에게 일일이 독상을 차려 대접하는 발상도 실은 홍씨 부인한테서 나온 거였다. 거상의 집답지 않게 얕얕이 자로 재고, 싹싹 쓸어 됫박질한 것처럼 검약한 살림에 짓눌리다 보면 1년에 한 번쯤은 흥청망청 기죽을 펼 기회가 필요했는지도 모른다. 그러나 단지 부잣집 마나님답게 흥청거리는 재미만으로 홍 씨가 그렇게 자기 뼛골 빠지는 걸 안 돌보고 신바람이 나는 건 아니었다. 처음엔 그 재미만도 여간 아니었지만 차츰 자신의 솜씨 소문이 밖으로 널리 퍼지는 데 새로운 살맛을 느끼기 시작했다. 집 안에서 아무리 살림을 잘해봤댔자였다. 한시반시 쉬지를 않고 아랫것들 총찰하고 영감 수발들고 짬짬이 궁둥이 붙일 새가 나면 장롱 걸레라도 쳐야 직성이 풀렸으므로 그의 집 장롱이란 장롱은 얼굴이 비치게 윤이 났다. 그러나 찬장이 아무리 윤이 나봤댔자 기껏 네 칸 대청을 비추는 데 지나지 않았다. 거기 비하면 조선 팔도에 고루 퍼진 차인들 사이에 자신의 솜씨 평판이 퍼진다는 건 살맛나는 일이었다. 평생 집구석을 벗어나본 일이 없는 홍씨 부인에겐 개성만 해도 큰 고장이었고 조선 팔도는 더구나 상상력이 미치기도 벅찬 너른 세상이었다. 여자의 솜씨가 담 밖을 넘는 것도 과람한데 팔도강산에 자자해진다고 생각하는 것은 이만저만한 망상이 아니었지만 망상치고는 얼마나 살맛나는 망상이었는지 좀처럼 그만둘 것 같지 않았다.

그렇게 여러 해에 걸쳐서 인이 박히다시피 한 설 차림이 왜 올해부터 별안간 간소해졌는지는 전 영감도 모르는 일이었다. 전 영감은 구태여 그 까닭을 물으려 들지도 않았고 또 알고 싶지도 않았다. 어쩌면 이심전심으로 그리되었는지도 모를 일이었다. 전처만 영감은 요즈음 아무 일에도 신명이 나지 않았고 사람 만나는 것도 별로 좋아하지 않았다. 그럴 나이도 되었고, 그래도 좋을 만큼 장사에 관한 많은 실권을 둘째 아들 부성이에게 넘겨주고 있었다. 부성이도 그가 잔소리와 근력이 줄고 우울해진 것에 대해 아무리 극성맞은 양반도 나이는 못 속인다는 쪽으로 가볍게 치부하고 있었다. 활동만 덜하고 있을 뿐 아직도 많은 돈을 움켜쥐고 있는 아버지를 될 수 있는 대로 덧들이지 않는 걸 수로 아는 것 같았다.

그런 면으론 아들이 최 서방보다 훨씬 민감하지 못했다. 최 서방은 전처만을 전적으로 숭배할 뿐 아니라 의지하고 있었기 때문에 그의 흔들림을 감지하는 것도 그만큼 빨랐다. 물질적인 의지가 아니라 마음의 의지였기 때문에 흔들리는 것의 정체가 그의 마음이란 것도 알고 있었다. 전처만은 부지런히 숟갈질을 하고 있는데도 무얼 먹고 있는 것 같진 않았다. 그의 식탐을 잘 알고 있는 최 서방은 그런 것도 예로 보아 넘겨지지가 않았다. 그도 덩달아서 식욕 없는 헛숟갈질을 하면서 말했다.

"무슨 걱정이 있시니까? 주인어른."

"걱정은 무슨. 나처럼 복 많은 늙은이가 어딨겠나. 안 그런가?"

"아 네."

최 서방은 얼떨결에 부정도 긍정도 아닌 어중간한 대답을 했다. 장사꾼으론 성공했을지 모르지만 맏아들을 앞세우고 청상이 된 며느리 꼴을 평생 봐야 하는 팔자를 굳이 복 좋다고 우기는 영감이 문득 싫은 생각이 났다.

"맏아들을 후사도 못 보고 앞세운 주제에 돈푼이나 있다고 복 좋은 늙은이처럼 굴 작정인 이 늙은이가 자네 눈엔 추하게 안 보이나?"

전 영감은 벌써 최 서방의 마음을 들여다본 것처럼 이렇게 말하고 조금 웃었다. 그러나 전 영감 본래의 꿰뚫어보는 듯 형형한 안광은 되살아나지 않았다.

"원 주인어른도, 무슨 말씀을 그렇게."

"어서 일흔이나 됐으면 좋겠네. 편안하게 망령이나 부리게……."

"주인어른처럼 정정하신 어른이 겨우 일흔에 망령을 부리실 리가 있시니까?"

최 서방은 갑자기 자기의 말주변 없음에 조바심 같은 걸 느끼며 이렇게 얼버무렸다.

"공자님이 그랬던가 사십이 불혹이라고. 나한테 육십 고개도 미혹이건만. 공자님이 육십 은 뭐랬는지 자네 아나?"

"이순 아닙니까요."

"그래 참, 이순이지. 근데 그게 무슨 뜻일까?"

"글쎄올시다. 세상 이치가 잘 이해가 된다는 뜻 아닐갑쇼."

"남의 말귀를 잘 알아듣는다는 뜻도 있을 텐데 난 통 그게 안 되니 어드렇거나. 내가 고집불통의 늙은이일까?"

"아, 아닙니다요."

"잘 늙고 싶었는데……."

전처만이 길게 한숨을 쉬었다. 그 보기 좋던 은빛 수염이 추비하게 늘어져 보였고 안정도 흐릿했다.

"아주 잘 늙고 싶었다네. 의젓하고 점잖고 편안하고 공경받는 늙은이가 되고 싶었지. 나처럼 젊었을 적부터 늙을 준비를 해온 사람도 드물 걸세. 젊어서 온갖 고생과 위험을 무릅쓸 수 있었던 게 오로지 잘 늙기 위해서였으니까. 그런데 이게 뭔가? 이렇게 불쌍하고 외롭고 추비한 늙은이가 되다니."

"왜 자꾸 그런 말씀을 하시니까."

"구슬퍼서 그러네. 사람 사는 거, 늙는 거 그런 게 다 구슬퍼서……."

구슬프다는 말이 그렇게 어울릴 수가 없게 전처만은 처량하고 무력해 보였다. 최 서방은 전처만이 보통 늙은이와 마찬가지로 구슬프게 늙어간다는 데 배신감 비슷한 걸 느꼈다. 어떤 것도 그 이상 그를 낭패시킬 수 없을 것 같았다.

"여적지 이성이를 안 보시니까?"

최 서방은 불현듯 떠오른 어떤 생각 때문에 그렇게 말해놓고 나서 곧 아차 싶었지만 한 번 한 말을 주워 담을 수는 없었다. 벌써 5년 전에 의절하다시피 된 그들 부자 관계의 내막을 자세히 아는 사람은 몇 안 되었고 최 서방도 그 몇 안 되는 사람 축에 들었지만 그 문제를 아는 척하지 않기로 하고 있었다. 소년 시절 전처만네 전에 사환으로 있을 때 이성이를 업어 기르다시피 한 관계도 있고 해서 한때 자기라면 부자간의 화해를 붙일 수도 있으리라고 생각한 적도 있었지만 전처만의 노여움은 그렇게 호락호락한 게 아니었다.

"내가 그놈을 왜 봐? 자네도 그놈 편인가? 그놈이 시켜서 왔나? 가서 이 늙은이를 살살 떠보라고 시키던가?"

아니나 다를까. 전처만의 흐릿하던 안정이 분노로 이글이글 타오르기 시작했다.

"아, 아니올시다요."

최 서방은 이렇게 잡아떼었고 또 그게 사실이건만도 어쩌면 전 영감이 속으로는 그가 이성이가 시켜서 왔기를 바라고 있을지도 모른다고 생각했다. 그만큼 전 영감의 분노는 기운이 모자랐고 그래서 풀이 죽었을 때보다 더욱 구슬퍼 보였다.

"내 생전에 그놈을 보는 일은 읎을 걸세."

"이성이가 그럴 만큼 큰 잘못을 저질렀다고는 생각하지 않는뎁쇼."

"그놈은 왜놈 장사꾼과 밀통을 했어. 국법을 어기고."

"밀통이 아니라 장사를 했습죠. 주인어른도 한창때 금령을 어기고 일본에 인삼을 밀수출해서 큰돈을 버시지 않았시니까? 이성이가 잘못한 게 뭬 있시니까. 잘못이 있다면 태어날 때부터 장삿속에 밝게 타고난 이성이가 농사꾼이 된 게 잘못입죠."

"자넨 끝끝내 잘못을 나에게 돌리려는군. 그놈도 그랬어. 나는 그놈이 돈을 벌기 위해선 수단 방법 가릴 필요가 없다고 생각하는 것을 참을 수가 없는데 그놈은 마치 그 더러운 방법을 나한테 배운 것처럼 대들지 뭔가?"

─아버님이 온갖 금령을 뚫고 인삼 밀무역을 한 건 세상이 다 아는 사실이고 전 그런 아버님을 자랑스럽게 생각합니다. 그런데 왜 그 사실을 감추고 인삼에서 저절로 돈이 쏟아진 것처럼 꾸미시니까? 왜 저한테는 인삼을 심고 가꾸는 법만 가르치시고 인삼에 합당한 값을 쳐 받을 수 있는 장삿속을 모르는 척하라 하시니까?

이성이는 그 일이 일어나기 전에도 아버지에게 그렇게 대들었고, 그 일이 기어코 일어난 후에도 부끄럽다든가 하다못해 안 그랬던 것처럼 숨길 생각 없이 당당하게 이렇게 아버지에게 대들었다.

그 일이란 일본인들이 꾸민 가장 일본인다운 간사하고 더러운 방법에 의한 인삼 밀수출에 가담하는 일이었다.

5년 전 전처만이 그 해괴한 짓에 대한 귀띔을 처음 듣고 그렇게 강경하게 엄포를 놓았건 만도 그 일은 기어코 일어나고야 말았다. 청일전쟁 이후 일본의 세력이 커지면서 온갖 어중이떠중이 일본인들까지 이 땅에 출입이 잦아졌다. 그때부터 그들에 의한 인삼 밀수출이 성행했고 이 땅에 진출한 일상들도 오만불손하여 이 땅의 금령을 범하길 떡 먹듯 하였다. 그들의 인삼 밀수출은 초기에는 주로 서울에서 구입해서 인천을 왕래하는 정기선으로 일본 나가사키항으로 반출하는 방식이었다. 서울서 인천까지 운반하는 데는 육로와 수로 두 가지 방법이 있었으나 육로는 감시가 심하여 대개는 임진강 수로를 이용하여 인천까지 운반하였다. 개항 초기에는 인천과 나가사키 간의 정기항로가 한 달에 한 번이었으나 그 후 두 번으로 늘어남에 따라 인삼의 밀수출 양도 늘어났다. 당시의 우리 정부에선 인삼의 해외무역을 특정한 상인에게만 허가하였기 때문에 일본 장사꾼의 이런 밀수출은 물론 불법이었고 엄한 감시를 받아야 했으므로 그들은 그것을 피하기 위해 범선을 이용하여 멀리 외항에 정박하고 있는 정기선까지 몰래 운반하였다.

  그들 일인 인삼 밀수꾼들이 인삼을 밀매하는 방법은 교묘하고도 악랄했다. 먼저 삼포에 거간꾼을 파견하여 삼포주와 밀매매계약을 성립시켰다. 그런 계약이 비교적 쉽게 이루어졌던 것은 이 땅의 관의 타락이 극도에 달했을 때라 수매 과정에서 온갖 관의 비리와 수탈을 겪어야 했고 수매가도 생산가에도 못 미치게 저렴한 것이었기 때문에 그보다 조금만 후한 값을 쳐주어도 삼포주는 솔깃해했다. 이렇게 밀매매계약을 성립시킨 다음 야음을 틈타 인삼을 채굴해갔고, 삼포주는 다음 날 아침 삼포가 도채당했다고 관에다 거짓 보고하는 방식을 취하였다. 그들 삼적은 대부분 일본 낭인들이었으며 일본도로 무장하고 작당하여 도채에 임하였다. 그러나 우리의 삼포주들이 이런 밀매매계약에 의해 좋은 값으로 인삼을 팔 수 있었던 것은 초기의 일이고, 그 짓이 성행하고 그 짓의 짤짤한 재미를 안 그들은 더욱 교활하고 악랄해져 영세한 삼포에 미리 고리로 자금을 빌려주고 채취기에 삼포를 강점하는 방법을 썼고, 나중에는 아무런 관계도 없는 삼포를 강탈하는 순 날강도질까지 성행했다. 이런 날강도질은 한복을 입고 한인으로 가장한 일인들에 의해 행해졌기 때문에 일본 공관에 항의해도 묵살당했고 우리 쪽 관도 이미 왜인의 행패에서 백성을 보호할 만하지 못했다.

이성이는 일본인들의 이런 인삼 강탈이 비교적 어수룩한 초기에 짭짤한 재미를 본 축에 속했다. 이성이 입장으로 봐선 아버지의 노여움을 살 까닭이 조금도 없었다. 전처만 역시 온갖 금령을 뚫고 청국과 일본에다 인삼을 밀수출해서 큰돈을 벌었다는 건 세상이 다 아는 사실이고 이성이라고 모를 리가 없었다. 아버지가 한 일과 자기가 한 짓과의 다른 점을 구태여 찾아내라면 아버지는 위험을 무릅쓰고 직접 뛰었고 자기는 가만히 앉아서 편하게 그 일의 이득을 취했다는 것뿐이다. 편하고 안전한 방법 놓아두고 고달프고 위험한 방법을 취하지 않은 것도 잘못이란 말인가. 잘못도 이만저만 잘못이 아닌 부자간의 의를 끊는 큰 잘못이 된다고는 도저히 생각할 수가 없었다. 그러나 전처만의 생각은 달랐다. 전처만은 자신이 한 짓과 이성이가 한 짓과는 하늘과 땅만큼의 차이가 있다고 생각하고 있었다. 자기는 밀수출의 주체였고 그 이익을 취하는 주인이었지만 이성이는 그게 아니었다. 가만히 앉아서 아버지보다 더 큰 이익을 취했는지는 모르지만 그건 어디까지나 남의 이익의 부스러기를 얻어먹은 데 지나지 않지 그 이익의 주인은 결코 아니었다. 그 명확한 차이점이 전처만으로 하여금 이성이를 자식으로 여기고 싶지도 않을 만큼 능멸하게 했던 것이다. 또 자신의 시대와 이성이 시대의 시대적인 차이점도 전처만의 노여움을 부채질했다. 금령을 어기는 것이 나라를 좀먹는 짓이란 것은 그때나 이때나 다름이 없었지만 그때 나라형편은 그래도 좀쯤은 견딜 만한 근력이 있었지만 지금은 그게 아니지 않은가. 외부의 강대 세력에 시달려 기진맥진한 제 나라를 안에서 좀먹는다는 건 할 짓이 아니었다.

대대로 핏속에 누적된 것 같은 집요한 앙심으로 지켜보던 이조의 조정을 썩을 대로 썩고 추악해질 대로 추악해진 지금에 와서 아주 망하게 해서는 안 되겠다는 절절한 염원으로 바라보게 된 것은 무슨 까닭일까? 전처만은 그것을 남이 납득할 수 있도록 설명할 재간이 없었다. 이성이가 취한 이득과 자기가 취한 이득의 차이점을 그가 느끼고 있는 것처럼 명명백백하게 남들도 납득할 수 있도록 설명할 재간이 없는 것과도 같았다. 그는 스스로 의절을 선언한 이성이하고뿐 아니라 다른 남들과도 깊은 단절감을 느꼈고 자신을 외롭고 불쌍한 늙은이 취급하게 했다.

"참, 왜놈들 때문에 큰일입니다요."

설상을 물리고 나서 최 서방이 벼르고 있던 말을 하려고 먼저 이렇게 운을 떼었다.

"왜, 어디서 또 무슨 행패를 부렸다던가?"

"아닙니다요. 그런 게 아니라 장사하는 방식까지 그놈들이 흐려 놓는 것 같아서요. 그들이 만든 간특하고 요사한 인조품을 가지고 들어와선 우리의 귀한 쌀, 짐승 가죽, 금은 등 귀중품과 바꾸어 가는데 그들의 인조품이 그만한 값이 나가는 것인지 잘 따져도 안 보고 다만 그 산뜻한 모양, 신기한 기능에만 현혹돼서 돈 아까운 줄 모르니 이 일을 장차 어드럭허겠시니까?"

"앞으로는 그런 물품장사가 돈을 벌겠구먼."

"네, 바로 보셨시다. 그런 물건들을 왜놈들헌테 직접 사면 아주 헐값으로 살 수가 있다고 헙니다요. 그런데, 신식 물든 우리나라 부자들헌테는 그런 물건이 부르는 게 값이라고 허니 큰 이익을 남기기가 쉬운 장사입죠."

"자네도 그런 장사가 허고 싶나?"

"주인어른만 허락하신다면……."

"자네는 내 그늘을 벗어난 지 오래잖은가? 시변을 융통해달라면 몰라도."

"아닙니다요. 그런 게 아니라 그런 장사가 앞으로 어떨려는지 몰라서요. 선뜻 뛰어들자니 일시적인 바람을 타는 것도 같고 왜놈들만 좋은 일 시키는 게 아닌가 싶어 떳떳지 못한 생각도 들고요. 그런 신식장사를 모르는 척허자니 어째 시세에 뒤떨어진 구닥다리가 되는 것 같고요."

"자네가 그러한데 나 같은 구닥다리가 더군다나 뭘 알겠나?"

"아닙니다요. 주인어른은 우리한테 읎는 선견지명이 있으신걸요, 제가 주인어른의 선견지명 덕을 본 게 어디 한두 번입니까요."

최 서방의 말에 전처만은 쓸쓸하게 웃었다. 최 서방이 말하는 영감의 선견지명이란 5년 전 함경도 지방의 목면을 매점하자는 최 서방의 제안을 탐탁치 않아 한 일을 두고 이름이란 걸 알고 있었다. 최 서방은 그때 영감이 탐탁치 않아 했기 때문에 아까운 장사를 놓쳤지만 딴 송방이라고 그 번연한 잇속이 안 보일 리가 없어 곧 대대적인 매점이 있었다. 그러나 때마침 그 지방의 민요가 있어 엄청난 물량의 목면을 쟁여놓은 창고가 성난 백성들에 의해 불 질러져 순식간에 잿더미가 되고 말았고 큰돈을 벌려던 송방은 하루아침에 빈털터리가 되었다. 최 서방은 하마터면 자기가 당할 뻔했던 일이라 남의 일 같지가 않았고 그런 화를 면할 수 있었던 것은 전처만의 선견지명 덕이라고 두고두고 신기해했다.

"그때 그 일을 탐탐치 않아 한 건 결코 나에게 선견지명이 있어서가 아니었네. 난들 어찌 한 치 앞인들 내다볼 수 있겠나. 그때 내가 본 건 앞날이 아니라 지난날이었다네. 내가 직접 겪은 건 아니지만 젊었을 때 노인들한테 들은 홍경래난 생각이 나더군. 그때 많은 송방들이 난민들헌테도 당하고 관군헌테도 당하고 양쪽에서 당해 큰 손해도 보고 고초도 겪었다고 허더군. 민심이 너무 흉흉할 때는 매점도 어느 정도 삼가는 게 상인이 지켜야 할 도리가 아니겠나?"

"그렇지만 태평성대보담은 난세에 돈벌기가 쉽지 않은감요?"

"돈만 벌기로 작정하면야……."

"그럼 장사꾼이 뭘 더 작정할 게 있겠시니까?"

"그렇게 작정헌 사람이면 물어보고 자시고 헐 것도 읎지 않은가?"

전처만은 역겨운 기색을 드러내면서 딱 잘라 말했다. 처음으로 전처만다운 결기가 엿보였다. 머쓱해서 하직인사를 하는 최 서방에게 전처만은 빈말처럼 말했다.

"내려가기 전에 한증이나 한번 같이 합세나."

최 서방이 간 후 전처만은 한동안 멍하니 앉아 있었다. 심심하고 쓸쓸했다. 해주댁 생각도 해보았지만 해주댁한테서 달랠 수 있는 쓸쓸함과는 또 다른 뼛골이 시린 고적함이었다. 어쩌다 이 지경이 되었나. 그는 달랠 길 없는 고적 때문에 자신을 매우 불쌍하게 여겼다. 헐벗고 굶주린 채로 거리를 헤매는 거지도 그보다는 덜 불쌍할 것 같았다. 자식한테도 안 주고 낭탁해놓은 방고래가 내려앉을 만한 중량의 은자도 그의 고적감을 달래지는 못했다.

손의 심심함이라도 달래려고 풍성한 은빛 수염을 어루만지던 전처만의 쓸쓸한 얼굴이 조금씩 누그러지기 시작했다. 마치 음지에 볕이 든 것처럼 따숩고 환하고 표정이 세밀해졌다. 입가에 미소가 잔주름처럼 번졌다. 그는 소년처럼 장난스러운 얼굴로 자신의 수염을 땋기 시작했다. 그의 날카로운 턱의 선이 드러나 인색하고 까다로운 얼굴이 되었다. 그래도 그는 혼자서 히죽댔다. 혹시 누가 엿보고 있을까 봐 얼른 얼굴을 찌푸리고 촘촘히 땋은 수염을 풀었다. 수염이 고슬고슬해졌지만 그는 모르고 있었다. 태임이가 네댓 살 때 무릎에 앉히면 곧잘 할아버지 수염을 땋는 장난을 했었다. 태임이는 안채에 있건만 못 본 지가 어언 넉 달째로 접어들고 있었다. 설에 세배도 받지 않았다. 태임이는 넉 달째 안채에서 중문 밖을 넘지 못하도록 벌을 서고 있었다. 이 집안에서 그런 벌을 내릴 수 있는 건 물론 전 영감뿐이었다. 태임이가 한 짓을 생각하면 그 벌은 너무 가볍다고 전 영감은 지금도 생각하고 있었다. 태임이가 한 짓은 괘씸하고 상서롭지 못할 뿐 아니라 막연히 두려웠다. 태임이가 한 짓이란 행랑채에서 장독杖毒을 요양하고 있는 종상이를 몰래 문병한 일이었다. 열다섯이면 시집가서 애도 낳을 나이였다. 더군다나 태임이는 숙성해서 활짝 핀 모란꽃처럼 눈에 띄게 화려했다. 그런 처녀가 통통 부어 꼴이 말이 아닌 외간남자의 방에 겁도 없이 드나들다니 첫밖에 할아버지한테 들켰기에 망정이지 말 많은 아랫것들 눈에라도 띄었다면 흉악한 구설수에 올라 혼인길 막힐 게 뻔했다.

이성이가 일찌거니 거간꾼과 잘 홍정해서 도굴을 가장한 삼포 밀매로 재미를 본 것과는 대조적으로 해주댁의 천 간 미만의 삼포는 일인들의 마구잡이 도굴이 성행하던 막바지에 진짜 도둑질을 당한 것이었다. 그런 사태를 예비하고 고용한 종상이가 스무 살의 기운깨나 쓰는 청년이 되었건 만도 칼과 총을 가진 그 난폭한 도적들을 혼자서 대항하기엔 한참 못 미쳤다. 그러나 종상이는 조선 사람 복장을 했으되 발가락을 끈으로 꿴 나막신을 신고 있는 도적의 한 사람을 악착같이 쫓다가 겨우 그 나막신 한 짝을 얻을 수가 있었다. 그리고 그 나막신을 증거로 그가 지키던 삼포를 일인이 도굴했다고 관아에 고발을 했다. 그러나 관아에선 그가 제시한 증거품을 무시하고 되레 그를 무고죄로 몰아, 죽지 않을 만큼 매를 쳐서 내보냈다. 온몸이 장독으로 통통 부은 종상이를 전처만이 거두어 행랑채의 한 방을 치우고 간호하던 중 그런 일이 생긴 것이었다.

전처만은 오래간만에 태임이가 저지른 괘씸한 짓을 잊고 그의 무릎에서 앙증한 손으로 수염을 땋던 재롱만을 생각했다. 걷잡을 수 없이 태임이가 보고 싶었다. 안으로 보러 들어갈까 하다가 계집종을 불러서 태임이를 나오게 했다. 태임이로 하여금 중문을 넘게 함으로써 그가 내린 벌을 풀어준다는 표시를 하고 싶었다.

이윽고 다소곳이 나타난 태임이를 보고 영감은 깜짝 놀랐다. 못 본 지 서너 달간에 그렇게 자랐는지, 여직껏 네댓 살 적 태임이 생각에 잠겨 있었기 때문에 그런지 몰라보게 컸고 또 아름다웠다. 그리고 잘못해서 벌 받고 있었던 티는 조금도 없었다. 할아버지를 똑바로 보는 눈길은 흔들림이 없이 떳떳했고 꼭 다문 입술은 잘못했다고 용서를 빌기보다는 자기가 옳다고 끝내 주장할 것처럼 자신 있고 고집스러워 보였다.

"네가 올해 열여섯 살이렷다."

전처만은 이렇게 탄식처럼 뇌까렸다. 손녀를 다시는 무릎에 앉힐 수 없다는 섭섭함을 그렇게밖에 표현할 길이 없었다. 올 설이 유난히 울적했던 까닭을 이제야 알 것 같았다. 저게 내 무릎 위뿐 아니라 이 집을 떠날 날이 멀지 않았다는 생각이 영감을 화나게도 비감하게도 했다.

"노래를 불러보렴."

전 영감은 손녀를 무릎에 앉힐 수 없는 걸 투정이라도 하듯이 퉁명스럽게 말했다.

"노래를요?"

태임이는 할아버지의 너무도 뜻밖의 명령에 어리둥절해서 반문했다.

"왜 있잖는? 농바위고개에서 부르던 소꿉장 노래 말이다."
"할아버지 전 이제 소꿉장난이나 할 아이가 아녜요."
"불러보래두."
전 영감이 버럭 역정을 냈다.

앞산에는 빨간 꽃요
뒷산에는 노란 꽃요
빨간 꽃은 치마 짓고
노란 꽃은 저고리 지어
풀 꺾어 머리 허고
그이딱지 솥을 걸어
흙가루로 밥을 짓고
솔잎을랑 국수 말아
풀각시를 절시키세
풀각시가 절을 허면
망건을 쓴 신랑이랑
꼭지꼭지 흔들면서
밤주먹에 물마시네

예전의 그 곡조에 그 목소리였지만 그때 듣던 노래는 아니었다. 오만가지 잡념이 앙금처럼 가라앉아 천진한 맛 대신 청승이 뚝뚝 떠는 딴 노래가 되어 있었다. 결국 아무것도 돌이킬 수 없음에 전처만은 새로운 노여움을 느꼈다.

"네 이년, 그놈 방엔 무엇하러 드나들었더냐? 바른 대로 대지 못할까."

"전 잘못한 거 읎어요."

"또 그 소리. 주둥아리 닥치거라."

"바른 대로 대라고 하시길래……."

"바른 대로 대는 게 겨우 잘못헌 거 읎다는 발뺌이더냐? 내외할 처녀가 외간남자 방에 남몰래 드나든 것만도 생전 시집도 못 갈 큰 잘못이거늘."

"그 사람은 당장 숨이 넘어갈지도 모를 만큼 위중한 것 같았어요. 그런 중에도 헛소리를 지르는 게 밖에까지 들렸어요. 그 도적놈들은 왜놈들이었다고, 나막신 신은 걸 똑똑히 보았노라고 외치더군요. 그대로 죽게 할 순 읎었어요. 누군가가 그의 말을 믿어주지 않으면 그는 아마 죽어서도 눈을 못 감고 원귀가 되어 떠돌아다닐 것 같았어요. 그때 그에게 필요한 건 약이나 침보다 그의 말을 참말로 믿어주는 사람이었어요. 전 들어가서 그에게 다짐했어요. 그의 말을 믿는다고, 그가 죽어도 내가 그 말을 증거하겠노라고요. 그게 뭐가 나빠요, 할아버지."

태임이는 조금도 잘못한 기색 없이 꼬박꼬박 말대답을 하고도 오히려 못다 한 말을 가까스로 참는 것처럼 어깨로 숨을 쉬며 새근댔다. 반듯하고 정결한 이마와 오똑하면서도 날카롭지 않은 코와 작고 도톰한 입술과 갸름하지만 뺨이 풍성해 복성스러워 보이는 얼굴은 어디로 보나 부잣집 맏며느리감이었다. 그러나 다소곳이 내리깔았던 눈을 똑바로 뜨면 고집스러우면서도 무슨 일을 저지를지 예측할 수 없는 분방함이 단박 드러났다. 그런 부조화 때문에 오히려 그녀의 얼굴은 표정이 풍부하고 싱싱했을 뿐 아니라, 아무하고도 안 닮아 보였다.

일찍이 청나라를 드나든 덕에 바깥세상의 개명한 문명에 대한 동경과 함께 이 땅의 사람 사는 방법도 앞으로 크게 변하리라는 남다른 예감을 가지고 있는 전처만이었다. 그렇기에 손녀에게 바라는 것도 유별났다. 그는 태임이가 이 땅의 여자들이 여지껏 살아온 것과는 다르게 살길 바랐고, 또 누구보다도 먼저 이 나라 여자들이 빈부귀천에 상관없이 공통으로 쓰고 있는 숙명적인 굴레로부터 놓여날 수 있길 바랐다. 그만큼 남보다 먼저 개명한 생각을 가진 전처만이건만도 태임이가 독자적으로 어떤 새로운 삶의 방법을 꿈이라도 꿀 수 있다고 생각한 건 아니었다. 새로운 삶이라고 해도 어디까지나 아녀자의 삶이었다. 그의 권위와 애정과 재력의 비호하에서만 그게 가능하리라고 믿고 있었다. 먼 훗날엔 태임이뿐만 아니라 모든 아녀자가 지금과는 다르게 살게 되리라는 것까지도 내다볼 줄 아는 전처만이건만도 새로운 삶이란 마땅히 어떠어떠해야 한다는 구체적인 대목에 이르러서는 그런 생각을 전혀 할 줄 모르는 사람들보다 조금도 나을 것 없는 맹문이었다. 다만 아녀자의 팔자란 누군가에 의해 만들어지는 것이지 본인 스스로는 손끝 하나 까딱할 수 없다는 것 하나는 확실하게 알고 있었다. 하여 태임이가 살아주

길 바라는 새로운 삶도 언제고 그가 태임에게 선물할 수는 있을지언정 태임이가 독자적으로 어떻게 할 수 있는 게 아니었다. 마치 금박의 문양이 상서로운 댕기나 색깔이 황홀한 중국 비단을 보면 태임이에게 주고 싶어 따로 간직해놓고 즐거워하듯이 개명한 새로운 삶도 자기만이 줄 수 있다는 데 비로소 그 뜻이 생겼다.

나잇값을 해야지. 전처만은 이마 끝까지 지글대는 화를 눙치려고 무진 애를 썼다.

"앞으로 다시는 중문 밖에서 일어나는 일에 아는 척해선 안 된다. 알겠는?"

"왜요, 할아버지?"

"허어, 또 말대답이로구나. 중문 밖엔 귀한 집 계집애가 알아서 이로울 게 아무것도 읎느니라."

"할아버지, 귀한 집과 양반네는 어드렇게 다르니까?"

태임이는 설인데도 비단옷이 아닌 무명옷을 입고 있었다. 안에서 누가 시켜서 그랬건 스스로 알아서 그랬건 그건 벌을 받고 있는 처지에 매우 잘 어울렸을 뿐 아니라 그녀의 건강과 계집애답지 않은 씩씩한 기상과도 잘 어울렸다. 결이 곱고 윤기 있는 머리꼬랑이 끝에 물린 댕기까지도 무명이었다. 무명에다 홍물감을 들여 도탑게 다듬잇살을 올린 댕기는 흡사 맏물고추를 물려놓은 것처럼 소박하고도 선연했다.

저게 아들이었으면 하는 새삼스러운 아쉬움이 송곳처럼 뾰족하게 전처만의 싸고 싼 통한을 건드렸다. 전처만은 그의 체모에 어울리지 않게 경망스럽게 움찔하면서 짐짓 점잖게 호통을 쳤다.

"듣자 듣자 하니 계집애가 못할 말이 없구나. 평소 양반을 능멸하던 할애비를 빗대놓고 하는 소리렷다. 해괴한지고."

"아니올시다, 할아버지. 그건 할아버지께서 평소 양반을 능멸한 게 아니라 양반님네가 중인이나 상인을 능멸하는 걸 옳지 못하다고 여기신 것뿐이옵니다. 저는 또 늘 그런 할아버지를 훌륭한 어른이라고 믿어 의심치 않았기에 그런 할아버지께서 돈 있는 사람만 귀하게 여기시고 없는 사람은 천하게 여기시는 건 사리에 어긋난다고 여기고 있을 뿐이옵니다."

태임의 말대답은 또박또박하고 망설임이 없었다. 맏물고추처럼 도타운 질감으로 윤이 나는 무명댕기는 아들을 낳으면 새끼줄에 고추를 꿰어 대문에 인줄을 치는 서울 쪽 풍습을 연상시켰다. 개성에선 인줄 대신 대문에다 아들이면 유산경기부정有産慶忌不淨이라고 써 붙이고 계집애면 경慶자를 빼고 유산기부정이라고만 썼다.

맏아들의 병세로 보아 다시 또 손을 못 볼 게 뻔한 첫 손주이자 마지막 손주가 딸인 걸 안 건 사랑채까지 새어나온 홍씨 부인의 통곡 소리 때문이었다. 애간장을 끓게 서러운 통곡 소리를 들으면서도 전처만은 안색 하나 안 변하고 먹을 진하게 갈아 유산기부정을 썼다. 달필은 아니었지만 오랜 세월 치부하면서 익힌 필체는 흔들림도 기교도 없이 우직하도록 명료했다. 나중에 그걸 본 홍씨 부인은 뭐가 좋아서 그렇게 크게 써 붙였냐고 영감의 좀체 흔들리지 않는 매몰찬 성품을 탓했지만 영감이 그날 야다리 밑까지 가서 목 놓아운 건 아무도 모르고 있었다. 개성 지방에선 아이들이 말을 안 듣거나 밉게 굴면 놀리는 말로 야다리 밑에서 주워온 놈이란 말들을 흔히 썼다. 전처만도 어려서 그런 소리를 무던히도 듣고 자랐기 때문에 가장 절망적인 상황에서 자기도 모르게 야다리 밑에다 어떤 희망을 걸었는지도 모를 일이었다. 그러나 행여 고추 달린 애가 야다리 밑에서 울고 있을지도 모른다는 희망은 헛된 꿈이었다. 해질녘이라 늘 개성의 모래빛처럼 희게 마전한 무명필로 덮여 있던 너른 바위는 텅 비어 있고 졸졸졸 물 흐르는 소리뿐, 마전 나온 여인네들의 수다 소리가 이미 끊긴 지 오래였고, 버리고 간 아기 울음소리가 들릴 리 만무했다. 그래도 그는 어둡기를 기다려 너른 바위 위에 빨래처럼 납작하게 널브러져서 소리 내어 울기 시작했다. 설움 외의 딴 잡념이 조금도 안 섞인 짐승 같은 울음을 얼마나 울었는지 마침내 눈물이 말라 당기는 눈으로 우러른 하늘엔 송편 같은 달이 높이 해맑게 떠 있었다. 그는 비로소 그의 맏아들이 남긴 한 점 혈육이 어떻게 생겼을까가 궁금했고 그 아이를 잘 길러야겠단 생각이 그에게 새로운 생기를 불어넣었다.

전처만 영감의 태임에 대한 사랑은 그런 엄청난 설움 밑바닥에서 건져낸 주옥같은 거였다. 지금 태임은 그런 주옥을 모래알 보듯이 함부로 깔보고 있었다.

어리석은 것 같으니라구. 그는 소리 없이 탄식했다. 태임에겐지 자기 자신에겐지 분간 못할 탄식이었다.

"네 그 말을 종상이를 두둔하는 말로 들어도 틀림없겠다?"

"네, 할아버지. 그 사람이 한 일에 비해 그 사람이 우리한테 지금 받고 있는 대접은 너무 소홀합니다."

"너는 그 녀석이 그렇게 장헌 일을 했다고 생각하는?"

"장헌 일은요, 주인을 위해 꼭 해야 할 일을 헌 것뿐이죠. 요샌 개도 약은 개는 안 하는 짓을 했으니까 여간 어리석은 사람이 아니죠. 그렇지만 우리 할아버지만은 그 사람이 어리석은 걸 얕보거나 구박하지 말아야 한다고 생각했거든요."

"네 생각이 그랬다면 너야말로 어리석구나."

전처만이 축 처진 소리로 말했다. 태임이 보기에 전처만은 처음부터 지쳐 있었다. 아무리 노여워 길길이 뛸 때도 할아버지의 수염이 곤두서는 걸 보지 못했다. 아랫것들을 호령할 때 아니더라도 상에 올린 반찬이나 기물 하나만 못마땅해도 예민하게 곤두서던 그 풍성하고 위엄 있는 수염이 축 처진 할아버지는 어디서나 볼 수 있는 힘없고 추비한 노인에 지나지 않았다. 태임에게 그건 참을 수 없는 일이었다. 태임은 어쩌면 할아버지의 수염이 사자의 갈기털처럼 위엄 있게 곤두서는 걸 보기 위해 일부러 할아버지 화를 돋우었는지도 모른다 싶게 그런 할아버지를 끝내 볼 수 없는 게 서운하고 안타까웠다.

"나도 그 녀석에 대해선 따로 생각하고 있는 바가 있느니라. 네 따위가 배 놔라 감 놔라 헐 일이 아니니라. 네가 명심할 일은 망측한 소문에 오르내릴 일이 차후에 다시 내 눈에 띄었다간 용서받지 못헐 줄 알아라. 알아들었는?"

"따로 생각한 바가 있으시다면 가게든지 삼포든지 한밑천 떼어주시겠다는 말씀이시니까?"

태임이가 겁 없이 도전적인 시선으로 할아버지를 똑바로 쳐다보며 말했다. 하도 당돌한 질문에 전 영감은 기가 탁 막혔고, 자고로 계집애란 얼마나 요망한 애물인가 싶어 그 애물한테 쏟은 정이 새삼 골수에 사무치게 억울해서 이가 갈렸다.

"그것이 너와 그 녀석이 바라는 바더냐?"

"아니올시다, 할아버지. 저는 한 번도 그런 생각을 한 적이 없습니다. 그 사람도 그런 걸 바랄 사람이 아니구요."

"흥, 마치 그 녀석 속에 들어갔다 나온 것처럼 말허는구나. 몇 번이나 그 녀석과 만났는?"

"할아버지께서 보시지 않았시니까? 한 번뿐입니다."

"끝내 이 할애빌 속일 작정이더냐?"

"할아버지를 속일 까닭이 읎습니다요. 잘못한 일이 읎는걸요."

"잘못한 일도 읎다, 한밑천 떼어주길 바란 일도 읎다, 그렇다면 너희들이 나한테 바라는 게 정녕 뭐란 말이냐? 점점 더 해괴해지는구나."

"할아버지, 저희들을 함께 싸잡지 마십시오. 저는 그 사람과는 상관읎이 제 생각을 말씀드리고 싶을 뿐이니까요. 제 생각을 말씀드리기 전에 할아버지가 그 사람에 대해 따로 생각하고 계시다는 게 무엇인지 알고 싶습니다요."

태임이의 말씨가 저절로 부드럽고 간절해졌다. 전 영감은 그게 반갑다기보다는 죽자꾸나 억제하고 있던 고통스러운 어떤 의혹이 꿈틀 고개를 드는 걸 느꼈다. 의혹이란 분노나 비애보다 훨씬 고약한 감정이었다.

"신열이 내리고 조금만 제 몸을 추스를 수 있게 되면 서울이나 평양으로 데리고 가서 서양 의원한테 보일 생각을 허구 있었느니라. 서양 의술이 속에서 저절로 생긴 병을 다스리는 데는 한의술에 못 미치지만 다쳐서 살이 째지고 피를 많이 흘리거나 뼈가 부러진 데는 옛 편작의 의술을 훔쳐간 듯 사뭇 신효한 바가 있다더구나."

"할아버지, 고맙습니다."

태임이가 별안간 고개를 푹 꺾으며 방바닥에 엎드려 흐느끼기 시작했다. 그렇게 당돌하게 도사리고 앉았던 계집애가 갑자기 울음을 터뜨리면서 한 줌도 안 되게 작아 보였다.

"왜 우는?"

전처만이 고개를 돌리며 물었다. 태임이가 작고 고분고분해진 것만큼이나 그의 속의 의혹은 불어나고 확실해졌다.

"할아버지께서 그런 생각까지 하고 계신 줄은 꿈에도 몰랐어요. 그건 바로 제가 바라고 바라던 거였어요. 그것도 모르고 감히 할아버지께 대들고 넘겨짚고……. 할아버지, 잘못했어요. 용서해주세요."

"아무것도 잘못헌 게 읎다더니……."

태임이가 감히 그에게 대들고 꼬치꼬치 따지고 울고불고 잘못을 비는 게 다 종상이 때문이라는 사실이 손톱으로 후벼 파는 것처럼 전 영감의 심정을 참담하게 했다.

"할아버지의 넓고 자애로우신 마음을 진작 살피지 못했으니 저처럼 속 좁고 은혜 모르고 어리석은 계집애가 어디메 있겠시니까."

"너무 수다스럽구나. 너도 같은 생각을 허구 있었다고 했는데 그럼 너도 서양 의술에 대한 소문을 들은 적이 있는?"

"네, 외숙모한테서도 듣고 행랑의 언년 어멈한테서도 들었습니다. 언년 어멈의 허풍보다는 외숙모한테 들은 게 더 믿을 만했습니다요. 외숙부가 서울 장사를 다니니까요. 언년 어멈의 허풍인즉 양의원은 사람 몸을 바느질하듯이 함부로 찢기도 하고 꿰매기도 하는데 효수당한 죄수의 몸뚱이도 훔쳐다가 머리통하고 꿰매놓으면 감쪽같이 다시 살아나 기지개를 편다고 하니 어드렇게 믿겠시니까? 야소귀신이 하는 짓이지 의술이 아니라고도 하고요."

"귀신을 부리는 데야 누가 덕물산 무당을 당하겠는? 구태여 양인의 도움을 청할 것도 읎지."

"아니올시다, 할아버지. 귀신의 짓이 아니라 양인들의 약과 기술이 정말 그렇게 신효하다고 합니다. 그 사람을 꼭 양의원한테 보여주세요, 할아버지. 더 늦기 전에요. 그냥 놓아두면 죽진 않아도 병신 될 게 분명해요. 한시가 급해요."

"그러니깐 두루 기다릴 것도 읎이 당장 데려가잔 말이렷다?"

"네, 할아버지."

태임이의 눈에 다시 눈물이 그렁해졌다. 전 영감은 꼴 보기 싫다고 호통을 치고 싶은 걸 지그시 참고 물었다.

"무슨 수로? 뒷간 출입도 못 허는 장정을 무슨 수로 서울까지 옮기겠는?"

"할아버지가 그만 일을 못하시다니요. 소달구지만 있으면 되는 일인뎁쇼."

"그렇게까지 해야 되겠는?"

"네, 할아버지. 제 소원입니다. 꼭 들어주셔요."

"나도 너한테 소원이 하나 있느니라. 들어주련?"

전처만은 그렇게 말해놓고 나서 그의 호령 하나로 안 되는 게 없던 이 집안에서 방구리만 한 손녀한테 흥정조로 빌붙고 있는 자신을 누가 볼까 겁낼 만큼 딱하게 여겼다. 태임인 대답하지 않고 경계하는 듯한 시선으로 말끄러미 쳐다만 보는데 전 영감은 더욱 조바심하며 빌붙었다.

"아까도 말했잖는? 중문 밖 일을 다시는 아는 척하지 말거라. 행여 네 팔자에 해로울까 봐 일러두는 소리니 명심허거라."

"어머니는 중문 안에서 일어나는 일도 잘 모르는데 어째서 팔자가 사납시니까?"

"허어, 이런 주리를 틀 년 봤나."

전처만이 봉의 눈을 뜨고 장죽을 집어들었다. 그러나 태임의 목 고개는 겁 없이 꼿꼿했다. 전처만은 애꿎은 놋재떨이를 한 번 힘없이 내려치고 나서 담배함을 끌어당겼다. 태임이가 얼른 꿇어앉아 무릎으로 다가와 손끝으로 잘게 썬 담배를 집어내어 옥으로 된 안경雁頸에 꼭꼭 눌러 담았다. 익숙한 솜씨로 가죽 쌈지 속에서 부싯돌을 꺼내는 태임을 본 척 만 척 전처만은 담뱃대를 화롯불에 쑤셔

박고 뻐끔뻐끔 깊이 빨았다. 그 정도로 자신의 화를 다스린 전처만이 사위어가는 뜬숯처럼 맥없는 표정으로 물었다.

"느이 에미 팔자가 사납다고 생각허는?"

"남 보기에 불쌍한 걸 어드렇게 좋은 팔자라고 하겠시니까?"

"누구라, 어느 누구라 느이 에미를 불쌍허다던?"

"우선 저 보기에 불쌍해 보입니다."

"그럼 느이 에미를 불쌍허게 만든 이 할애비를 원망허겠구나. 안 그렀는?"

"아니올시다. 어머니의 잘못이 더 크다고 생각합니다. 자기 팔자가 어드렇게 돼갈지 조금도 궁금해하지 않고 어른들이 하는 대로 맡겨버렸으니까요."

"여자 팔자는 다 어른들이나 지아비가 만들어주는 거지 자기는 손끝 하나 까딱할 수 읎는 거란다."

"부모는 그 부모로 하여 내 몸이 생겨났으니 내 임의로 골라잡을 수가 읎는 게 마땅한 이치오나, 그 다음 팔자가 달린 지아비에 대해서까지 당사자가 아무것도 모르고 다만 어른들이 골라주시는 대로 따라야 하는 법이 왜 있는지도 도무지 알 수가 읎습니다요."

"네가 벌써 네 에미 신세를 불쌍히 여길 줄 아니 갸륵하다만 이 할애비의 힘을 너무 안 알아주는 게 섭섭허구나. 난들 왜 네 에미를 가련히 여기는 측은지심이 읎겠는? 달 밝은 밤이면 네 에미 한숨 소리가 문풍지를 울리듯 하여 금창이 미어지는 듯 밤새 잠 못 이루는 밤이 허다허단다. 그렇지만 네 에미라고 마냥 젊은 건 아니잖는? 사람은 그저 후분이 좋아야 허느니라. 내가 왜 이 나이가 되도록 느이 삼촌들한테 재산을 다 맡기지 않고 움켜쥐고 있는 줄 아는? 다 네 에미의 후분을 위해서니라. 네가 아들이 아닌 게 철천지한이다만 다행히 느이 삼촌댁들이 쑥쑥 아들들을 잘 뽑아내니 양자를 들이면 되고 내가 움켜쥐고 있는 재물이 다 네 에미 거니 그만허면 더 바랄 게 읎는 편안한 후분을 누릴 게다. 알겠는?"

전처만 영감은 고작 열여섯 살밖에 안 된, 그것도 손자도 아닌 손녀를 데리고 마누라한테도 안 한 애기를 하고 있는 자신을 매우 싱겁고 어리석게 여겼다. 전처만 영감이 평소 가장 마뜩찮게 여기는 게 바로 싱겁고 어리석게 구는 거였음에도 불구하고 그럴 수밖에 없었다. 그만큼 그는 태임의 환심을 사고 싶었고 태임이 믿고 의지하는 할아버지이고 싶었다. 무엇보다도 사랑받고 싶었다. 사랑에 치사한 게 바로 늘그막의 구슬픔이란 걸 모르진 않건만 어쩔 수가 없었다. 전 영감이 비굴해질수록 태임은 차갑고 매몰차 보였다. 누가 벌 받고 있는지 모를 지경이었다.

"제가 어머니 때문에 그런 말씀 사뢰는 거 아니라는 걸 할아버지도 잘 아시면서 왜 자꾸 딴 말씀만 하시니까. 전 제 팔자를 남이 만들어주는 대로 따르기가 싫습니다."

"겁낼 것 읎다, 아가. 아무도 너를 팔자 사납겐 못 할 게다. 할애빈 느이 에미의 후분을 위해서만 돈 권리를 쥐고 있는 게 아니란다. 너의 앞날을 위해서도였느니라. 너는 얼마든지 좋은 데로 시집을 갈 수가 있다. 뭘 못 허겄는. 여자라고 시집살이만 허구 자식 낳아 기르는 것만 헐란 법도 읎지. 이 할애빈 너에 대해선 욕심이 좀 유별나단다. 언젠가 서울 사는 선비가 연줄연줄로 나헌테 돈을 변통해간 적이 있었느니라. 양반님네들의 돈의 용처야 뻔하지. 벼슬을 사려고 큰돈을 구했나 보더라. 장사밑천이라면 모르지만 그렇게 더럽게 쓸 돈을 댈 할애비가 아니다만 그때만은 일언지하에 잡아떼질 못했단다. 왜 줄 아는? 저당 잡힐 물건을 가져왔는데 거기 그만 혹하고 말았단다. 조그만 머릿병풍이었지. 생전 물건을 잡고 돈을 빌려준 적도 읎거니와 병풍의 그림도 점잖은 사군자나 글씨가 아닌 오종종한 채색 그림이어서 처음엔 변변히 거들떠도 안 봤느니라. 오죽 궁했으면 그런 걸 잡히고 돈을 변통허려나 싶어 가련한 생각도 읎지 않아 있었고 또 오죽잖은 물건을 잡히고 빌려달라는 돈치곤 액수가 워낙 많은 게 괴이쩍기도 해서 한 번 볼 거 두 번 본다는 게 그만 그 그림에 혹하고 말았단다. 참말로 신기한 그림이었지."

전처만 영감의 얼굴에서 오래간만에 구슬픔이 걷히고 소년처럼 싱그러운 그리움이 떠올랐다. 풍부한 수염 사이에 고집스럽게 오그라붙었던 입술에 천진한 미소가 번지자 딴사람처럼 다감한 얼굴이 되었다. 태임이도 눈앞에서 일어난 할아버지의 이런 뜻밖의 변모가 신기한지, "그래서요?" 하면서 다음 말을 재촉했다.

"생전 처음 신용거래 아닌 물건 잡고 돈을 꿔주는 짓을 했단다. 그 양반 관상이 도무지 그런 큰돈이 생겨 그 물건을 찾아갈 것 같지가 않았거든. 난 그 물건이 탐이 났던 거야. 보면 볼수록 정이 드는 묘한 그림이었느니라. 그게 글쎄 아녀자의 솜씨라지 뭐겠니?

패랭이꽃, 꽈리, 하눌타리, 방아깨비, 무당벌레, 개똥벌레, 들쥐, 말똥구리 따위 미물을 어찌 그리 살아 움직이는 것처럼, 어찌 그리 보는 이의 마음을 사로잡도록 정겹게 그릴 수가 있을까. 변변히 눈여겨본 적 없이 마구 짓밟고 다닌 풀섶에 그런 예쁘고 정다운 것들이 숨 쉬고 있다는 걸 이 나이에 처음 알았느니라. 그런 미물들을 그다지도 예뻐하고 곰곰이 들여다보고 정을 준 눈은 도대체 어떤 눈일까. 나는 그 솜씨보다 그 눈을 기리는 마음이 간절해지더구나. 돈을 꿔주고 그 그림을 맡을 적에 부연해서 들은 얘긴데 그 그림을 그린 이가 한번은 벌레 그림을 그린 비단을 펼쳐놓은 적이 있는데 닭들이 정말 벌레인 줄 알고 쪼아 먹었다지 뭐냐. 그 말이 조금도 거짓말로 안 들리게 살아 움직이는 그림이었느니라. 아니지 살아 움직이는 것 이상이었다. 살아 움직이는 벌레는 미물에 지나지 않지만 그림 속의 벌레는 혼이 있는 영물이었으니까. 닭에게 그게 뵐 리가 있나. 닭은 닭밖에 못 되니까 그걸 감히 쪼아 먹지. 그 그림을 그린 분은 사임당이라고 양반님네들 사이에선 널리 알려진 분이더구나. 지금부터 3, 4백 년 전 분으로 풀이나 벌레 그림뿐 아니라 산수화도 잘 그렸고 글씨와 자수에도 뛰어나고 부덕까지 겸비하여 이율곡 같은 대학자를 길러낸 어머니이기도 하다는구나. 그러니 잡히고 그만한 큰돈을 꾸어달랄 만도 하지. 나는 그 서울 양반이 그 병풍을 되찾아갈 수 없게 되길 바랐지! 그 물건이 탐났던 거야. 심심하면 펼쳐보고 정을 잔뜩 들여놓았는데 그 양반이 사람을 시켜 그 물건을 찾으러 보냈지 뭐겠니? 언약한 변을 얹어서 돈을 갚겠다는데 무슨 수로 그 물건을 안 내주겠는? 아마 그 양반 그 돈으로 벼슬이라도 한자리 샀겠지. 그래서 당장 밑천의 몇 배를 뽑았기에 그 돈을 갚지 제가 무슨 수로 금시발복을 했겠는? 요새 세상이 그렇게 더러운 세상이란다. 돈이면 안 되는 게 읎어. 이 할애비도 마음이 읎어 그렇지 벼슬하고 싶으면 못 할 것도 읎단다. 돈 주고 벼슬 사는 중인이 부쩍 늘어나는 판이니 중인의 체모 지키기도 쉬운 일은 아니란다."

"할아버지, 그 물건을 내주셨시니까? 안 내주셨시니까?"

태임이 정작 이야기에서 빗나간 할아버지의 말머리를 이렇게 바로잡았다. 그러나 결말이 궁금해서도 그 병풍에 대한 호기심에서도 아닌 것이 권태롭다 못해 짜증스러운 표정에 고스란히 나타났다. 태임이는 할아버지의 이야기에 진력이 나서 빨리 끝내고 물러나고 싶을 뿐이었다. 처만은 그러나 모르는 척했다. 속에서 굼실대는 걸 그만큼 억제할 수가 없었다.

"욕심이야 굴뚝같았지만 안 내줄 수가 있어야지. 할아버지는 장사꾼이지 협잡꾼은 아니지 않는? 어거지로 빼앗을 만한 세도를 등에 업은 양반은 더군다나 아니고. 그 병풍을 내주고 한동안은 꿈에서도 삼삼하게 그 그림들을 보곤 했더랬다. 이루 말할 수 읎이 섭섭허구 허전한 마음을 어드렇게 달랬는 줄 아는? 우리 태임인들 그렇게 못 키울 게 뭔가 싶은 생각이 퍼뜩 나자 크게 위안이 되더구나. 너는 바느질도 잘허구 자수 솜씨는 개성 바닥에서는 다 알아주지 않는. 널 사임당처럼 기르는 게 할아버지의 소원이란다. 세상이 하

수상해 차일피일 미루었다만 네 재주를 제대로 키워줄 글씨 선생, 그림 선생을 찾는 일을 이제부터라도 서두르마."

"할아버지, 그런 것은 양반댁 규수들이나 하는 일 아니니까?"

"네가 몰라서 그렇지 세상이 점점 개명해지고 있단다. 반상의 구별을 읎애자는 소리가 높아지고 있고, 또 의당 그렇게 돼야지 않겠는?"

"그런데 왜 한가한 양반님네들 놀이를 저더러 흉내 내라 하시니까?"

"양반님네들 하는 짓이라고 모조리 다 나쁜 건 아니지 않겠는. 취할 것도 많다고 생각한다. 그 그림이 눈에 삼삼할 때마다 생각한 건데 아녀자에게 삼라만상을 그렇게 볼 수 있는 눈을 길러줄 수도 있는 게 양반님네들의 사는 법도라면 덮어놓고 욕만 해서도 안 되지 않겠는. 너를 꼭 그렇게 키우고 싶구나. 할아버지의 소원이다. 느이에미처럼 팔자소관만 하며 살게 하지도 않을 테고 느이 할머니처럼 살림 귀신 노릇만 하게 하지도 않을 작정이다. 내 생각이 그러하니 너는 딴생각 말고 혼자서라도 글씨공부 열심히 허구 마음을 화평하게 가지고 아무리 하찮은 미물이라도 측은해허구 어여뻐하는 고운 마음으로 곰곰이 살펴보도록 하여라."

전처만은 긴 말을 끝마치자 오랫동안 속으로 태임이만은 이 나라의 모든 여자들이 사는 것과는 다르게 살게 하고 싶다고 막연히 생각해온 문제가 비로소 구체적인 체모를 갖춘 양 홀가분하고 만족스러웠다.

그러나 전처만의 이런 회심의 미소가 미처 입가에 번지기도 전에 태임이 앙칼지게 대들었다.

"할아버진 정말 너무하십니다요. 다 죽어가는 죄 읎는 사람을 불쌍하게 여긴 것도 큰 죄처럼 엄하게 다루시면서 어드렇게 미물을 측은해허구 어여삐 여기라 하시니까? 무당벌레나 개똥벌레가 사람보다 더 귀하단 말씀이시니까?"

"뭐라고? 너 지금 뭐라고 했는? 이런 주리를 틀 년 봤나. 요망헌 것 같으니라구. 내 그만큼 알아듣게끔 타일렀거든 감히 또다시 종상이 역성을 들고 나서?"

전처만도 지지 않고 벽력같이 크게 꾸짖었다. 참말과 맞닥뜨리지 않으려고 빙빙 우회한 보람도 없이 어느 틈에 참말이 그의 정수리를 내려치고 있었다. 이제 그건 막연한 의혹이 아니라 외면할래야 할 수 없는 참말이었다. 그는 벽력같은 호령과는 딴판으로 지친 표정으로 손끝을 떨며 담뱃대에 다시 담배를 채웠다. 태임인 바라다만 보고 거들지 않았다. 태임이를 달래고 어르고 비위를 맞추느라 한 긴 말이 모조리 헛수고였다는 쓸쓸한 후회가 파란만장한 생애를 헛산 것 같은 커다란 허망감으로 이어지고 있었다. 이게 무슨 꼴이람, 그렇게 열심히 이악하게 산 끝에 지금 확실하게 나의 것으로 움켜쥔 건 구슬프고 외롭고 힘없는 늙음밖에 없다니.

"물러가거라. 썩 물러가지 못할까?"

전처만은 그의 초라한 꼴을 태임이가 외눈 하나 깜짝 안 하고 빤히 쳐다보고 있다는 데 심한 모욕감을 느꼈다. 그의 자존심을 건드린 거면 모조리 마음에 새겨두고 원수로 삼았던 왕년의 오기가 그의 기운을 북돋았고 손녀를 원수처럼 노려보게 했다. 그러나 그가 정작 두려워하고 미워하는 것은 태임이가 아니라 진실이었다. 태임이가 잘못한 기색이 조금도 없이 당당하게 물러간 후에도 전처만은 낙담과 노여움을 수습하고 어떡하든 진실을 못 본 척 건드리지 않고 스쳐 지나갈 방법을 골똘히 궁리하기 시작했다. 마침내 무릎을 탁 치고 의관을 정제했다. 종상이를 서울이나 평양으로 데려갈 길을 알아보기 위해 몇 군데 들러볼 데가 생각났기 때문이다. 태임이의 간청도 들어줄 겸 종상이를 멀리로 떼어내는 게 무엇보다도 급한 일이다 싶었다. 태임이의 간청이 아니더라도 그만한 의리는 있는 전처만이었다. 다만 두 사람에 대한 의혹이 하도 망측한지라 스스로 우러난 그런 온당한 생각까지도 자꾸만 부자연스러워지고 있었다. 무엇보다도 그는 그 나름으로 종상이를 아끼고 사랑하고 있다는 사실조차 인정하고 싶지가 않았다.

장독과 터줏자리가 있는 뒤란은 부엌으로 해서 나갈 수도 있고 머릿방 뒷문 밖으로도 통했다. 장독대는 동산처럼 땅을 돋우고 각종 화초를 가꾸는 화단과 나란히 있었고 한참 떨어진 후미진 곳엔 터줏자리가 있었다. 밤새 내린 눈으로 장독 소래기가 또 하나의 폭신하고 도타운 하얀 소래기를 쓰고 있었다. 계집종 그만이가 싸리비로 길을 내면서 동산으로 올라와 이것저것 장독을 열어보고 있었다. 눈 때문에 늘 떠먹던 된장독이 어떤 건지 잘 구별이 안 됐다. 보시기에 된장을 뜨고 깊숙이 묻어둔 결삭은 풋고추도 서너 개 꺼내고 나서 숟갈로 뜬 자리를 꼭꼭 아물리고 있는데 인기척이 났다. 뒤돌아보니 머릿방 아씨가 서 있었다.

"아씨, 이 눈구덩이에 웬일이시니까?"

"천마산이 험하다고 했지? 용수산이나 송악산보다 더 험하냐?"

"그러문입쇼, 아씨."

그만이는 얼떨결에 그렇게 대답하고 나서 속으로 머릿방 아씨의 병이 날로 깊어지더니 이제 정신까지 오락가락하나 보다고 생각하면서 괜히 등골이 오싹해졌다. 그렇다고 머릿방 아씨가 몸져누워 앓은 적이 있는 건 아니었다. 지난여름 안 타던 여름을 유난히 몹시 타고부터 그 곱던 얼굴에 검버섯이 얼룩지고 하루하루 시난고난 못쓰게 돼갔다. 홍씨 부인이 알아서 보약이라도 한 제 먹일 법한데 모른 척하자 아랫것들도 덩달아 모른 척했다. 워낙 살림을 모르는 척하던 머릿방 아씨인지라 한층 살림으로부터 치지도외시키는 게 홍씨 부인의 며느리의 병 대접이었고, 어찌 보면 앙갚음같이도 보였다. 이런 홍씨 부인의 태도는 아랫것들한테도 그대로 옮아 아무도 아씨가 병이라는 걸 입 밖에 내지 않은 묵계 같은 걸로 병자 취급을 하고 있었다. 지금도 아씨의 꼴이 말이 아니었다. 검버섯은 더욱 새까맣게 퍼지고, 꺼진 눈자위하며 불안한 눈빛하며, 어깨로 숨을 쉬는 가쁜 숨결하며 영락없는 중병인이었다. 마나님도 모질기도 하지, 이런 부잣집에서 며느리가 저 지경이 될 때까지 어쩌면 의원한테 맥 한 번을 안 짚혀보누. 죽어서 원귀라도 되면 어쩌려구. 제 팔자가 사나워 청상이 된 것도 아니고 청상 만들 작정으로 데려다 남의 귀한 딸 인생을 망쳐놓고 어찌 저럴 수가 있담. 마나님 나무래 무엇하남, 영감님도 한통속인걸. 그만이가 그런 생각을 굴리느라 오도 가도 못하고 엉거주춤하고 있는데 아씨가 되짚어 물었다.

"큰 바위와 낭떠러지가 많다고 했지? 송악산이나 용수산보담."

그만이는 한 번도 그 세 산을 비교해서 생각한 적이 없었지만 그냥 고개를 끄덕였다.

"천마산을 어디메로 해서 어드렇게 가면 되는지 가르쳐주련? 낭떠러지가 어느만큼 가파르더냐?"

"낭떠러지 가파르기로야 태종대가 천마산보다 더할걸요. 아찔하게 현기증이 나서 혼났으니까요."

"태종대는 또 어디멘데, 왜 이리 오락가락하는?"

그만이는 아씨의 태도가 암만해도 불길해서 우선 천마산이나 면하고 볼 양으로 되는 대로 태종대를 꾸며낸 것뿐이었다.

"오락가락할래서가 아니라……."

그 다음 말이 궁색해서 머뭇대고 있는데 부엌에서 홍 씨가 총알같이 쏘아붙이는 소리가 들렸다.

"요년이 된장을 뜨러 갔나, 메주를 쑤러 갔나. 메주를 쑤어 띄워서 장을 담가서 떠와도 벌써 떠왔겠다. 굼벵이가 잡아갈 년 같으니라구."

아씨가 병이 깊어지는 것과 비슷한 속도로 마님은 날로 입이 걸어지고 기승스러워져갔다. 그런 뒤바뀜이 아랫것들 눈에도 이 집의 운명이 어딘지 뒤틀리고 기우뚱한 걸로 비쳐졌다.

"너 지금 우리가 한 말 아무한테도 말하면 안 된다."

머릿방 아씨가 먼저 허둥대며 장독대를 내려갔다. 얼굴이 못쓰게 되가는 것과는 상관없이 몸집은 되레 난 것 같았다. 허리가 두루뭉실하고 엉덩이를 쑥 뺀 걸음걸이가 어기죽어기죽 불안해 보여 부축을 해줄까 하는데 아니나 다를까 찍 미끄러지면서 동산 밑 얼음판에 나동그라졌다.

"에그머니나."

그만이가 서둘러 자기도 미끄럼을 타면서 내려와 일으키려고 하자 아씨는 손을 저었다.

"내버려두렴. 이만 일로 큰일 나지 않을 테니."

그러나 벌렁 나자빠진 아씨 눈에선 주르륵 눈물이 흘러내리고 있었다.

"아녜요, 아씨 많이 다치셨나 봐요. 누굴 부를까 봐요."

"오두방정 떨지 말아. 자아 날 부축하렴."

아씨가 손을 내밀었다. 그만이가 아씨를 부축하는데 천근이나 되는 것처럼 육중했다. 아씨는 눈을 털고 어기죽어기죽 머릿방 모퉁이로 돌아갔다.

그래도 행여나 싶어 아랫목에 반듯이 누워 무명으로 모질게 챙챙 동인 배에다 온 신경을 모았다. 따뜻한 아랫목에서 몸이 풀리자 건강한 태동이 배를 차기 시작했다. 머릿방 아씨는 미친 듯이 머리를 쥐어뜯었다. 아씨는 매일 배 속의 것을 죽였다. 무명 헝겊으로 배를 조를 때마다 마치 원수의 목을 조르듯이 눈을 까뒤집고 있는 힘을 다해 무명 끝을 당기면서 죽어, 죽어, 이래도 안 죽을래, 하면서 악독하게 치를 떨었다. 그녀는 죽이고 싶은 게 태중의 것인지 자기 자신인지도 잘 구별을 못 했다. 둘 다여도 그만이고 어느 한쪽이어도 그만이었다. 태동이 느껴지기 전, 긴가민가할 땐 귓결에 얻어들은 상약을 써보기도 했다. 꽈리 뿌리를 달여 먹으면 영락없다고 했다. 꽈리 뿌리를 진하게 달이니까 쓰고 독하기가 소태였다. 아씨는 그 독한 게 배 속의 것뿐 아니라 자신의 목숨까지 죽여주길 바랐다. 그래서 그 독한 걸 겁내지 않고 장복했음에도 두 목숨이 다 아무런 이상도 없었다. 높은 데서 뛰어내리긴 또 얼마나 여러 번 했던가. 그러나 아씨의 집 안에서 손쉽게 발견할 수 있는 높이엔 한도가 있었다. 아씨는 자다가도 두 목숨의 모짊에 치를 떨었고 좀 더 높은 낭떠러지를 꿈꾸었다. 어디에고 두 목숨을 완전히 삼켜줄 깊고 깊은 낭떠러지가 있을 것 같았다. 그 추락만이 아직도 못 해본 마지막 방법이었고 따라서 마지막 희망이었다. 그 희망은 목숨을 지우는 끔찍한 희망이었으므로 하루하루의 목숨을 부지하는 데 양식만큼이나 큰 힘이 되고 있었다.

또 무슨 불벼락이 떨어질지 몰라 그만이는 고개를 자라 모가지처럼 움츠리고 설설 기는 시늉을 했지만 홍씨 부인은 못 본 척 행주질만 하고 있었다. 태임이한테 중문 밖을 한 발자국도 못 넘는 벌을 내리고 나서 전처만 영감은 하루 세 끼를 다 사랑으로 내오게 했다. 손님이 있을 땐 괜찮았지만 혼자일 때는 고적하고 청승맞아 보였다.

그 왕성하던 식탐이 눈에 띄게 줄더니 설 쇠고 나선 숫제 아침은 거르려고 했다. 녹두죽, 깨죽, 밤죽을 번갈아가며 쑤어 들여도 별로 당기지 않아 하더니 흰죽에 곰삭은 게장이나 곤쟁이젓 짠 것을 곁들여 내면 반나마 그릇을 비웠다. 이렇게 영감님 아침 시중이 크게 간략해졌건만도 홍씨 부인은 오랜 버릇을 못 버리고 끼니때마다 부엌에 나와서 잔소리와 손놀림을 게을리 하지 않았다. 영감님 잡술 거라면 최상의 재료를 고르는 것부터 반듯하고 모양 있게 썰고 알맞게 익고 무를 때까지 불을 괄하게 또는 은근히 조절하고 간을 맞추고 웃고명을 얹는 것까지 손수 하던 걸 안 하게 된 대신 쓸고 닦는 건 더욱 유별나졌다. 가뜩이나 반질반질 얼굴이 비치는 찬장을 신들린 것처럼 훔치고 또 훔쳤고, 찬장 바닥이나 양념 항아리 언저리에 고춧가루 하나만 묻어있어도 아랫것들을 싸잡아 욕을 해가며 들입다 행주질을 해댔다. 즐비하게 걸린 솥뚜껑이나 부뚜막, 시렁, 한 아름이 넘는 질화로 언저리에 재티만 튀어도 마찬가지였다. 아랫것들이 깨끗한 것도 병이라고 수군댈 정도로 극성을 떨었다. 그만이 보기에도 훔치고 닦을 때의 마님은 거의 무아지경이었다. 그러나 아무도 홍씨 부인이 얼마나 엄청난 의혹과 불길한 재난의 예감과 싸우고 있는지 알지 못했다. 평생 배운 게 진일, 마른일, 그저 일밖에 없는지라 시름과 화를 푸는 방법, 잊는 방법도 오로지 일 속에서만 찾으려고 들었다.

　밥솥 아궁이 불을 물려 긁어 담은 질화로는 가운데 투박한 불돌이 자리 잡고 둘레엔 뚝배기가 서너 개 들어앉고도 석쇠를 얹을 수 있을 만큼 컸다. 시래기찌개와 호박김치와 곤쟁이젓이 올망졸망한 뚝배기 속에서 제각기의 독특한 냄새를 풍기기 시작하자 그만이는 석쇠에다 장덩이를 얹었다. 구수한 장덩이 익는 냄새와 호박김치의 시척지근한 냄새가 어울려 식욕을 강렬하게 자극했다. 그만이는 꼬르륵 소리를 억제하려고 밭은기침을 하면서 한다는 소리가,

"마님, 머릿방 아씨를 냉전(冷田: 여름에 산수 좋은 데 가서 찬물에 들락거리며 음식도 해먹고 하루를 노는 것)에라도 좀 보내시지 그러시니까?"

"이 엄동설한에 냉전을?"

홍 씨는 당추처럼 매운 손끝에서 행주를 다 떨구면서 경망스럽게 놀랐다. 그만이도 그제서야 아차 싶었지만 한번 뱉은 말을 주워 담을 도리는 없었다.

"아닙니다요, 마님."

"뭐가 아냐 요년. 바른 대로 대지 못하겠는? 머릿방 아씨가 네년더러 가슴에서 횃불이 탄다고 하소연하든. 그렇지 않고서야 이 엄동설한에 냉전이 아랑곳이냐."

"아닙니다요 마님. 머릿방 아씨 같은 분이 어디 쉰네 따위를 붙들고 그런 하소연을 허실 분입니까요, 아닙니다요."

"나 역시 무릎맞춤헐 사람은 아니니 네년 말을 믿겠다. 그래 아까 장독대에서 아씨가 너더러 뭐래든? 벼르고 벼른 긴한 말인가 보던데."

"아닙니다요. 긴한 얘긴요. 산수 좋은 데가 어디메 어디메냐고 물어보시길래 몇 군데 가르쳐드렸을 뿐인걸요."

"산수 좋은 데?"

홍씨 부인의 눈이 음침하게 빛났다. 그만이는 괜히 간이 콩알만 해지며 아씨가 말한 낭떠러지가 험한 데를 산수 좋은 데로 고쳐 말하길 참 잘했다 싶었다.

"네, 그래서 이 미련한 게 생각난다는 게 고작 아씨가 냉전이 허구 싶으신가 해서……."

"알았다. 다시 허턱대고 주둥아리 놀렸단 봐라. 아씨 미쳤다고 소문날라."

"예, 마님."

"휘딱 아침상이나 들여. 아기씨 시장하겠다."

시장한 건 태임만이 아니었다. 탈진해서 누워 있던 머릿방 아씨도 시척지근하고 구뜰한 밑반찬 냄새가 풍겨오자 걷잡을 수 없는 식욕을 느꼈다. 머릿방 아씨보다 먼저 배 속의 것이 기운차게 발길질을 하기 시작했다. 배 안의 적부터도 배고픈 설움이 제일인지 워낙 모질게 동여매놔서 시원히 놀질 못하다가도 음식 냄새만 풍기면 사뭇 요동을 쳤다. 입덧이 심할 때만 해도 칭병하고 누워 있기가 훨씬 수월했다. 배도 부르지 않았고, 하루하루 핏기가 바래갔고, 몇 끼를 냉수 한 모금 안 마시고도 음식 생각이 안 났으니 꾸미지 않아도 영락없는 중병인이었다. 그러나 언제부터인지 성할 때보다 훨씬 게걸스러운 식욕을 느끼기 시작했고 칭병을 계속하느라 변변히 허기도 채우지 못했음에도 불구하고 배는 자꾸만 불러갔다. 그녀는 제 배 속에 있는 것도 결코 제 마음대로 되는 게 아니라는 데 대해 일찍부터 미신적인 두려움을 느끼고 있었다. 태임이 때도 그랬다. 생겨나기도 전서부터 영하기로 소문난 덕물산 무당한테 온 집안 식구가 재물과 정성을 안 아끼고 아들 하나만 점지해줄 것을 그렇게 빌었건만도 딸이었다. 머릿방 아씨는 그렇게 된 게 마치 목숨이란 생겨나자마자 제 고집대로 하게끔 되어 있기 때문인 양 여기고 있었다. 이런 두려움과 체념은 문득 발작적인 미움이 되기도 했다. 아씨가 태임이한테 별로 곰살스럽지 못한 것을 사람들은 할머니 할아버지가 너무 끼고 돌아 에미는 정을 줄 차례조차 안 가는 걸로 여기고 있었지만 그렇지만도 않았다. 비록 요새 눈을 까뒤집고 배 속의 것을 매일 죽이는 것처럼 모진 마음은 아니더라도 차가운 무관심으로 일관하고 있었다.

"어머니 진지 잡수셔요."

민망하도록 바깥에서 나는 그릇 부딪는 소리, 상 들여가는 기척, 음식 냄새의 행방에 신경을 곤두세우고 있던 머릿방 아씨는 바로 미닫이문 밖에서 나는 태임의 목소리에 화들짝 놀라서 우선 이불 먼저 뒤집어썼다. 배 속에서 나는 꼬르륵 소리가 명료하게 들렸다. 눈물이 핑 돌았다. 문소리가 나고 태임이가 머리맡에 앉는 기색이 났다. 무엄하다 싶을 만큼 거칠게 이불을 젖히는 바람에 머릿방 아씨는 눈물 젖은 얼굴을 드러내고 말았다.

"일으켜드릴까요?"

태임이는 못쓰게 된 얼굴과 눈물 자국을 보고도 못 본 척 무뚝뚝하게 말하고는 어머니의 고개 밑으로 팔을 넣었다.

"관둬라. 나 죽을병 들지 않았다."

머릿방 아씨는 딸의 듬직한 촉감에 뜻하지 않게도 매달리고 싶은 충동을 느꼈으나 행동은 반대로 도리머리를 흔들었다.

"알아요."

"알긴 뭘 알아."

머릿방 아씨는 깜짝 놀라면서 제풀에 일어나 앉았다.

"어머니가 돌아가실 병환이 아니라는 거요."

태임이는 안색에도 목소리에도 감정을 드러내지 않았다.

"일으켜드릴까요?"

이번엔 겨드랑이 밑으로 손을 넣으며 물었다.

"아니다."

그녀는 기운 없음과 몸 무거움을 적당히 얼버무리느라 필요 이상으로 뭉기적대며 일어났다. 안방으로 건너가지 않아도 아주 굶진 않았다. 나중에 그만이나 태임이가 죽이라도 쑤어 들여오긴 했다. 허기를 죽으로 달래기도 힘들었지만 시어머니와 한 상에서 게걸스럽게 먹고 싶은 걸 억지로 몇 숟갈 뜨는 양 꾸미기도 쉬운 노릇은 아니었다. 어느 쪽 고통을 택하느냐로 그녀는 끼니때마다 갈등했지만 결국은 두 개의 고통 사이를 번갈아가며 넘나들고 있을 뿐이었다.

홍씨 부인은 안방으로 들어서는 며느리를 변변히 거들떠도 안 봤다. 그러나 아씨는 앞뒤로 시어머니의 시선을 의식하느라 엉덩이도 못 빼고 배도 못 내밀다가 엉거주춤 주저앉으면서 풀이 센 치마폭으로 주섬주섬 허리와 배를 부풀렸다. 기죽을 못 펴니까 더욱 숨이 어깨로만 쉬어졌다. 홍씨 부인은 일체 못 본 척 암팡지게 밥 한 그릇을 다 비우고 나서 말했다.

"나 보기엔……."

늘 며느리의 눈치만 보던 홍 씨가 이젠 아니었다. 며느리의 몸의 이상을 눈치채고부터 홍 씨는 집안 망하는 꼴을 목전에 둔 듯한 두려움을 맛보았지만 한편 그 차갑고 콧대 센 며느리가 느닷없이 고양이 앞의 쥐가 된 데 잔혹한 쾌감을 느끼고 있었다. 아씨는 홍 씨의 앙칼진 눈빛이 그녀의 몸을 핥듯이 스치자 숨이 멎을 것처럼 경직됐다.

"네? 어머님."

"나 보기엔 네 병이 암만해도 심상치가 않다. 아버님께 말씀드려 용한 의원한테 진맥을 시키도록 허마."

"아, 아니올시다 어머님. 의원이라뇨, 아니올시다 어머님."

"왜 그렇게 떠는?"

"떨긴요, 어머님."

"겁낼 거 읎다. 진맥을 시키겠다고 했지 침을 놓겠다고 허진 않았느니라."

홍 씨는 먹이를 손아귀에 쥐고 발톱을 내보였다 이빨을 내보였다 하기만 하고 좀체 잡아먹을 척을 안 하는 노회한 고양이처럼 여유가 있었다.

"이 나이에 어찌 침을 겁내겠시니까? 아녀자가 입맛이 좀 읎다고 의원을 부르는 게 당치 않기에 드리는 말씀입니다요."

"네가 아녀자라도 어디 보통 아녀자라던? 이 집안의 종부요, 아버님이 세상에 읎이 귀애하시는 며느리가 아니더냐?"

"당치 않으신 말씀입니다요. 종부로 들어와 아들을 못 낳았으니 죄인 중에도 생전 머리를 못 들 큰 죄인입죠."

머릿방 아씨는 잠깐 자신의 처지를 잊은 듯 본래의 차가움과 교만함을 돌이키고 있었다.

"그건 가운이지 어찌 네 따위의 잘못이라던. 가운이 달린 일이기에 아버님께서 당신의 손자 중에서도 가장 될성부른 아이로 네 양자를 삼아 조상의 제사를 받들고, 네 노후를 편안허게 허려고 이미 작정허신 일이 아니겠는?"

홍씨 부인 역시 평소에 주절주절 수다를 떨 때와는 딴판으로 위엄 있는 소리로 호통을 쳤다.

"그러하오나, 어머님 의원은 당치 않습니다. 요새는 입맛도 나서 밥도 잘 먹고 아픈 데도 읎습니다."

"그런데 네 꼴이 어찌 그 모양이냐? 아랫것들 보기에도 민망한 노릇이다."

"아랫것들이 뭘 안다고……."

"아무것도 모를 것 같은? 그렇질 않아. 그것들이 뒷구멍으로 수군대는 소릴 못 들은 척하고 있어서 그렇지 나도 다 알고 있느니라."

"어머님 아랫것들이 뭐라고 수군대는지는 모르겠사오나 그것들 말을 믿으시면 아니됩니다요. 그것들은 워낙 말이 많고, 말전주 잘하고 또 남을 음해 붙이길 좋아하는 것들입니다요. 어머님 같은 어른이 어드렇게 그것들 음해 붙이는 소리에 귀를 기울이려 하시니까?"

"누구라 누굴 음해 붙였다고 이러는? 아랫것들은 다 네 편이야. 겁 낼 것 하나도 읎다."

"네?"

머릿방 아씨는 그제서야 안 할 말을 해 도둑이 제 발이 저린 티를 낸 게 아닌가 싶었지만 주위 담을 도리는 없었다.

"아랫것들이 뭐래는 줄 아는? 이 부잣집에서 어쩌면 며느리가 다 죽게 될 때까지 약 한 첩 안 쓰고 보고만 있느냐는 게야. 인색해서 그렇다느니 독해서 그렇다느니 가진 주둥아리들을 다 놀리나 보더라. 나야 이왕 못된 시에미로 별호가 났다만 부처님 가운데 토막 같은 아버님이야 무슨 죄가 있는? 대범허셔서 아무것도 모르시고 있다는 것밖엔……."

"아니올시다. 어머님을 감히 누가 그렇게 헐뜯겠시니까? 그리고 제 몸을 제가 잘 압니다요. 아무 병도 아닙니다요. 제발……."

머릿방 아씨가 목멘 소리로 말했다. 이어서 어깨가 경련하듯 떨렸다. 홍 씨는 못 본 척 숭늉을 부은 밥그릇만 닥닥 긁었다. 홍 씨 역시 의원을 보일 뜻이 정말 있는 건 아니었다. 그건 생각만 해도 끔찍한 일이었다. 홍 씨는 단지 그런 방법으로 며느리를 괴롭히는 걸 즐기고 있을 뿐이었다. 그러나 그런 음산한 쾌감은 잠깐이고 홍 씨 역시 점점 분명해지는 앞으로 닥칠 재난에 대한 두려움에 떨고 있었다.

"병은 자랑해야지 숨기는 게 아니니라. 숨길수록 커지는 게 병이거든."

"어머니께서 그리 말씀하시니 여쭙겠습니다만 약 먹을 병은 아니옵고 얼마간 쉬고 싶습니다. 친정에 몇 달간만 보내주십시오."

머릿방 아씨가 매달리듯 비굴하게 말했다. 홍 씨는 며느리가 비굴하게 구는 걸 처음 보았기 때문에 놀랍고 한편 설마설마하던 의혹의 의심할 여지없는 확증을 잡은 양 가슴이 덜컥 내려앉게 낭패스럽기도 했다. 그러나 머릿방 아씨는 필사적이었다. 친정에 가면 살아날 구멍이 있을지도 모른단 생각을 왜 진작 못 했는지 모를 일이었다. 죽을 각오로 낭떠러지 생각만 했지 살아날 궁리는 조금도 못 했었다. 살아남을 궁리를 할 자격조차 없다고 자신을 심하게 몰아붙이기에 급급했었다. 그러나 살아남을 수 있는 길이 바늘구멍만큼이라도 비친 이상 체면이 문제가 아니었다. 홍 씨는 전에 없이 비굴하면서 전에 없이 생기에 넘치는 며느리를 물끄러미 바라보다가 그녀 역시 전에 없던 연민을 느꼈다. 내가 저년을 불쌍히 여기다니, 아무리 마음이 여리기로서니 사람 같은 걸 보고 측은지심도 우러나야 하거늘. 이렇게 자신을 다잡으면서 홍 씨는 더욱 깐깐하게 굴었다.

"내가 죄가 많아 맏아들을 앞세운 죄로 며느리가 아무리 살림에 몸을 사려도 눈을 감아주었거늘 이제 와서 살림이 고되 몸살이라도 난 양 흉물을 떨다니."

"아니올시다요, 아니올시다요. 어머님의 걱정이 지나치시어 받잡는 저도 몸둘 바를 모르겠기에……."

아씨가 침이 말라 말끝을 못 맺었다.

"오죽 시에미가 미우면 안 보는 게 약이 될꼬."

"아니라니까요."

"좋다. 서로 잠시 안 보는 것도 좋겠지. 허나 몇 달씩인?"

"예, 한 반년쯤. 아니올시다. 한 서너 달쯤."

"턱도 읎는 소리 작작 하거라. 네 병이 친정에서 얻은 병이라고 해서 친정에서 고쳐오랄 낸 줄 알았는? 잘못 봤다. 나 그렇게 야박한 사람 아니다."

"네? 친정에서 얻은 병이라뇨?"

"작년 여름 네 친정 조카딸 혼사 보러 갔다 와서 난 병 아니더냐? 내가 잘못 봤는?"

홍 씨의 야박한 시선이 며느리를 똑바로 노려보며 따졌다. 머릿방 아씨도 지지 않고 시어머니를 쳐다보았지만 살 구멍을 단념한 그녀는 이미 비굴하지도 생기 있지도 않았다. 아씨는 고개를 절망적으로 도도하게 가누면서 발딱 일어섰다. 그렇게 몸이 가벼워보긴 오래간만이었다.

그날 밤은 꿈자리가 초저녁부터 뒤숭숭했다. 아찔하게 높은 상봉에 서 있었다. 발밑으로 낭떠러지가 깎아지른 듯했다. 천마산 같기도 하고 태종대 같기도 했다. 발밑으로 아득하게 망망한 바다가 보이는 걸 보면, 개인 날이면 멀리 한강 줄기와 서해의 창파까지 볼 수 있다는 송악산인가도 싶었다. 그녀는 생시에 그 어떤 산에도 가본 적이 없었다. 처녀 적에도 봉우리는커녕 여름이면 남 다 가는 골짜기로 물맞이 한번 가본 적이 없었다. 그럼에도 불구하고 아씨는 그 산이 무슨 이름 붙은 산인지 생각해내려고 무진 애를 썼다. 요년,

뭘 꾸물대고 있 ? 후딱 뛰어내리지 않고. 홍 씨의 총알 같은 목소리가 그녀를 떠다밀었다. 그녀는 나무등걸을 휘어잡고 악착같이 매달려 발버둥쳤다. 나무등걸은 든든하고 따뜻했다. 나무등걸이 아니라 종아리였다. 힘줄과 힘살의 줄기까지 울퉁불퉁 완연하고 털이 숭숭 돋은 건강한 사내의 종아리였다. 그게 재득이의 종아리라는 걸 어떻게 알아차렸는지 모를 일이었다. 아이고 우세스러워. 아이고 망측해. 홍 씨의 비웃음이 아니더라도 아씨는 재득이에게 죽자꾸나 매달린 자기 꼴에 참을 수 없는 수치감을 느꼈다. 그건 어차피 이 세상에 있어선 안 될 흉한 꼴이었다. 그녀는 그 흉한 꼴을 지우기 위해 그 건강한 종아리를 놓았다. 추락의 공포와 함께 아씨는 잠에서 깼다. 그녀는 어둠 속에서 횃대에 걸린 옷을 걷어서 하나하나 입기 시작했다. 마지막으로 쓰개치마까지 쓰고 눈만 빠끔히 내놓고 가만가만 방문을 열었다. 기왓골이 보이지 않게 소복이 쌓인 눈이 희끄무레하게 마당을 비추고 있었다. 쏜살같이 중문 밖으로 나간 아씨는 대문간으로 내닫기 전에 비명을 삼키며 얼어붙고 말았다. 행랑채에서 사랑으로 돌아 들어오는 전처만 영감과 정면으로 맞부딪치고 만 것이었다. 처음엔 둘이 다 서로를 못 알아보고 소스라치게 놀라서 그 자리에 얼어붙었다가 동시에 서로를 알아보자 더욱 놀랐다.

"네가 이 밤중에 웬일이냐?"

"아버님 용서하세요."

아씨는 몸둘 바를 모르면서도 꾸며댈 말을 찾을 여유를 가지려고 우선 이렇게 말했다. 귀가 멍하도록 두방망이질하던 가슴이 별안간 평온해지면서 죽을 각오를 했거늘 두려울 게 뭐가 있을까 보냐는 배짱이 생겼다.

"친정으로 도망가려던 참이었어요."

"들어가 있거라. 날 밝거든 보내주마."

너무도 쉬운 허락과 조금도 놀라지 않은 시아버지의 목소리가 되레 아씨를 당황하게 했다. 전 영감은 뚜벅뚜벅 나막신 소리를 남기고 사랑 쪽으로 사라졌다. 그전에 아씨는 얼핏 연민이 가득 괸 그의 눈빛을 본 것처럼 느꼈다. 사랑 미닫이에 불빛이 비치는 걸로 봐선 여지껏 잠을 못 이루다 집 안을 한 바퀴 돈 것 같았다. 아씨는 그제서야 시아버지의 나막신 소리도 전 같지 않다는 걸 깨달았다. 꼭두새벽이건 오밤중이건 그의 허튼 기침소리와 나막신 소리는 거침이 없어서 안식구들을 소스라치게 했었다. 전처만 영감이 사랑으로 돌아간 뒤에도 사랑의 불빛은 꺼지지 않았다. 머릿방 아씨는 방금 만난 게 시아버지가 아니라 헛것이었을지도 모른다고 생각했다. 헛것을 보고 헛것하고 수작을 했다고 생각하는 게 훨씬 더 이치에 맞았다. 시아버지의 너무 쉬운 허락보다도 그 어려운 분한테 자기가 감히 그런 말을 할 수 있었다는 게 아씨에겐 더 믿기지가 않았다. 머릿방으로 돌아온 아씨는 옷을 훨훨 벗고 다시 자리에 누웠다. 꿈과 생시가 뒤죽박죽이 되면서 아씨는 혹시 자기가 미쳐가고 있을지도 모른다고 생각했다. 벌써부터 미치기 시작한 것도 같았다. 그건 미치지 않고는 감히 저지를 수 없는 짓이었다. 하늘 무서운 짓이었다.

핑계가 있다면 제정신이 아니었노라고, 잠깐 미쳤었노라고 밖에 할 말이 없었다.

머릿방 아씨의 친정 나들이는 1년에 한 번 친정아버지의 제삿날에 한해서 허락됐다. 친정어머니의 생일에는 떡과 고기와 술을 언년네에게 한 임 이어 보내긴 해도 아씨는 보낼 척도 안 했고 아씨 역시 갈 엄두를 못 냈다. 청상이 되고부터 아씨는 친정 나들이를 즐기지 않는 걸로 돼 있었다. 아씨 자신도 어른들이 그렇게 여기니까 그러려니 했다. 워낙 무심했다. 친정아버지의 제사에 보내는 것은 전처만 영감의 오랜 죄의식과 관계가 있었다. 사돈하곤 나중에야 처지가 달라졌지만 원래는 죽마지우 간이었다. 전처만이 대처로 나가 크게 돈을 벌고 많은 차인과 사환을 거느린 전의 주인이 되고 고향에 전답과 삼포를 사들일 때까지도 친구는 고향 땅에서 남의 땅을 부쳐서 근근이 사는 농사꾼이었다. 전처만은 친구의 딸 인물이 출중한 걸 보고 사돈을 맺자고 제의하며 친구에겐 전답을, 친구의 아들에겐 장삿길을 터줄 것을 약속했다. 선량한 친구는 금시발복에만 눈이 어두워 사윗감에 대해 변변히 알아보지도 않고 허혼을 했다. 초례청에서 비로소 사위의 병약함이 예사 허약함이 아니라는 걸 알고 가슴에 멍이 든 게 내처 병이 되어 사위가 죽은 이듬해 세상을 뜨고 말았다. 아마 딸의 신세의 가련함도 한이 되겠지만, 믿고 부러워하던 친구한테 속은 게 분하고 재물에만 눈이 어두워 딴 아무것도 못 본 자신의 어리석음이 밉고 하여 더욱 회한이 골수에 사무쳤으리라. 친구이자 사돈의 목숨을 재촉한 까닭을 너무도 잘 아는지라 전처만 영감은 제삿날이 가까워오면 손수 제수를 사들여 장만토록 해서 며느리와 안동을 해서 친정에 보내면서도 며느리한테 크게 미안해하는 기색을 감추지 않았다.

이렇게 1년에 한 번 친정 나들이도 전처만의 속죄의 심부름꾼 노릇에 눌려 아씨의 자발적인 마음은 미처 우러날 새가 없었다.

그러나 친정 조카딸 혼인 때는 좀 달랐다. 친정에서 정중하게 딸을 보내줍시사는 전갈이 왔고, 시집에서도 처음으로 경사스러운 친정 나들이를 하는 아씨를 위해 비단을 들여다 새 옷도 짓고 부조로 한몫할 물건도 장만하느라 부산을 떠는 바람에 아씨도 마음이 들떴다. 더구나 그 조카딸은 아씨가 시집오기 전에 처음 본 조카딸이어서 끔찍이 귀애했었다. 친정도 이제 살 만해진지라 고르고 골라 인물과 재물을 갖춘 사위를 맞는다니 더욱 즐거운 일이었다.

때는 7월이었다. 복중을 면했다고는 하나 아직도 한낮은 불볕 더위였다. 그래도 아씨의 쓰개치마 밑으로 나부끼는 은조사 남치맛자락엔 이미 가을바람의 소슬함이 수심인 양 추파인 양 감돌고 있었다. 그러나 고개가 빠지게 무거운 임을 인 언년네는 이마에 비지땀을 흘리며 투덜댔다.

"아니 무슨 혼사를 삼사월 좋은 시절은 다 얻다 두고 하필 이 더위에 치르니까? 소문나면 안 될 험이 있는 샥시도 아닐 텐데……."

아랫것들은 무슨 때마다 여나르기만 했지 여오는 것은 없는 아씨의 친정을 은근히 깔보고 있었다. 언년네의 언사에도 그런 무엄함이 드러났지만 아씨는 구태여 탄하지 않았다. 그만큼 기분이 좋았다.

"이것저것 가리다 보니 그리 되었을 걸세. 양가 부모의 혼인달 빼고, 신랑 색시 생일달만 빼고 벌써 넉 달이 빠지게 되질 않나."

고남문고개를 지나 어두니고개를 바라볼 때까지도 구름 한 점 없던 하늘이 어두니고개 밑에서 한숨 돌리는 사이에 시커멓게 먹구름이 덮이기 시작했다.

"시상에 벨 조화네, 아까꺼정도 저 진봉산 꼭대기에 가난한 집 굴뚝에서 나는 연기보담도 못한 검은 구름이 한 송이 떠 있더니만 그게 어드렇고 이렇게 확 퍼졌을까. 꼭 거짓부렁 겉네."

그러면서 열어놓은 장독 소래기 걱정, 켜 넌 호박고지 걱정, 풀해 넌 빨래 걱정을 하기 시작했다. 집에 사람이 없는 것도 아니고 더구나 그런 것 챙기는 데는 빈틈이 없는 홍 씨가 시퍼렇게 살아 있는데 마치 집을 비워놓고 나온 것처럼 소나기 걱정을 끝도 없이 하기 시작했다. 속셈은 뻔했다. 마중을 나오는 아씨의 친정 쪽 하인과 맞닥뜨리는 곳이 대개 어두니고개 마루턱쯤 되었다. 하인이 마중을 나온다고 해도 임을 아주 떠맡길 수 있는 건 아니었다. 번갈아가며 이기는 했지만 그래도 보내는 쪽 하인인 언년네가 더 많이 이게 돼 있었다. 그러나 이번엔 딴 때보다 임이 무거워서 그런지 꾀가 나서 그런지 소나기를 핑계로 중간에서 임을 떠맡기고 돌아가고픈 눈치였다. 영락없이 어두니고개에서 마중 나온 하인과 만나긴 만났는데 늘 나오던 계집종이 아니라 머슴 재득이었다.

"일손이 딸려설라므네……."

재득이는 자기가 마중 나온 까닭을 간단히 밝히면서 언년네의 임을 받아 지고 온 지게에 얹었다. 언년네로선 너무 잘된 일이었다. 눈치 볼 것 없이 휠휠 돌아가 버렸다. 어두니고개의 숲이 깊어지면서 먹구름까지 점점 땅으로 내려오는 듯 주위가 어두워지기 시작했다. 산중이라 시야가 막혀 어디쯤 소나기가 몰려오는지 보이지 않았지만 천둥 치는 소리가 무시무시하게 들렸다. 재를 막 벗어나자 굵고 힘찬 빗발이 채찍처럼 사정없이 퍼부었다. 지척을 분간할 수가 없었다. 밭에서 건들대던 키 큰 수숫대가 먼저 허리를 꺾는 게 보였다. 천지가 개벽할 듯이 무섭게 퍼붓는 비를 그을 만한 마을도 원두막도 보이지 않았다. 나중엔 길도 보이지 않았다. 아씨는 은조사 치마저고리가 몸에 휘감겨 볼썽사나워졌지만 체면을 돌볼 겨를이 없었다. 재득이를 놓치면 당장 탁류에 휘말릴 것 같아 바싹 붙어서 걸었다.

"조심하셔요, 아씨."

재득이는 지겟작대기로 밭과 논과 길과 도랑과 내를 분간 못 하게 된 물바다의 깊이를 침착하게 재가며 아씨를 인도했다. 재득이의 홑바지저고리도 몸에 찰싹 달라붙어 울퉁불퉁 실한 몸이 그대로 드러나 아씨는 되도록 눈을 내리깔았다. 아니 어쩌면 재득이의 다리가 더 볼만해서 아래만 보는지도 몰랐다. 바짓가랑이를 둘둘 넓적다리까지 걷어 올린 재득이의 다리는 거목의 뿌리처럼 억세고 펄펄 뛰는 숭어처럼 싱싱했다. 건강한 남자의 맨살이 그렇게 아름답다는 걸 아씨는 처음 알았다. 얼굴도 잊은 죽은 남편의 병적으로 집요하게 감겨오던 희고 매끄럽고 가냘픈 다리가 갑자기 생생하게 생각나

새삼스럽게 진저리를 쳤다. 빗발이 듬성듬성해지면서 갑자기 해가 났다. 눈부신 밝음 속에 드러난 재득의 건강한 다리는 더욱 아름다웠다. 아씨는 자신의 황홀한 눈길을 가리려고 물에서 건진 듯한 쓰개치마나마 꼭꼭 여몄다. 아씨는 자신의 부끄러운 생각이 들킬까봐에만 신경을 쓰느라 풍만한 몸이 드러나고 있다는 데는 무관심했다. 재득이는 성난 듯이 무뚝뚝하게 지겟작대기로 깊은 데와 얕은 데를 가려가며 아씨를 인도했다. 물살이 세차고 깊은 개울물을 건널 때는 아씨의 손을 잡아주기도 했다. 다시 하늘이 새파래지면서 들판의 탁류가 한군데로 모여 흐르고 논과 밭과 길이 드러났다.

"좀 쉬어가십시다요 아씨."

그러면서 재득이는 바짓가랑이를 쥐어짜서 걷어 내렸다. 그제서야 아씨도 쉬어가자는 뜻을 짐작하고 자기의 옷도 입은 채로 대강 쥐어짜고 꾸득꾸득해질 때까지 말리기 위해 볕이 내리쬐는 바위에 앉았다. 지게를 벗어놓고 저만큼 돌아앉은 재득의 뒷모습을 보면서도 아씨는 그의 다리만이 눈에 선했다. 건강하다는 건 얼마나 좋은 건가. 아씨는 그게 궁금해서 입에 군침이 돌았다.

그뿐이었다. 다음 날은 가난한 집 굴뚝의 연기만 한 구름조차 없는 맑은 날이었고 조카딸 분이가 시집가는 날이었다. 머리어멈이 꾸며놓은 화려한 어여머리는 멀리서 보면 사각형의 큰 화관 같았다. 신부는 살갗이 백설기처럼 희고 연지 곤지는 눈 위에 진 홍매화 꽃이파리처럼 처염했고, 활옷은 호사스럽고, 구미구미 쌓아놓은 혼수는 넘치지도 모자라지도 않을 만큼 두루 갖춘 것이었다. 아씨는 시집에서 거의 싸데려가다시피 했던 자신의 혼사 생각을 하면서, 멋모르고 한 희생의 대가인 친정의 넉넉함에 쓸쓸한 만족감을 느꼈다.

드디어 신랑이 당도했다. 사모, 관대, 관복, 흑화 등으로 예장을 갖추고 초롱을 든 사람을 선두로 홍색 보자기에 기러기를 싸서 안은 안부 및 패물이 들어 있는 함을 진 사람, 후행 등을 거느린 신랑은 키가 훤칠하고 이마가 번듯하고 눈이 서글서글했다. 전안례를 치를 때까지도 침착하고 늠름하기만 하던 신랑이 수모에게 인도되어 초례청으로 나온 신부를 살짝 곁눈질해 보면서 얼굴을 붉히는 모습도 보기 좋았다. 누구는 신랑이 더 잘났다고 하고 누구는 신부가 더 잘났다고 하여 의견이 분분하였으나 즐거운 말다툼이었다. 곧 천생연분이라는 데 의견의 일치를 보고 잔칫집은 마냥 화기애애해졌다.

쯧쯧, 신랑이 약골이야. 약골이면 좋게, 병이 골수에 사무친 걸 보면 몰라. 아무리 재물이 좋다지만 딸의 신세도 생각해야지. 색시 불쌍해서 어쩐다지. 아씨는 자신의 초례청에서 듣던 이런 수군거림을 생각하고 예전에 삭인 줄 알았던 분노가 뜨겁게 이마를 단근질하는 걸 느꼈다. 신부집에서 3일을 치르는 동안 신방을 엿보며 킬킬대고 수군대는 먼 친척이나 아랫것들의 소리를 들으며 아씨는 문득문득 재득이의 건강하고 싱싱한 다리를 떠올리며 더운 침을 삼키곤 했다. 한 번만 딱 한 번만 그 다리를 만져보고 싶었다. 건강하다는 게 얼마나 좋은지 그 맛을 보고 싶었다. 그런 망상은 분노보다 훨씬 더 뜨겁고도 집요했다. 3일을 치르고 신부가 시집으로 떠나자 아씨도 내일은 집으로 가려고 친정에서의 마지막 밤을 잠 못 이루고 있었다. 친정어머니도 이런 얘기 저런 얘기, 쌓인 얘기도 많으련만 큰일을 치른 뒤라 일찌거니 코를 골고 딴 식구들도 마찬가지였다. 머릿방 아씨만이 밤이 깊을수록 눈이 말똥말똥해지고 가슴이 답답하다고 울렁거렸다. 아씨는 속적삼을 풀어헤치고 가쁜 숨을 몰아쉬었다. 아직 가시지 않은 늦더위 때문만이 아니었다. 재득이의 건강한 다리를 한 번만 만져보고 싶었다. 그걸 만져본 대가로 지옥에 떨어진대도 겁이 안 날 만큼 그 갈망은 다급했다. 아씨는 벌떡 일어났다. 재득이 거처하는 뜰아랫방은 문이 열려 있었다. 재득이는 누더기로 배를 덮는 둥 마는 둥 요도 없이 거적 바닥에 네 활개를 펴고 코를 골고 있었다. 한여름 같은 늦더위였다. 아씨는 구들장이 울릴 만큼 요란한 코 고는 소리에 느슨히 마음이 풀어지면서 뜻 모를 웃음을 헤실헤실 흘렸다. 그리고 꿈속처럼 몽롱하고 분별없이 맨발로 거적을 사뿐 밟으며 방 안으로 들어섰다. 그 안에 가득 괸 퀴퀴한 열기가 아씨의 짓눌린 관능을 자극했다. 아씨는 처음엔 손끝으로 나중엔 팔과 가슴으로 재득의 건강한 다리를 만졌다. 재득이가 꿈틀 깨어났다. 그는 깜짝 놀라면서 열린 채인 문 먼저 닫고 고리를 잠갔다.

"아씨, 아씨 누구라 보면 어드럭허려고 이러시니까. 네 아씨."

그 건강한 사내는 우선 이렇게 헐떡거렸다. 그뿐이었다. 머릿방 아씨한테 지난여름에 일어난 일은 그뿐이었다.

전처만 영감도 며느리의 몸의 이상을 눈치 못 채고 있는 건 아니었다. 그 이상이 친정 나들이에서 비롯됐다는 것까지도 짚고 있었다. 그러나 그 스스로 생각해도 망령인 게 누구의 씨인지도 모를 며느리 배 속의 것에 문득문득 강한 애정을 느끼는 것이었다. 며느리의 부정을 용서할 수 없어 내쫓는 한이 있어도 그 어린것은 빼앗고 싶다는 생각까지 든 적도 있었다. 누가 들으면 망령났다기보다는 아마 미쳤다고 하리라. 어쩌면 그는 미치지 않으려고 자기와 싸우느라 그렇게 쇠약해지고 있는지도 모를 일이었다. 그는 또 이치에 닿지 않는 자신의 이런 바람을 억지로 이치에 닿게 하려는 나머지 죽은 아들의 혼령이 며느리에게 잉태를 시켰을지도 모른다는 망상을 품기도 했다. 그러나 망상보다 급한 것은 어떡하든 두 모자를 다 살리고도 며느리나 집안의 체면을 종전대로 유지할 수 있는 방법을 찾아내는 일이었다. 그러나 앞뒤 곰곰이 따지고 빈틈없이 계획을 세우는 장삿속으로만 일생을 살아온 그답지 않게 가당치 않은 망상 외의 구체적인 방법은 하나도 떠오르지 않았다. 그럴 때 마침 야반도주하려는 며느리를 붙잡은 것이다. 친정으로 도망간다고 대담하게 말했지만 행색은 영락없이 죽으러 가는 모습이었다. 어떻든 붙잡길 잘했다 싶었다. 친정으로 우선 보낼 수 있다는 것만도 꽉 막혔던 구체적인 방법의 실마리가 될 성싶었다. 그 다음 일을 생각할 시간의 여유를 가질 수 있다는 것만 해도 다행이었다.

전처만 영감은 등잔에 기름이 다해 시나브로 꺼지고 나서도 안석에 기댄 채 꼼짝도 안 했다. 그의 집안을 덮쳐오는 재앙의 예감은 그 혼자 떨치기엔 이미 그 화근이 너무 깊이 퍼져 있었다. 화근은 머릿방에만 있는 게 아니었다. 그가 정말 두려워하고 있는 것은 행랑방에서 키우고 있는 화근이었다. 처음엔 그가 그의 목숨보다 더 사랑하는 태임이가 종상이에게 나타내는 필요 이상의 관심 때문에 노하기도 하고 괴로워하기도 했었다. 다시는 태임이가 종상의 거처에 얼씬을 못하도록 중문 밖에 못 나오게 금족령을 내리고도 미심쩍어 유심히 종상의 거처 근방을 살피곤 했었다. 그러다가 점점 그 근처에서 일고 있는 심상치 않은 조짐을 발견하게 됐다. 종상이가 생사의 지경을 헤맬 때 문병 오는 친구가 그치지 않은 건 이해할 만했다. 문밖의 짚신짝으로 봐서 기껏 삼포의 일꾼들이려니 했다. 농사꾼의 의리가 장사꾼의 의리보다 더 은근하고 끈기 있는 건 칭찬할 일일지언정 나무랄 일은 못 됐다. 그러나 종상이가 비록 아직도 다리는 못 쓸지언정 생사의 고비를 넘기고 나자 더 많은 무리가 꾀는 건 탐탁치가 않았다. 삼포 일이 겨울이라고 한가한 건 아니었다. 하도 자주 모이고 모였다 하면 떠날 줄을 모르고 안에서 수군대는 게 친구 문병을 핑계로 투전판을 벌이는 게 아닌가 하는 의심이 부쩍 들게 했다. 현장을 잡아서 혼을 내주고 다시는 얼씬을 못 하게 하려고 어느 날 큰기침도 안하고 불시에 종상의 방문을 열었다. 비록 의복은 남루했지만 생긴 게 번듯하고 눈빛이 쏘는 듯한 젊은이들이 대여섯 명 이마를 맞대고 뭔가를 열심히 수군대고 있었다. 그들의 심상치 않은 눈빛을 보자 전처만은 가슴이 덜컥 내려앉으면서 괜히 다리가 후들댔다. 더욱 기가 찬 것은 의당 놀라고 민망해해야 할 그들이 놀라기는커녕 되레 귀찮은 훼방꾼 보듯이 전처만을 바라보는 것이었다. 전처만이 놀란 건 그들의 쏘는 듯한 눈빛이 어디서 본 듯해서였다. 꼭 언젠가 어디서 본 듯한 무서운 눈빛이었다. 그는 엉겁결에 이렇게 말했다.

"저런 고얀 놈들 봤나. 네 이놈들, 네놈들이 나를 죽일 듯이 노려보면 어쩔 테냐. 저런 발칙한 놈들 있나."

이렇게 엄포를 놓다 말고 스스로 좀 지나치다 싶었고, 자신의 목소리조차 예전에 어디서 들은 듯한 딴 사람의 목소리가 아닌가 싶었다. 그가 그렇게 펄펄 뛸 까닭은 아무것도 없었다. 그들은 저희끼리 무언가를 모의할 때는 눈들이 당돌하게 빛나고 있었지만 전처만한테는 다 눈을 내리깔고 공손했다. 종상이가 먼저 사과를 했다.

"주인어른, 왜 이러시니까. 저희들이 주인어른을 노려보다니요. 그럴 리가 없습니다요. 주인어른."

숯으로 그은 듯 짙은 눈썹뿐 아니라 얼굴 모습이 나이 들수록 이생원을 닮아가고 있었다. 핏줄이란 무서운 것이란 생각과 함께, 방금 그가 친 호통이 실은 이 생원이 그 옛날 소년 전처만한테 한 호령이었다는 생각이 그를 섬뜩하게 했다. 소년 시절 그가 복수심에 불타면서 노려본 게 이 생원이었다면 여기 모인 젊은이들이 같은 눈빛으로 노려보는 건 누구란 말인가. 그는 그게 바로 자기라고는 생각지 않았다. 그럴 만한 근거는 아무것도 없었다. 그럼에도 불구하고 그는 그들의 예사롭지 않은 눈빛이 무서웠다. 그는 눈에서 빛을 발할 만큼 복수심이 뭉치면 무슨 일이든지 할 수 있다는 걸 알고 있었다. 그가 맨주먹으로 당대의 거부가 된 것도 그 복수심 때문이었다.

그런 눈빛이라면 그들이라고 가져서 나쁠 게 없었다. 그러나 소년 전처만의 한 맺힌 눈빛은 그 하나만의 외로운 것이었지만 그 자리엔 그런 눈빛이 여럿 모여 있었다. 그런 눈빛이 모이고 또 모여서 횃불처럼 타면 뭐가 될까, 그는 그게 궁금하면서도 두려웠다. 그 후 전처만은 늘 불안했다. 태임이의 간청이 아니더라도 종상이를 서울 양의원한테 데려다 치료를 받게 하리라 마음먹었다. 우선 그런 불온한 눈빛들을 각각 놀게 해야지 한데 모이게 하면 안 될 것 같았다. 종상이만 없으면 그들이 모이는 일도 없으리라. 그날 밤도 잠은 안 오고 그런 의논을 종상이와 구체적으로 하려고 행랑채로 갔다가 그만 그들이 모여서 수군대는 소리를 엿듣고 말았다. 그래서 종상이는 만나도 안 보고 돌쳐오고 말았지만 그들의 눈빛이 모인 의미를 알 것 같았다. 그 의미를 곰곰이 풀어보느라 머릿방 아씨 걱정은 잠시 밀어놓고 있었다.

그들이 수군대는 소리는 처음에는 온건했다. 문병 온 친구들이라면 으레 할 법한 소리였다.

"부기가 많이 내렸구만."

"내 뭐라던가. 뼈거나 멍든 덴 그저 치자떡이 제일이라네."

"정말 시퍼렇던 멍이 멀쩡히 가셨잖아."

"치자떡을 봐보게나. 치자떡으로 멍이 옮아붙어 시퍼렇잖은가."

"참 그렇구만. 신기한 약이네그려."

"자네들은 그럼 뼈 부러진 데 치자떡이 정말 약이 된다고 생각하는가?"

종상이의 목소리였다. 목구멍에서 잡아당기는 것처럼 기운 없는 소리건만도 힘줄 같은 오기가 느껴지는 소리였다. 전처만은 바싹 긴장하면서 귀를 곤두세웠다.

"부러지긴, 삐었다니까. 최 주부 침술은 우리께에선 알아주는 솜씨 아닌가. 이 댁 어른 덕이 아니면 우리처럼 읎는 사람이 무슨 수로 최 주부의 그 비싼 침을 맞아보겠나."

"자넨 어찌 그리 사람이 물러터진가. 종상이가 누구 때문에 이 지경이 된 생각은 하지 않고 그 영감 덕으로 침 맞는 걸 황송해하다니. 물러터진 것도 아니야. 쓸개가 읎는 거지."

이렇게 핀잔을 주는 목소리는 아주 우렁찼다. 전 영감은 불현듯 일전에 본 쏘는 듯한 눈빛을 떠올렸다. 그 젊은 놈들이 모여서 원망을 모아 작당을 하고, 눈빛을 모아 횃불을 만들고 있다고 생각하니 다리가 떨리고 가슴이 울렁거렸다. 두려움 때문만은 아니었다. 괘씸하기도 했지만 한편 그들의 혈기가 부럽기도 했다.

"내가 쓸개가 읎는 게 아니라 자네한테 쓸개가 하나 더 있는 게 탈일세. 주인 노릇 하는 사람들에게 하인이란 인간이 아니라 연장이란 걸 우리가 어디 한두 번 당해봤남. 말이야 바른 대로 말이지 삔 정도로 최 주부의 침을 맞을 수 있었으니 그게 주인 잘 만난 게 아니고 뭔가?"

"삔 정도라니, 부러졌댔대두. 삐었으면 여지껏 이렇게 꼼짝할 수 읎을 리가 읎어. 그 무섭던 온몸의 장독도 멀쩡하게 가셨는데 이 다리는 마냥 천근이니 답답해서 미치겠네. 그뿐인 줄 아나. 반듯이 누워서 두 다리를 가지런히 대보면 아픈 다리가 조금 짧다네. 다리뼈가 부러져서 어긋난 게 분명해."

종상이의 목소리가 여간 신경질적으로 들리지 않았다.

"자네는 그럼 기어코 서울이나 평양으로 가서 양의의 치료를 받아 보겠다는 속셈이구먼."

우렁찬 목소리가 왠지 매우 짜증스럽게 물었다.

"왜 그러면 안 되겠나? 자네들이나 나나 밑천은 몸뚱이 하나밖에 더 있나. 이대로 앉은뱅이가 돼보게. 그야말로 모가지 부러진 호미처럼 내동댕이쳐질 게 뻔한 신세 아닌가. 만길이 말짝으로 우리는 인간도 아닌 연장이니까. 아직까지는 그래도 주인영감 인심이 유별나게 후해서 그런 건지, 고쳐서 쓰는 게 그냥 버리는 것보담 이익이 될 것 같아서 그러는 건지는 몰라도 어떡허든 나를 고쳐보려는 눈치이니 사양할 게 뭐 있겠나. 내가 주인영감을 위해 한 일로 봐서도 과히 염치없는 짓은 아니라고 생각하네."

"자네가 목숨을 걸고 한 일이 겨우 주인영감을 위한 거였다면 난 자넬 능멸하겠네. 그게 아니었다는 걸 누구보다도 자네가 먼저 똑똑히 깨닫고 있어야 하네. 자넨 몇 년째 우리께 삼포를 노략질하는 무리들이 왜놈들이라는 움직일 수 없는 증거를 잡기 위해 목숨을 건 거야. 알겠나?"

새로운 목소리가 매우 간곡하고도 집요하게 종상이를 타이르기 시작했다.

"네, 형님."

종상이가 깍듯이 형님 대접을 하면서 고분고분 승복하는 걸로 봐서 그 패거리의 우두머리인 듯한 남자의 목소리가 계속됐다.

"그러니까 자네는 나랏님도 상을 내릴 만한 공을 세웠다고도 볼 수가 있지. 근데 지금 자네 꼴은 뭔가. 복장을 찧게 억울하겠지만 억울한 백성이 어디 자네뿐인가. 도적을 고발한 양순한 백성을 되레 대역 죄인처럼 중벌로 다스리는 게 소위 목민관이란 작자들이 밥 먹듯이 하는 짓일세. 도둑맞은 자보다는 도둑질한 자에게서 울궈먹을 게 더 있을 것 같으면 서슴지 않고 그 편이 될 수 있는 게 국록을 먹는 수령들이라네. 하긴 그까짓 지방의 도백수령 원망해 무엇하겠나. 수령들이야 기껏 좀도둑, 중도둑과 한패지만 조정의 교관들은 큰 도적과 한패니 이러구도 나라가 안 망하는 게 이상하지 않은가?"

"형님 무슨 말씀을 그렇게 허슈. 누가 들으면 역적모의하는 줄 알겠시다."

"역적모의는 아무나 한다던? 도적질도 해본 놈이 한다고 척신이나 적어도 양반쯤은 돼야지 이름 없는 백성이 역모가 아랑곳이냐. 그냥 지렁이도 밟으면 꿈틀하는 정도지."

성깔과 제법 줏대도 있이 들리던 사나이의 목소리가 자조적으로 변질하자 중구난방으로 한마디씩 하기 시작했다.

"양의한테 보이려면 돈냥이나 안동을 허구 가야 할 텐데 먼 길에 도적 조심해야 할 걸세. 항간에 떠도는 말로는 서울엔 총 든 도적, 시골엔 칼 든 도적, 대로변의 화적떼, 소로변엔 좀도적이라지 않던가."

"사흘 굶어 도적질 안 하는 사람 읎다고, 어쩌겠나. 벼슬아치니 아전이니 하는 허가 많은 도적들한테 이리 빼앗기고 저리 빼앗기고 하다못해 구더기 밑살 같은 세간까지 분탕질을 당해서 끼니가 간데없는데 철없는 어린것들은 배고프다 악머구리 끓듯 하면 공자님인들 눈이 안 뒤집히겠나."

"서울 다녀온 친구 말로는 도적보다 더 큰 망조는 서울 인심이라더군요. 백주대로상에서 가진 돈을 몽땅 빼앗기고 아무리 도둑이야 악을 써도 어디서 쥐새끼 한 마리도 안 내다보더래. 목이 쉬어 외치길 그만두고 관가나 찾아가 하소연하려고 흐트러진 의관을 수습하려는데 기운깨나 쓰게 생긴 장정이 불쑥 나타나길래 그제서야 귀인을 만난 줄 알고 반색을 하며 자초지종을 얘기했더니 웬걸 그 작자도 도적이더래. 재수 없게 겨우 재탕이 걸렸다고 투덜대더니 의관을 홀라당 벗기더라지 뭔가. 그 친구 하도 어이가 없어 도둑이야 소리도 못 지르고 숫제 도적한테 애걸을 했대. 뭐든지 좋으니 아랫도리 가릴 거 하나만 달라고 했더니 도적 인정에도 그 형상이 어찌나 가긍했던지 꾀죄죄한 베수건을 하나 던져주더라네. 백배 사례하고 그것으로 아랫도리만 가까스로 가리고설라므네 어둡기만을 기다리는데 그제서야 예서 제서 문틈으로 그 친구의 동정을 살피던 서울 사람 중에서 그중 약삭빠른 작자가 깜박할 새에 그 베수건을 낚아채갔다지 뭔가."

"설마."

"설마가 뭔가. 내 친구가 겪은 얘기래두."

"서울 인심이 이를테면 그렇단 소리겠지. 서울 인심이고 시골 인심이고 하 흉흉하니 무슨 소린들 못 지어내겠나."

"그 세 놈의 도적을 만약 다 잡아들였다고 할 때 어느 도적이 가장 무서운 형을 받을까?"

"글쎄, 제일 크게 도적질한 걸로 치면 첫째 놈이 중벌을 받아야겠지만 그렇게 치면 가장 고약한 도적인 맨 나중 놈에게 너무 후하게 하는 것 같아 어째 께름칙하고······."

"에잇, 사람도 고지식하긴. 그렇게 골치 아플 걸 뭣하러 세 놈씩이나 잡아들이려고 하나. 세 놈 잡으려도 호락호락 잡히지도 않으려니와, 처음부터 잡으려고 헛수고할 것 읎이 한 놈만 잡으면 될 것을. 누군 누구야. 베수건까지 도적맞은 얼간이 벌거숭이를 잡다가 남의 계집 넘보다가 서방한테 들켜서 도망 나온 간부 취급을 해서 능지가 되게 매를 치든지 장안에 조리를 돌리든지 그때 심기에 따라 벌을 주면 좀 쉽고 재미가 있겠느냐 말야."

"에끼 이 사람아."

"여기 종상이가 그보다 더 억울한 누명을 쓰고 이 지경이 된 걸 보고도 자네들은 내 말이 실읎는 농지거리로밖에 안 들리나?"

"아이가 하나를 배우고 열을 알면 총명하다고 칭찬할 만하지만 우리가 하나를 보고 전체를 지레짐작하는 건 결코 세상을 바로 보는 태도가 아니라고 생각하네."

"흥, 자네는 세상이 이 지경이 됐는데도 바로잡힐 여지가 남아 있다고 보고 싶은가 보지?"

"다된 세상은 다된 세상이네그려. 내 친구 중엔 대궐의 관속으로 있는 친구가 있는데 대궐 안에도 도적이 창궐을 한다지 뭔가. 왕이 서쪽 온돌에서 동쪽 온돌로 잠깐 자리를 옮긴 사이에 서쪽 온돌의 화로가 감쪽같이 읎어지질 않나, 동쪽 온돌에서 서쪽 온돌로 옮긴 사이에 동쪽 온돌의 안석이 읎어지질 않나, 그 담대하고 잽싼 게 마치 귀신의 짓 같아서 왕도 두려워서 어쩔 줄을 모른다고 하니, 궁중이 이렇게 무법천지인데 우리네가 목숨이나 안 도둑맞으면 천행으로 알아야지 별수 있겠나."

"대궐 안이 무법천지가 되니까 부랴부랴 포도대장을 갈았대지, 아마. 새 포도대장이 어찌나 도적을 잘 잡는지 몇 달 사이에 몇백 명을 잡아 죽였다니, 그중 반 넘어는 억울한 죽음이었을 테지."

"관속으로 있는 친구 말도 대궐 안 도적질은 거의 대궐 안 관속들의 방자한 짓이건만도 도적으로 잡힌 관속은 읎다니, 억울한 양민이 반만 될라구."

"대궐 안에까지 도적이 끓는다? 장차 옥새도 도적맞을 해괴한 징조만 아니었으면 좋으련만……."

오랜만에 우두머리 노릇하던 사내의 목소리가 들렸다. 엿듣던 전처만이 섬뜩해서 숨을 죽일 만큼 그의 목소리엔 음울한 예감이 담겨 있었다. 전처만이 숨을 죽이고 있는 동안 방 안의 목소리도 뚝 끊겼다. 전처만은 그 음울하고도 무거운 침묵에 동화된 자신을 느끼고 부랴부랴 발을 빼려는데 방 안의 쑥덕공론은 다시 이어졌다.

"그러니 도적질을 해먹으려도 허가 맡은 도적질을 해먹을 일이 아닌가."

"허가 맡은 도적질이라니?"

"아 몰라서 묻나? 양반으로 태어나 벼슬길에 오르든지 하다못해 관속 나부랭이라도 되면 도적질은 허가 맡은 거나 진배없지 않은가."

"종상이는 양반이 아니어서 벼슬을 못 한 줄 아나. 양반도 돈 없으면 벼슬길 막히고 3대 내리 벼슬 못 하면 상놈 되고 마는 거지, 상놈이 별건가. 이용익 같은 보잘것없는 지체도 발이 빠른 재주로 민 중전한테 충성해서 절도사가 되는 세상 아닌가. 말이 쉬워 발 빠른 재주지 그런 재주를 아무나 익힐 수 있는 것도 아니고 또 익혀봤댔자 민 중전한테 써먹힐 기회란 그야말로 천재일우니 아무나 바랄 게 못 되고, 돈 주고 사는 게 제일 쉽고 틀림없는 방법일 걸세."

"마치 돈 벌긴 쉬운 것처럼 얘기하는군."

"돈만 있으면 중인도 벼슬하기 쉽단 얘기지. 만 냥만 바치면 부사나 군수도 될 수 있다던데."

"그렇게 싸게? 내가 들은 소문으로 진사가 2만 냥이라던데?"

"없는 돈 천 냥, 만 냥 바칠 공상을 하느니 차라리 민씨 성을 타고나는 꿈을 꾸게."

"그래, 그게 낫겠네. 요즈음 과거를 민씨과라고 하지 않던가?"

"자네들 정말 이러긴가?"

"뭘?"

"성을 갈아서라도 벼슬을 해서 허가 맡은 도적질을 하고 싶은 얼굴을 할 거냐 말야."

"에끼 이 사람아. 사람이 어떻게 성을 가나. 이나저나 어떻게 된 게 이중엔 민가는커녕 구가도 한 놈 읎냐? 가망 읎는 천상 상것들만 모였으니 세상이 답답할밖에."

"구가는 또 왜?"

"구 참봉 얘기도 몰라? 실속도 읎이 이름만 있는 벼슬자리는 구태여 사러 다닐 거 읎이 삽쇼삽쇼 한단다. 물론 살 만한 돈이 있음 직한 부자들한테 말이지. 이렇게 실속 읎는 발령장을 공명첩이라고 하는데 돈에 계걸이 난 간사한 무리들이 시골 부자들한테 공명첩을 미리 보내놓고 나중에 가서 감투 값을 받아내는 수법을 쓰다 보니 그만 개 구狗자 구 참봉까지 생긴 모양일세. 시골에 돈푼이나 있는 과부가 살았다네. 돈푼도 적지 아니 굴리고 앞뒤로 낟가리도 쌓아놓고 사는지라 인근에 알부자로 소문이 나 있지만, 슬하에 일점혈육이 읎는지라 개를 한 마리 기르면서 몹시 귀애하여 이름도 사람 이름과 같이 지어 불렀다네. 그랬더니 어느 날 글쎄 그 개 이름 앞으로 그 참봉의 공명첩이 날아왔더라네. 벼슬 파는 앞잡이 관리가 이름만 듣고 과부의 아들이거니 짐작을 한 거지. 과부는 그 협잡배한테 개의 벼슬 값을 털리고 나서 비록 개지만 나랏님의 은혜를 입었으니 어찌 전처럼 소홀히 대할 수가 있겠느냐고 탄식하면서 개에게 갓과 탕건까지 마련해주었다고 하네. 그 개가 이른바 구 참봉이라네."

"나도 그 소문은 알고 있네만 세상 돌아가는 꼴이 하도 한심하다 보니 누가 꾸며낸 소릴 테지. 설마 그런 일이 정말로 있었을라구."

"설사 꾸며낸 얘기라고 해도 세상 돌아가는 꼴이 얼마나 오죽잖아 보였으면 백성들이 그런 얘기를 꾸며냈겠나."

"그래서 떠도는 말이 정말 있었던 일보다 더 무섭다지 않은가."

"구 참봉 얘기가 났으니 말인데 우리 외가 동네엔 개 주사도 있다네."

"개 주사?"

"개 주사는 떠도는 소문이 아니라 내가 직접 본 사람들이란 걸 믿고들 들게나. 개 주사는 구 참봉과 달라 두 발로 서서 다니는 어엿한 사람이지만 주사 같은 건 꿈도 꿔본 일이 읎는 상것이었는데 어느 날 갑자기 주사가 된 내력인즉슨, 복날 뒷산에서 개를 한 마리 때려잡아 그슬르다가 재수 사납게 왜놈 병정헌테 들켰다지 뭔가."

"들키다니, 복날 개 잡는 게 무슨 죈가?"

"죄라도 그렇지, 왜놈 병정이 무슨 권리로 조선 병정의 죄를 다스려?"

"왜놈 병정이 이 땅에 발 들여놓은 것부터가 못마땅한데 어느새 시골구석에서까지 행패를 부릴 만큼 퍼졌남."

"우리 외가는 서울서 가까운 고양땅이거던. 왜병이 어쩌다긴 하지만 가끔 그 근처까지 얼쩡대는 모양이야."

"그래 개 잡다가 들켜서 어찌 됐다는 건가?"

"왜병이 꼭 환장을 한 것처럼 한동안 지랄을 치는데 볼 만하더래. 나중에 안 일이지만 그놈들은 개고기를 안 처먹는다구먼. 아주 질색이래."

"한번만 처먹어보라지. 고기 맛본 중처럼 못 처먹어서 환장을 헐 걸."

"아무튼 한동안 못 알아들을 소리로 혼자서 지랄을 치더니 나중엔 칼을 빼들더래. 그래도 개 목숨보담 사람 목숨 귀한 건 알았던지 죽이진 않고 개 잡던 사내의 상투를 잘라버렸다니 뭔가?"

"저런 천하의 발칙한 놈이 있나."

"왜놈다운 짓이야."

"아니 그래 그 마을 사람들이 그놈을 그냥 살려서 돌려보냈더란 말인가."

"그럼 어쩌겠나? 칼 차고 총 멘 병정한테 맨주먹으로 덤벼봤댔자지."

"아냐, 아예 덤빌 생각도 안 했을 거야. 등신들 같으니라구."

"자넨 왜 꼭 그런 식으로만 생각하나."

"무슨 짓을 당하던 그저 죽여줍쇼, 고분고분 당하고만 살던 버릇을 왜놈들한테까지 써먹었을 걸 생각하면 분통이 터져서 그런다."

"딴소리들 그만하고 개 주사 내력이나 마저 듣자꾸나."

"개 잡다가 상투를 잘리는 봉변을 당한 이 사내, 상투 읎이 차마 문 밖에 나설 수도 읎구 들어앉아 입에 밥 들어갈 만한 편한 팔자도 아니구, 마누라와 이마를 맞대고 궁리를 한 끝에 검정 헝겊으로 건을 만들어 더벅머리를 가리기로 했다네. 그 건 모양이 벼슬아치가 쓰는 탕건 모양과 비슷한 걸 보고 동네아이들이 개 잡다가 벼슬했다고 개 주사라고 놀려대면서 쫓아다닌다지 뭔가."

"아닌 게 아니라 구 참봉보다는 있을 법한 얘기구먼."
"우리 외가 동네에 실제로 있었던 얘기래두."
"누가 안 믿는댔나. 어쩐지 슬퍼서 안 믿고 싶다 뿐이라네."
"믿어야 될지 안 믿어야 될지 모르는 소문 중 가장 해괴한 건 양인들에 대한 소문일 게야. 종상이가 양의의 치료를 받으러 가려는 마당에 이런 소리해서 안됐지만."
"장안의 아이들을 잡아다가 고기는 먹고 간은 약에 쓴다는 끔찍한 소문 말인가? 벌써 몇 년째 그런 소문이 끈질기게 나도는 걸 들을 때마다 나는 이 나라 백성들의 어리석음에 정나미가 떨어진다네."
"나도 그런 소문을 믿는 건 아니지만 자네하곤 생각이 좀 달라. 어리석어서가 아니라 양인들한테 문을 연 걸 불안해하고 앞으로 양인들이 우리에게 이로울 게 없으리라는 것을 내다본 민심이 그런 소문을 만들어낸 게 아닐까?"
"이롭고 해로운 건 우리에게 달린 게 아닐까? 우리가 그들로부터 우리에게 이로운 걸 어느 만큼 취할 수 있느냐 하는……"
오랜만에 종상이의 목소리가 끼어들었다.
"그럼 자네는 장차 양의로부터 자네에게 지금 당장 필요한 서양의 의술만 취할 수 있다고 생각하나?"
우렁찬 목소리가 비양거리듯이 말했다.
"자네가 무슨 말을 하려는지 도무지 못 알아듣겠군."
종상이가 목소리도 불쾌한 듯 퉁명스러웠다.

"자넨 거저로 병을 고칠 수 있다고 생각하느냐고?"

"적지 않은 돈냥이 깨질 건 알고 있어. 주인어른도 그만한 생각 없이 나를 양의한테 보이려는 건 아닐 거 아닌가. 내 돈이 아니라서가 아니라 사람 나고 돈 났지 돈 나고 사람 난 건 아니잖는가."

"돈 얘기가 아니야. 돈보다 더한 걸 빼앗으려 헐 걸세."

"돈보다 더한 거라니?"

"양인들이 이 땅에 와서 하는 구실은 각양각색이지만 목적은 하나라고 생각하네."

"아, 야소교 말인가? 자넨 내가 병을 고치고 대신 야소교를 믿게 될까 봐 걱정하고 있군. 안 그런가?"

"글쎄 그게 야소교의 힘인지 뭔지는 잘 모르겠지만 양인들에겐 사람을 현혹시키는 해괴한 힘이 있다고 생각하네. 우리가 몇천 년을 옳다고 믿고 살아온 것도 그들 눈에 안 들면 옳지 못한 거, 창피한 거로 바꾸어버리는 힘 말일세. 양인이 아닌 왜놈의 짓이라곤 하지만 개 주사 얘기만 해도 그래. 개 잡아먹는 게 저희들 풍속과 다르다고 해서 그럴 수가 있나. 나라마다 풍속이 다른 건 당연한데도 손님 마음에 안 든다고 주인의 풍속을 능멸하고 개조하려는 게 손님이 할 짓인가."

"주인이 못나서 그런 걸 어쩌겠나. 나라가 강하면 풍속도 강하고 나라가 약하면 풍속도 약해지는 건 어쩔 수 없다고 생각하네. 그건 강한 나라를 만든 풍속에 뭔가 취할 점이 있기 때문이 아니겠는가?"

"우리가 알아서 취헐 건 취허는 것허구 온통 얼이 빠져서 그들 것은 덮어놓고 다 옳은 거고, 우리 것은 다 그른 거, 창피한 거로 치는 것허군 달라. 그러구도 뭐 개화?"

"아, 자네 동생 때문에 그러는군. 서울 가서 야소교 포교하러 온 양인 집에서 숙식하면서 홀대바지 입고 다닌다는……."

"그 녀석 얘기는 입에 담기도 싫다네. 어쩌다 그런 녀석이 생겨나서 집안 망신을 시키고 다니는지."

"망신스럽게 생각할 거 읎네. 그 애가 집안을 일으킬지 누가 아나. 앞으로 소년등과한 아들보다 소년개화한 아들이 쓸 자식이다 싶을 세상이 될지도 모를걸."

"자네들 정말 이러긴가. 자네들이 이런 식으로 날 야유하면 나 이번 거사에서 빠지겠네."

"원 사람도 옹졸하긴. 장부가 큰일을 앞두고 그만 일로 토라지다니. 자네가 빠지면 사발통문은 누가 쓰고?"

"정말 빠지겠단 소리가 아니라 자네들이 하도 남의 아픈 데를 건드리니까 한번 해본 소릴세."

"정말 빠지고 싶대도 못 빼주겠네. 지금 와서 아무리 빈말로라도 그게 할 소린가."

"지금 와서라니? 마치 일이 다 된 것처럼 굴지 말게. 아직 산 넘어 산이야. 종상이가 사발통문 초를 잡기로 해놓고 다리 고치러 떠날 모양이니 다녀올 때까진 지체가 될 거 아닌가. 하루이틀 길도 아니고 또 아무리 양의가 신효하다고 해도 다리뼈를 풀로 붙이듯이 당장 붙여줄 것도 아니니 적어도 한두 달은 걸릴걸."

"그 걱정은 말게. 사발통문 초는 벌써 잡아놓았네. 나 없는 동안에라도 거사를 헐 수 있을 걸세."

"그럼 자네는 다리 핑계로 빠지겠다 이거로군?"

"자넨 왜 말을 그런 식으로 하나. 우린 하나도 빠짐없이, 그렇다고 주모자도 따로 없이 서로 같은 자격으로 성명을 밝혀 사발통문을 쓰기로 했잖은가."

"그건 종상이 말이 옳아. 사발통문이라는 게 바로 그런 거 아닌가. 또 종상이가 돌아올 때까지 기다린다는 것도 말이 안 돼. 이런 일은 오래 끌어 이로울 게 하나도 없어. 술김에라도 입을 잘못 놀려 새어나갈 수도 있고 또 유수가 언제 갈릴지 모르는 일 아닌가. 종상이가 당한 일도 일이거니와 이번 유수처럼 공공연히 우리께의 장사 풍토를 흐려놓는 잠상들과 결탁해서 사욕을 취한 유수도 없었을걸. 원성이 극도에 달했으니 우린 그저 툭 건드리기만 해도 터질 거야. 매사엔 때가 있는 법인데 이 핑계 저 핑계로 때를 놓쳐선 안 돼."

"그래도 우리가 거사까지 모의하게 이르른 건 종상이가 당한 일을 보고 치를 떤 게 시초가 되지 않았나. 그러니까 종상이가 이를테면 주모자 격인데 주모자가 빠져서 되겠나."

"자넨 왜 아까부터 주모자 주모자 하나. 이번 일에 주모자는 없대두. 우린 다 같은 자격이래두."

"그래도 관가에선 그렇게 안 봐줄걸. 잡혀가면 주모자를 대라고 악형을 당할 텐데. 매에 못 이겨 댈 주모자가 없다면 천상 매를 맞아 죽을 길밖에 읎단 애기 아냐."

"원 사람도, 고작 그런 까닭으로 주모자 상성을 그렇게 했단 말인가. 더더욱 주모자가 있어선 안 되겠구만."

"아니야. 자네, 천명이 말을 그렇게 넘기면 안 되네. 목숨을 부지하기 위해 주모자 이름이 필요하다면 있어야구말구. 나는 주모자 자격은 읎지만 그럴 땐 내 이름을 대게. 서로 말이 엇갈리면 안 믿어줄 테니까 천명이 말고도 누구든 내 이름을 대도록 여기서 미리 약조를 해두세."

종상이 말이었다. 방 안이 조용해졌다. 거기까지 엿듣고 전처만은 행랑채에서 돌쳐나왔다. 끝까지 듣고 싶었지만 잠깐 조용해진 사이를 견디기가 힘들었다. 방 안의 고요가 하도 깊어서 이쪽의 인기척이 안으로 빨려 들어가고 있다는 묘한 느낌 때문이었다.

이 노릇을 어쩐다지. 종상이를 서울이나 평양까지 끌고 갈 것도 없이 여기서 관가에 고발을 해버리는 것도 화근을 뿌리 뽑는 한 방법이었다. 이번엔 결코 살아 나오지 못할 것이다. 전처만은 어둠 속에 꼼짝도 안 하고 앉아서 이를 드러내고 소리 없이 웃었다. 앉은 채 조금 졸았는지 등이 으스스하면서 미닫이의 창호지에 어슴푸레한 물빛이 도는 게 보였다. 자리 밑에 손바닥을 넣어보니 미적지근했다. 곧 언년 아범이 새벽 군불을 때러 들어올 시간이었다. 조금만 눈을 붙였다 일어날 셈으로 옷 입은 채로 자리에 들었다. 이불깃을 어깨 위로 꼭꼭 여며보았지만 한기는 좀처럼 가시지 않았다. 그는 돌아누우면서 얼굴을 찡그리고 혀를 찼다. 종상이를 관가에 고발하겠다고 벼른 게 그 아닌 딴 사람인 양 혐오스러워 꼴도 보기 싫었다. 전처만은 자기가 결코 종상이를 고발할 수 없다는 걸 알고 있었다. 그가 짐작하고 우려했던 것보다 종상이가 훨씬 더 큰 화근덩어리라고 해도 할 수 없었다. 종상이한테 한 번도 서울로 데려가 양의한테 치료를 받게 해줄 뜻을 비친 적이 없었는데도 그게 이미 기정사실로 돼 있는 걸 보면 태임이가 아직도 그 방에 드나들고 있음이 분명했다. 배신감이 마치 까진 살갗에 소금을 부비듯이 전처만의 마음을 아프고 쓰리게 했다. 하루빨리 종상이를 서울로 데려가는 수밖에 없었다. 고치고 못 고치고는 그 다음 일이었다. 그 다음 일은 서울이나 평양에서 생각하기로 하고 우선 태임이로부터 종상이를 떼어놓고 볼 일이었다. 마음이 급해 잠이 올 것 같지가 않았다. 전처만은 벌떡 일어났다. 물빛으로 은은히 창호지를 비추던 것은 새벽빛이 아니라 달빛이었다. 조금도 더 밝아진 것 같지가 않았다. 전처만은 두어 번 수염을 쓰다듬고 나서 다시 누웠다. 조바심이 가슴을 옥죄어서 그는 누워서도 잠시도 가만히 있지를 못했다. 그러다가 문득 자신의 조바심이 한시라도 빨리 종상이를 태임이로부터 떼어내고 싶어서뿐이 아니라 종상이의 안전을 위해서라는 데 생각이 미쳤다. 전처만은 본의 아니게 엿들은 그들의 모의를 이해 못 하는 바는 아니었다. 그는 억울하다는 게 얼마나 못 견딜 느낌이고, 또 억울한 게 괴었다가 힘을 쓰면 얼마나 무서운 힘이 된다는 걸 누구보다도 잘 알고 있었다. 그러나 그는 벌써 칠십을 바라보는 노인이었다. 그가 그 나이에 젊은 혈기에 동조해봤댔자 망령밖에 안 되리라는 것도 알고 있었다. 그는 어차피 자신과는 상관없는 그들의 모의를 안 들은 걸로 할 작정이었다. 그러나 종상이만은 그 일의 위험성으로부터 멀리 떼어놓고 싶었다. 그는 자신 속에 감추어진 종상이에 대한 애정에 쓴웃음을 지었다.

도대체 뭘 하는 젊은이들일까? 종상이의 친구들이라면 기껏 삼포의 머슴이나 뜨내기 일꾼들이련만 아주 무식한 것 같지는 않았다. 그렇다고 까막눈이나 면하고 장사 수업을 하는 사환이나 서사들의 말투도 아니었다. 그들 사이에 그런 의리가 있을 것 같지도 않았다. 종상이한테는 사람을 꼬이게 하는 특별한 재주가 있는 게 아닌가 하는 생각도 들었다. 전처만은 입을 함부로 놀리고 눈빛이 쏘는 듯이 날카롭고 불온한 젊은이들을 뉘 집 자식이고 뭘 해먹고 사나를 통해서만 이해하려고 했기 때문에 점점 더 알 수가 없어졌다. 그가 비록 젊은이들의 억울한 심정을 남의 일 같지 않게 느낄 수 있다고 해도 그의 젊은 날의 고뇌와 지금의 고뇌는 비교할 수 없는 것이었다. 그가 억울한 김에 돈을 벌기 위해 나선 발길은 만리 밖 청국에까지 이르렀지만, 그의 고뇌는 개성바닥에 면면히 이어져 내려오는 상혼을 벗어난 일이 없다. 억울함도 그 안에서 풀었고 앙갚음도 그 안에서 이루어졌다. 개처럼 벌어서 정승처럼 사는 걸로 고뇌는 사라지고 노후는 편안했다. 그러나 지금은 시대가 달랐다. 나라의 문이 열리어 한 고장의 상혼은 고사하고 한 나라를 지탱해온 얼까지 위협하는 전혀 새로운 정신들이 마구 밀려오고 있었다.

언년 아범이 군불 때는 기척이 나고도 얼마 있다가 아랫목이 다시

따끈따끈해지기 시작했다. 억지로 청하면 잠깐 눈을 붙일 수도 있을 것 같았지만 어쩐지 누운 자리가 불편했다. 이리 뒤척 저리 뒤척하다 말고 벌에 쏘인 듯이 일어난 전처만은 머리맡 문갑에서 광 열쇠를 더듬어 찾아가지고 가만가만 광으로 갔다. 곳간과는 달리 사랑채에 붙은 영감 전용의 광에는 돈궤, 귀한 약재, 묵은 장부 등이 정리돼 있었다. 구들장이 내려앉는 바람에 할 수 없이 작은사랑에서 광으로 옮겼다고 소문난 돈궤는 무쇠 장식이 중후하고 나뭇결이 우아하고 길이가 한 길은 됐다. 영감은 도둑질하듯이 소리 안 나게 조심하면서 자물쇠를 따고 안에서 돈주머니를 꺼냈다. 몫을 지어놓은 건지 편의상 그렇게 한 것인지 돈은 여러 개의 두툼한 무명 자루에 나뉘어서 넣어져 있었다. 그는 그중 작은 돈 자루를 들어보고 나서 한 움큼의 돈을 덜어냈다. 반짝이는 은돈이었다. 다시 한 움큼 덜어냈다가 조금 도로 넣었다가 몇 닢을 다시 덜어냈다. 그의 손은 안달을 떨고 있었지만 그의 표정은 결코 안달을 떨고 있는 표정이 아니었다. 그가 여지껏 경험해보지 못한 복잡스러운 감정이 난마처럼 갈등하고 있었다. 그의 손이 안달하고 있는 건 돈의 액수가 아니라 무게였다. 그는 마누라나 하인들의 구설수에 오르내리지 않고 무사히 이 집을 빠져나갈 수 있는 알맞은 부피와 무게를 헤아리느라 그렇게 안달을 떨고 있었다. 마침내 한 자루의 돈과 작은 동고리를 가지고 광을 나오는 그는 몹시 지치고 슬퍼 보였고, 야윈 뺨에는 저승꽃조차 나타나 보였다. 그는 동고리의 밑바닥과 둘레를 백지에 싼 홍삼으로 두르고 작은 돈 자루로 가운데다가 심을 박고 나서 역시 홍삼으로 위를 덮었다. 뚜껑을 덮고 나서 동고리를 몇 번 들어보는데 그만이가 문밖에서 세숫물 대령했다고 아뢰었다.

"게 좀 섰거라."

전처만은 무슨 생각에선지 그만이를 불러 세웠지만 잠시 머뭇거렸다.

"예."

그만인 잘못한 것도 없이 대죄 드리는 시늉을 하고 서 있었다.

"이걸 들어보겠는?"

전처만은 아부하듯이 웃으면서 동고리를 그만이에게 내밀었다. 그만이는 영감이 그녀를 면대하고 웃음을 보인 게 처음인지라 황공해서 어쩔 줄을 모르면서 그걸 들었다.

"머릿방 아씨 친정 나들이 길에 보낼 홍삼이다. 네가 이고 갈 수 있겠는?"

"쉰네가 이까짓 걸 못 인다굽쇼? 이까짓 걸요."

그만이는 동고리를 번쩍 들어 머리에 이면서 이렇게 호들갑을 떨었다. 그녀는 마주 보기만 해도 간이 오그라드는 주인영감이 부드러운 목소리로 긴 말을 시킨 게 도무지 믿기지가 않아 정신이 없었다. 홍삼이 아니라 바윗덩이라도 이라면 일 것인데 구구하게 설명을 하다니.

"무겁지 않겠는?"

"무겁긴요. 쉰넬 어린애로 아시나 봐."

"너도 다 자랐구나. 그럼 오늘 아씨 친정 나들이 가는 데 네가 그걸 이고 모시고 갈 수 있겠는? 언년네는 수다스러워서……."

영감은 나중 말은 입속에서 우물거렸다. 그러나 그만이는 그 말도 놓치지 않았고 속으로 자기가 특별한 신임을 받고 있는 듯한 만족감을 느꼈다.

"그럼 그리 알고 채비를 차리거라. 그리고 마님께 오늘 아침은 안에서 들겠다고 전갈하여라. 그때 널 심부름 보낼 것을 마님과 의논할 테니 넌 가만히 있거라. 알겠는?"

그만이는 기뻐서 겅정겅정 뛰면서 사랑 모퉁이를 돌다 말고 고개를 갸우뚱한다. 못 일 만큼 무겁지는 않았지만 무슨 홍삼이 그렇게 다부지게 무겁담, 하는 생각이 들었다. 그러나 곧 언년네처럼 입이 가벼우면 안 될 것 같아서 그 생각을 속에다만 넣어두리라고 다짐했다.

"태임 에미를 오늘 친정으로 보내기로 했소."

오랜만에 안에서 아침을 들고 난 영감은 조금도 의논성스럽지 않게 일방적인 선고를 했다. 이럴 때 홍 씨는 너무 심하게 무시당한 것 같아 분하고 억울했지만 감히 이의를 제기할 엄두도 못 냈다. 의논성스럽게 굴어도 결국은 영감의 뜻대로 되는 게 상례였지만 더구나 영감이 일방적으로 그렇게 매몰차게 나오면 꼼짝도 못 하고 따르는 게 그들의 오랜 버릇이었다.

"너무 갑작스럽지 않시니까?"

홍 씨는 겨우 이렇게 한마디 했다.

"갑작스럽긴, 늦었지. 그 애가 시난고난 아픈 게 어디 어제오늘의 일이오?"

"그래도 그렇죠. 친정에 갈 때마다 이고 지고 해 보냈는데 아프다고 어드렇게 빈손으로 보내니까. 남 보기에 병든 며느리 내치는 줄 알게."

"그런 걱정 안 해도 되오. 내가 사랑에서 그만한 채비는 했으니까."

"사랑에서 채비를 하시다뇨. 사랑에서 떡을 치셨단 말씀이시니까?"

"병든 아이한테 떡이 아랑곳이오. 홍삼을 상품으로 한 동고리 담아 놨소."

"홍삼을 한 동고리짝씩이나요?"

"허어, 또 그 인색한 소리, 우리 형편에 홍삼 그만큼이 뭐가 그리 대수롭다고. 그 앤 우리 집 맏며느리가 아니오."

"그래도 그렇죠. 그 애 친정에 보내는 건 늘상 제가 챙겨왔는데 저한테 의논 한마디 읎이 사랑에서 혼자 챙기실 게 뭐 있시니까? 야속합니다요."

"안팎에서 수선 떨 만한 일이 아니잖소. 그만이를 보낼 테니 그리 아시오."

전 영감이 봉의 눈을 뜨고 두말도 못하게 못을 박자 홍 씨는 분해서 벌떡벌떡하면서도 아무 말도 못했다. 영감은 그 자리에서 며느리를 불러 친정에 가서 몸이 다 나을 때까지 조리를 잘하라고 일렀다.

그제서야 머릿방 아씨는 새벽에 사랑 모퉁이에서 만난 게 헛것이 아니라 그 무서운 시아버지에 틀림이 없었구나, 생각했다. 더 믿을 수 없는 것은 그 어려운 분한테 감히 그런 말을 할 수 있었다는 것이었다.
　환장을 해도 분수가 있지. 아씨는 마치 남의 일 보듯이 이렇게 개탄했다. 그녀는 자기가 벼르거나 꾀한 바가 전혀 없이 저질러진 일에 맞닥뜨릴 때마다 마치 생소한 남이 저지른 일인 양 순간적으로 무책임해지곤 했다. 재득이 따위하고 엉겨서 같이 잔 것을 어떻게 자기가 했다고 믿을 수 있겠는가? 더군다나 그때 경험한 쾌락은 짐승의 것 같기도, 천상의 것 같기도 할 뿐 도무지 자신의 몸을 빌려 지나갔다는 게 믿기지 않았다. 아씨는 자기에게만은 더럽고 황홀한 쾌락의 불씨가 처음부터 없다고 믿고 있었다. 없는 불씨에 불을 당겨보려고 생전의 허약한 남편이 허구한 날 명을 재촉하는 걸 당하고도 그녀는 지겨워했을 뿐 미안해하지는 않았다. 남편이 죽은 후 수절할 자신이 있었기 때문이다.
　나들이 채비를 하고 나온 머릿방 아씨가 안방에 들러 시어머니에게 큰절을 했다. 영감에 대한 화가 아직 안 풀린 홍 씨는 고개를 외고 꼬고 앉아 며느리를 거들떠도 안 봤다. 아씨는 멍하니 서 있었다. 화회를 기다리는 것도, 비위 맞출 말을 생각하는 것도 아닌 것이, 아씨는 혼자 있을 때처럼 넋 나간 표정이었다. 옷 보따리를 들고 윗방에 대령하고 있던 그만이가 조바심이 나서 뭐라고 한마디 채근을 하려는데 홍 씨가 홱 고개를 돌렸다.
　"시상에, 네 몸이 왜 그렇게 깍짓동 같는?"
　깜짝 놀란 듯 찢어지는 목소리였으나 표정은 음흉하고 교활했다.

홍 씨의 눈과 마주친 아씨는 첨예한 증오가 배 속의 것을 불의에 찌른 것처럼 느꼈다. 그녀는 매일 밤 배 속의 것을 죽이지 못해 하던 것과는 달리 무방비 상태로 찔림을 당한 목숨에 진한 연민을 느꼈다. 아씨는 시어머니를 치를 떨며 미워하며 돌아섰다.

아무것도 모르고 고부간의 불화만 감지한 그만이도 속으로 재빨리 역성을 들면서 홍 씨를 미워했다. 생트집을 잡아도 분수가 있지 병이 골수에 박힌 며느리를 엄동설한에 친정으로 내치면서 솜바지 좀 껴입은 걸 다 도끼눈으로 뜨고 바라볼 게 뭐람. 암상스러운 늙은이 같으니라구. 정월도 그믐께로 접어들어 해가 제법 길어졌건만도 적설강산을 녹일 만큼 도타워지려면 아직아직 먼 것처럼 한겨울 같은 추위가 계속되고 있었다. 얼마 전에 지난 입춘 추위는 특히 혹독해서 입춘방을 붙일 새도 없이 풀이 허옇게 얼어붙어 애를 먹던 생각이 났다. 어렵게 붙이느라 입춘을 거꾸로 붙였는지 그 후의 추위도 가히 정이월에 대독이 터질 만했다.

아씨는 중문간까지 배웅 나온 태임이에게 뭐라고 할 듯 할 듯하다가 말없이 홱 돌아섰다. 시아버지를 뵈러 사랑에 들렀으나 전 영감은 한사코 그녀를 못 올라오게 하고 그만이에게 동고리만 내주었다.

"홍삼을 조금 보내니 요긴하게 써라. 돈이 제일이다. 돈이 죽을 목숨을 살리기도, 살 목숨 죽이기도 하느니 아무쪼록 죽을 목숨 살리는 데 쓰기 바란다. 알겠느?"

아씨는 시아버지의 말투가 하도 간곡하고 부드러워 예 하고 고개를 조아렸지만 말뜻을 알아들은 건 아니었다. 그만이는 더했다. 이런 큰부잣집에서 홍삼 한 동고리가 뭐 그리 대단하다고 재산을 한 귀퉁이 헐어내듯이 생색을 낼까 싶어 몰래 입을 삐죽거렸다.

아씨는 고남문고개도 못 가서 벌써 걸음이 더뎌지고 숨이 턱에 닿았다. 그만이는 여윈 뺨이 푸릇푸릇 얼룩질 만큼 추위를 타면서 힘겹게 어기적대는 아씨를 딱한 듯이 돌아다볼 때마다 같은 소리를 되풀이해서 중얼댔다.

"시상에, 부잣집 며느리 부러워할 거 하나도 읎네. 읎으면 차라리 지게에라도 태우지. 그 부잣집에서 어드렇게 사인교도 안 부르고 며느리를 걸려서 피접을 보내남. 돈만 제일인가. 남의 이목도 생각할 줄 알아야지."

그러나 어두니고개를 넘느라 수수밭처럼 상기한 아씨의 얼굴이 바람받이 내리막길에선 오히려 보기 좋을 만큼 살짝 홍조를 띠고 있었다. 친정집이 가까워지고 있었다. 들판은 텅 비어 있었다. 눈은 고랑에만 남아 있어서 드러난 두둑의 검은 흙이 화선지에 그은 것처럼 부드럽고 유연하게 야산을 감돌고 있었고, 논에는 군데군데 살얼음판만 남아 있어 썰매 타는 아이들도 보이지 않았다. 아씨는 눈을 가느스름히 뜨고 여기던가 저기던가 텅 빈 들판을 더듬었다. 아씨가 더듬는 미망의 눈길을 지겟작대기와 재득이의 건강한 정강이가 인도하기 시작했다. 들판을 온통 탁류가 뒤덮어 어디가 길이고 논이고 밭이고 도랑이고 내라는 것을 분간할 수 있는 건 오직 지겟작대기와 펄펄 뛰는 숭어처럼 싱싱한 남자의 정강이뿐이었다. 억수 같은 빗발이 수숫대를 꺾고 옥수수 이파리에 부딪히면서 나는 세상 마지막 날 같은 불길한 소요까지 들리는 듯했다. 그 소요는 아씨의 가슴속에서 일고 있었다. 여기던가 저기던가. 아씨의 타는 눈길은 지난날의 미망이 비롯된 곳을 열심히 찾아 헤맸지만 아씨를 인도하는 것은 그녀의 맑은 정신이 아니라 사내의 건강한 정강이였다. 아씨는 더운 침을 삼키며 사내의 정강이를 안았다. 싱싱하고 건강한 줄만 알았던 사내의 정강이가 단쇠처럼 뜨거웠다. 그 열기가 불꽃처럼 그녀의 잠든 관능을 핥는 느낌과 함께 아씨는 미망에서 깨어났다. 다리에서 스르르 맥이 빠지면서 그녀는 무너지듯이 길가에 주저앉았다.

"쉬었다 가자꾸나."

"5리도 못 남았는데요?"

"그래도."

"겨울길을 무슨 재미로 쉬니까?"

"겨울길은? 골짜기에서 물 흐르는 소리도 안 들리는?"

"골짜기의 물이야 얼음장 밑으로 겨우내 흐르는걸입쇼."

"그래?"

골짜기에서 물 흐르는 소리란 그냥 꾸며댄 말이었으므로 아씨가 되레 놀라면서 긴가민가 귀를 기울였다. 얼음장 밑으로 흐른다는 미세한 물소리를 잡기 전에 미친 듯이 날뛰며 적요한 빈들을 뒤덮는 탁류의 굉음이 다시 그녀를 덮쳤다. 그 길이 어디쯤일까? 그 길이. 지겟작대기와 사내의 건강한 정강이가 앞장서던 그 길 아닌 이상한 길은 달구지 길과 오솔길과 논두렁 길이 벌거벗을 것처럼 무참히 드러난 지금 오히려 간곳이 없었다. 아씨의 눈은 타는 갈망으로 얼어붙은 땅 속에 꼭꼭 숨어 입을 악물고 있는 씨앗을 당장 불러 일으켜 독한 꽃이라도 피울 듯이 이글댔지만 잃어버린 길을 미쳐 날뛰는 탁류에서 건져낼 만큼 밝지도 영악하지도 못했다.

"여기서 이대로 죽어버렸으면 오죽이나 좋을까."

아씨가 하늘을 우러러 탄식했다.

"에그머니, 아씨 그게 무슨 사위스러운 소리니까? 친정에 피접꺼정 가시면서. 아씨 병은 마음 붙일 데가 없어서 생긴 화증이니깐 친정에서 화를 푸시면 당장 나을 테니 두고 보십시요. 내친김에 휘딱 가십시다 아씨."

뜬숯 사위듯이 핏기가 가시고 아시시 소름이 돋은 파리한 아씨의 얼굴이 섬뜩해진 그만이는 허턱대고 앞으로 가면서 이렇게 수선을 떨었다. 그만이는 아씨의 친정집 동구 밖서부터는 숫제 혼자서 달음박질을 쳐서 아씨가 피접을 온다고 들입다 수선을 떨며 전갈했으므로, 친정어머니는 다리가 떨려 대문 밖에 주저앉고 올케가 한달음에 마중을 나왔다. 저만큼 올케가 달려오는 걸 보자 아씨는 자벌레처럼 잽싸게 병색과 근심을 지우고 대갓집 맏며느리다운 기품과 친정을 살린 딸에 어울리는 교만을 돌이켰다.

"작은아씨, 우리 작은아씨가 병환이 나시다니요? 꿈자리 한번 뒤숭숭한 적이 읐었는데 이게 웬 청천벽력 같은 소리니까?"

찢어지게 가난한 집에 태어나 그와 엇비슷한 집으로 시집와서 고생할 때는 생전 없이 살 것처럼 박복해 보이더니만 시누이 시집 한

번 잘 보낸 덕으로 집안이 늘고부터는 집안 내와 동네방네에 복뎅이로 소문이 날 만큼 숭글숭글 모가 없이 후덕해진 올케였다. 그러나 올케는 올케였다. 친정집이 보이자 설움이 복받쳐 부옇게 흐려보이던 시야가 당장 말짱해지면서 후들대던 다리도 꼿꼿해졌다.

"그만이 년이 얼마나 방정을 떨었기에. 어머니 놀라시면 어쩌려구. 망할년 같으니라구. 어머님서껀 오라버님서껀 다 편안하시니까요?"

아씨는 뜸을 들여가며 천천히 말했다.

"작은아씨도 이제 친정 걱정 좀 작작하고 자기 몸 생각이나 하슈. 시상에 이 지경이 되도록 기별 한마디 읎이 내버려뒀다가 불쑥 피접을 보내다니. 아무리 만만한 게 암사돈이라지만 이건 좀 너무한 게 아니니까?"

"왜 송장 치게 될까봐 겁나우? 나 안 죽을 테니 걱정 말아요. 무슨 팔자로 죽을병이 들겠수. 나도 이제 사십을 바라봐요. 사위 볼 날도 멀지 않았구. 어머니 뵙고 싶으면 기별 읎이 불쑥 친정에 올 수도 있어요. 맨날 시집살이만 할라구."

아씨는 부축해주려는 올케의 손을 넌지시 뿌리치고 느릿느릿 걸음을 옮겼다. 올케는 엉덩이를 뒤로 빼고 어기적대는 아씨의 이상한 걸음걸이를 문득 수상쩍게 생각했다. 그러나 올케는 그런 생각을 스스로 부끄럽게 여기며 얼른 지우려 들었다. 그녀가 알고 있는 얼음장 같은 시누이에게는 있을 수 없는 일이었기 때문이다. 그래서 그녀의 의혹은 곧, 흥 네 따위가 그럴 주변이나 되면 골병이나 안 들지, 하는 경멸로 바뀌었다. 그녀는 자신의 얕잡는 마음을 그 도도한 시누이에게 들킬까 봐 더욱 수선을 떨었다.

"그만둬요. 보면 모를까 봐. 병색이 완연한걸. 그나저나 오라버니가 계셔야 용한 의원을 수소문할 텐데. 요샌 어떻게 된 게 송도보담 서울에 계신 날이 더 많다우. 설에 다녀가셨으니 제사 때나 오실 테지. 이젠 명절이나 제사 아닌 때에 오라버님 뵙기가 하늘의 별 따기보담 힘들다우."

"송도의 청포전엔 힘을 안 쓰나 보죠?"

"왜, 뭐라구들 그럽디까?"

"뭐라고 그러다뇨? 우리 시댁의 어른들이 사돈집 일을 이러쿵저러쿵 하실 분들이니까?"

"그게 아니라 송도 소문들이 어드런가 해서요."

"바깥소문이야 더군다나 내가 어떻게 얻어듣겠시니까? 집안 하인들의 부뚜막 공론 한마디도 모르고 사는 주제에."

아씨는 자조적인 것 같으면서도 거만하게 말했다.

"작은아씨는 워낙 자기가 좋아서 귀 막고 사는 사람이니까. 그렇지만 친정일 좀 귀담아들어 둔다고 어디메가 어드렇게 되니까?"

올케는 시누이가 지금 꼴이 말이 아니게 상해가지고 피접을 오고 있다는 걸 잠시 잊고 당치 않은 원망을 했다.

"장삿일이야 오라버니가 어련히 알아서 할라구 그까짓 소문을 다 모아들이려고 그래요?"

"오죽 답답허면 이러겠시니까?"

"뭐 그럴 만한 일이라도 있시니까?"

아씨는 더럭 겁이 나서 물었다. 아씨는 그녀의 희생이 억울하지 않은 유일한 결과인 친정의 물질적 안정이 흔들린다는 건 상상도 해본 적이 없었다. 친정의 평안은 그녀의 희생을 받쳐주고 있는 받침대 같은 것이어서, 그것이 흔들리는 걸 견딜 수 있을 것 같지가 않았다. 더군다나 지금은 그 품 안에서 살 길이든 죽을 길이든 찾으러 오는 길이 아닌가. 우선 쉬고 싶은 갈망을 딴 걱정 때문에 좌절당할 수는 없었다.

"글쎄 송도의 청포전이 곧 거덜이 나게 생겼다는 소문이 들리는가 하면, 서울에서 신기하고 간사한 서양 물건 장사에 손을 대 엄청난 돈을 번다는 소문도 들리고 하니, 어느 쪽을 믿어야 할지 갈피를 잡을 수가 있어야 말이죠."

"근데도 나더러 더 뜬소문을 모아들이지 않는다고 탓을 하시기니까?"

아씨는 매몰차게 쏘아붙이면서 걸음이 빠르고 당당해졌다. 주저앉았다가 정신을 차린 어머니 박 씨가 쏜살같이 측간 모퉁이를 돌아 실개천을 건너뛰는 게 보였다.

"작은아씨, 정말 괜찮은 거죠? 주리를 틀 년 같으니라구."

올케는 시누이가 큰 병 든 건 아니다 싶자마자 그만이 욕을 하면서 뒤처졌다. 모녀가 길에서 얼싸안았다. 딸이 송도에서는 손꼽는 부잣집 맏며느리가 된 후 늘 스스러운 손님처럼 대해오던 박 씨였다. 딸이 청상이 되고도 혼자서만 억장이 무너졌지 정작 딸을 대할 때는 측은해하는 기색 한번 마음 놓고 드러내지 못하고 살아왔다. 그만큼 친정 나들이가 드문 딸이기도 했지만, 1년에 한두 번 오는 행차는 귀한 음식이나 피륙을 잔뜩 이고 진 하인이 뒤따르는 거창한 것이었고, 딸 역시 딸로서보다 베푸는 입장을 코에 걸고 차갑고 교만하게 굴었다. 이래저래 속에서 짓눌려온 정과 한과 엉석까지가 병들고 초라한 딸을 보자 한꺼번에 북받쳐 박씨 부인은 울음과 넋두리를 함께 했다.

"아이고, 이 불쌍한 것아, 몸 성하고 호의호식하고 은소반에 떠받치듯이 대접받고 살건만도 불쌍하고 불쌍해 가슴에 목이 박혔는데 중병이 들어 피접을 온다는 게 참말이냐. 말 좀 해봐라 이것아. 그 댁에서도 못 고칠 병이라면 죽을병이 아니겠는? 시상에 그 부자 댁에서 죽을병 든 맏며느리를 사인교도 읎이 어드렇게 걸려서 피접을 보내셨는? 읎는 사람이라도 달구지라도 태우게 생긴 내 딸을."

"어머니 고정하세요. 죽을병 든 게 아니라니까요."

그러면서도 아씨 역시 복받치는 울음을 다 삼키지 못해 목에서 끄륵끄륵 소리를 내며 어깨를 떨었다. 두 모녀가 서로 엉키듯이 부축하며 의지하며 안방까지 들어올 때까지 올케도 그만이도 눈치껏 구경만 했다. 안방 뜨뜻한 아랫목에 이부자리를 깔고 딸을 눕힌 박 씨는 그만이에게 먼저 점심 요기를 시키고 넌지시 돈냥까지 쥐어줘서 돌려보냈다.

"어머님, 작은아씨 점심은 어드럭헐까요? 암죽을 쑬까요? 좁쌀 미음을 골까요?"

"내가 알아서 할 테니 넌 들어가 있거라. 행여 동네방네 소문 안 나게스리 굴어. 넌 다 좋은데 입이 싼 게 흠이거든. 알았는?"

박 씨는 사위까지 보고 며느리 볼 날도 멀지 않은, 같이 늙어가는 며느리한테 이렇게 평생 안 하던 입바른 소리로 무안을 주었다. 별로 속이 깊지 못한 며느리는 다 죽게 된 딸이라도 딸이 오니 득세한 것처럼 저를 구박한다 싶어 실쭉해서 제 방으로 들어가 버렸다. 그러나 박 씨는 막상 혼자서 부엌에 들어가서는 어쩔 줄을 몰랐다. 진일이고 마른일이고 일이라면 막히는 게 없는 박 씨였다. 죽어서도 일귀신 밖에 될 게 없으리라고 며느리한테 흉잡혀가며 사는 박 씨답지 않게 바가지를 들었다 놓았다, 솥뚜껑을 열었다 닫았다, 아궁이 옆에서 부지깽이로 땅바닥을 쑤시다가, 보꾹에다 대고 삿대질을 하다가, 도무지 종잡을 수 없는 헛손질만 했다. 가슴이 벌렁벌렁 떨리고 손이 여기 가 놓이고 저기 가 놓여 아무것도 할 수가 없었다.

늙은 게 환장을 해도 분수가 있지. 하필 개 마음이 씌었나? 어느새 망령이 났나? 박 씨는 이렇게 자꾸만 그녀를 엄습해오는 괴물스러운 생각과 힘겹게 싸우고 있었다.

참 이러고만 있을 게 아니라 맞대놓고 물어보지 못할 건 또 뭔가? 박 씨는 당장 사생결단이라도 낼 듯이 주먹을 불끈 쥐고 부르르 부엌에서 나왔다. 마루 끝에서 연줄에 사기를 먹이고 있던 막냇손자까지 각설이떼 쫓듯이 발을 굴려 멀리 쫓고 안방 문을 열었다. 뺨이 여위어 드러나 보이는 광대뼈에 검버섯이 얼룩진 딸의 얼굴을 보자 모질게 먹은 마음은 온데간데없어지고 다시금 설움이 복받쳐 입을 삐쭉대고 섰는데, 딸이 눈을 번쩍 떴다.

"어머니 점심때가 겨웠나 봐. 뭣 좀 주세요."

"오냐 오냐. 암 먹어야구말구. 뭐가 구미가 당길 것 같은? 뭐든지 해줄 테니까 말만 하려무나."

"된밥에 호박김치나 푹 무르게 끓여주세요. 제육 몇 점 넣으면 참 맛있겠다."

꼴깍 소리가 나게 침까지 삼키며 말하고 나서 돌아눕는 딸을 보고 박 씨는 가슴이 천길만길 내려앉는 것 같았다. 저게 정말 죽을병이 들어 이제 저승 갈 양식을 챙기려고 저러지, 저 꼴을 해가지고 된밥에 호박김치가 아랑곳인가 싶어서였다. 그러나 서둘러 밥을 안치고 제육 몇 점 썰어 넣은 호박김치 뚝배기를 화로에 얹어놓고 이것저것 밑반찬을 챙기는 사이에, 다시 아까의 의심이 흉한 그림자처럼 박 씨의 마음을 어둡게 차지했다.

아씨는 어머니가 차려온 점심상을 체면불구하고 아귀아귀 먹기 시작했다. 아씨는 배 속에 정말 아귀가 한 마리 들어앉은 것처럼 한번 동한 맹렬한 식욕을 도저히 걷잡지를 못했다. 마음껏 포식을 한 아씨는 당장 얼굴에 화색이 돌아 어깨로 숨을 쉬며 곯아떨어졌다. 딸의 그런 꼴을 망연히 지켜보던 박 씨는 상을 들고 나와서 다시 헛손질을 하기 시작했다. 곡기를 끊은 병자도 죽기 전에 한 번은 저승 길 양식을 챙기느라 포식을 한다지만 저리도 달게, 저리도 엄청나게 먹을 수가 있을까? 아니야 저건 저승 양식 챙기는 게 아니었어. 박 씨는 그녀의 손을 거쳐 간 시부모와 영감의 임종까지를 가물가

물한 망각의 저편에서 되살려내서 비교를 하려 들었다. 병자가 피접을 오자마자 구미가 되살아났다면 크게 기뻐할 일이련만 망측한 의심 때문에 박 씨는 그걸 되레 쉬쉬 감추려 들었다. 암만해도 저녁도 그렇게 걸신들린 것처럼 먹을 것 같아 며느리는 아예 근접을 못 하게 했다.

"전 서방도 부족증으로 죽었는데 쟤 꼴도 어째 부족증 같구나. 부족증은 옮는다니 너는 아는 척도 말고 네 자식 건사나 잘하려무나. 야속한 건 잠깐이란다. 딸자식도 자식이라 친정이라고 피접을 온 거 차마 내치진 못하지만 이왕 출가외인 된 거 천금 같은 내 손주에 비하겠는?"

이렇게 좋게 말하니 워낙 시누이 치다꺼리가 달가울 게 없는 며느리인지라 못 이기는 체 그대로 따르는 게 수였다. 아닌 게 아니라 저녁밥도 한 그릇을 게 눈 감추듯이 비운 딸의 배는 더욱 안암산만큼 불러 보였다. 저리 잘 먹다가는 앞으로 걷잡을 수 없이 배가 불어나지 싶어 박 씨는 애가 달았고 두려웠다. 꿈이었으면, 흉측한 꿈이었으면 싶어 은근히 넓적다리를 꼬집어보기도 했다. 그러나 두 끼를 연거푸 포식한 아씨는 배가 부른 김에 배짱 같은 게 생겨나고 있었다. 뭐니 뭐니 해도 친정집이었다. 죽어도 기죽을 펴다가 죽을 수 있을 것 같았.

"피접을 보내시면서 어드렇게 빈손으로 보내셨는? 마치 내쫓는 며느리마냥. 우리도 살 만하니까 그러셨겠지만, 안 그러던 어른이 그러시니 어째 섭섭하다. 내가 이럴 제야 네 마음을 어드렇겠는?"

식구들이 다 제 방으로 들어가고 비로소 모녀가 호젓하게 등잔불 밑에 마주 앉자 박 씨는 우선 이렇게 운을 떼었다.

"어머니도 참, 무슨 일 때마다 워낙 많이 받아만 보셔서 동고리짝 같은 건 눈에도 안 띄시나 봐."

그러면서 옷보따리와 함께 밀어놓았던 동고리를 끌어당겼다.

"별안간 떠났어요. 어제 시아버님께 말씀드렸더니 오늘 당장 허락이 떨어졌으니 뭘 마련할 새가 어디 있수?"

"그러니까 네가 먼저 친정에 오고 싶다고 말씀드렸단 말이냐?"

"그렇다니까요. 그리고 저 동고리의 것은 홍삼이라니까 끌러보세요."

보자기에 싼 동고리를 끌어당기면서 박 씨는 아이구구 무슨 홍삼이 이렇게 천근일까, 엄살을 떨었다. 보자기를 끄르고 뚜껑을 열고 백지에 일일이 싼 홍삼을 들추다 말고 이번에는 소리도 못 내고 기겁을 했다.

"왜 그러세요? 어머니."

아씨도 어머니의 겁에 질린 시선을 따라 동고리를 넘겨보다 말고 자지러지게 놀랐다. 동고리 안에는 은화가 가득했다. 홍삼은 한 겹 껍풀에 불과했고 가운데 심을 박은 돈 자루가 아가리를 벌리고 있었다. 등잔불에 요염하게 빛나는 은돈이 가슴이 떨리게 두려워서, 박 씨는 우선 불빛을 가려 앉으면서 낮은 소리로 중얼댔다.

"넌 이것아, 쫓겨난 게야, 쫓겨났어. 아이고, 내 팔자야."

낮은 소리였지만 가슴에 못을 치듯이 또박또박하고도 모질었다.

아씨도 깜짝 놀라기는 마찬가지였지만 어머니의 목소리는 듣지 못했다. 떠나올 때 돈이 제일이다, 돈이 죽을 목숨 살리기도 하고 살 목숨 죽이기도 하니 아무쪼록 죽을 목숨 살리는 데 쓰라고 간곡히 타이르던 시아버지의 목소리가 듣던 때와는 다른 인자함과 진국스러움으로 다시 들려왔다. 시아버지가 살리기를 바라는 목숨은 두 목숨일까 한 목숨일까. 아씨는 무너지듯이 자리에 누워 이불을 뒤집어쓰면서 곰곰이 생각했다. 이왕이면 그것까지 일러주시지 않고. 아씨는 마치 시아버지가 죽으라면 죽고 살라면 살고, 배 속의 것 역시 그분이 죽이라면 죽이고 살리라면 살릴 것처럼 시아버지가 미더웠고 응석까지 부리고 싶었다. 원망밖에 가져본 적이 없는 시아버지에 대한 첫 호감치곤 너무 절절한 것이었다.

"넌 겁나지도 않아? 이 애물아."

박 씨는 딸이 뒤집어쓴 이불을 젖히면서 푸념을 했다. 아씨는 평온하게 웃으면서 어머니의 푸념을 듣기만 했다. 박 씨는 뭐라고 한바탕 하려다가 문득 머릿방에 신경이 써진 듯 입을 다물더니 한숨만 푹푹 쉬다가 불을 끄고 딸 곁에 누웠다. 제사나 잔치가 끼지 않을 때 친정 나들이 온 적이 없는 딸이라 이렇게 호젓이 같이 누워보기가 몇 년 만인지 몰랐다. 박 씨는 무량한 감개로 그 햇수를 헤아리다가 딸이 어느새 마흔 고개의 마루턱에 다다른 것을 생각하고 그 좋은 나이를 꼬박 말없이 허망하게 넘긴 딸이 불쌍해 생살을 저미는 듯 아프고 쓰렸다. 가엾은 것, 이왕 잘 참은 것 조금만 더 참지, 조금만 더 참으면 나이가 약이라고, 꽃피고 잎 지는 데 무심해지듯, 남의 계집 서방 금실 좋아 흥흥대는 게 되레 더러워 보여 눈 씻고 외면하게 되련만, 그동안을 못 참고. 그동안을 못 참고에 되풀이 집착하다 말고 그동안을 못 참은 증거가 어디 있단 말인가? 하는 일루의 희망이 생기기 시작했다.

"오라버니가 집을 많이 비운다면서요."

서로 잠 못 이루고 뒤척이고 있다는 걸 눈치챈 아씨가 먼저 입을 열었다. 짙은 어둠의 한 자락이 목소리가 된 것처럼 정감이 섞이지 않은, 착 가라앉은 소리였다.

"누가 그래?"

박 씨가 앙칼지게 반문했다.

"올케가요."

"언제 그런 말을 할 새가 다 있었누? 할 새가 오뉴월 장마만큼 길어도 그렇지, 청상과부 된 시누이한테 그게 할 소리야?"

"어머니도, 그럼 청상 된 년이 들어도 되는 소리는 뭐랍디까?"

아씨가 돌아누우며 한숨을 푹 쉬었다.

"올케 걱정할 거 읎어. 서방이 읎냐, 자식이 읎냐, 재산이 읎냐."

"왜 내가 친정 걱정하는 게 이젠 같잖우?"

"그런 건 아니지만 네 코가 열석 자니까 하는 소리야."

"송도의 청포전이 거덜이 나게 생겼다기에 걱정이 돼서 해본 소리예요. 그게 어떻게 마련한 청포전이유?"

"느이 오래비라고 그런 이치 모를 사람은 아니니 과히 걱정 안 해도 된다. 청포전보다 더 좋은 돈벌이가 서울에 있나 보더라."

"서울에선 어드런 장사를 한대니까?"

"서양 배로 들어온 서양 물건 되넘기기 장사를 한다더라. 그게 청국 비단보담 이문이 엄청나다는구나. 서울에 돈 있는 양반네 부녀자는 그 물건에 환장을 해서 부르는 게 값이라니까."

"그럼 그 장사해서 부자 안 될 사람 읎겠네."

"허구 싶다고 다 헐 수 있는 게 아니라더라. 살 사람은 많아도 물건 나오는 데 뚫기가 어렵단다. 느이 오래비가 작년부터 대운이 들었다더니 아마 서양물건 도가하고 연이 닿았는지, 그 장사로 재미를 쏠쏠히 보는 눈치더라. 설에 내려와서도 곧 솔가해서 서울로 이사를 가게 될지도 모른다고 큰소리 땅땅 치더라."

"서울로요?"

"그래. 그런 꿍꿍이속이 있으니 송도의 청포전에 무슨 힘을 쓰겠는?"

"전 또 올케가 하도 근심을 하기에 무슨 일인가 해서."

"걱정도 팔자라더니, 느이 올케야말로 팔자가 늘어지다 보니 요샌 괜헌 걱정을 사서 하나 보더라. 올해 새해 무꾸리 가는 데 부득부득 따라나서더니만 시앗 볼 꽤 안 나오냐고 어찌나 조르는지 덕물산 무당이 되레 시앗 볼 푸닥거리해주랴고 핀잔을 주었단다."

"오라버니가 그럴 만한 눈치라도 보였남?"

"딴 계집 둔 남자가 제 계집 얼굴 치장할 걸 그렇게 사들일까? 여자는 딴 서방한테 마음 두고도 제 서방한테 알랑거릴 수 있다지만 사내는 못 그러는 뻡이다."

"오라버니가 올케 얼굴 치장할 걸 다 사와요?"

"그렇다니까. 그것도 보통 분이나 연지가 아니다 너. 서양서 온 거라는데 얼굴에 한번 바르면 그 냄새가 온 동네에 진동을 한단다. 그 냄새가 좋다는 사람도 있더라만 난 메슥거려 밥맛이 다 읎어지더라."

"어쩐지 올케 얼굴이 예뻐진 것 같드라니."

"냄새는 흉해도 얼굴이 희고 고와지는 건 정말 신기허더라. 느이 올케 얼굴 핏기 괄해 상스러운 건 세상이 다 아는 건데, 좀 살 만해지니까 그걸 가지고 성화도 해쌓더니만. 해마다 삼사월이면 논에 가서 거머리 뜯기기를 그렇게 줄기차게 해싸도 핏기가 가시기는커녕 점점 더 수수팥떡 같던 얼굴이 어쩌면 그렇게 보얗게 분꽃이 피는지. 그거 하나만 봐도 서양 물건 신기하고 요망한 건 알아줘야겠더라."

"오라버니가 새 장삿길 하나는 잘 텄네요 뭐."

모녀는 그들의 가슴을 옥죄는 근심과 무관한 화제로 하여 잠시나마 숨통이 트이는 것 같았다. 박 씨는 먼저 엷게 코를 골았다. 아씨도 덩달아 고른 숨을 쉬면서 오래간만에 편한 잠을 자고 싶다는 욕구를 못 이겨 살금살금 배를 칭칭 감은 무명폭을 풀어내기 시작했다. 여덟 달째로 접어든 배 속의 것이 마음껏 용틀임을 하기 시작했다. 그때였다. 박 씨의 다박솔처럼 거친 손이 아씨의 배 위로 뻗어 왔다. 너무도 예상 밖의 일이라 아씨는 재갈을 물린 것처럼 끽소리도 못 내고 힘찬 태동을 그 거칠고 음흉한 손에 맡길 수밖에 없었다.

"이년, 이 되기賣淫女만도 못한 년, 너 죽고 나 죽자."

배를 더듬던 손이 멱살을 쥐며 벌떡 일어나 앉았다. 그러나 박 씨의 분노와 절망에 비해 목소리는 모기 소리처럼 가늘었다. 역시 가장 가까운 머릿방에 거처하는 며느리를 의식해서였다. 마음껏 푸념을 하지 못해 목소리가 심하게 떨렸다.

"죽긴 왜 죽시니까. 살려고 허위단심 20리 길을 걸어왔는데."

아씨는 멱살을 잡혀 반쯤만 일어난 채 이렇게 애원을 했다.

"누구냐. 애비가 뉘여. 널 이 꼴로 만든 육시랄 놈이 누구냐 말이다. 왜 말을 못 해, 응, 왜? 그 잘나고 거만한 시아범허고 붙어먹은 게 아니면 왜 말을 못 해, 이 웬수야."

"어머니, 무슨 말씀을 그리 모질고 끔찍하게 허시니까? 하늘 무섭게스리요."

아씨가 떨리는 소리로 어머니를 나무라며 멱살을 잡힌 손을 뿌리쳤다. 박 씨는 나동그라지면서 아무리 홧김이라지만 너무했다 싶긴 했다. 그러나 홍상 동고리에다 은전으로 심을 박아 보낸 전 영감을 제일 먼저 수상쩍어 했는데, 딸의 거동으로 보아 그 하늘 무서운 의혹은 거의 풀어진 것 같아 우선 마음이 놓였다.

"그럼 누구라 널 이 지경으로 만들었는? 어느 놈이 그 점잖은 댁 열두 대문을 지나 너를 욕보였느냐 말이다. 이 웬수야, 그 놈이 감히 너를 넘보았기로서니 어쩌자고 잠자코 당해? 이 미련한 웬수야. 혼자 사는 외딴집도 아니겠다, 드나꾼이 원식구보담 많은 대갓집에서 악 한 번만 써도 될 것을 어쩌자고 이 지경이 돼가지고 친정으로 쫓겨 왔냐 말야. 차라리 죽어버렸으면 두 집에 우세나 면허지. 이 애물아."

"당한 게 아녜요."

"그럼."

"사내가 저한테 당했어요."

"뭐라고? 그럼 그 육시랄 놈이 누군지도 알겠구나. 뉘야 응, 누구야?"

아씨는 대답하지 않았다. 박 씨가 다시 멱살을 쥐고 흔들어도 끽 소리 한마디 안 하고 당하기만 했다. 박 씨 쪽에서 먼저 지쳐서 손을 놓고 헐떡댔다. 소리 내어 푸념을 하는 것보다 소리를 죽이는 게 훨씬 더 힘이 들고 쉬 지쳤다. 모녀가 같이 잠들지 못하고 뒤척이기를 얼마나 했을까. 생전 샐 것 같지 않던 칠흑의 어둠이 첫닭 우는 소리에 미미하게 흔들렸다.

"어머니, 저 재득이하고 도망칠까?"

아씨가 가만가만, 그러나 단호하게 말했다. 박 씨는 한동안 그 말뜻을 못 알아듣고 멍하니 누워 있다가 바늘에 찔린 것처럼 호들갑스럽게 뛰쳐 일어났다.

"그럼 그놈이 재득이란 말이냐? 저런 육시를 할 놈이 있나. 내 이 놈을 당장……."

말만 그렇게 하고는 엉덩뼈가 물러난 것처럼 앉은자리에서 헛되게 허위적대다 말았다.

"니가 여기 댕겨간 게 작년 7월이었쟈?"

"네, 그때부텀예요."

"정말 네가 먼점 그런 게야?"

"네. 재득인 그냥 당한 거예요."

"듣기 싫다. 그렇잖아도 찔러 죽이고 싶은 판에 역성꺼정 들 거 읎다. 계집은 맘에 읎이 당할 수 있어도 사내가 그럴 순 읎는 볍이야."

아씨는 더 이상 자기변명도 재득이 역성도 들지 않았다. 희끄무레 영창이 밝아오고 있었다. 부시럭부시럭 배를 동이는 기색을 눈치 챈 박 씨가 보꾹을 우러러 탄식했다.

"아무리 그래봐야 눈 가리고 아웅이지, 때 되면 아람이 벌고, 아람이 벌면 떨어지는 게 하늘의 조환데 인간이 그걸 무슨 수로 막겠는?"

다음 날 밤이 이슥해지자, 다시 부시럭부시럭 배를 감은 걸 풀어낸 아씨가 치마저고리를 챙겨 입고 밖으로 나가는 걸 박 씨는 숨을 죽이고 지켜만 봤다.

가마니틀과 꼬아놓은 새끼 다발과 짚풀 사이에 아무렇게나 자빠져 코를 고는 재득이는 사람이라기보다는 한 마리의 황소 같았다. 달빛도 없었고 짙은 어둠 속에 가득 괸 건 황소처럼 거칠고 씩씩한 숨결과 짚풀 냄새뿐이었다. 여름의 그 끈끈하고 퀴퀴한 냄새를 강하게 기억하고 있는 아씨는 엷은 실망을 맛보았으나, 이내 그리운 미소가 떠올랐다. 아씨는 한동안 가만히 웅크리고 앉아 있었다. 자신의 눈이 어둠에 익기를 기다리는 것도 같았고 재득이가 저절로 깨길 바라는 것도 같았다. 거적만 깐 방바닥은 미적지근했고 보꾹이 낮은 방 안은 외풍 없이 후텁지근했다. 요는 안 깔았지만 두엄 더미처럼 더러운 이불이나마 가슴까지 덮고 있는 걸 볼 수 있을 만큼 아씨의 눈동자가 활짝 열렸다. 아씨가 이불을 가만가만 들췄다. 바지를 입은 채여서 정강이가 만져지지 않았다. 코 고는 소리가 뚝 그치고 재득이가 벌떡 몸을 일으켰다. 재득이는 아씨를 알아보고도 비교적 침착했다.

"아씨, 왜 또 이러시니까?"

"재득이, 나하고 같이 도망가주지 않겠나?"

"아씨, 그때 일은 잊어뿌리세요. 저도 잊어뿌렸으니까요."

"이 사람아, 내가 지금 홀몸이 아니라네. 그러니 어드렇게 잊어버리겠나."

재득이는 비로소 꿈틀하는 것 같았으나, 아직도 이불 속을 더듬고 있는 아씨의 손길을 덤덤하게 뿌리쳤다. 아씨는 무안해하지도 않고 이번에는 재득의 손을 잡아끌어 배를 만져보게 하려고 했다.

"이보게나, 자네 자식이 내 배 속에서 허구헌 날 꿈틀대고 있네. 머지않아 이 세상에 태어나려고 할 걸세. 한 번만 만져보지 않겠나? 자네에게 여자는 내가 처음이 아닐지 몰라도 자식은 아마 처음일 걸세. 멀리 도망가서 이 자식 낳아 기르며 잘 살아보지 않겠나? 돈은 있네. 너무 급작스러워 얼떨떨허겠지만 자네 자식을 한 번만 만져보면 마음을 정허기가 수월할 걸세. 자아 어서."

아씨는 있는 힘을 다해 재득이의 팔을 끌며 꿀같이 끈끈하고 달짝지근하게 속삭였지만, 재득의 손은 조막손이 되어 안으로만 오그라붙었다. 이윽고 아씨의 몸을 힘껏 뿌리치면서 볼멘소리로 핀잔을 주었다.

"아씨도 아씨 나이를 생각허셔얍죠? 전 갓 스물 넘긴 지가 엊그저께구 아씨는 마흔을 바라보는데, 우리가 같이 살아봐야 몇 해나 같이 살 수 있다구 이렇게 철부지처럼 구시니까?"

처지와 가진 것의 차이만 생각하고 감지덕지할 줄 알았던 아씨는 나이를 들먹이는 재득의 거부를 한동안 알아듣지 못했다. 이윽고 불에 덴 것처럼 갈망의 손길을 오므린 아씨는 무참히 짓밟힌 자존심을 주체 못해 미친 듯이 날뛰었다.

"이놈, 이 짐승만도 못한 놈. 날 이 지경을 만들어놓고 뭐 내가 늙었다구? 주제에 젊은 계집 바칠 줄은 알아서. 이놈, 네 놈이 끄지(거지)가 돼서 돌아다니는 꼴을 보기 전엔 내 눈을 못 감을 줄 알아라."

아씨는 팔딱팔딱 뛰면서 재득의 몸뚱이를 발로 힘껏 밟고 걷어차기를 힘이 다 빠져 저절로 나동그라질 때까지 했다. 아씨가 겨우 제정신을 돌이켜 후들대며 일어날 때도 재득인 죽은 듯이 엎드려 팔 한 번 뻗쳐주지 않았다. 아씨는 엉금엉금 기듯이 안방으로 돌아왔다. 찢어진 자존심이 피 흘리고 쑤시는 모진 고통이 아씨의 신열을 올리고 육신을 닦달질했다.

"어드렇게 됐는? 응? 어드렇게 됐어?"

재득이 방에 갔었다는 걸 알고 있는 박 씨가 그 하회를 애타게 물었으나 아씨는 이미 염병처럼 몸이 펄펄 끓고 입술이 타고 눈이 충혈되고 의식이 몽롱했다. 박 씨는 이러다 송장 치게 되면 그 불쌍한

한을 어쩌나 싶다가도 차라리 죽기를 바라기도 하면서 병구완에 허둥거렸다.
 아씨가 제정신이 돌아온 것은 재득이가 도망갔다고 법석을 떠는 소리 때문이었다.
 재득이가 도망갔단 소리에 아씨는 이불 속에서 이를 갈았다. 가슴속에선 비수 같은 원망이 번득였다. 그를 쫓아가 앙갚음하기 위해서라면 당장 죽어 원혼이 되어도 좋았다. 아씨가 염병보다 더 지독한 신열로 입술이 타고 정신이 혼미한 동안도 배 속의 것은 충실히 자라고 있었다. 아씨는 손끝 하나 까딱할 수 없이 탈진한 자기 몸에서 전보다 몇 배 힘차고 당당해진 태동에 몸서리를 쳤다. 아씨의 몸이 병들건 죽어가건 아랑곳없이 욕심껏 피와 살과 뼈를 착취해다가 제 몸을 살찌우고 기운을 더해가는 배 속의 것은 이미 자기 몸의 일부가 아니라고 아씨는 생각했다. 같은 몸끼리 서로 그렇게 무자비할 수는 없는 일이었다. 그건 재득이, 그 황소 같은 사내의 일부일 따름이었다. 아씨는 행여나 아기를 뗄 수 없을까, 혹시나 저절로 사그라져 없어지지 않을까 하는 헛된 희망을 버렸다. 아씨는 그 사내가 얼마나 질기고 힘세다는 걸 알고 있었다. 그 사내의 분출하는 생명력이 몸속에 떨군 거라면 그렇게 만만하게 없어질 리가 없었다. 아씨는 배 안의 것에 대한 오랜 살의를 거두었다. 어머니 박 씨는 재득이가 하루아침에 온데간데없어지고 나서야 비로소 딸이 퇴짜 맞았을지도 모른다고 생각하게 되었다. 재득이 방으로 딸이 내려가는 걸 보고도 못 본 척한 것은 박 씨 역시 재득이가 딸을 거두어

주는 길밖에 없다는 생각에서였다. 참으로 기막히고 우세스러운 일이었지만 재득이의 그 황소 같은 기운과 진국스러운 마음에다 딸이 가져온 한 동고리의 은을 합친다면 어디 간들 세 목숨 그리 궁색하게 살 것 같진 않았다. 게다가 세상이 어수선해지면서 서울에서 들려오는 양반네들의 풍속 문란한 소문은 하도 해괴해서, 돈 좀 있어 봤댔자 고작 중인집의 청상이 친정머슴과 눈 좀 맞았기로서니 죽을 죄가 될 것도 없다는 배짱 같은 것도 생겨나고 있었다. 박 씨는 스스로 의식하지 못하면서 시쳇말로 개화를 하고 있었다. 아씨가 염병을 앓듯이 몸이 불덩이같이 달아오르고 곡기를 끊은 채 생사지경을 헤매는 동안도 박 씨는 그 희망을 버리지 않았다. 그동안 재득이도 몸살을 핑계로 제 방에서 꿈쩍을 않고 있어서 저희끼리는 그래도 통하는 게 있겠거니 싶었다. 워낙 하늘 무서운 짓을 저지르려니 미리 한바탕 몸살을 치르는가 싶어 어서어서 살아나기만 바랐다. 그러나 재득이의 실종으로 박 씨가 남산골 샌님 역적 바라듯이 잔뜩 바라던 게 어이없이 무너지자 그의 낙담과 앙분은 이만저만이 아니었다. 그 황소 같은 놈이 무슨 생각으로 굴러들어온 복을 찼는지 아무리 생각해도 헤아릴 수가 없었다. 박복해도 분수가 있지 부족증 걸린 신랑한테 팔려가다시피 해 청상이 된 것만으로 팔자땜이 모자라 가진 거라곤 몸뚱이밖에 없는 상것한테까지 퇴짜를 맞을 건 또 뭔가. 박 씨는 앙분해서 염병할 놈, 육시를 할 놈, 네깐 놈이 벼락을 안 맞고 10리라도 갈 줄 아는? 하고 욕바가지를 퍼부었지만 속은 조금도 후련해지지 않았다. 이제부터가 큰일이었다. 어머니에 반해 아씨의 올케는 속이 깊지 못하고 욕심만 과한 편이라 재득이가 없어진 걸 크게 아쉬워하지 않았다. 새경도 셈하지 않고 몸만 가버렸기 때문에 당장의 이익만 생각하고 기뻐하는 마음도 없지 않아 있었다. 새경은 올 가을에 6년근을 캐면 현물로 셈해주기로 약조가 되어 있었다. 6년 동안 그걸 바라고 뼈 빠지게 일만 하다가 수확을 몇 달 남겨놓고 도망을 가다니, 황소처럼 힘만 센 줄 알았더니 마음이 미련하고 어리석기 역시 황소였다. 올케는 코앞의 이익에 급급하느라 그가 왜 다 된 밥상을 안 받았을까 의문을 가질 겨를도 없었다. 흥, 제까짓 것 없다고 인삼 농사 못 지을 줄 알구. 남편의 장사와는 따로, 또 1년 계량할 만한 농사와도 따로 순전히 그녀 주장으로 부업 삼아 시작한 몇백 간 삼포가 이제 천 간을 넘고 몇 번 재미도 쏠쏠히 보았었다. 부업 삼아라곤 하지만 아녀자가 집에서 누에를 치고 길쌈을 하는 것과는 달랐다. 그녀 역시 개성 사람이었기 때문에 삼포는커녕 송곳 꽂을 땅 한 떼기 없이 어렵게 살 때부터 삼포에 대한 집념을 가지고 있었고 인삼의 가치를 알고 있었다. 일찍부터 질 좋은 홍삼은 은과 맞먹었다. 청국과 일본에서 가장 탐내는 이 나라 물산이어서 외국으로 가는 사신이나 역관들은 은 대신 홍삼을 가지고 나가 별의별 진귀한 그 나라 물산과 바꾸어왔다. 삼포를 갖는다는 건 곧 돈밭을 갖는 일이었다. 딴 농사와 달리 6년씩이나 걸려도 별로 지루한 줄 몰랐다.

세월은 사정없이 갔다. 유난히 길게 끌던 겨울도 경칩을 넘기고부터 속절없이 그 매서운 기세가 무너지더니 꽃샘추위도 얼렁뚱땅

거르고 곧장 봄으로 접어들었다. 겨울 기운이 꺾이자 봄은 걷잡을 수 없이 설치기 시작했다. 가슴이 울렁거리고 얼굴이 홧홧하게 화창한 기운이 온누리에 가득 차는가 했더니 순식간에 먼 산이 붉어지고 거기 화답하듯이 뒤란의 앵두꽃 살구꽃이 다투어 피어나기 시작했다. 그 꽃들이 어지러이 낙화하면서 따분하게 괴어 있던 공기를 악기처럼 미묘하게 흔들고 아씨가 몸져누워 있는 안방 뒷문 창호지를 햇살보다 더 화사하게 비추었다. 온갖 꽃들이 어우러져 피고 지고, 해 길이가 마냥 창창해질수록 방 속은 으스스하고 침침해졌다. 아씨는 이제 신열이나 아픈 데 없이도 이부자리를 걷지 않았다. 무명폭으로 배를 동이기도 귀찮아서 겨울 솜이불을 두르고 뭉그적뭉그적 일어났다 앉았다 하면서 지냈다. 하루하루를 두들겨 보내다시피 지루하게 보내건만도 문득 날짜 간 걸 짚어볼라치면 그 쏜살같음에 소스라치곤 했다.

  음력 춘삼월은 천지간의 목숨 있는 것들이 고루 바쁜 철이었다. 사람이 1년 계량할 곡식이나 채소는 절로 피었다 지는 산과 들의 꽃들과 달라 때만 타는 게 아니라 사람 손을 몹시 탔다. 그중에도 인삼은 더했다. 재득이가 도망갔을 때만 해도 올 가을에 캘 인삼만 생각했는데 그게 아니었다. 캐기 전까지도 손 갈 일이 많았지만 묘포에선 본포에 옮겨 심어야 할 묘삼이 자라고 있었다. 본포로 옮겨 심는데는 3월 중순부터 하순이 적기였다. 본포고 묘포고 간에 재득이의 손이 고루 안 미친 데가 없었다. 삼포에 면발을 치고 걷을 시기도 제대로 모를 어릴 적부터 이 집에 들어와 10여 년 동안에 어디다 내놓아도 뒤지지 않을 착실한 삼포 일꾼이 돼 있었다. 광에는 그가 겨우내 쉬지 않고 꼰 새끼와 엮은 이엉과 발과 청대가 산처럼 쌓여 있었다. 그게 다 당장 삼포에 소용될 거였다. 북향 화강암질의 사토로 된 본포는 지난봄부터 가을에 걸쳐 열 번이 넘게 깊이 쟁기질을 하고, 너른 나뭇잎이나 꼴로 시비하여 어린 묘삼을 받아들이기 알맞게 부드럽고 연하게 부풀어 있었다. 도망갈 궁리를 미리부터 했다면 그렇게 몸 안 아끼고 제 일이나 진배없이 일을 구미구미 해놓았을 리가 없었다. 어디 한 군데 재득이의 손이 안 미친 데가 없었다. 그러나 해놓은 일보다는 앞으로 할 일이 더 많았다. 삼포에 기둥을 세우고 지붕을 덮는 일 같은 건 일꾼을 사도 되지만 묘삼을 캐는 일과 본포로 이식할 수 있나 없나를 가려내는 일엔 꼭 재득이가 필요했다. 재득이는 묘삼을 마치 아기 다루듯이 세심하게, 노인네 공경하듯이 정중하게 호미로 캐면서 딴 일꾼들도 스스로 닮도록 하는 특이한 재주를 가지고 있었다. 그렇게 캔 묘삼을 될성부른 것과 그렇지 못한 것으로 선별하고, 될성부른 것도 다시 상중하로 구별해서 동이에 쟁여 넣고 유지로 밀봉하는 일은 남의 손을 빌리지 않고 꼭 혼자서 했다. 아무리 생각해도 재득이만 한 일꾼을 다시 만날 것 같지 않았다. 조금이라도 딴마음을 먹고서야 그렇게 궁극스럽게 일을 할 수는 없는 일이다 싶었다. 처음엔 거저 부려먹은 것 같은 당장의 이익 때문에 도망간 걸 별로 아쉬워하지 않다가 그가 아니면 안 될뿐더러 시각을 다투는 일들이 속출하자 어쩔 줄을 몰라서 법석들을 떨었다. 어머니와 올케가 주거니 받거니 믿는 도끼에 발을 찧여도 분수가 있지, 그 육시를 할 놈이 우리에게 이렇게 못할 노릇 할 줄 누가 알았겠느냐는 둥 그 황소처럼 미욱한 놈이 필시 화적 떼의 꾐에 넘어갔지 그렇지 않고서야 뼛골 빠지게 일한 새경 챙길 새도 없이 도망갈 일이 뭐가 있겠느냐는 둥, 찧고 까부는 소리를 아씨는 멍청히 한 귀로 듣고 한 귀로 흘리며 먹고 자고 먹고 뭉그적대기를 되풀이했다.

수다스러운 사람이 흔히 그렇듯이 처음엔 단지 추측으로 화적 떼의 꾐에 빠졌을 거라고 하던 게 제 입방아에서 저절로 화적이 되어 효수나 당하라는 악담으로 변하고, 전서부터 그 녀석이 겁 없이 벼슬아치나 서울 벼슬아치와 연줄이 닿아 거들먹대는 시골 향반에게 앙심 품은 소리를 하고 돌아다녔으니 그 심보로 화적밖에 될 게 없을 거라는 확신으로 변해갔다. 올케의 이런 수다도 아씨에겐 별로 충격이 되지 않았다. 재득이가 누군지도 잊어버린 것처럼 덤덤했다. 더 이상 배를 동이지도 않았고 어깨로 씨근대는 숨결을 감추려고 애쓰지도 않았다. 올케가 재득이 대신 일꾼들 총찰하랴, 재득이 악담하랴, 가랑이와 입아귀에 불이 나게 바빠 집안일을 아는 척할 겨를이 없는 게 아씨를 더욱 편안하게 했다. 그러나 만삭의 평안이 마냥 갈 리는 없었다. 사월로 접어든 지 며칠 안 돼 아씨는 산기를 보이기 시작했다. 저녁 무렵부터 배가 거북했건만 아씨는 자신의 몸뚱이 아픈 것조차 남의 일처럼 차가운 마음으로 바라다보려 들었다. 처음엔 그게 가능했다. 드디어 때가 돼, 애를 비릇는다는 걸 진작부터 눈치챈 박 씨도 무슨 생각에선지 모른 척하고 딴 때보다 더 일찍 자리 깔고 누워 코를 골았다.

"에그 어머니, 나 죽소."

하는 비명에 어머니가 벌떡 일어나 앉았을 때는 오밤중이었다. 치마끈도 끄르지 않고 자리에 누웠던 어머니는 지체하지 않고 아씨를 일으켰다.

"가자, 휘딱."

"어디메로, 어머니?"

"봐둔 데가 있으니깐 가재지 않겠는?"

"어머니, 죽으면 죽었지 한 발자국도 못 옮기겠시다."

아씨가 방 문지방을 못 넘고 주저앉았다.

"죽어도 내 집에선 못 죽는다. 그런 줄 알고 죽을 기를 쓰고 가자. 돌리는 간격으로 봐서 아직아직 멀었으니까 돌리는 동안만 쉬도록 해라."

어머니의 목소리는 매정하다 못해 살기등등했다. 아씨는 끽소리 못 하고 너누룩해지자마자 어머니가 이끄는 대로 방 문지방을 넘고 마루를 내려가 마당을 지나고 무사히 대문간을 나섰다. 안방에서 나는 두런거리는 소리에 맞추어 머릿방에서도 부시럭대는 걸 아씨가 눈치챌 리 없었다. 대문간을 나서자 아씨가 숨넘어가는 소리를 하건 말건 박 씨는 사정없이 손을 잡아끌었다. 아씨는 아기를 돌릴 때도 쉬지 못하고 짐승처럼 땅을 기어야했다. 초승달이 진 지 이미 오랜 칠흑의 밤에 한 사람은 흰 이를 드러내고 한 사람을 닦달질하고, 한 사람은 상한 버러지처럼 무참하고 비천하게 땅을 기고 흙을 핥았다.

"어머니, 어디메로 날 데려가려고 이러시니까? 차라리 이대로 죽게 내버려두시구려."

아기 돌리는 게 너누룩해질 때마다 아씨는 이렇게 푸념을 했지만 어머니는 들은 척도 안 했다. 겨우 동구 밖을 벗어나자 비릊는 게 좀 더 재우쳤다.

"어머니, 더는 못 가겠으니 어디 밭고랑으로라도 들어갑시다."

"김매다 말고도 애 낳는다 소리는 어디서 들었나 보구나. 흥, 네가 무슨 복에······. 태임이 그 조막만 한 계집애 낳을 때도 꼬박 이틀 밤 이틀 낮을 비릊은 네야. 보나마나 애비 닮아 황소 같을 텐데 그리 쉽게는 못 빠뜨릴라. 초산은 아니라지만 노산인걸."

"도대체 가는 곳이 어디우?"

"북망산은 아니니 휘딱 가. 이 주리를 틀 년아."

"북망산이라도 좋으니 가까웠으면 좋겠소."

"여우골까지만 가면 돼. 한 마장도 못 남았다."

"여우골이라뇨? 어머니, 염병으로 몰살을 한 동네가 아니우?"

"그래 그렇지만 그게 벌써 언제라구."

"싫어요 어머니. 아무리 하늘 아래 몸 붙일 곳이 없다지만 그 귀신들만 들끓는 집에서 몸을 풀라니 어머니도 정말 너무하십니다요."

"귀신 나오는 집이나마 있는 줄 아는? 벌써 불 질러서 잿더미도 안 남았을라. 그래도 외딴 데 목숨 질긴 과수댁이 하나 살아남아 동네 명줄을 잇고 있었느니라."

"그 과수댁이 우리 아기를 맡아주겠답니까?"

"이 주리를 틀 년이 제 몸 걱정보담 새끼 걱정 먼첨 하는 것 보게나."

상전처럼 떠받들던 딸이었지만 한 번 욕이 나오자 참았던 애증까지 폭발을 해 마구 종주먹을 대면서도 울음을 참지 못했다.

"과수댁도 재작년에 죽어서 빈집이란다. 사고무친으로 살았건만도 숨 거두니까 예서제서 사돈의 팔촌입네 죽을 때 물 떠넣었네 허구 건건찝질한 연줄들이 나타나 쓸 만한 건 다 집어가고 나머진 도적 각설이 떼까지 드나들며 분탕질을 해가 부지깽이 하나 안 남았지만 그래도 비 긋고 바람은 막을 만하단다. 제일 외떨어져서 소문 날 염려가 읎어 좋다고 네 올케가 점찍어놓은 데야. 네 주제에 그것도 하늘이 내린 복인 줄 알고 게서 몸을 풀어, 이것아. 벌써 저어기 보이잖느."

"올케도 알고 있었구먼요, 어머니."

"안 알리고 그럼 어쩔 거야. 더 아는 식구는 읎으니까 그런 줄 알고."

"그럼 어린 건 어드렇게 허기루 허셨시니까?"

"그것도 네 올케가 알아서 허기로 했으니까 넌 잠자코 몸이나 풀어."

"어머니, 올케를 믿어도 되겠시니까?"

"아무리 수다스러워도 남에게 제 밑구멍 드러내지 않을 염치는 있겠거니 허구 의논한 거다. 이런 일일수록 집안 식구끼리밖에 믿을 수 읎는 게 집안 망신이 곧 제 망신되기 때문이 아니겠는?"

"소문날 걱정이 아니라 어머니, 어린 목숨이 가긍해서……."

"쥑이기야 하겠는? 은이 그만큼 있는데 어드럭허든 살릴 길이 있겠지."

"아비가 누군지도 말씀허셨수?"

"미쳤냐? 내가 그 소릴 허게. 그걸 아는 건 이 하늘 아래 너허고 나밖에 없으니 그런 줄 알아, 이 애물아. 뉘 자식인지는 너도 모른다고 했으니 과부가 못된 놈한테 욕봤거니 불쌍히 여기고 군소리 읎이 이 진구덥을 치려는 게지, 사실을 알아봐라 너를 사람으로나 여길 줄 아는?"

배 속에서 아기가 자위를 틀 때면 길바닥에 꼬꾸라져 흙을 후비며 이를 갈다가도 너누룩한 간간이 이런 얘기까지 하는 사이에 여우골에서도 좀 동떨어진 외딴집에 당도했다.

"어머니, 저승길보다 더 멀구려."

"그럼 살기가 죽기보담 쉬운 줄 아는?"

이태 동안이나 비워둔 집답지 않게 창호지가 멀쩡했고 방에선 곰팡내 대신 구수한 짚 냄새가 났고, 방바닥엔 부숭부숭한 이엉이 몇 겹 두껍게 깔려 제법 푹신했다. 짧은 봄밤이 벌써 새기 시작하는지 어슴푸레하나마 이런 것들을 분별할 만했다. 그러나 닭 우는 소리도 들리지 않을 만큼 인가와 동떨어져 있었다. 마음을 놓자 배 속의 것도 바싹 재우쳐 아씨는 총 맞은 짐승처럼 울부짖으며 짚을 쥐어뜯었다.

"실컷 쥐어뜯어라, 실컷 쥐어뜯어. 재득이놈, 그 육시랄 놈이 엮은 이엉이란다."

어머니의 이 말은 배 속의 것에 대한 원수 같은 미움을 부채질했다. 아기를 떼려고 낭떠러지에서 뛰어내릴 때 같은 모진 마음과 젖먹던 힘까지를 모아 마지막으로 크게 한 번 안간힘을 쓰고 나서 아씨는 혼절했다. 아기는 짚 위로 떨어지자마자 힘차게 버둥대며 우렁차게 울었고, 산후의 낭자한 선혈이 겹겹의 짚을 흠뻑 적셨다. 후산이 순조롭게 이루어지자 박 씨는 아기를 마른 짚으로 옮겨 뉘고 속바지를 벗어 덮어주었다. 그리고 피투성이의 짚에 태를 말아 걷어내고 봉당에서 여벌 이엉을 들여다가 바닥에 깔고 덮어주었다. 짚을 깔고 덮은 아씨는 영락없는 송장이었다. 그러나 가끔 파란 입술 사이로 가냘픈 헛소리가 새어나오고 있었다. 박 씨는 딸을 돌볼 새 없이 허둥대며 봉당으로 내려서 허리춤에서 부싯돌을 꺼내 짚에 불을 살랐다. 마른 짚엔 쉬 불이 옮아 붙었지만 피에 젖은 짚과 태를 보태면 불씨는 가물대고 연기만 심하게 났다. 그럴 때마다 박 씨는 입으로 불을 불면서 마른 짚을 보탰다. 도둑이 발이 저리다고 인가가 멀건만도 빈집에서 연기나는 걸 누가 볼까 봐 새기 전에 뒤끝을 깨끗이 마무리 지으려고 서두르고 있었다. 조그만 보따리를 든 며느리가 들어섰다. 태를 사르는 시어머니를 보고 기겁을 했다.

"에그머니, 벌써 낳았시니까?"

"벌써가 뭐냐. 하마터면 길바닥에 쏟아놓을 뻔했단다."

"전 잘해야 오늘 밤에나 날 줄 알았시다. 태임이 때 생각이 나서."

"태임인 귀골이니까 그렇지, 무지막지한 천골의 씨하고 같다던?"

며느리가 매우 아니꼽다는 듯이 입을 삐죽하고 나서 물었다.

"그나저나 뭘 낳았시니까?"

"당추란다. 당추면 뭘허는? 하늘도 무심허시지. 그렇게 빌고 바라던 전씨 댁 당추를 얻다 감췄다가 이제야 내놓셨남."

"당추가 아무리 탐이 나도 그걸 어드렇게 전씨 댁 당추라 하시니까?"

며느리가 이번엔 소리 내어 비웃고 방 안으로 들어갔다. 이윽고 자기네 아이들 적 배내옷과 헌 포대기에 싼 아기를 안고 나왔다.

"아니 벌써?"

"새벽녘에 다녀와야지 해 높다라질 때까지 기다릴 게 뭐 있시니까?"

"저거 쏟아놓자마자 혼절을 해 아직 모자가 서로 상면도 못했다."

"상면을 해 뭘허니까? 전생의 원수가 태어난 거면 정들이지 않을수록 좋지요. 안 그렇시니까?"

"저쪽에는 연통을 해놓았겠자?"

"어머님은 그런 걱정 마시고 작은아씨 뭣 좀 먹일 궁리나 허세요. 하다못해 더운물에 간장이라도 타서 퍼 넣어야 기운을 차리고 해 떨어지면 집으로 걸어갈 수 있지 않겠시니까?"

박 씨는 며느리가 기껏 생각해낸 산모 구완이 더운물에 간장 타 먹이는 거라는 게 괘씸하고 뼈에 사무치게 야속했다. 세상에 그게 어떤 시누이인데 감히 제까짓 게 그렇게 박대를 할 수 있을까? 하나를 보면 열을 안다고 어린것도 그렇게 내버리다시피 할 것 같아 불현듯 뒤쫓아가 빼앗아오고 싶은 생각이 났다. 그러나 며느리는 아이를 보통이처럼 꾸려가지고 횡하니 새벽빛 속으로 멀어져갔고 태는 짚 속에서 독한 누린내만 풍길 뿐 좀처럼 타 없어지지 않았다. 방의 인기척에 신경이 써지면서 초조해진 박 씨는 뒤란으로 돌아가 남아 있는 장독대에서 이지러진 소래기를 하나 벗겨다가 샘물을 길어왔다. 더운물에 간장 타 먹이기도 쉽지 않았다. 돌을 두 개 주워다가 소래기를 걸고 검부러기를 지피고 나서 장독 속에 소금버캐만 좀 남은 걸 떠다가 미지근한 물에 탔다. 며느리가 얕잡은 대로밖에 딸에게 해줄 게 없다는 게 박 씨를 원통하게 했다. 그나마 흘려 넣으니까 혼미한 중에도 먹고살려고 흘리지 않고 몇 숟갈 넘기는 걸 보니 네가 그래도 죽지는 않겠구나 싶어 마음이 놓이면서도 불쌍해서 박 씨는 그 자리에서 끼륵끼륵 숨죽여 울었다. 듣는 이, 보는 이 없는 외딴집이건만도 울기도, 풀석대며 드나들기도 겁이 났다. 한나절을 넘어 걸려 태를 흔적 없이 태우고 집으로 돌아오니 아직도 며느리는 와 있지 않았다. 손자들이나, 따로 살면서 들락거리는 드난꾼들 눈에 띨세라 도둑질하듯이 미역국 좀 끓이고 밥 한 그릇 지어서 종댕이에 담아 허리에 차고 호미자루를 들었다. 산나물은 쉤지만 질경이는 먹을 만했다. 일꾼을 많이 쓸 때라 반찬도 그만큼 딸렸다. 그냥 보따리 들고 동구 밖으로 나간들 누가 뭐랄 사람 없건만도 이렇게 철저하게 위장을 하고도 누구한테 들킬세라 흘끔흘끔 곁눈질해가며 짐짓 느리게 걸었다. 그러나 동구 밖을 벗어나자 걸음아 나 살려라 하고 여우골 쪽으로 내달았다. 아씨는 훗배가 아픈지 간간이 신음하면서 아직도 혼수상태에 빠져 있었다. 치우느라고 치웠건만 방 안에서 피 썩는 냄새가 역하게 났다. 아씨도 꿈속에서 피비린내를 맡고 있었다. 피비린내는 사람들이 모여서 발을 구르며 돌을 던지는 한가운데서 풍겨오고 있었다. 사람들을 헤집고 앞으로 나서 보니 효수당한 대가리들이 피를 줄줄 흘리며 혀를 길게 빼고 높이 걸려 있었다. 그 형상이 하도 끔찍해 아씨도 발을 구르며 돌을 던지다 보니 그중의 하나가 재득이의 얼굴이 되었다. 무서워서 악을 쓰며 텅 빈 들판을 허위적대며 도망치다 보면 또 사람들이 모여 있고 그 가운데는 효수당한 대가리들이 걸려 있곤 했다. 박 씨가 미역국을 흘려 넣으면서 정신 차리라고 몸을 흔들었다. 입속이 바싹 말라붙어 처음엔 국물도 넘어가지 않았다. 조금씩 입맛을 다시더니 입을 우물대기 시작했다. 박 씨가 반색을 하며, 한편 목이 메어 아무 말도 못 하고 딸의 상체를 일으키고 둘둘 말은 이영으로 안석을 만들어 등을 받쳐주었다. 산모는 허둥대며 첫국밥 한 그릇을 비웠다. 몽롱하던 눈에 정기가 돌았다.

"엄니, 이게 웬 냄새요."

아씨가 어리광부리듯이 말했다.

"이것아, 네가 해산을 했지 않는?"

"이제 생각나요. 아긴요?"

"느이 올케가 데려갔다. 어차피 못 기를 자식 정들일거 읎어. 진자리에서 떼어놓았다고 야속해할 거 읎다."

"기집애예요? 사내예요?"

"아들이더라. 원 그까짓 건 알아 뭘하는?"

"엄니, 전 독종인가 봐요."

아씨가 또 어리광부리듯이 혀 짧은 소리로 말했다.

"왜?"

"태임이 년하고도 정이 읎더니 이 아이도 아무렇지 않네요. 보고 싶거나 궁금할 것 같지도 않아요."

"누구는 낳기만 하면 정든다든? 기른 정이 제일인데……."

"그 애 기를 사람도 그럴까 엄니?"

"그럼 잘 길러줄 거다. 세상에 그 많은 은을 받고, 어드렇게 잘 못 기르겠는? 천벌을 받고 싶잖으면……."

"엄니는, 천벌이 있으면 내가 받지 왜 그 사람이 받아. 품삯 받고 일하는 것처럼 기르는 거 말고, 왜 있잖아. 제 자식처럼 정을 주고 기를까 말야."

혀 짧은 소리가 울음으로 변했다. 딸의 뺨으로 맥없이 눈물이 타고 내리는 걸 보면서 박 씨는 저게 피눈물이지 싶어 억장이 무너지는 것 같았다.

"이것아, 두고두고 이럴 거면 나 네 꼴 못 본다. 못 봐."

박 씨도 행주치마로 벌건 눈가를 눌렀다.

"알았어, 엄니."

"그렇게 청승 떨고 살 거면 차라리 재득이하고 같이 도망을 가든지……. 우리도 그렇지만 느이 시댁도 양반도 아닌데 가문에 누 끼쳤다고 할 것도 읎으련만."

"누구라 도망치기 싫어 못 갔나?"

"그럼 같이 도망가자고 그러지. 이 맹추야. 그런 말도 못 헐 거면 뭣허러 그놈의 방엔 갔다던? 애 밴 꼴 자랑시키러? 그 미련허구 어수룩헌 녀석이 오죽 혼비백산을 했으면 새경도 못 챙기고 도망을 쳤을까."

"그게 아냐 엄니. 도망가자고 막 애걸했다우. 돈이 많다고 꾀기도 허구. 그래도 싫대. 왠줄 알우 엄니? 글쎄 내가 늙어서 싫대."

아씨가 남의 말 하듯이 히죽히죽 웃으면서 말했다. 박 씨도 딸이 퇴짜 맞은 걸 반짐작은 하고 있던 바이나 딸의 명백한 실토를 듣고 나니 새삼스러운 울화가 치밀었다.

"설마설마했더니만 그게 정말이었구나. 저런 벼락을 맞을 놈, 오살을 헐 놈. 내 눈에 흙 들어가기 전에 제 놈 제 명에 못 죽는 꼴을 꼭 보고 말리라."

"엄니, 그러지 마. 재득이 잘못은 아무것도 읎으니까."

"일이 어드렇게 이렇게까지 되고 말았는지 그 까탈이나 알고 나면 속 시원할 줄 알았더니만 더 속만 답답허구나."

그새 날이 어둑어둑해졌다. 긴긴 사월 해건만 어떻게 갔는지 모르게 하루해가 줄달음질쳤다. 그러나 그날 일어난 일을 생각하면 도저히 하루 새에 일어난 일 같지가 않았다. 아씨의 의식 속에선 그녀와는 딴 세상에서 그녀가 이해할 수 없는 일에 황소 같은 기운을 다 바치고 마침내 효수당해 몸뚱이, 대가리가 따로 난 재득이의 악몽까지 겹쳐 시간관념과 함께 사람과 사람 사이, 옳고 그름, 고통과 편안함이 혼미하게 헷갈렸다. 아씨는 스스로 눈을 내리깔고 그 자리에 누우려고 했다.

"잠들면 안 된다. 조금만 더 어둡거든 집으로 가자."

"예가 편한데."

"송아지라도 한배 났다던? 짚더미가 편허게."

"엄니, 나 구박허지 마."

아씨가 잠꼬대처럼 어눌하게 말했다.

"구박 안 허게 생겼냐, 이 애물아."

박 씨는 지푸라기가 엉겨붙어 마치 새둥우리 같은 딸의 머리를 아프게 쥐어박으며 악을 썼다.

"일어나, 가자."

"못 가겠어. 조금만 더 자게 내버려둬요."

"왜 못 가. 뭘 잘했다고 자빠져서 유세를 하려고 하는? 떳떳한 제 서방 자식 낳고도 그날로 밭 매고 물동이 이는 게 촌 여편네들이야. 네 어미도 그랬고 네 올케도 그랬어. 휘딱 일어나지 못하겠는?"

박 씨가 아씨를 질질 잡아끌었다. 문지방에 걸리자 아씨는 비틀대며 일어섰다. 피가 낭자한 속곳에 엉겨붙은 지푸라기를 대강 뜯어내고 벗겨놓았던 치마를 그 위에 입혔다. 염을 하듯이 이를 악물고 치마끈을 꽁꽁 묶어주고 난 박 씨는 사정없이 아씨를 봉당으로 끌어내렸다. 아씨는 고꾸라질 듯 고꾸라질 듯하면서도 잘 끌려갔다. 다리에서 뼈가 녹아내리고 지느러미가 된 것 같았다. 다리를 믿을 수 없어 자꾸 팔만 휘저으면서 머리가 앞섰다. 점점 더 두터워지는 어둠이 물인 양 아씨는 걷는 게 아니라 헤엄을 치고 있었다. 아무에게도, 마을 사람은 물론 집안 식구에게도 들키지 않고 딸을 안방 아랫목에 깔아 놓은 이부자리 위에 내동댕이친 박 씨는 탈진해서 방구석에 쭈그리고 앉았다. 탈진한 건 기운일 뿐 정신은 말똥말똥했다. 엄청난 걱정거리를 감쪽같이 없애버렸는데도 마음은 조금도 개운하지 않았다. 새로운 걱정이 박 씨의 마음을 무겁게 짓눌렀다. 박 씨는 묵은 근심과 새 근심이 어떻게 다른지 분별할 수가 없었다. 단지 묵은 근심은 언제고 때가 되면 없이 할 수 있다는 희망이 있었는데 새로운 근심은 도무지 없이 할 가망이 없었다. 생전 짓눌릴 것 같았다. 내가 이렇게 벌을 받을 싶어 두려웠다. 머릿방에서 살피고 있던 며느리가 부엌에 나와 덜그럭대는 소리가 났다. 감쪽같이 일이 끝났겠다, 산모에게 국이라도 끓여서 들여보낼 눈치였다. 박 씨는 부스스 일어나 등잔불을 켰다. 아씨의 모습이 드러났다. 안암산만 한 배에 가려 보이지 않던 수척한 몸이 드러났다. 막대기처럼 마른 몸하며, 옷 입은 꼴하며, 살아 있는 기척이라곤 없는 것하며 영락없이 추수가 끝나 텅 빈 논바닥에 나동그라진 채 버려진 허수아비였다. 박 씨는 가슴이 쿵 내려앉아 떨리는 손으로 딸의 이마를 짚어보았다. 따뜻할 뿐 아니라 박 씨의 손길을 살짝 뿌리치고 돌아눕기까지 했다. 그러나 한 번 내려앉아 울렁대는 가슴은 쉬 가라앉지 않았다. 박 씨는 안절부절못했다. 어쩌다 그런 망령된 생각에 사로잡혔는지 모를 일이었다. 그 악바리처럼 울던 핏덩이의 다부진 고추가 아까워서 미칠 것 같았다. 핏덩이는 내놓아도 그 고추만은 딸의 전정을 위해 어떡하든 남겨놓았어야 하는 건데, 하는 후회가 박 씨의 마음을 저몄다. 아이가 어떻게 생겼는지 생각나지도 않거니와 눈여겨본 것 같지도 않았다. 그러나 섬세하면서도 실팍한 고추는 눈에 선했고 잃고 난 지금 오히려 작은 불꽃처럼 눈부시게 눈앞에서 어른거렸다. 어떡하든지 그걸 되찾지 못하면 환장을 할 것처럼 마음이 탔다. 박 씨는 벌떡 일어나 팔을 부르걷고 부엌으로 나갔다. 마침 상을 들여오려는 며느리와 맞닥뜨렸다.

"왜 이러시니까? 어머님."

"어드럭했는? 응, 아긴 어드럭했어."

"다 잘됐으니 걱정 마세요. 역적으로 몰린 양반집 핏덩이라고 했으니까 은근히 훗날을 보고 오죽 잘 기르겠시니까. 오늘의 역적이 내일 공신 되는 세상 아니니까? 후하게 돈 얹어 주었겠다, 어디메서 이런 복이 굴러 들어왔나 감지덕지허는 눈치던걸요. 여북해야 제가 도련님 도련님 허구 위해 기르면 남들이 수상히 여길 테니 제 자식처럼 막 기르라고 신신당부했겠시니까?"

며느리의 긴 수다에 박 씨는 슬그머니 망령된 생각에서 깨어났다. 그래도 넋 나간 것처럼 굴자 며느리는 "이러다 우리 어머님까지 병환 나시겠네" 하면서 수선을 떨었다.

"아니다, 병은. 그냥 고추가 아까워서."

박 씨는 겨우 이렇게 중얼대며 상을 받아들고 들어갔다.

아씨는 한 이레가 넘도록 비몽사몽간처럼 주는 대로 받아먹곤 그 자리에서 자지러져 죽은 것처럼 깊이 잠들곤 했다. 그러나 아씨의 잠은 곁에서 보는 것처럼 그렇게 편안하지만은 않았다. 먹는 족족 살로 갈 새 없이 사나운 꿈자리가 삼키는 양 아씨는 몸을 추스르지 못하고 꿈만 날로 번성해갔다. 꿈자리는 늘 비슷했다. 아씨는 다리 팔이 다 지느러미가 되어 흐느적대며 어둠 속을 유영하다가 사람들이 모여 욕하고 침 뱉고 팔매질하는 데를 만나곤 했다. 그 가운데는 영락없이 효수당한 대가리들이 걸려 있었고 그 가운데서 재득이 대가리를 찾기는 어렵지 않았다. 거기까지는 늘 같은 꿈이었지만 그 다음부터는 조금씩 달라졌다. 생시보다 더 열정적인 증오로 돌팔매질을 하기도 하고 익은 과일처럼 떨어지는 그의 대가리를 치마폭에 받아가지고 걸음아 날 살려라 도망치기도 했다. 치마폭에 대가리가 멀쩡하게 살아나 씩씩한 정강이를 드러내고 그녀를 업고 도망칠 때도 있었고, 따뜻하고 부드러운 아기로 변해 고물고물 젖가슴으로 기어오르기도 했다. 비몽사몽간으로나마 깨어 있는 시간이 늘어나건만도 아씨가 느끼는 꿈과 현실의 한계는 분명치가 않았다. 올케는 보약을 달여오기도 하고 영계를 폭 고아오기도 하고 시어머니와는 따로 아씨를 기운 차리게 하려고 극진하게 애썼다. 그러나 아씨의 해산 전과 마찬가지로 단순한 병자 취급으로 일관하고 있었다. 그런 일의 뒤치다꺼리는커녕 전혀 눈치도 못 채고 있는 사람처럼 굴었다. 여전히 수다스러워 아씨의 병문안이나 병구완을 들어왔다 하면 잠시도 입을 안 다물고 수다를 떨었지만 아씨의 상처나 자신의 음모를 이르집을 만한 실수가 없었다. 하물며 아씨가 힘겹게 정신을 가다듬어 문득문득 품어보는 궁금증의 단서가 들어 있을 리

만무했다. 재득이가 없어지고 나서 직접 감농을 해봐서 그런지 올 케는 전에 없이 세상 돌아가는 얘기를 많이 했다.

"나 어렸을 때만 해도 삼포 가진 사람은 다 큰 부자 같아 그리도 부럽더니만, 그래서 내 낭탁할 줄도 모르고 애면글면 모은 돈으로 백간, 2백 간씩 삼포 늘리는 걸 큰 재미로 알고 살았건만, 해보니 그게 아닙디다. 삼포가 돈 밭이 아니라 화근덩어리라구요. 웬 세전은 해마다 그리 오르는지, 해마다 캐는 것도 아니고 6년에 한 번 캐는 놈의 걸 잔뜩 눈독을 들이고 있다가 세전 멕이는 관리도 따로 있고, 세전 탕감해주마고 손 벌리는 관리 따로 있고, 대궐에서 소용됩네 엄포를 놓고 거저 빼앗다시피 하는 관리 따로 있으니 뼛골 빠지게 공들인 삼호한테 떨어지는 게 뭐가 있겠시니까. 흥, 대궐에서 소용되는 걸 우리가 거저 줘. 민 중전이 백성이야 어찌 되든 즈이 민씨네 잘되고 세자만 잘되라고 1만 2천 봉에 치성 드리는 돈을 왜 우리가 대? 안 그래요, 작은아씨? 우린 그래도 오라버니가 서울 장사해서 벌어들이는 돈이 수월찮으니까 빈손 털고 일어나도 그만이지만 변 돈 얻어 삼포하던 집들은 어드렇게 되는 줄 알아요? 6년간이나 뼛골 빠지게 일하고 나서 거둘 날을 내일모레 앞두고 야반도주하는 집들이 한두 집이 아니래요. 모르는 사람이 들으면 바보짓처럼 보일 테지만 거둬봐야 앞으로 뺏기고 뒤로 뺏기고 나면 변돈 물어줄 게 남을 턱이 읎어 숫제 도망을 간다니 그 심정이 오죽하겠시니까? 그런 사람들이 대처로 모여 당장 입에 풀칠도 헐 겸 쌓이고 쌓인 원한도 풀 겸 헐 수 있는 일이 뭐겠시니까. 그래서 느느니 화적 떼뿐이래요. 화적 떼도 큰 화적 떼헌테 붙으면 괜찮대요. 노략질은 큰 부자나 화적 떼보다 더 많이 노략질한 높은 양반집만 골라서 허구, 장차는 세상 주인이 될 것처럼 기고만장허대요. 그래서 역적질과 마찬가지로 잡히기만 하면 목을 베어 장거리에 걸어놓는데도 화적 떼는 날로 늘어나기만 허지 줄지는 않는다니, 이러다간 세상이 온통 허가 맡은 노략질과 그렇지 못한 노략질 두 패로 갈라지고 말지 않겠시니까?"

이런 수다를 귀담아듣는 것도 아니면서도 세상이 뒤숭숭해진다는 것만은 여실히 느낄 수가 있었다. 그래서 더군다나 뒤숭숭한 꿈자리와 현실의 한계를 분별할 수가 없었다. 올케는 또 이런 소리도 했다.

"허긴 이탓저탓 해 뭐 허겠시니까? 노략질의 시초는 왜놈들이고 그 왜놈들의 노략질을 불러들인 게 이 고장의 헌다헌 큰 삼농들인걸. 그렇지 않고서야 시골까지 노략질이 웬 말이고, 노략질당하고 이득 보는 해괴한 법을 농사꾼들이 무슨 수로 알겠시니까? 작은아씨 시댁일이니까 듣기 싫으실지 몰라도 아마 알아두시는 게 좋을거유. 그 댁 노인네야 소싯적에 청국 드나들며 큰돈 벌었다니까 고향에서 인심 잃진 않았겠지만 샛골에 남아 삼포 지키던 셋째 아드님은 욕 많이 먹었수. 지금까지도 벼르는 사람이 얼마나 많다고. 그 사돈이 그 근방에 왜놈 도굴꾼 불러들인 시초 아뉴. 유수留守하고 짜고 겉으론 도굴당헌 것처럼 꾸미고 뒤로는 왜놈들과 직접 흥정해서 세전 한 푼 안 내고 큰돈 챙긴 걸 누가 알랴 싶겠지만 이 근방에서 모르는 사람 있는 줄 알우? 알고만 있으면 좋은데 너도 나도 그 흉내를 내려고 덤볐으니, 노략질을 당하고 되레 돈 버는 일이 땅 파는 재주밖에 읎는 농사꾼 소견엔 생각헐수록 신기해 보였을 뿐 아니라 땅 짚고 헤엄치기처럼 쉬워 보였던가 보지. 수천 간 가진 삼농도 백 간 가진 삼농도 삼포에 굼벵이 한 마리 잡을 생각은 안 허구 어드럭허면 딸깍발이들과 연줄이 닿아 노략질을 당할까 침을 흘렸으니 삼농사에 망조가 안 들겠수. 딸깍발이들이 어떤 놈들이유. 노략질 값이 점점 헐값이 되다가 나중엔 정말 노략질을 해가게 됐으니 노략질 값이 바로 인삼 값이니 영물인 인삼이 안 노하게 생겼수? 아무튼 그 딸깍발이들이 삼포에 드나들고부터 망허구 도망가는 삼농들이 생기기 시작했다니까요. 뒤늦게 젊은 일꾼들이 힘을 모아 왜놈 도굴꾼들을 목숨 걸고 잡으니 또 뭘 허우? 유수가 되레 젊은 일꾼들을 모해 잡아 실컷 매질하고 가두고 했으니 갈수록 태산이라고 젊은이들만 불쌍하지. 하긴 언젠 유수가 읎는 사람들하고 한통속 돼 준 적 있었남. 모해 잡혀 되레 죄인으로 몰린 일꾼들이 장차 해먹을 짓이 또 뭐가 있겠수? 젊은 혈기에 앙심 먹고 화적 떼나 될 수밖에. 요새 유수도 다리 뻗고 못 잘 게유. 유수만 몸조심할 게 아니라 유수하고 짜고 돈 많이 번 장사꾼도 마음 못 놓는답디다. 작은아씨네도 그 어른이 인심 안 잃은 거 너무 믿지 말아요. 우리께만 해도 샛골 전 씨네라면 이 갈고 벼르는 사람 많시다."

동해랑 시댁에선 아씨를 한 번 내친 후 아무런 기별도 없었다. 하다못해 그만이라도 시켜 한 번쯤 문병을 하는 게 명색이 피접을 보낸 맏며느리 대접이 될 성싶은데 감감무소식이었다. 다시 안 볼 요량으로 내쳤으면 모를까 그럴 수는 없는 일이었다. 올케의 수다엔 시댁에 대한 아씨의 궁금증을 이르집어보려는 속셈도 있었다.

 동해랑 시댁으로부터 따로 아무 기별이 없는 대신 송도로부터 내려오는 소문은 그 어느 때보다도 흉흉했고 뻔질났다. 개성 사람이란 예성강 유역으로부터 임진강 유역까지의 광활한 지역에 사는 사람들을 통틀어 뜻했다. 시대에 따라 개성이란 지역도 넓어졌다 좁아졌다하고 호칭도 도, 군 혹은 부나 현으로 변천을 거듭했음에도 불구하고 그 지역 사람들은 한결같이 자신을 개성 사람으로 자처하는 데 긍지를 느꼈고 개성 사람다운 문화적인 동질성을 지니고 있었다. 그들은 또 그들의 독특한 문화의 중심지인 송악을 중심으로 한 고려의 서울이었던 성곽 안을 따로 송도라 불렀고 이씨 왕조의 서울인 한양과는 상관없이 송도야말로 개성 사람들 마음의 서울이었다. 그들은 송도에서 한양 가는 것을 내려간다고 했고 한양에서 송도로 오는 것을 올라온다고 할 만큼 송도에 대한 서울 대접에 철저했다. 송도 근교의 개성 사람들에게 송도는 마음의 서울일 뿐 아니라 언제고 한번 큰 꿈을 펴볼 수 있는 꿈의 대처였고, 넓으나 넓은 미지의 세상으로 열린 문호였다. 고려는 망했으나 정치적으로 망했을 뿐, 멀리 아라비아 상인까지 자유롭게 드나들던 상업도시로서의 번영과 영화는 면면히 이어지고 있었다. 개성 사람들이 한양 길을 굳이 내려간다고 할 만큼 서울로서의 권위를 인정하려 들지 않은 건 그들이 유독 정치적인 꿈, 즉 벼슬하고픈 욕망으로부터 자유로웠기 때문이었다. 과거 할 마음이 없는 이상 구태여 정치적인 서울에 연연해할 필요가 없었다. 그들의 입신양명의 꿈은 과거에 급제하는 게 아니라 장사를 해서 돈을 버는 일이었으므로 송도야말로 조선 팔도의, 아니 청국, 아라사, 일본과 물산과 돈이 집산하는 중심지였고 한바탕 꿈을 펴보기에 손색이 없는 대처였다.

 송도 갔다 올 때 뭐 사다 주나 봐라? 하는 협박처럼 우는 아이의 입을 틀어막는 데 잘 듣는 특효약은 없었고, 어른들이 옷을 잘 차려입고 얼굴에 으스대는 빛을 띠고 가는 나들이는 영락없이 송도 나들이었다. 송도 갔다 오마고 새벽에 떠난 어른을 기다릴 때 아이들은 한껏 꿈에 부풀고 행복했다. 붓이나 종이, 옷감이나 금박댕기 같은 걸 안 사와도 좋았다. 그때나 이때나 농사꾼 살기 어렵긴 마찬가지였다. 여퉈놓았던 곡식이나 계란 따위를 이고 지고 가봤댔자 돈 사서 사올 수 있는 건 바늘이나 실, 급한 농기구가 고작이었고, 제사나 잔치가 끼지 않았어도 모시고 있는 노인 소증 날까 봐 고기근이라도 사오길 바라기도 어려운 형편이었다. 그럴 줄 뻔히 알면서도 아이들은 송도 간 어른을 눈이 빠지게 기다렸다. 어른들의 옷깃에 묻어온 송도 냄새와 자랑스럽게 들려주는 송도의 소문이 먹을 거나 입을 것보다 좋았기 때문이다. 송도의 냄새엔 대륙의 바람이 묻어 있었고 송도의 소문엔 어린 가슴에서 가능성을 용솟음치게 하는 상민의 입지전이 있었다. 그렇게 좋기만 하던 송도 냄새와 송도 소문이 근래에 조금씩 변질되더니 이젠 흉흉하고 불길해졌다. 돈 많은 잠상의 집이 약탈을 당하고, 인심 잃은 아전이 쥐도 새도 모르게 목 졸려 죽는 끔찍한 일이 식은 죽 먹듯이 일어나 민심이 흉흉하건만 유수는 그것을 무마하고 다잡을 생각은 고사하고 더욱더 잠상과 결탁하거나 돈푼이나 벌었음 직한 장사꾼을 잠상이라 음해를 잡아 패물을 빼앗아 사복 채우기를 복장에 구멍이 난 것처럼 끝이 없으니 조만간 무슨 일이 나도 크게 터지리라 했다. 요다음엔 누가 당하리라는 지목도 장님의 산가지처럼 어지럽게 난무했다. 수다스러운 올케는 그런 송도 소식을 전할 때마다 사돈댁도 아마 마음 못 놓지, 하는 자기 나름의 추측을 꼭 덧붙였다. 아씨는 변변히 귀담아듣는 것 같지 않으면서도 허풍이 심한 올케가 저 정도의 추측으로 그치는 걸 봐서 시아버지는 사람들의 미움이나 원망을 별로 사지 않았겠거니 하는 정도로 알아듣고 있었다. 그렇다고 조금이라도 시집 근심이 되는 것은 아니었다. 배 속의 것을 감쪽같이 없앴다고 해도 전씨 댁 귀신이 될 수 있으리라고 생각할 만큼 아씨는 뻔뻔하지 못했다. 친정 식구들이 아씨 들으라는 듯이 자주 송도가 어수선하다는 소문을 전하는 걸로 봐서 그들은 아씨가 아주 쫓겨났다고 생각하고 싶지 않은 눈치였다. 아씨로 하여금 시집 걱정을 하도록 자극함으로써 출가외인이란 걸 일깨워주려 했지만 아씨는 치매가 된 듯 매사에 무심했다.

그러던 어느 날 그만이가 쪼르르 달려왔다. 빈손이었고, 옷 입은 꼴하며 털 뜯다 놓친 수탉 같은 머리꼴 하며 부어터진 표정하며 궂은 일 하다 주인 눈 밖에 나 울 밖으로 쫓겨난 꼴이었다. 사돈집으로 심부름 보내기엔 너무도 예절에 어긋난 모습을 하고 있었다. 어머니는 가슴부터 내려앉아 아씨 눈에 띌세라 얼른 부엌으로 먼저 데리고 들어가 당조심하듯 물었다.

"웬일이냐?"

"머릿방 아씨를 모시러 왔시다."

"어르신네들은 평안허시구?"

"예."

"태임이도 잘 있는?"

그 대목에서 어머니는 행주치마로 눈을 부볐다.

"아씨를 모셔오란 게 정말이냐?"

"예."

"바깥사돈 어른께서 그러셨는?"

"그 어른은 한양 가시고 안 계십니다."

"그럼 안방마님께서 보내셨는?"

"예."

"그런데 네 꼴이 왜 그렇는? 심히 망측허구나."

어머니는 그 댁에 좋지 않은 곡절이 있거나 이 집을 드러내놓고 능멸하는 거라고밖에, 그만이의 예절에 어긋난 꼴에 대해 짐작할 수가 없었다. 둘 다 걱정스러운 일이지만 수사돈댁 종이란 자기 집의 웬만한 어른보다 겁나는지라 그 정도로 따져 묻는 게 고작이었다.

"저도 모르겠습니다요."

"너도 모르다니? 뭘."

"뒤터에서 묵은 김칫독을 가시고 있는데 별안간 머릿방 아씨를 모셔오라고 내쫓으시니 전들 어드럭허니까?"

"별안간 생각이 나셔서 병문안을 보내신 걸 네가 잘못 알아들은 게 아니냐?"

"아니올시다요. 저도 몇 번이고 다시 여쭤보고 옷이라도 갈아입으려고 했는데 어찌나 급하게 휘몰아치시는지……."

"그만아, 아씨는 아직도 몸이 성치 않단다. 별안간 내치시니 받아들였고, 별안간 부르신다니 보내긴 하겠다만 내 가슴이 왜 이렇게 떨리는지 모르겠다. 요새 마님의 심기가 어떠신지, 예서 듣기엔 송도의 인심이 흉흉하다는데 그 댁엔 화 미칠 일이나 없는지 네가 따로 짐작 가는 게 있거든 말해주지 않겠는? 내가 네 은혜는 잊지 않으마."

어머니는 이렇게 그만이가 무슨 말을 하든 거저 듣지는 않겠다는 뜻을 넌지시 비쳤다. 그래도 그만이는 쇤네가 뭘 알겠습니까요, 하는 대답으로 일관했다. 갑자기 입이 무거워졌다기보다는 제 꼴이 사나우니 저절로 기죽을 못 펴는 것도 같았고 정말 아무것도 모르는가도 싶었다.

"해 안에 돌아오라고 했습니다요."

"삼사월 긴긴 해다. 아씨까지 네 꼴을 본뜨라고 허신 게 아니거든 진득하니 기다리지 못허겠는?"

어머니는 안방에서 아씨가 오랜만에 머리 빗고 옷 갈아입는 동안을 못 참고 조바심하는 그만이에게 동전을 몇 닢 던져주면서 이렇게 나무랐다.

밖에서 그러건 말건 아씨는 풀어헤친 머리를 시름없이 빗질하며 색경에 비친 자신의 모습이 무덤에서 기어나온 귀신같다고 생각했다. 밖에선 햇살보다 더 밝게 창호지를 비추며 분분하게 낙화지던 앵두꽃도 살구꽃도 지금은 흔적 없이 사라지고 그 자리엔 녹두빛 잎이 연연하게 돋아나고 있었다. 꽃의 흔적이 열매가 되어 부풀기도 전이건만 꽃이 지던 날은 먼먼 옛날처럼 가물거렸다. 빗어 내릴수록 허전해지기만 하는 아씨의 손길은 드디어 일껏 길이 들고 윤이 나는 머릿단을 한 움큼 쥐었다. "실컷 쥐어뜯어라. 실컷 쥐어뜯어. 재득이 놈, 그 육시랄 놈이 엮은 이엉이란다." 아씨는 부르르 진저리를 치면서 한 움큼의 머리를 쥐어뜯었다. 재득이가 제 자식의 목숨과 아씨의 피를 받으리라는 걸 알고 엮은 이엉은 아니련만 미리 그걸 갖다 산방에 깔아놓은 건 우연이었을까, 어머니의 비통한 배려였을까? 어머니의 그 말이 재득이에 대한 원수 같은 미움을 북돋아 배 속의 것을 밀어낼 수 있는 엄청난 힘을 냈듯이 그 후에도 간간이 그 생각을 하면 송장처럼 식어가던 마음이 불에 덴 듯이 꿈틀댔다. 그러나 고작 일시적인 경련일 뿐 줄기찬 생기가 되진 못했다. 아씨는 곧 저 귀신 같은 게 누굴꼬? 색경을 흘겨보며, 그렇다고 간절히 궁금해하지도 않으며 손에 남아 있는 옛날 버릇으로 머리를 빗고 쪽을 쪘다. 어머니가 복장을 찢듯이 통곡을 하기 시작했다.

"어머님 사위스럽시다. 피접 왔다 병 고치고 가는데 춤을 추시지는 못하나마 곡성이 웬 말이니까? 집안 아이들도 그렇고 동네 사람이 듣기에도 괴이쩍지 않겠시니까? 고정허십시다요."

올케가 이렇게 수선을 떨었지만 아씨는 모르는 척하고 댓돌로 내려섰다. 그리고 올케의 손을 꼭 한 번 쥐었다 놓았다. 그뿐이었는데도 올케는 괜히 섬뜩해서 "그래 알았어요, 작은아씨 마음 난 다 아니까 암말 말아요" 하면서 등을 토닥거리며 밀어냈다. 송도까지는 20리 길이었다. 5리도 못 가서 아씨는 팔다리를 지느러미처럼 휘젓기만 하고 도무지 앞으로 가질 못했다. 그간의 일은 털끝만큼도 눈치 못 챈 그만이는 핏기 없는 얼굴하며 반으로 줄어든 허리하며 아씨의 병이 낫기는커녕 더 깊어 보였다.

"아씨 괜찮겠시니까? 정 못 견디시겠으면 도루 가십시다요. 마님껜 제가 잘 사뢸게요. 사경을 헤매시더라구 그러죠 뭐."

"아니다. 다 나은걸."

"마님도 그러셨어요. 다짜고짜 아씨가 이제 다 나았을 테니 모셔오라구요. 안방에 앉아서 부엌일을 다 내다보는 것처럼 구시더니 이제 20리 밖 일까지 내다본 것처럼 그러시더라구요. 워낙 극성맞은 노인네라 망령도 사람을 들볶는 망령부텀 드신다니까요."

"망령이 아니다. 그 어른이 바로 보셨다. 그 어른은 어느새 망령 날 분이 아니니라."

"머릿방 아씨가 아무것도 몰라서 그러세요. 그동안에 마님이 얼마나 변하셨다구요. 주인어른이 행랑채에 감춰놓고 지성껏 돌보시던 종상이란 다리 부러진 젊은이가 어르신네의 작은댁 머슴이란 소문은 아씨도 들으셨죠? 그게 글쎄 거짓부렁이 아니고 진짜였다니 이를 어쩌자니까? 강릉골에다 어른이 소실을 두신 걸 마님의 친정 식구들이 눈으로 똑똑히 보았고 어르신네도 그렇다고 하셨대요. 그 후부텀 마님이 얼마나 달라지셨다구요. 죽어나느니 쉰네들뿐입죠. 쉰네들이야 이왕 타고난 팔자, 마님 욕을 며칠만 안 얻어먹어도 허기가 지게 생겨먹었지만 아씨 일이 걱정입니다요."

"태임인 어찌 지내는?"

"아기씰 감히 누가 건드리겠시니까?"

"그게 아니라 더러 혼처가 들어오는 건 못 봤는?"

"말도 못 꺼내게 해서 아기씨가 혼나는 걸 봤습니다요."

"정혼하고 날 받아 보내면 될 걸 혼내고 말 게 뭐 있누."

머릿방 아씨가 남의 말하듯이 성의 없이 말했다.

"아기씨가 보통 아기씨라야죠. 어르신네가 오냐오냐 끼고 도서서 그렇다고, 그 까탈로 두 분이 싸우신 적도 여러 번 있었는걸요. 무슨 말끝엔가 마님이 기집애 저렇게 기르다 종상이하고 붙어먹어도 오냐오냐 할 거냐고 대드시는 걸 다 들었는데, 아무리 홧김에라도 그게 글쎄 하실 말씀이니까?"

아씨가 허위적대던 걸음을 멈추었다. 가뜩이나 핏기 없는 얼굴이 하얗게 질려 무서운 형상이 됐다.

"너 시방 뭐랬는?"

"아, 아니올시다요, 아씨."

"그런 꼴을 보느니 차라리 죽여버릴 테다."

시든 도라지꽃 빛깔의 입술이 파르르 떨리는 걸 보면서 그만이는 그 무서운 마나님한테도 안 하던 대죄를 드렸다.

"아씨 잘못했습니다요. 죽을죄를 졌습니다요. 그럴 리가 있겠습니까요?"

그만이는 왜 그렇게 떨리는지 영문 모르게 가슴이 떨렸다. 아씨는 다시는 듣지도 말하지도 않겠다는 듯이 쓰개치마를 꼭꼭 여미며 눈만 내놓고 천천히 걸음을 옮기기 시작했다.

"그럴 리 읎는 것이요 아씨, 종상이는 어르신네가 데불고 벌써 한양으로 내려가신걸요. 한양의 서양 의원한테 보인다나 봐요. 서양 의원은 사람 몸뚱이도 목수가 나무토막 잇대듯이 잇대놓는다니 말이 그렇지 목숨이 살아남구야 그 일을 어드렇게 당하겠시니까. 그래도 원이나 읎이 해본다구 돈을 처들여서 한양으로 가셨으니 아무리 돈이 누룽머리를 앓는 집이라고 해도 머슴헌테 당키나 헌 짓이니까? 마누라가 이쁘면 처갓집 말뚝에 절을 한다고 작은집헌테 오죽 빠졌으면 작은집 머슴꺼정 그렇게 떠받들 수 있냐고 마님이 환장을 허시게도 됐습죠. 마님 말씀으론 종상이헌테 어르신네가 들인 돈이 은으로 다리를 하나 만들어 달아주고도 남을 만하대요."

"그동안 한양선 아무 기별도 읎었는?"

"왜요, 어르신네는 한 번 다녀가셨어요."

"종상이 다리는 서양 의원이 잘 잇대놓았다든?"

"예, 감쪽같이 잇대놓긴 했는데 잇짬이 붙이려면 시일이 좀 걸린대요. 그동안을 꼼짝 못 허게 뉘어놓고 똥오줌을 받아내야 한다나 봐요. 그래서 그런 시중을 사람꺼정 사놓고 올라오셨다니 정말 돈 덩어립죠. 쇤네들이 보기에도 어르신네가 해도 너무허시는 것 같으니 마님 속이 오죽 썩어 문드러졌겠시니까? 들들 들볶일 때는 야속하다가도 불쌍한 생각이 들어서 죽여줍쇼 허구 참는다니까요."

 가당치 않게도 그만이의 얼굴에 동정과 경멸이 어렸다. 그건 단지 마님에 대해서뿐 아니라 전씨가라는 큰 덩치에 대한 것일 수도 있었다. 한집안이 전성기를 지나 금가고 흔들리는 기미를 쥐새끼처럼 영특하게 감지한 때문도 있었지만 양반이나 돈 있는 사람이나 다 마찬가지라는, 얼마 전까지만 해도 감히 엄두도 못 내던 희한한 생각이 무에 바람 들듯 스며들 만한 구멍도 없이 잔뜩 들어 있기 때문이었다. 스며들 만한 구멍도 없었거니와 어디서 그런 소리를 들었느냐고 누가 주리를 튼대도 댈 만한 확실한 근거가 있는 것도 아니었다. 그건 정말 바람 같은 거였다. 종상이가 행랑방에 누워 있는 동안 드나들던 온당치 못해 뵈는 젊은이들의 옷자락에 그런 바람이 유난히 많이 묻어 있었다곤 하나 전 씨가에만 그런 바람이 딴 데보다 많이 스며든 건 아니었다.

 어느 틈에 어두니고개였다. 아씨의 기억 속의 어두니고개는 늘 무시무시하고 막막했다. 특히 그 일이 있은 후의 어두니고개는 태산만큼이나 크고 요지부동한 운명의 암운이었다. 그러나 아씨가 석 달 만에 다시 넘는 어두니고개는 밝고 아름답고 향기로웠다. 꽃은 수수꽃다리가 한창이었고 상수리나무, 밤나무, 떡갈나무, 참나무, 자작나무, 오리나무, 느티나무, 옻나무 등 온갖 나무들이 잎을 피우고 있었다. 한여름엔 짙푸르게 한 빛깔로 엉켜 하늘을 가리고 겨울엔 한결같이 헐벗어 잉잉거리며 떨던 나무들이 지금은 마치 제각기의 빛깔로 피어날 때였다. 잎이면 다 초록이려니 했는데 그게 아니었다. 딱딱한 껍질을 막 헤치고 나온 어린순들은 나무에 따라 보랏빛도 있고 분홍빛도 있고 주황빛도 있고 녹두빛도 있고 연둣빛도 있었다. 그 빛깔들의 연연하기가 꽃보다 아름다웠고 서로 어우러지니 단풍철보다 고왔고 빛깔의 미묘한 차이가 그지없이 황홀했다. 그 아름다운 것들이 은조사처럼 성기고 섬세한 무늬를 부드럽고 청명한 하늘에 수놓은 걸 쳐다보면서 아씨는 잠시 쉬었다 가길 그만이에게 청했다. 어두니고개에서 내려다본 들판은 이제 눈에 덮여 있지도 않았고, 미친 탁류가 휩쓸고 있지도 않았다. 그녀의 잠자던 노염에 불을 당기던 데가 여기던가 저기던가 헛되이 지겟작대기와 건장한 정강이 뒤를 쫓지 않아도 되었다. 부드럽게 물결치는 보리밭과 원앙금침을 꾸미려고 막 물들여서 펴놓은 듯 촉촉한 초록빛 못자리와 거울처럼 번들대는 물 댄 논과 뭔가 파릇파릇 돋아나는 밭과 건너편 산기슭의 갈색 지붕을 덮은 삼포 사이로 그 미혹의 길은 선명하게 뻗어 있었다. 아씨의 볼에 눈물이 번들댔다. 재득이를 그리워하는 마음도 괘씸하다는 마음도 없었다. 그 대신 세상이 너무도 아름답다는 생각이 아씨의 마음을 저미듯이 아프고 절절하게 했다.

"곧 어르신네가 올라오신다니까 그렇게 되면 마님도 아씨를 함부로 구박하시진 못할 겁니다요."

그만이가 아씨의 비감을 이렇게 위로했다. 다시 한 번 곰곰이 들판을 내려다보고 난 아씨는 되레 그만이를 재촉해가며 잘 걸었다.

아직 해 있을 때 당도한 아씨를 마님은 도끼눈을 뜨고 쳐다보았다.

"병을 떨었으면 제 발로 걸어올 것이지 꼭 시집 종년을 앞장세워야만 맛이더냐?"

"아씨가 병환을 떨다니요, 마님, 아닙니다요. 여적지 자리보전허구 있는 걸 이 눈으로 똑똑히 보았습니다요, 마님."

옆에서 그만이가 이렇게 아씨 역성을 들려고 했다.

"요년, 주둥아리 닥치고 나가 있지 못할까? 예가 어드런 자리라고 감히 종년이 끼어드냐 끼어들길. 주릿대 맞고 싶어 몸뚱이가 근질거리는?"

시어머니 홍 씨의 거침없는 욕설을 들으니까 비로소 시집에 돌아왔다는 실감이 났다. 그리고 체념과 무감각이 벗어놓았던 옷의 감촉처럼 친근하고도 혐오스럽게 다가왔다. 아씨는 홍 씨가 좌정하자 공손하게 절을 올렸고, 그동안의 문안을 여쭙고 말미를 준 은혜를 사례했다. 예절에 한 치의 어긋남도 없었거니와 티끌만 한 성의도 속마음도 섞여 있지 않았다. 아무것도 달라진 게 없었고 아씨의 마음도 예전처럼 싸늘하게 굳어갔다. 그러나 머릿방으로 돌아오니 방이 핑 돌게 어지러워 벽을 타고 흘러내리듯이 주저앉았다. 아씨는 탈옥했다 다시 붙들려온 죄수처럼 잠깐 맛본 고난에 찬 자유를 회상했다. 그동안의 고난은 지긋지긋했지만 결코 후회스럽지는 않았다. 태임이가 건너와 뵈면서 문안을 드렸다. 태임이는 더욱 숙성하고 엷은 수심이 그늘진 얼굴은 철없고 야무지기만 할 적보다 훨씬 부드럽고 예뻐 보였다.

"시집가야지, 너도. 왜 이렇게 혼처가 더디 나선다든?"

"글쎄올시다."

태임이는 온화한 표정으로 말했다. 아씨는 에미 앞에서도 속마음을 전혀 드러내지 않는 딸이 울컥 미워졌다.

"그만이가 그러는데 혼처가 나서는 족족 말도 못 꺼내게 해서 할아버님을 노하시게 했다는데 그게 정말이냐?"

"제가 가고 싶은 건 시집이 아니올시다, 어머니."

"마치 시집 말고 가고 싶은 데가 따로 있는 눈치고나. 처녀가 시집 말이 나오면 부끄러워서라도 다소곳할 일이지 웬 말이 그리 많는?"

"저는 학교가 가고 싶습니다, 어머니."

"학교? 거기가 어디메며 뭘 하는 곳이라든?"

"신식 공부하는 곳입니다."

"신식 공부? 네 공부가 지금도 과허거늘 신식 공부를 더해서 뭣에다 쓰게? 계집애가."

"허구 싶다는 것밖엔 뭣에 쓸지는 잘 모르겠습니다."

"아녀자가 허구 싶은 걸 다 헐 수 있다고 생각하다니, 팔자에 해로울라."

"꼭 허구 싶은 걸 못 허구 사는 것처럼 사나운 팔자가 어딨겠시니까?"

"저런, 말하는 것 봤나. 어른들 들으실까 겁난다."

"할아버지께는 여쭸습니다."

"시방 헌 소리를? 그래 뭐라시던?"

"아주 안 된다고는 안 하셨습니다. 제가 사내 자식만 됐어도 원치 않아도 보내실 눈치였습니다."

"넌 사내 자식이 아니잖는?"

"전 임의로 헐 수 없는 걸 가지고 한탄하긴 싫어요, 어머니. 그것보다는 할아버지께서도 학교라는 데를 자식에게 보내볼 만한 데로 보셨다는 게 얼마나 좋은지 몰라요."

태임이의 얼굴에 환한 웃음이 번지면서 생기가 돌았다.

"송도에 그런 학교가 있다던?"

"아직은요, 아직은 한양에만 있다고 합니다."

"2백 리 길을 무슨 수로 다닌다던?"

"그건 저도 잘 모르겠습니다."

"할아버지께서 너무 오냐오냐해서 널 버려놨다는 말이 정말이구나. 앞으론 내가 너를 다잡으리라."

아씨가 처음으로 어머니로서의 권위를 되찾으려고 별렀지만 태임이는 희미하게 웃기만 했다. 아씨는 헛짚은 것처럼 휘청거렸다. 태임이가 물러가고 얼마나 지났는지 긴긴 해가 지고 방 속이 깊이 모를 어둠 속으로 서서히 가라앉기 시작했다. 아씨는 등잔불도 안 켜고 방과 함께 추락해가는 느낌에 나른하게 몸을 맡기고 있었다. 영영 떠오르지 말았으면. 몸이 무거울 때 허구한 날 꿈꾸던 추락이었다.

이때 홍 씨가 살금살금 스며들어왔다. 여지껏 한 번도 들어보지 못한 나직하고 그윽하고 달착지근한 소리로 홍 씨는 아씨의 귓전에다 대고 소곤거렸다.

"에미야, 내가 너를 급히 부른 건 긴히 의논할 일이 있어서란다. 이 집에 너하고 나밖에 누가 또 있는. 느이 시아버님은 계셔도 계시나 마나 한 어른이 요샌 밖으로만 도시니 칠 것도 읎고. 어드렇게 된 세상이 믿을 게 아무것도 읎구나. 아랫것들은 말도 말아라. 난 요새 아랫것들이 제일 무섭다. 아랫것들이 작당해서 주인을 넘보고 주인 재물을 빼앗아 달아나는 짓을 밥 먹듯이 허는 세상이니, 말세다. 말세고말고. 더 고약한 아랫것들은 서로 주인을 바꿔가며 도적질을 하기도 한다는구나. 그래 말인데 광 속의 돈궤를 옮겨야겠다. 너허구 나허구 감쪽같이 어디로 옮겨보자꾸나. 아랫것들을 못 믿게 됐으니 일손이 너허구 나밖에 더 있는. 아아 무서운 세상이다. 아랫것들 저희끼리 수군대는 꼴만 봐도, 눈을 맞추는 것만 봐도 난 무서워서 떤단다. 네가 돌아와줘서 고맙다. 미우니 고우니 해도 내 식구밖에 더 있겠는? 자아 날 좀 도와다우. 돈궤를 아랫것들 모르게 감쪽같이 감추자."

아씨는 시어머니의 애절한 호소에 마음이 동하기는커녕 소름이 끼쳤다. 부드럽고 감미롭기조차한 유혹 속에서 오래 계획된 음모를 감지했기 때문이다. 그건 막연하면서도 확실한, 거의 본능에 가까운 예감이었다. 피할 수 없으리라는 것까지 함께 감지한 아씨는 후들대며 홍 씨의 뒤를 따랐다. 그 안에 든 은의 무게로 구들장이 내려앉았다고 한때 송도 바닥에 소문이 자자했던 돈궤는 어둠 속에서도 그 장대함과 미려함을 식별할 수 있었다. 광 속에 오랜 세월 갇혀 있었음에도 기름이 자르르 흐르게 윤기가 나는 목질에 비친 두 사람의 그림자는 괴기하고도 불길해서 아씨는 간이 오그라 붙는 것 같았다. 자, 들자. 우리 힘을 내서 들어보자꾸나. 땅바닥에 닿지 않게 목침 같은 나무토막으로 사방을 괴어놓아서 손을 넣기는 편했으나 옴짝달싹도 할 리가 없었다. 양옆에 달린 무쇠 손잡이를 잡고 힘을 써보아도 요지부동이긴 마찬가지였다. 조금만 더 힘을 써 이것아, 젊으나 젊은 게 힘 뒀다 뭐하는? 홍 씨의 목소리는 점점 앙칼져갔다. 움직이기만 한다고 뭐가 되는 건 아니었다. 광 문지방은 드높았고, 사랑채에 달린 광에서 안채까지는 세벌대의 댓돌과, 그 밑에다 바리바리 몇 바리라도 장작을 쌓을 수 있는 높은 마루가 있었다. 거기까지 두 여자가 그걸 옮긴다는 건 세 살 먹은 어린애 소견으로도 있을 수 있는 일이 아니었다. 홍 씨가 그걸 모를 턱이 없었다. 그럼에도 불구하고 홍 씨는 아씨더러 힘을 내라고 모진 채찍 휘두르듯이 무자비하게 다그치고 있었고 아씨 역시 이치로 그 부당함을 밝히기를 단념하고 마땅한 형벌에 순종하듯이 죽을 기를 쓰고 있었다. 홍 씨도 맞은편을 붙들고 용을 썼지만 아씨 보기엔 돈궤를 움직이려고가 아니라 오히려 무게를 더하기 위해 그러는 것처럼 보였다. 그러나 아씨는 그런 꾀를 쓸 생각은 추호도 없었다. 어떡허든 자신에게 가해지는 형벌을 완수하고 나면 황홀한 자유가 기다리고 있을 것 같은 환상이 물귀신처럼 아씨를 끌어당겼다. 옳지, 좀 더 좀 더 힘을 내, 힘 뒀다 뭐하는. 홍 씨의 채찍질도 점점 더 모질어졌다. 탈진하면서 아씨의 정신이 혼미해졌다. 이제 그 장대하고 미려한 궤 속의 것은 은도, 금도 아니었다. 전처만 영감의 우람한 몸과 파란만장한 일생이 누워 있었다. 온몸에선 땀이 비오듯 하며 엉뚱한 곳으로 힘이 주어졌다. 아랫배가 무쭈룩했다. 아이를 낳은 게 아니라 배 속에 그냥 있는 것 같은 느낌이 들었다. 죄의 씨를 그렇게 감쪽같이 낳을 수 있는 게 아니었다. 아이는 하필 지금 나오려 하고 있었다. 배로 힘이 주어지는 걸 참을 수가 없었다. 아이와 친정 식구가 공모를 해서 그녀를 속인 것이었다. 하필이면 지금 나오려고 하다니. 벌을 받는 것이니까 피하려고 해봤댔자 헛수고가 될 게 뻔했다. 그녀는 궤짝을 움직이려던 힘을 어쩔 수 없이 아랫배로 모았다. 뭉클하며 뭔가 빠져나오는 느낌과 함께 날카로운 비명을 질렀다. 궤짝 속에 길게 누웠던 시아버지가 벌떡 일어났다. 은빛 수염을 올올이 세운 시아버지의 얼굴은 노한 사자처럼 무서웠다. 아씨는 또 한 번 비명을 길게 끌고 혼절했다.

아씨가 깨어나서 제일 먼저 본 건 복수를 완성하고 한결 더 삭막하고 허전하고 초췌해진 시어머니의 얼굴이었다.

죽을 기를 쓰고 밀어낸 죄의 흔적은 그녀 아랫도리에 아직도 매달려 있었다. 살아있는 목숨도 감쪽같이 없앤 그녀였건만 그 혹은 죽는 날까지 면할 수 없으리라.

"꼬올 조오타. 넌 염불이 빠진 거야. 그래도 나한테 시침을 떼련?"

홍 씨의 목소리는 이제 앙칼지지도 살기등등하지도 않았다. 복수는 승리가 아니었으므로 다만 허탈하고 신산해 보였다. 가난하고 무지한 여자들이 몸을 풀자마자 산후조리할 새 없이 중노동을 하다가 자궁이 밑으로 빠져서 일생을 병신으로 사는 일은 두메에서 그렇게 드문 일은 아니었다. 아씨가 바로 그 일을 당한 것이었다. 그녀 역시 죽는 날까지 어기적대며 걸어야 하고 앉은자리마다 궂은 냄새를 남길 수밖에 없으리라. 잠잘 때만 빼고는 한시도 수치심과 굴욕감으로부터 놓여날 수 없으리라.

전처만 영감이 한양에서 돌아온 다음 날 아침 아씨의 신발은 우물가에 놓여 있었고, 머릿방은 비어 있었다.

3

묵은 것과 새로운 것

 전처만네 뒤터의 우물은 그 물맛이 좋기로 동해랑 일대에서도 으뜸가는 우물이었다. 물맛뿐 아니라 물의 깊이까지도 보통 우물과는 달랐다. 충충하게 괴어 있는 물은 어떤 가뭄에도 주는 법이 없었고 석 달 장마가 진대도 부는 법이 없었다. 두레박이 첨벙 하고 수면에 눕기까지는 두레박 끈을 서리서리 열 길은 풀어내야 했다. 물맛은 달고도 여름엔 얼음처럼 차가웠고, 겨울엔 언 손도 녹일 수 있을 만큼 따뜻했다. 전처만네 음식 맛이 유별나게 좋은 것은 홍 씨의 솜씨라기보다는 장맛이 좋은 때문이고 장맛이 남다른 것은 물맛 때문이라고 수군대는 게 그럴듯한 비결로 들릴 만큼 그 물맛은 신비로운 데가 있었다. 그만큼 홍 씨의 우물에 대한 자부심도 대단했다. 이웃에서 잔치나 제사 때 술을 담글 때도 전처만네 물을 얻고 싫어했다. 약주는 누룩과 온도의 변덕에 따라 잘되고 못 되고가 달렸건만도 전처만네 술맛이 한결같이 혀에 착착 붙게 잘 익는 것은 우물물 맛 때문이라는 소문은 술 솜씨에 자신이 없는 여자들에게도 좋은 핑계도 됐지만 어떻게든 한번 징험해보고 싶은 욕심이 나게도 했다. 그러나 홍 씨는 술 빚는 데 쓸 물이라면 한 바가지도 못 길어가게 하기로 소문이 나 있었다. 홍 씨의 인심이 특별히 사나워서가 아니라 그 우물에만 있는 술맛을 내는 정이 부정을 타거나 옮겨갈까 봐 조심하고 두려워하는 마음 때문이었다. 그렇다고 가뭄이 들어 우물이 마른 집에서 목을 축이고 밥을 안칠 물을 얻으러 왔을 때는 홍 씨의 인심이 후해지느냐하면 그렇지도 않았다. 아침나절은 물론 해 넘어간 후에는 절대로 집 밖으로 물을 못 길어가게 엄히 단속했다. 더군다나 아침의 첫 물을 길어들이기 전에 이웃이나 드난꾼이 먼저 물을 긷는 것은 설사 그 물을 못 먹어 당장 숨넘어가는 목숨이 있다고 해도 있을 수 없는 일이었다. 해가 높다란 대낮을 빼고는 우물물 남 주는 일을 이토록 기하기는 비단 이웃에 대해서 뿐 아니라 한 우물을 먹는 행랑것들에 대해서도 마찬가지였다. 아니 오히려 더했다. 행랑것들은 주인의 눈을 길 기회가 훨씬 많음으로써 툭하면 얨한 의심을 받았다. 전처만이 동해랑에 자리 잡기는 장상에 이력이 나면서 큰돈을 주무르기 시작하고 나서였다. 전과 도가에서 가깝고 도중들이 많이 사는 데라 자연스럽게 그곳에다 집 장만을 했고 그 후 그의 가세는 불 일어나듯 했다. 홍 씨 보기엔 그게 마치 집터 덕인 듯했고 우물이야말로 그 집터가 보통 집터가 아니란 걸 증거하는 영물스러운 걸로 보였다. 그러니까 홍 씨가 반무당이 된 듯 그 영험을 의심치 않고 받드는 건 술맛을 내는 정뿐 아니라 재물을 모아들이는 정이었다. 홍 씨에게 있어서 물과 재복은 불가분의 신비한 관계를 가지고 있었다. 영감이 타관장사 다닐 때 꿈에 맑은 물이나 샘을 보면 영락없이 큰 이문을 남기고 돌아왔다. 돼지꿈에다 댈 게 아니었다. 그래서 홍 씨는 강박관념처럼 영감이 큰일을 도모할 때마다 물꿈 꾸기를 소원해왔었다. 그러다가 동해랑 집의 안주인이 되고부터 그런 강박관념에서 스스로 놓여날 수가 있었다. 꿈에 보기를 갈망한 영검스러운 샘물을 집 뒤터에 두고 있는 셈이었다. 홍 씨는 그 우물이 꿈의 계시처럼 영물스럽다는 걸 첫눈에 알아보았기 때문에 처음엔 어느 날 문득 꿈처럼 사라지는 게 아닌가 전전긍긍했었다. 그 우물의 물맛이 비할 데 없이 좋을 뿐 아니라 아무리 퍼내어도 마르지 않는 걸 그 집터의 재복과 동일시하게 되고부터 더욱 우물을 경외하고 아부까지 하게 됐다. 고사 지낼 때 먼저 터줏자리에 빌고 나서 우물에다 비는데 우물에 빌 때는 온몸에 교태가 넘쳤다.

  홍 씨가 다년간 그 영감스러운 신성을 지키기 위해 인심을 잃는 것쯤 우습게 알고 온갖 정성과 아양과 외경을 다 바친 우물에 머릿방 아씨가 빠져 죽은 사건은 홍 씨에겐 벼락이었다. 홍 씨는 그 벼락이 그녀의 의식뿐 아니라 전생애와 딛고 선 땅까지를 강타한 것처럼 느꼈다. 전생의 무슨 웬수가 고부간으로 만났기에 그런 못할 노릇을 하고 죽는단 말인가. 홍 씨는 머릿방 아씨가 저지르고 간 못할 노릇에 압도되어 자신이 저지른 못할 노릇을 기억할 만한 정신도 없었다. 설사 그것을 기억했다 해도 며느리가 저지르고 간 못할 노릇에 비하면 아무것도 아니었다. 티끌과 태산이었다. 세상에 말 못할 독종 같으니라구. 제 속으로 난 딸년을 전씨 집안에 남기고 가는 인연을 생각해서라도 어찌 이리도 모진 앙갚음을 하고 갈 수 있을까? 홍 씨가 며느리가 우물에 빠져 죽은 일을 며느리만의 한풀이로 생각하지 않고 앙갚음으로 여긴 게 겨우 자신이 한 짓에 대한 희미한 기억력이었다. 홍 씨는 며느리의 부당한 앙갚음에 분노했고 굳은 땅에 진국스럽게 쌓아올린 번영이 하루아침에 무너질 것 같은 불길하고도 허망스러운 예감에 공구했다. 비록 체구가 작고 인물이 볼품없다곤 하나 대갓집 살림을 오랫동안 주관해온 안방마님다운 관록이 몸에 배어 아랫것들을 함부로 욕하는 소리에조차 위엄이 서렸던 홍 씨가 망연자실 사시나무 떨듯 하는 것은 누가 보기에도 합당해 보였다. 청상이 된 며느리와의 사이가 자별했다곤 할 수 없어도 속으론 얼마나 측은지심이 절절했으면 저리도 애통할까 싶어 사람들은 홍 씨의 사람됨을 다시 본 듯 느꼈고, 더러는 저러다 쌍초상 나는 게 아닌가 지나친 근심을 뒤에서 수군대기도 했다. 홍 씨가 땅을 치며 독종이니 웬수니 생전 저승에도 못 갈 귀신이니 죽은 사람한테 갖은 악담을 해도, 오죽 비통하면 저러랴 싶은 동정을 샀다. 자식이나 손자를 앞세우는, 순서가 틀린 죽음 앞에선 누구나 한 번쯤은 그런 악담을 하게 되어 있었다. 그것은 악담이라기보다도 진하고 절절한 애정의 표현이었고 자신의 박복에 대한 저주였다. 홍

씨가 아무리 마음으로부터 죽은 자를 저주해도 사람들 보기엔 가장 자연스러운 단장의 애통으로 보였다.

홍 씨는 별안간 며느리가 죽지 않았다고 떼를 쓰기 시작했다. 머릿방이 비어 있고 우물가에 신발이 놓여 있는 것만으로 우물에 빠져 죽었다고 단정하는 건 경솔한 짓인지도 몰랐다. 내가 뭘 잘못했다고 그년이 우물에 빠져 죽어? 남대문을 막고 서서 물어보라지? 내가 뭘 잘못했다고? 그년이 내 집 우물에 빠져죽어? 도둑이 제 발 저리다고 이렇게 자기 발뺌부터 해가며 며느리의 죽음을 부정하면서 홍 씨는 잠시 생기가 났다. 그런 방법으로 집안 식구들 정신을 빼놓고 어디로 도망을 갔다면 집안의 체통을 위해선 더욱 우세스러운 일이건만 우물에만 안 빠져죽길 바라는 홍 씨는 그 가능성에 미친 듯이 매달렸고, 그 모습이 하도 처절해 제아무리 목석 같은 사람의 심금도 울릴 만했다. 급보를 듣고 달려온 둘째, 셋째 며느리도 시어머니의 감춰진 연약하고 따뜻한 마음을 이제야 발견한 양 그 경황 중에도 그런 죽음을 택한 큰 동서의 악독함에 치를 떨었다. 사람이란 어떤 뒤죽박죽의 상황도 선과 악으로 갈라서 보고 싶어할 뿐 아니라 별안간 열렬하게 선의 역성을 듦으로써 힘 안 들이고 자신을 도덕적으로 만드는 버릇이 있는 법이다.

다만 전처만 영감과 태임이만은 달랐다. 그들은 며칠 전 밤에 일어난 고부간의 조용하고도 격렬한 파탄을 전혀 모르고 있었기 때문에 머릿방 아씨의 죽음도 믿고 싶지가 않았다. 우물가에 가지런히 놓인 신발은 섬뜩했지만 우물 속은 여느 아침이나 마찬가지로 측량

할 수 없는 부피와 깊이로 신비롭게 괴어 있었다. 그것은 아씨는 물론 어느 누구도 침범할 수 없는 절대적인 고요요 신성이었다. 두 사람은 같은 기도와 소망으로 한몸 같은 친화감을 느끼며 서로를 부둥켜 안을 굽어보았다. 극도로 긴장한 의식을 집중시킨 시선이 우물 밑까지 도달할 낚싯줄처럼 팽팽하고 집요해 보였다. 전처만 영감은 안에서 난동을 부리는 홍 씨의 목소리도 듣지 못했다. 시체를 건지기 위한 조치를 취하려고 일꾼을 데리고 온 부성이, 이성이가 근접하려는 것도 손짓으로 막았다. 태임이하고 둘이만 있고 싶었다. 태임이 그 불쌍한 게 어미의 시체가 떠오르는 걸 보게 할 순 없었다. 절대로 그런 끔찍한 걸 보여선 안 된다는 강렬한 의지와 절절한 사랑이 절대로 그런 일은 안 일어나리라는 확신과 혼동되어 전처만 영감의 얼굴의 특징인 근엄, 냉정, 오만에는 이미 파탄의 징후가 역력했다. 전처만 영감에 비해서는 태임이가 오히려 여유 있는 편이었다. 그녀는 간간이 할머니의 통곡과 푸념 소리를 귓결에 들으며 불여우 같다는 무엄한 생각까지 하고 있었다. 비록 며칠 전 밤의 일은 모르고 있었지만 할머니의 난동을 딴 사람과는 다른 각도로 볼 수 있을 만큼은 근래의 할머니와 어머니의 이상한 관계에 대해서 눈치채고 있었다. 태임은 또 어머니가 어떤 궁지에 몰리건 할머니의 치마폭에만 휩싸여 있었다는 걸 비로소 뉘우치기 시작했다. 어려서부터 그렇게 길들여져 와서 그것을 깨는 것은 아슬아슬하게 유지되어 온 가족 간의 균형을 깨는 것처럼 용기와 각오를 요하는 일이었다. 철들면서는 몇몇이 공모해서 어머니의 팔자를 그 모양으로 조작했다는 혐의에 대한 반발을 어머니에 대한 적의와 불손으로 드러내 보인 것도 후회스러웠다. 할아버지로부터 한양에 새로 생겼다는, 여자도 다닐 수 있는 학교 얘기를 듣고 거기 보내달라고 떼를 쓸 때만 해도 안 된다면 목숨이라도 걸 것처럼 그 일이 대단해 보였는데 어머니 없이는 그 일이 전혀 무의미하게 여겨지는 것도 이상했다.

해가 높다랗게 뜰 때까지 우물에는 아무런 이상이 없었다. 수면까지 열 길은 됨직한 아득한 거리를 둥글게 쌓아올린 돌담엔 이끼가 푸르르고, 물에 잠긴 오월의 하늘은 한껏 부드럽고 거기 뜬 백발이 성성한 늙은이와 이팔의 아리따운 얼굴에도 차츰 희망이 서리기 시작했다.

"아. 앗, 할아버지."

태임이가 먼저 비명을 질렀다. 흰 명주 수건이 둥실 떠오른 것이었다. 머릿방 아씨가 옷소매 속에 넣고 다니던 네모반듯한 손수건이었다. 그것은 떠오르면서 꽃이 피듯이 펼쳐져 물속의 태임이 얼굴을 덮었다. 태임이는 정말 얼굴에 찬물을 끼얹힌 듯이 진저리를 치면서 할아버지의 가슴으로 무너져 내렸다. 그 한 장의 손수건은 태임의 얼굴에뿐 아니라 그들의 헛된 희망에도 찬물을 끼얹었다. 전처만 영감도 입술과 두 다리를 후들대며 가까스로 말했다.

"아가, 아가 놀라지 마라. 저건 헝겊 조각일 뿐이다."

저 우물 밑바닥에선 도대체 무슨 일이 일어나고 있기에 이제야 저게 떠오른단 말인가. 옛날이야기 속에 나오는 용궁 같은 게 있어서 거기 손님이 된 머릿방 아씨가 문득 차가운 비웃음을 담고 소매 속에서 명주 수건을 꺼내 둥실 떠올린 게 아닌가 싶었다. 태임은 아득한 현기증 속에서도 생생한 적의를 어머니에게 느꼈다. 그것은 죽음도 결코 화해시킬 수 없는 숙명적인 적의였다. 우물은 괴어 정지해 있는 게 아니라 살아 움직이고 있다고 표시처럼 명주 수건도 부풀었다 오므라들었다 숨을 쉬고 있었다. 드디어 해가 중천에 떠올라 그 눈부신 빛이 우물 한가운데로 꽂혔다. 그때를 기다렸다는 듯이 머릿방 아씨는 산발한 머리와 펼친 옥색 치마로 우물 안을 하나 가득 채우면서 떠올랐다.

전처만 영감은 그 자리에서 까무러치고 태임은 침착하게 사람을 불렀다. 집안이 다시 한 번 발칵 뒤집혔다. 최 주부와 상두도가와 힘센 일꾼들을 함께 불러들였고, 홍 씨의 곡성은 더욱 낭자했다. 아들 며느리들은 산 사람 돌보랴, 죽어가는 사람 살려내랴, 죽은 사람 건져내랴 갈팡질팡 어쩔 줄을 몰랐다. 뭐니 뭐니 해도 죽은 사람 건져 올리는 일이 큰일이었다. 급히 길고 긴 동아줄을 꼬고 우물 위에 통나무를 엮어 도르래를 달 힘받이를 마련했다. 워낙 깊은 우물이었다. 널에 누인 아씨의 시신이 동아줄을 타고 올라오기까지는 힘센 일꾼들도 몇 번이나 실패를 거듭하고 나서였다. 미움과 원망과 두려움과 절망을 절제하지 못해 두억시니가 다 된 홍 씨가 팔딱팔딱 뛰면서 가로막고 나서는 바람에 머릿방 아씨의 시신은 집 안으로 들어오지 못하고 뒤터에 차일을 치고 모시는 소동을 빚었다. 장지도 샛골의 선산은 어림도 없다고 펄펄 뛰었지만 부성이도 이성이도 어머니 뜻만 곧이곧대로 받들 수는 없었다. 전처만 영감은 최 주부가 밤새 침을 놓고 탕약을 손수 달여 퍼 넣은 효험이 있어 의식을 겨우 회복했지만 아직 가물가물해 그런 일을 의논할 만하지 못했다. 덜컥 병석에 누운 아버지를 보고서야 아들 며느리는 아버지의 병환이 일시적인 충격에서 온 급환이 아니라 오랜 세월 마련되어왔다는 걸 알아차렸다. 그는 깨끗이 육탈한 백골처럼 누워 있었다. 그가 의식을 회복하고 아직 제대로 말을 못 하나마 눈에 집념의 그루터기가 남아 있는 걸 본 자식들은 그게 반갑기보다는 목숨 모진 게 혐오스럽게 느껴질 만큼 그의 육신은 피골이 상접했다.

오월 더위는 사람들의 화해를 기다리지 않고 퉁퉁 부은 시신을 미친 듯이 부란시켰다. 사람들은 코를 막고 그 흉한 죽음을 저주했다. 할 수 없이 부성이와 이성이는 의논 끝에 시신을 용수산 기슭에 가매장했다. 장사 후에도 부성이댁은 동해랑 집에 남아서 시부모의 병구완을 극진히 했다.

저녁을 딴 날보다 넉넉히 들고 말씨의 어눌함도 한결 나아진 시아버지를 뵙고 오랜만에 마음이 좀 놓여 다리 뻗고 자고 일어나 식전 공복에 들 탕약을 들고 사랑에 들어간 부성이댁은 사랑이 말끔히 정리된 채 비어 있음을 보고 소스라쳤다. 한 번 놀란 가슴이라 방정맞은 생각만 들었다. 워낙 부지런하던 양반이라 예전 버릇으로 동네 한 바퀴 돌고 들어오시겠지 방정맞은 생각을 달래면서 기다렸지만 해가 높다랗게 뜰 때까지 아무런 소식도 없었다. 또 무슨 변고가 있을지도 몰라 시어머니에게 알렸더니 일언지하에 강릉골댁한테

갔을 거라고 단정하고 돌아누워버렸다. 우물을 메우는 날 한바탕 실신을 하고 나서 홍 씨는 요새 제정신이 아니었다. 도랑치마를 휘두르며 한시반시를 안 쉬고 쓸고 닦고 훔치고 아끼던 살림살이들을 시들하다 못해 역겹게 바라보았고 사람을 아무도 믿지 않았다. 며느리가 달여주는 약도 먹고 죽을 것 넣고 달이지 않았느냐고 묻기 일쑤였고, 그 흉한 상을 당하고도 고운 자태가 조금도 상하지 않은 태임이에게는 어느 놈하고 눈이 맞았느냐고 모해를 잡기도 했다. 그렇다고 그런 애매한 소리를 일관성 있게 집요하게 하는 것도 아니었다. 쇠진해가는 기력만큼이나 그녀의 불신도 변덕스럽고 뒤끝이 없었다. 이를테면 마지막 정열 같은 거여서 탓하기보다는 다독거려주고 싶게 측은했다. 영감님이 강릉골댁한테 갔을 거라는 추측도 투기에서 나온 것이련만 그저 그뿐 뒤끝은 시들했다.

  새벽에 집을 나온 전처만 영감은 해가 높다랗게 떴을 때 겨우 용수산 마루턱에 있었다. 그전에 며느리의 무덤을 돌아보긴 했지만 너무나 더딘 걸음이었다. 샛골까지가 한양길만큼이나 멀게 느껴졌다. 그러나 뒤에서 보기에 그는 아직 정정한 노인이었다. 의관이 단정했고 걸음걸이는 느렸지만 흐트러짐이 없었고 오르막길에서도 숨결이 골랐다. 송도가 한눈에 내려다보이는 자리까지 오른 그는 돌아설까 말까를 잠시 망설이는 듯했다. 용수산은 샛골서 송도로 나올 때는 마지막 고개가 되지만 송도에서 샛골로 들어갈 때는 첫째 고개가 됐다. 갈 길이 먼데 심란해져선 안 된다고 생각하면서도 그는 돌아서고 말았다. 송도가 한눈에 들어왔다. 그곳에서 송도를 바라볼 때마다 그는 소년 전처만이 처음 송도라는 대처를 바라보며 황홀한 눈길을 보내던 생각을 하곤 했다. 돌아갈 때는 마나님의 추측대로 강릉골에 들렀다가 고남문으로 해서 갈 테니 생전에 다시 용수산에서 송도를 바라보는 일은 없으리라. 마지막이란 감회 때문인지 그의 아버지가 눈알을 잃으면서까지 지킨 은전 몇 닢을 전대 속에 넣고 첫 장삿길을 떠나던 소년 시절이 그 어느 때보다도 선명하게 떠올랐다. 소년의 눈에 그 고장은 온통 은백색으로 빛나 보였고 그 영화로운 이름을 사해에 떨쳤다고 전해지는 고려의 옛 서울다운 위엄은 이미 희미했으나 어딘지 기품이 서린 고장이었다. 무엇보다도 상업의 중심지다운 활기가 소년의 심장을 울렁거리게 했다. 소년은 발아래로 바라보이는 대처를 두고 엄숙하게 맹세했다. 큰 부자가 되리라고. 샛골땅을 다 살만큼 돈을 벌기 전엔 절대로 용수산을 넘지 않으리라고 맹세를 끝마친 소년은 자신의 핏속에서 먼먼 조상의 피가 살아 움직이는 걸 느꼈고, 그런 느낌이 소년을 자신 있고 늠름하게 했다. 소년의 먼먼 조상 역시 같은 맹세를 하고 있었다. 의롭지 못하게 비롯된 새로운 왕조에 나아가 벼슬을 함으로써 망국의 한을 더욱 욕되게 하느니 돈을 벌자. 새로운 왕조의 이념인 유교가 가장 능멸하여 거들떠보지 않는 장사꾼이 되어 돈을 벌자고.

전 생애를 그 맹세 이루기에 바쳤건만도 왜 이리 떳떳지 못하고 초라한 것일까? 몸의 기력이 다해가는 마당에 모아놓은 재산이 무슨 소용일까 싶은 허망감 때문만이 아니었다. 어떡하든 씨를 받아

보겠다는 맹목적인 욕심과 돈의 위력을 믿는 교만한 마음으로 티끌만 한 양심의 가책도 없이 건강하고 꽃다운 남의 딸자식을 피를 토하며 죽어가는 아들의 배필로 사오다시피 한 일이 벌 받아 마땅한 일이라는 걸 고분고분 승복한 때문이었다. 원한을 풀 목적으로 돈을 버는 것은 좋지만 그 돈으로 다시 원한을 살 때, 즉 돈으로 하여금 도리를 잃게 했을 때 저절로 부를 누릴 자격이 없어진다는 걸 전처만 영감은 뼈저리게 깨달았다. 고려가 망한 후에도 송도는 망하지 않고 모든 물자와 돈이 모여들고 흩어지는 활기찬 장사의 중심지 노릇을 할 수 있었던 것도 돈으로 하여금 최소한의 도리를 잃지 않게 하는 그 고장만의 특이한 상혼이 있었기 때문이었다. 그러나 지금은 어떤가? 전처만 영감이 보기에 망조의 암운은 동해랑의 그의 집에만 감도는 게 아니라 송도의 하늘 전체를 뒤덮고 있었다. 다리 부러진 종상이를 막대한 돈을 들여 한양에 옮긴 건 신기한 양의술의 치료를 받아보게 할 목적도 있었지만 태임이한테서 멀리 떼어놓을 겸 불온한 모의의 주모자 노릇에서 잠시 비켜나 있게 하려는 미움인지 애정인지 종잡을 수 없는 복잡한 감정과 배려 때문이었다. 그러나 한양에 누워 있으면서도 종상이도 송도와의 연락을 끊지 않고 뭔가 불온한 걸 조종하고 있는 낌새가 역력했다. 그걸 뻔히 알면서도 적극적으로 말리지 못했던 것은 말려서 될 일도 아니라는 체념보다는 은연중 종상이 패거리의 생각에 감염된 때문이었다. 그들이 의분을 참지 못해 한바탕 뒤엎기를 꿈꾸는 것은 비단 유수나 그 밑의 아전 나부랭이들만이 아니었다. 오히려 관에 뇌물을 쓰고 왜놈과 결탁하면서까지 장사꾼의 도리를 어기고 돈 벌기에만 급급한 잠상潛商 거상들에 대한 원한이 더 깊었다. 전처만 영감은 그의 아들 이성이가 얼마나 파렴치한 방법으로 왜놈과 결탁하고 관을 매수해서 돈을 벌었나를 알고 있기 때문에 그들의 원한이 마땅하고 옳은 일로 보였다. 그는 죽는 날이 가까웠다는 걸 알고 있었다. 그가 마지막으로 역성들어야 할 것은 자식이 아니라 송방의 계율이었다.

전처만 영감은 용수산의 정기를 가슴 깊이 들이마셨다. 숲이 살랑이고 이름 모를 새소리도 들렸다. 그는 고통스럽게 얼굴을 찌푸렸다. 세상이 아름답다는 인식과 함께 태임에 대한 편애가 그의 가슴을 저리게 했다. 그 불쌍한 걸 두고 가다니.

앞산에는 빨간 꽃요
뒷산에는 노란 꽃요
빨간 꽃은 치마 짓고
노란 꽃은 저고리 지어
풀 꺾어 머리 허고
그이딱지 솥을 걸어
흙가루로 밥을 짓고
솔잎을랑 국수 말아
풀각시를 절시키세
풀각시가 절을 허면

망건을 쓴 신랑이랑
꼭지꼭지 흔들면서
밤주먹에 물 마시네

구슬을 굴리듯이 맑은 목소리로 노래를 부르며 태임이가 싱아를 한움큼 꺾어 가지고 숲 속에서 곧 나올 것 같았다. 그는 귀를 기울이며 황홀하게 미소 지었다. 겉으로 보기에 그는 마치 감미로운 꿈을 꾸며 낮잠을 즐기고 있는 것처럼 보였다. 기운이 탈진한 그는 환각에서 깨어나기도 힘들었다. 그러나 거기서 환각에 도취하면 영원히 못 깨어날 것 같아 그는 살을 꼬집고 이를 악물고 정신을 차렸다. 그리고 송도를 등지고 돌아섰다. 편안히 죽기 위해 어려운 여행길을 천천히 그러나 착실하게 내디뎠다. 그가 샛골을 그냥 지나쳐 사돈집 동네로 들어선 것은 점심때가 겨워서였다.

박 씨는 몸져누워 있었다. 청상이 된 딸이 몸을 풀러 달려들어 그 치다꺼리를 감쪽같이 해낸 것만도 십년감수는 넉넉히 할 만한 일인데 그 딸이 시집으로 들어간 지 며칠 만에 우물에 빠져 죽었단 소식에 환장을 안 할 어미가 어디 있으랴. 감쪽같이 없앤 건 핏덩이였을 뿐 죄를 없앤 건 아니었다는 가책으로 박 씨는 가슴을 쥐어뜯었고 딸의 뒤를 따라갈 작정을 하고 곡기를 끊고 있었다. 웬 점잖은 노인이 문밖에서 찾는다는 전갈을 받고 나간 며느리는 우뚝 서 있는 전 처만 영감을 보고 혀가 굳어 말도 안 나올 만큼 놀랐다. 그 신수 좋고 위풍당당하던 사돈 영감이 허깨비처럼 체면도 오장육부도 어디다 빼놓은 모습으로 멍하니 서 있었기 때문이다. 며느리는 사돈 영감의 변모보다도 그가 왜 거기 서 있느냐를 알아내는 게 더 시급했다. 그건 너무도 난해해서, 어떤 경우에도 생각보다 말이 앞서는 그 수다쟁이의 말문이 다 꼼짝없이 막혔다. 노인의 멱살을 잡고 시누이를 당장 살려내라고 한바탕 악다구니를 쳐야 할 것 같기도 하고 잘못했으니 용서해달라고 싹싹 빌어야 할 것도 같았다. 저지른 일이 있어 우선 겁이 났지만 사돈 영감이 그 일을 알고 있는지 모르고 있는지조차 영감의 표정만 가지고는 종잡을 수가 없었다. 영감이 먼저 입을 가냘프게 씰룩대며 웃었다. 그녀는 가슴이 철렁하면서 드디어 실성을 했단 생각이 들었다. 실성을 해도 체통이라는 게 있지 사돈댁 문전에서 어쩌자는 것일까. 그녀는 덜컥 겁이 났지만 저지른 죄와는 상관없는 겁이었으므로 터무니없이 교만해졌다.

"어르신네께서 어드렇게 저희 집까지……."

"예가 아닌 줄은 아나 긴히 여쭈어볼 일이 있어서 그러니 안사돈 마님을 잠시 만나 뵐 수 읎겠소?"

"우리 어머님을요?"

그녀는 사돈 영감이 틀림없이 실성했음을 확인한 것처럼 느꼈다. 아무런 연통도 없이 아녀자들만 있는 사돈집에 불쑥 찾아온 것도 해괴한데 내외가 지엄한 안사돈을 직접 만나자니 실성을 해도 더럽게 한 게 분명했다. 그러면 그렇지 맏며느리를 제 명에 못 죽게 한 집구석에서 노인네가 씽씽하고 말똥말똥 제정신이래도 그 꼴을 어찌 본담. 그녀는 수다쟁이답게 현실 적응에 재빨랐다.

"그렇소. 예가 아닌 줄은 아오마는."

"어머님은 지금 대단히 편찮으십니다요. 그런 일을 당하고 어느 부모인들 안 그렇겠시니까?"

그녀는 비통하게 그러나 그 책임을 전적으로 그쪽에다 떠맡기듯이 야무지게 말하고 영감의 동정을 살폈다.

"뵐 낯이 읎구료."

영감이 이렇게 나오자 그녀는 꿀릴 게 없었다.

"아이고 내 정신 좀 봐. 잠시 사랑으로 드시죠."

영감은 사양하지 않고 사랑으로 올라왔다.

"오래 비워놔서 누추합니다요."

"젊은 사돈은 여전히 한양 장사 잘허구요?"

"그냥저냥요."

"태임 에미가 여기 와서 몸을 푼 걸로 아는데요."

오래 비워놓아서 곰팡내가 나는 것 같아 열어놓은 미닫이 밖을 내다보면서 전처만 영감은 무심히 말했다. 마치 모란이 탐스럽게 폈군요, 자제분은 다 장성했죠, 하는 인사치레처럼 대답을 들어도 그만 안 들어도 그만인 말투였다.

"예? 무슨 그런 망측한 말씀을?"

실성을 했다는 일방적인 단정으로 마음을 놓고 있던 며느리가 불의에 급소를 찔린 것처럼 화들짝 놀랐다.

"모른다고 허진 말아요. 다 알고 왔으니까."

"모르는 일입니다요. 정말 모르는 일입니다요. 어찌 그리 하늘 무서운 말씀을 허시니까요. 아무리 죽은 사람은 말을 못 한다 해도 너무 하십니다요."

"내 어찌 죽은 사람 모해를 잡겠소. 나도 죽을 날이 며칠 안 남은 사람이. 그 어린것의 진정을 생각해서 이러는 거니 제발 숨기려 들지 마시오."

"제가 숨기다니요. 이 어른이 실성을 하셨나 정말 왜 이러실까. 버선목이라 뒤집어 보일 수도 읎고 이 일을 어쩐다지?"

그녀는 덫에 걸린 것처럼 헛되이 팔짝팔짝 뛰었다.

"그 아이는 아들이오? 딸이오?"

전 영감이 마당으로 보냈던 눈길을 거두어 그녀를 날카롭게 쏘아보았다. 그녀는 얼떨결에 아들이라고 대답하고 나서 꾐에 빠진 듯 아차 했었지만 이미 엎질러진 물이었다. 영감님의 얼굴에 쓸쓸한 미소가 떠올랐다.

"아이는 충실하오?"

"예, 천한 목숨은 아무렇게나 굴려도 살아남게 태어나는가 봅니다. 어드렇게 악바리인지……."

"인명의 귀천이 어디 있겠소. 더구나 우리 태임이 사내 동생인데 다신 그런 말 마오."

영감님이 점잖게 타이르는 소리를 들으며 그녀는 저 영감이 필시 실성을 했지 하는 심증을 다시 한 번 굳혔다. 잔뜩 긴장하고 떨리던 마음이 한결 편안해졌다. 마음만 좀 놓았다 하면 말이 헤퍼지는 게 그녀의 어쩔 수 없는 버릇이었다.

"다 아시니까 말씀인데 우리 작은아씨 몸풀 때 생각을 허면 억장이 무너집니다요. 아무리 떳떳지 못한 목숨이지만 그래도 사람의 자식을 몰래 낳으려니 오죽했겠시니까. 우리 식구들이 떨고 고생한 것도 이루 다 말로 못 하겠는데 당사자야 오죽했겠시니까. 목숨이 모질어 그러구두 살아남아 시댁 문지방을 다시 넘은 작은아씨가 우물에 빠져죽다니, 아무리 암사돈은 세도가 없는 거라니만 언제고 한번 따지고 넘어가야지 이대로 묻어둘 순 없는 일 아니니까, 사돈어른."

"그 애가 그렇게 고초를 많이 겪었소?"

영감은 며느리가 겪은 고초에만 관심이 있어 했다.

"그걸 말씀이라고 허시니까? 그 나이에 산고만도 어려운데, 세상에, 아무것도 없이 그 크나큰 일을 쥐도 새도 모르게 치르려니 오죽했겠시니까. 아무리 지은 죄가 하늘 무서워 천벌이려니 받는다 해도 차마 눈 뜨고 볼 수 없을 만큼 참혹했습죠."

"미련한 것 같으니라구. 그런 고생을 덜라고 은을 넉넉히 주어 보냈건만……."

영감이 혼잣말처럼 중얼거렸다.

"옛? 그러면 어르신네께선 그때부터 다 알고 계셨남요?"

"한 가지만 더 알고 싶은 게 있소."

"그건 저도 모릅니다요. 정말입니다요."

"난 아직 묻지도 않았건만……."

"아기 아버지를 알고 싶으신 거죠? 그건 저도 모릅니다요. 정말 모릅니다요."

"아니오. 난 그게 알고 싶은 게 아니라 그 아이가 지금 뉘 집에서 어드렇게 자라고 있는지 그게 알고 싶소."

"그걸 알아내서서 뭘 어드렇게 허시겠다는 말씀이시니까?"

"그냥 보고 싶소. 나 죽은 후 일은 태임이한테 부탁해놓겠소."

"전 도무지 무슨 말씀이신지 못 알아듣겠습니다요."

"딴 뜻은 조금도 읎고 지금 말한 대로요. 내가 그 애한테 정을 느낀다고 허면 믿어주겠소? 그리고 내 부탁을 꼭 좀 들어주오."

영감님의 눈빛이 간곡해지더니 그렁그렁해졌다. 실성한 것하곤 다르고 망령이 드셨나 봐, 하긴 망령드실 때도 됐지. 그녀는 자신이 납득할 수 없는 부분을 이렇게 망령으로 치부하면서도 노인의 간청에 못 이겨 고개를 끄덕였다.

"지필묵이 있으면 싶은데……."

영감님은 썰렁하고 번득하기만 한 사랑을 휘둘러보며 중얼댔다.

"아직 글 읽는 아이가 있으니 어디 있긴 있을 것입니다요. 변변치 못해 부끄럽긴 헙니다만요."

"나 역시 글이 짧아 평생 써본 게 치부와 어음이 다라, 명필을 남기려는 게 아니니 괘념 말고 빌려주시오."

그녀가 서당에 다니는 막내를 불러 지필묵을 대령케 하고 먹을 갈게 하는 동안 영감님은 단정히 앉아 지그시 눈을 감고 깊은 명상에 잠겨 있었다. 무슨 생각을 하는지 전혀 짐작이 가지 않았지만 피골이 상접한 몰골과는 달리 아직도 강건한 정신력이 그녀가 도저히 이해할 수 없는 뭔가 대단한 걸 움켜쥐고 있는 것 같아 그녀는 스스로 숨을 죽였다. 이윽고 눈을 뜬 전 영감은 몽두라진 붓에 진한 먹을 듬뿍 묻혀 백지 위에 '太男(태남)'이라고 썼다.

"태임이 이름을 지을 때만 해도 글은 짧고 욕심은 과해 몇날 몇밤을 책과 씨름해가며 지었건만 지금은 그럴 겨를도 그럴 근력도 읎구려."

"그러시면 이 이름이 그 아이 이름이오니까?"

"그렇소. 태임이 계집애라 우리 가문의 항렬을 안 따랐으니 그 성 모르는 아이를 태임이와 같은 항렬로 해도 무방허지 않겠소."

"어르신네께서 손수 이름까지 지어주시다니요. 시누님 혼백이라도 있다면 분에 넘치는 위안이 되겠습니다요."

그녀는 황공해서 몸둘 바를 몰랐으나 전 영감이 제정신이 아니라는 생각엔 변함이 없었다. 전 영감은 그녀가 보는 앞에서 太男이라 적힌 종이를 생선 비늘 모양으로 절단하여 두 개가 된 쪽지를 다 품속에 간직했다. 그것은 그가 발행한 어음을 절단할 때와 같은 식이었다.

"젊은 사돈, 자아 이제 내 부탁을 들어주오."

"그 아이는 좋은 양부모 만나 잘 자라고 있습지요."

"아주 준 건 아니겠지요?"

"그럼은요. 제 자식이 주렁주렁 달린 집인걸요. 그렇지만 인품이 착허구 또 기르는 값을 후하게 쳐주니 결단코 마구 기르지는 않을 것이옵니다요."

"그걸 내 눈으로 보고 싶소."

"저를 못 믿으시겠시니까?"

"그 애가 보고 싶다는 내 말부텀 믿고 후딱 나를 그 집으로 인도해주구려."

"꼭 보셔야겠시니까?"

"잠깐만 보겠소. 늙은이 소원이오. 망령이라도 좋소. 해 안에 돌아가야 하니 서둘러주시오. 내 걸음이 예전 같지를 않소."

그녀가 마지못해 채비를 하러 안으로 들어간 후에도 전처만 영감은 단정한 자세를 흐트러뜨리지 않고 꼿꼿이 앉은 채 깊은 생각에 잠겼다. 이미 둘째, 셋째 앞으로 물려준 것 빼고는 모조리 태임이한테 물려줄 작정이었다. 그는 비록 직접적인 장사에선 손을 뗐다고 하나 아직도 환 거간을 통해 막대한 자본을 이식시키고 있는 돈줄이었다. 그가 시세를 봐가며 돈줄을 당겼다 풀었다 하는 데 따라 송도 바닥의 변리가 오르락내리락할 정도였다. 그런 현금을 태임이한테 물려주는 대신 힘든 짐을 지워줄 작정이었다. 태남이라는 짐과 돈에는 돈의 도리가 있어 함부로 그 도리를 어길 수 없다는 계율의 짐을.

아들자식들 다 젖혀두고 하필 어린 손녀에게 그런 짐을 지우고자 함은 그의 눈먼 편애 때문이기도 하지만 장사꾼다운 밝은 안목으로 발견한 신뢰감 때문이기도 했다.

전처만 영감은 힘에 부치는 큰일을 하나 끝냈다는 듯이 벽에 등을 기댔다. 갓 그림자가 그의 파리한 안색에다 어두운 그늘을 던졌다.

탈진한 몸에선 거의 숨결이나 체온이 느껴지지 않았고, 갓 그늘은 저승빛처럼 불길하게 짙어만 갔다. 에그머니, 이러다가 송장 치는 게 아닌가 싶은 생각으로 사돈댁은 경망스럽게 가슴이 두근댔지만, 상대가 워낙 어려운 사돈 영감님이라 섣불리 말이나 행동으로 나타내진 못했다. 전 영감이 부스스 눈을 떴다. 몽롱하게 풀린 눈자위로 방 안을 한 바퀴 돌아보고 나서 물었다.

"뉘시우? 댁은……."

"어르신네, 정신차리십시오. 태임이 외숙모입니다요. 샛골로 모실깝쇼?"

그녀 보기에 영감이 그 몸으로 송도로 돌아간다는 건 천부당만부당해 보였기에 등성이만 하나 넘으면 되는 샛골에 셋째 아들네가 있다는 게 천만다행이었다. 거기까지도 못 가겠다면 기별 한마디면 순식간에 모시러 올 테니 송장 칠 걱정은 괜한 걱정이었다.

"아, 아니오. 잠깐 졸았더니 그만 정신이 좀 혼미해졌나 보오. 얼빠진 소리를 해서 미안하오. 샛골이라니 당치도 않아요. 거기 들를 겨를이 어디 있다구. 빨리 태남이를 보고 가야 되오. 태임이 외숙모께서 앞장 좀 서주시우, 부탁이오."

개개풀렸던 눈자위에 어느 틈에 타는 듯한 정기가 돌아와 있었다.

"정말 괜찮으시겠시니까?"

"염려 말아요. 폐가 되진 않으리다."

그녀는 핏덩이를 안고 갈 때보다 더 누가 볼세라 기죽을 못 펴며 종종걸음을 쳤다. 종종걸음을 치다가 흘긋 돌아보면 영감님은 저만큼 일정한 거리를 두고 따라오고 있었다. 일부러 뜀박질을 하다가 돌아다보아도 쉬엄쉬엄 가다가 돌아다보아도 마찬가지인 게 그의 힘으로 걷는 게 아니라 보이지 않는 끈에 매달려 끌려오는 게 아닌가 여겨질 지경이었다. 여우골을 지날 때 그녀는 입이 간지러워 멈춰서서 영감님을 기다렸다. 그러나 영감님을 가까이서 본 그녀는 입을 다물고 말았다. 시누이가 그 여우골 외딴집에서 얼마나 불쌍하게 몸을 풀었단 얘기를 견디기엔 노인이 너무 불쌍해 보였기 때문이다. 조금씩 땅거미가 지고 있었다.

"아직 멀었소?"

"아닙니다요. 그렇지만 어드렇게 오늘 안에 송도로 돌아가시겠시니까? 아이를 보시고 나서 샛골로 가시지요. 제가 거기까지 모시겠습니다."

"사는 형편은 어드런지, 사람들 인품은 웬만헌지······."

"네?"

"태남이를 맡아준 집 말이오."

"네, 그건 걱정 마셔요. 사는 건 넉넉하달 순 읎어도 마음들 하나만은 법 읎이 살 사람들이니까요."

"법이 있어야 살겠다면 그건 땅 파먹고 사는 백성도 아니지요."

무엇 때문인지 전 영감의 얼굴에 쓸개를 씹은 것 같은 혐오감이 어렸다. 그러나 잠깐이었다. 극도로 기운 없음이 그의 표정을 평온하게 했다.

"낭중에 혹시 제 자식이라고 우기지는 않겠소?"

"뭘요, 제 자식이 자그마치 오 남매나 되는걸입쇼."

"그렇다면 천덕꾸러기 노릇이나 안 하나 모르겠구먼."

"그럴 리가 있겠습니까요. 귀한 댁 도련님인 줄 알고 있는걸요. 참 어르신네께 진작 말씀드릴 걸 그만 깜빡 잊었드랬시다. 그 집에선 역적으로 몰린 양반댁 핏뎅이로 알고 있으니 행여 딴 말씀 허시면 안 됩니다요. 알아들으셨시니까, 어르신네."

"난 암말 안 허리다. 그냥 한 번 보기만 허리다. 우리 태임이 사내동생이 어드렇게 생겼나 생면이나 허리다. 그럼 됐소?"

"보셔야 괜히 속만 상허실 텐데. 어르신네하고 생면하다고 해서 그 어린 게 전씨 댁 피를 받게 되는 건 아니지 않겠시니까?"

그녀는 시누이가 전씨 댁에 출가해서 태임이 뱄을 때 그게 아들이기를 바라는 전 영감의 정성이 얼마나 지극했었다는 게 생각나서 별안간 풀이 죽으면서 심란해졌다. 딸이란 고약한 것이어서 제 가문을 못 이을 뿐 아니라 남의 가문 절손의 책임까지 지고 평생 친정 식구까지 기죽을 못 펴게 만들기 십상이었다.

"낸들 그걸 왜 모르겠소. 그렇지만 그 어린것한테서 원한만은 삭혀주고 싶어요."

"그까짓 핏뎅이가 무슨 원한이 있겠시니까?"

"에미의 원한을 어찌 자식이 물려받지 않겠소? 피보다 진한 게 원한이거늘. 내가 일찍이 뜻을 부자 되기로 세운 것도 원한에서 비롯되었다고는 하나 그 뜻을 이룬 것은 후회할 까닭이 없는데, 늘그막에 나도 모르게 재욕보다 더한 욕심이 앞서 그 돈으로 원한 살 일을 저지르고 보니 부끄럽고도 후환이 두렵구려."

"어르신네께서 저희 시뉘님을 맏며느리로 맞으신 걸 그리 여기시나 본데 좀 지나치십니다요. 어른들끼리 그만한 연줄이 닿지 않은 혼사가 어딨겠시니까? 시뉘님이 비록 팔자 한탄은 했을지언정 어찌 감히 어르신네한테 원한을 품었다고 이러시니까? 그런 일은 결단코 읎었습니다요."

"원한을 품지 않고 어드렇게 우물에 빠져죽을 수가 있답디까? 어드렇게 내 눈에 그런 꼴을 보일 수가 있답디까?"

전 영감이 앙상한 어깨를 흔들며 오열하기 시작했다. 그녀는 몸둘 바를 모르게 황망해서 돌아서서 말없이 사돈영감의 오열이 멎기를 기다렸다. 어떤 경우에도 말이 모자라 못 한 적이 없는 그녀였건만 말문이 꽉 막히고 콧날만 시큰했다. 이윽고 그들은 앞서거니 뒤서거니 남은 길을 재촉했다.

"저기 보이는 마을이옵니다요, 어르신네. 샘말이라고⋯⋯."

"마을 이름이 좋구려."

마을 어귀에 느티나무가 청청하고 20여 호쯤 되는 초가에선 집집마다 저녁 연기가 자욱하게 피어오르고 있었다.

"진씨 마을인데 그 집만 배씨옵니다요."

"어인 이유로?"

"제 친가 쪽으로 먼 친척아버지뻘 되는 분인데 어려서 여러 형제가 조실부모하고 뿔뿔이 친척집에 맡겨졌다가 이 아저씨는 배씨가로 장가를 들 적에 아주 처가 동네로 옮겨 앉았습죠."

"처가가 살 만했나 보지요?"

"웬걸요. 그래도 인심들이 후해서 정 붙이고 살기가 수월했나 봅니다. 그 아저씨 인품도 진국이구. 부지런허구 사람은 그만인데 워낙 물려받은 재산은 읎이 자식만 많다 보니 형편 필 날이 어딨겠시니까? 이번엔 그 아기 덕으로 전답이라도 좀 장만했나 모르겠시다."

"낭중에 딴소리허구 아기를 안 내놓을 사람들이나 아닌지."

"아까부텀 자꾸 그 점을 염려허시는데, 어르신네, 저도 그 아이 맡길 때만 해도 행여 우리 시뉘님이 낭중에 그 아이 찾으실 때가 있을까 해서 뒤를 단단히 두긴 했습죠만, 시뉘님이 그렇게 목숨 끊은 마당에 그 아이를 누가 찾겠다고 그러시니까. 그 아이가 아들인 것만 자꾸 욕심을 내시는데, 어르신네도 참 딱허십니다. 그 아이는 전씨 댁 핏줄이 아녜요. 그걸 왜 모른 척허시니까?"

그녀가 별안간 귀 어두운 사람한테 대들듯이 제 복장을 치며 큰 소리로 말했다.

"그래도 우리 태임이헌텐 동기간이 되오. 태임이가 있는 동기간을 읎는 듯 모르는 척해서 원한을 사게 허구 싶지 않소."

"어르신네께서 태임이를 얼마나 귀애허시는지 아니까 말씀드리는 건데 태임이헌테 그 아이 일을 알릴 게 뭐 있겠시니까? 조실부모한 것도 불쌍한데 뭐 그리 떳떳한 동기간이라고. 낭중에라도 힘이 되기는커녕 짐만 될 게 뻔한 걸요. 어르신네 돌아가시고 저만 입 다물고 있으면 그 애는 이 세상에 읎는 거나 마찬가지가 아니겠시니까."

"그런 하늘 무서운 소리 말아요. 하늘이 알고 그 에미의 넋이 아는 목숨을 감히 어찌 우리가 읊앨 수 있겠소."

마침 들일하고 돌아오는 길에 꼴을 한 짐 해다가 돼지우리에 깔아 두고 나오던 배 서방은 두 사람을 보자 어쩔 줄을 몰랐다. 직감적으로 어린 것과 관계 있는 손님이란 걸 알아차리고 우선 살림이 누추한 걸 크게 죄지은 것처럼 여겼다. 눈이 뒤집힐 정도의 은을 받았으나 그걸 어떻게 써야 할지는 아직 가늠을 못 하고 있었다. 욕심 없는 사람이 어디 있을까마는 그 돈으로 당장 땅 사고 옷 해 입고 고기반찬 해 먹다가 남들이 수상하게 여기면 우선 아기에게 해로울 뿐 아니라 제 목숨 또한 살아남지 못하리라는 분별 또한 있는 진득한 사람이어서 꾹 참고 있었다. 그러나 아기하고 관계 있는 사람이 염탐을 왔다고 생각하니 아기를 저희 아이들과 똑같이 기르는 게 행여 돈을 아껴서 그러는 걸로 보일까 봐 더럭 겁이 났다.

"이를 어드렇거니까. 집간이라고 누추하고 협소해서……."

아래윗방에 머릿방하고 곧장 봉당이었다. 봉당 아래로 뜰아랫방을 하나 들이려고 몇 해째 벼르기만 하고 있었다.

"괜찮아, 아저씨. 머릿방으로 잠시 드시게 해요."

아저씨뻘 된다고는 하나 손아래라 무관하게 굴며 먼저 머릿방으로 들어가 주섬주섬 너절한 것들을 한쪽으로 밀어놓고 나서 전 영감을 들게 했다. 방 속은 한결 더 침침해 안색을 분간할 수가 없었고 그게 영감님의 행동을 더욱 비밀스러운 것으로 비치게 했다. 어른 아이 할 것 없이 온 식구가 생전 처음 귀하고 정체 모를 손님을 맞아, 발이 예가 뇌고 제가 뇌고 손은 연방 헛손질만 할 뿐 어찌할 바를 몰랐다.

"아기를 볼 수 있겠소?"

전 영감은 자리에 앉자마자 물었다.

"아무러믄요. 아아 뭣들 허구 있어요. 휘딱휘딱 되련님을 데려오쟎구."

사돈댁이 이렇게 안방에다 대고 악을 쓰자 배씨댁이 당장 새근새근 잠이 든 아기를 포대기째 안고 왔다. 한 달 남짓한 아기였다. 그동안에 자신이 어떤 고역을 겪었는지 알 까닭이 없는 아기는 타고날 때부터의 씩씩한 기상이 여전했고, 거두기도 깨끗하고 정성껏 거둔 듯 포대기며 입은 게 다 무명이었지만 깨끗했다.

"암죽을 먹이오?"

전 영감은 포대기 속으로 손을 넣어 아이의 다리를 만져보며 물었다.

"아닙니다요. 예닐곱 달 난 제 딸년 젖을 미리 떼고 암죽을 먹이면서 도련님은 제 젖을 먹입죠. 제 젖이 워낙 찰젖이라 도련님이 꼭 애호박 자라듯 무럭무럭 자랍니다요."

"말씀 삼가. 귀한 도련님을 하필 애호박에다 비기남."

배 씨가 이렇게 제 여편네를 나무랐다.

"아니오. 조금도 귀한 애가 아니니 막 길러요. 내 이 은혜는 잊지 않으리다."

전 영감이 아이를 안았다.

"등잔불을 킬깝쇼."

배씨댁이 잘 자란 아기를 좀 더 확실하게 자랑하고 싶어 이렇게 말하며 엉덩이를 들썩이자 전 영감은 손짓해 말리면서 아이를 내려놓았다. 그가 어떤 눈빛으로 그 아이를 보았는지 아무도 몰랐다. 그 아이를 보기 전까지는 자애로만 대할 수 있을 줄 알았는데 막상 대하고 보니 가슴이 떨렸다. 전 영감은 자신 속에 있는 자신의 힘으로 다스릴 수 없는 것을 감추느라 고통스럽게 이를 악물었다.

"이왕 생면하시는 김에 정작 당추를 보셔야죠."

배씨댁은 눈치 없이 아기의 기저귀를 끌렀다. 전 영감은 굳이 말리지 않았다.

"자리를 좀 비켜주겠소? 이 댁 주인허구만 잠깐 헐 얘기가 있는데."

아기와 여자들을 안방으로 보내고 난 전 영감은 품에서 쪽지를 꺼냈다. 사돈집 사랑에서 손수 작명해서 쓰고 절단한 두 개의 쪽지였다.

"태남이는 저 아이의 이름이오. 차후부터 그렇게 부르도록 부탁하겠소. 이 두 개의 쪽지 중 한쪽을 여기 맡길 테니 잘 간수했다가 나머지 쪽지를 가져오는 이에게 저 아이를 내주도록 허시오."

배 씨가 영감님의 분부를 잘 알아듣기 위해 등잔불을 밝혔다. 전 영감은 말리지 않고 기다리고 있다가 불빛 아래서 생선 비늘 모양으로 절단한 두 개의 쪽지를 하나로 맞춰 보여주고 나서 한쪽만을 다시 자기 품속에 간직했다. 그 태도가 매우 신중하고 엄숙했으므로 배 씨도 덩달아서 나머지 쪽지를 받들어 모시듯이 두려워하며 영감님 보는 앞에서 이불을 개어 얹은 궤짝 밑 깊숙이 간직했다.

"하오면 어르신네 말고 딴 사람에게라도 도련님을 내주라는 말씀이시니까?"

"그렇소. 그 신표를 가진 사람만 믿으면 돼요. 그리고 지금부터 그 아이는 도련님이 아니라 태남이오. 이 집 아이들과 똑같이 입히고 먹이시오. 더도 말고 덜도 말고……."

"어드렇게 그럴 수가……."

"그게 정 그 아이에게 미안허거나 부족허거든 이 집 아이들도 함께 좀 낫게 먹이고 입히면 될 게 아니오."

"고맙습니다, 나으리."

"아이를 찾아갈 때가 언제쯤 될지는 모르지만 그때도 섭섭허겐 안 허리다. 그러니 그 돈을 유용허구 적절하게 쓰길 바래요. 댁이 금시발복한 것처럼 흥청망청 헤프게 굴 사람이 아닌 걸 알아서 무엇보다도 마음이 놓이긴 하오만, 우리 아이가 헐벗고 굶주리겐 말아요."

"원 어르신네도, 감히 그럴 리가 있겠시니까. 당치도 않시다."

배 씨가 펄쩍 뛰었다.

"이 집 아이들과 똑같이 입히고 먹이라고 부탁했기에 허는 소리요. 내 말 무슨 소린지 이젠 알아듣겠소?"

전 영감이 일어났다. 안방에서 뛰쳐나온 사돈댁이 저문 날을 살피며 말했다.

"어르신네, 누추허지만 여기서 하룻밤 드새고 가시는 게 어드렇겠시니까. 이 밤에 송도까지 가시다 괜히 큰일나십니다요."

"괜찮아요. 승냥이도 어디 눈먼 승냥이 아니면 안 물어갈 테니까."

전 영감이 쓸쓸하게 말하며 봉당으로 내려섰다. 배씨댁도 따라 나오면서 한마디 거들었다.

"묵어가셔요. 우리가 이렇게 살아도 소금장수, 방물장수가 단골로 묵어간답니다."

이런 주책바가지 같으니라구, 저 어른이 소금장수나 방물장수하고 같어? 배 씨가 이렇게 눈으로 제 여편네 핀잔을 주면서 두 손을 부볐다. 전 영감은 묵어갈 뜻이 전혀 없었으면서도 그들의 수작을 예사로 듣지 않고 일일이 귀담아들었다. 그리고 그만하면 인품이 과히 막돼먹거나 야박하진 않은 듯하여 마음을 놓았다.

양의의 치료를 받기 위해 한양으로 올라온 종상이가 걸을 수 있는 게 된 것은 그해 여름을 다 보내고 찬바람이 나고부터였다. 송도에서 듣기에 서양 의원은 의술이라기보다는 요술을 부리는 줄 알았다. 갑신정변 때 모가지가 뎅거덩 저만큼 나가떨어진 민 아무개 대감 몸뚱이와 모가지를 감쪽같이 붙여놓아 다시 숨 쉬고 피 통하고 세도까지 다시 부리게 했다는 소문이고 보면 의술로 믿긴 어려웠다. 감쪽같이 붙여놓은 게 모가지가 아니라 귀라고도 했고 손목이라고도 했지만, 아무튼 사람 몸을 뜯어진 솔기 꿰매듯이 꿰매서 맞출 수 있다는 건 탕약으로 기를 보하고 침으로 혈을 다스리는 의술에만 익숙해온 이 나라 사람들에겐 신기하고도 괴물스러웠다. 기니 혈이니 하는 건 아무도 만지거나 볼 수 없는 신비한 그 무엇이었고, 그런 신비한 게 몸의 운행을 맡고 있다는 걸로 사람이 물건보다 한결 귀하고 높을 수가 있었다. 하나 서양 의술은 목수나 미장이처럼 사람 몸을 다룬다니 사람들이 놀랍고 신기해하는 마음속엔 다분히 혐오감도 섞여 있었다. 또한 그 민 아무개가 민비의 척족이라 민비의 돈이 동강 난 모가지를 붙였다고도 했지만, 척족의 세도와 물 쓰듯 국력을 탕진하는 민비의 씀씀이를 비꼬고 한탄하고자 함이지 직접 돈이 아교 노릇까지 했다고 믿는 건 아니었다. 아무튼 서양 의술의 소문은 구구한 억측을 자아내고 종래의 인체에 대한 신성시를 위협했다. 소문만도 그러했거늘 하물며 제 몸을 거기에 맡기기까지는 대단한 용기와 남다른 결단력이 필요했다. 종상이가 그걸 결심한 것도 전 영감의 아낌없는 후원도 있었지만 병신이 되느니 죽는 게 낫다느니, 기껏해야 죽기밖에 더 할까 싶은 용기라기보다는 자포자기에 가까운 마음 때문이었다. 그는 자신의 준수한 용모와 강건한 신체에 은근한 자부심을 갖고 있었기 때문에 불구가 되느니 죽는 게 낫다는 생각에 철저했다. 그러나 기적에 대한 기대와 두려움이 컸던 것만큼 실망도 컸다. 전처만이 종루 옆에서 유기전을 하면서 야소교를 믿는 친구한테 청을 들이고 연줄을 놓아서 겨우 서양 의원한테 보일 수는 있었으나 서양 의술이란 게 기대한 것만큼의 요술을 보여주진 않았다. 요술은커녕 고통을 덜어주는 데도 치자떡만큼의 효험도 없었다. 다만 양의술이 사람의 몸을 물건보다 조금도 귀하게 여기지 않는다는 소문은 틀림이 없었다. 고양이처럼 인정이라곤 없이 사람의 몸을 뼛속까지 꿰뚫어볼 것처럼 노란 눈으로 종상이의 얼굴과 다리를 번갈아보고 난 양의사는 대뜸 종상이 다리를 잡아 빼기 시작했다. 그 고통은 관가에서 몽둥이찜질 당할 때보다 훨씬 혹독했다. 하늘 땅이 샛노래지면서 정신이 아뜩했다. 뭐라고 고래고래 악을 쓰다 말다 하면서 간간이 그 눈썹과 눈이 노란 얼굴이야말로 사람 백정이라고 생각했다. 힘센 남자가 벌떡벌떡 솟구치는 그의 상체를 찍어 누르고 그는 고통이 극도에 달할 때마다 잠깐잠깐씩 까무러쳤다 깨곤 했다. 나중에 정신을 차렸을 때는 그의 종아리엔 널빤지가 대어져 있었고 흰 헝겊이 널빤지와 종아리를 싸잡아 발끝서부터 넓적다리까지 칭칭 동여매 놓고 있었다. 혹 떼러 왔다 붙이고 가도 분수가 있지, 걸을 수는 없어도 구부릴 수는 있었던 다리가 걷지도 구부릴 수도 없는 뻗정다리가 되고 말았다. 그렇게 꼼짝 말고 적어도 백 일은 있으라니 죽으라는 소리와 진배없었다. 용한 침쟁이를 만나면 업혀 들어갔다가 걸어서도 나온다는데 이건 지팡이에 의지해서일망정 그래도 걸어 들어왔건만 나올 땐 들것에 실려 나와야 했다. 병신 되고 안 되고는 석 달 동안 얼마나 꼼짝 안 하고 견디냐에 달렸다는 양의의 말이 어찌나 자신만만하던지 나중까지 그가 참고 견디는 데 위협적인 힘이 되긴 했다. 전 영감은 종상이를 위해 친구에게 부탁해서 유기전의 살림집 문간방을 얻어주었고 수발을 들 소년까지 구해주었다. 오뉴월 복중에 방고래를 지고 누워 소세하고 오줌똥 누는 일에까지 남의 손을 빌려야 한다는 건 못할 노릇이었지만 더욱 견디기 어려운 건 칭칭 감은 헝겊 밑으로 온갖 물것들이 다 꾀는 것이었다. 이는 물론 빈대까지도 장지문 틈서리 대신 헝겊 틈서리를 거처로 삼고 탱탱 배를 불리고 알을 낳고 했다. 손톱이 닿는 데까지 긁고 쥐어뜯고 해서 삐져나온 넓적다리 살갗엔 유혈이 낭자했고, 그게 헝겊과 함께 눌어붙어 딱지를 만들었다간 다시 피고름을 흘리곤 했다. 입추를 지나고 처서를 바라볼 무렵 종상이는 다시 양의원을 찾았고 무명 폭보다 좁고 무명필보다 긴 헝겊을 풀었다. 그동안 물것들이 실컷 피를 빨아서인지 움직이질 않아서인지, 그 다리는 종아리가 바싹 말라붙고 무릎뼈만 옹이처럼 불거져 나와 도무지 다리 구실을 다시 할 것 같지 않았다. 여름내 고생고생할 때만 해도 그놈의 헝겊과 널빤지만 풀어 던지면 훨훨 날 것 같은 희망이 있었는데, 그걸 풀고도 혼자 서지도 못하자 눈앞이 캄캄했다. 양의가 샛노란 눈깔 값을 해도 분수가 있지, 사람을 속여먹어도 어찌 그리 심하게 모질게 속여먹을 수 있을까 싶어 이를 갈아붙이며 덤벼들었다. 그러나 양의는 어린애처럼 천진하게 웃으면서 그동안의 고생을 위로하고, 다 나았으니 하루하루 걷기에 힘쓰면 머지않아 예전처럼 걸을 수 있을 거라고 했다. 지금 와서 그의 말을 안 믿는다고 뾰족한 수가 있을 것 같지 않고, 또 그 양의에게 치료를 받아보려고 별의별 흉한 헌데와 상처를 가진 사람들과 배냇병신까지 줄을 대고 기다리고 있는 앞이기도 해서, 반신반의한 채로 그 자리를 물러설 수밖에 없었다. 들것에 실려 나오지 않고 지팡이와 소년에게 의지하고나마 다리가 땅에 닿는 것만도 고맙긴 했다. 그 후 그의 다리는 하루가 다르게 차도가 있었다. 걷는 연습 한답시고 장안을 돌고 돌아 이젠 사대문 안 지리가 훤했다.

  종상이 보기에 한양은 토지의 형세나 에워싼 산의 형세, 시가와 수로가 송도와 많이 닮았으면서도 송도보다 훨씬 크고 번화했다. 비록 전처만 영감의 까닭 모를 노여움을 사 청포전에 오래 있지 못하고 강릉골의 작은 삼포 일꾼으로 밀려나긴 했어도, 그의 당초 꿈은 몰락한 집안을 장사로 일으키는 거였다. 조부 이 생원 대까지만 해도 한양서 벼슬한 친척들의 세도를 빙자하여 토호질을 일삼고 자식들 통혼은 서울 양반하고만 하기를 꿈꾸었고, 그 아랫대에 와서는 직접 한양에 가서 벼슬 살 길을 엿보느라 얼마 안 되는 농토나마 들어먹으면서도 끝끝내 상공업을 능멸했었다. 그러나 종상이만은 할아버지나 아버지 대하고 달랐다. 동기간이 요절하고 가세가 몰락해 양반 친척과의 교류가 끊어지고 사귈 수 있는 친구라야 소작인의 자식들 아니면 삼포의 일꾼이나 송도의 가게에 취직한 사환이 고작이 되고부터, 장사야말로 남자가 한번 운수를 걸어볼 만한 일이라고 은근히 벼르고 있었다. 비록 장사의 중심지인 송도에서 밀려났다곤 하지만 강릉골 집도 전처만 영감의 그늘이었다. 그가 여기저기서 얻어들은 바로는 송도가 조선 팔도의 돈과 물자의 중심이라면, 전처만 영감은 청국과 일본을 포함한 좀 더 넓은 세상의 돈과 물자의 보이지 않는 줄을 당겼다 늦췄다 할 수 있는 중심 인물이었다. 전처만 영감이 종상이를 미워하면서도 아꼈듯이, 종상이 역시 전처만을 두려워하면서도 존경했다. 그의 최종의 목표는 전 영감만큼 되는 거였다.

그러나 그가 묵고 있는 중학다리께에서 멀지 않은 종가와 이현의 큰 저잣거리를 구경 다니면서 송도만이 대처고 장사의 중심지란 생각은 절로 고쳐먹지 않으면 안 되었다. 그 저자들은 송도의 저잣거리와는 댈 것도 아니게 크고 번다했고, 활기에 넘쳐 있었다. 송방들이 많은 물자를 주로 도가에 쟁여두고 가게에 요란하게 진열하기를 꺼리는 것과는 달리 한양에선 모든 물건이 사람들 눈을 끌게 내걸려 서로 그 자태와 풍성한 양을 겨루고 있었다. 생전 듣도 보도 못한 청국, 일본, 서양에서 건너온 진귀하고 반들대는 물건들이 눈을 부시게 하는 것도 송도와는 달랐다. 송도에서는 살림집을 지을 때 아무리 부자라도 외빈내부를 원칙으로 삼아 안채에는 기와를 올려도 사랑채는 조촐한 초가로 짓듯이, 거상일수록 물건은 도가 창고에 쟁여놓고 거래는 사랑에서 어음으로 하면 되는 걸로 알았지 가게 치레는 소홀하거나 숫제 가게 없이도 장사만 잘했다. 그러나 과연 외화 치레는 나쁘거나 허황된 거고 실속만이 옳고 중요한 걸까. 종상이는 저잣거리의 활기가 그곳을 그냥 구경 다니는 사람들에게까지 옮아붙어 살맛 나게 하는 것을 슬그머니 긍정적으로 받아들이고 있었다.

때는 마침 갑신정변이 있고 나서 근 10년 가까이 국내 정세가 소강상태를 누리고 있을 때였다. 그나마 이 잠자다 갓 깨어난 작은 나라를 호시탐탐 노려보는 강대국들이 저희끼리 서로 눈치보고 견제하는 동안 위태롭게 유지되는 잠정적인 평화였다. 저잣거리 여기저기에서 그 요염한 모습으로 행인들에게 추파를 던지는 사해의 물산이야말로 열강들이 이 땅에 침투시킨 깜찍한 척후병인지도 몰랐다.

  종상이는 이제 지팡이 없이도 잘 걸었고 말라붙었던 다리에도 단단하고 질긴 살이 올라 중간에서 하룻밤만 묵으면 송도에 당도할 만했다. 전처만 영감이 주고 간 돈도 거의 다 떨어져갔다. 그런데도 종상이는 하루 이틀 미적미적 귀향을 미루고 하릴없이 저잣거리 구경이나 다니면서 소일을 했다. 남 보기엔 이리저리 쫓겨 다니면서 구박받고 물건 빼앗기고 하면서도 농사짓는 것보다는 먹고살 만한 목판장사라도 시작할 요량으로 그럴 만한 낌새를 엿보고 다닌 듯도 싶었지만, 전혀 그렇지가 않았다. 그냥 한양 공기가 좋았다. 한양 공기엔 그를 살맛나게 자유롭게 하는 그 무엇이 있었다. 그때 비로소 갑신정변 때 개화파들이 주창한, 인민은 문벌에 상관없이 평등한 권리를 가진다는 생각이 하층민에게까지 신선한 놀라움과 함께 먹혀들고 있었다. 그런 생각이 하층민에게 스며들기까지는 상당한 시일이 걸린 것만큼 당초의 주장처럼 당돌한 목소리나 정연한 문맥을 가진 것은 아니었다. 다만 눈치로 분위기로 그것을 받아들였고 또한 퍼뜨렸다. 뭔가 세상이 달라지고 있었다. 타고난 신분은 죽을 때까지 쓰고 살 본색이 아니라 용틀임만 잘하면 벗을 수 있는 허물이다. 이렇게 생각할 수 있는 것만으로도 사는 의미가 전혀 달라졌다. 껍질을 벗은 다음의 세상이 어떠하리라는 비전은 비록 못 가졌지만 껍질을 벗을 수 있다는 데 대한 황홀감은 비전을 제시한 사람들에 댈 바가 아니었다. 사람이 평등한 권리를 가져야 한다고 먼저 주장한 사람들은 실상 불평등의 손해를 보고 있는 사람이 아니라 반대로 그 덕을 태어날 때부터 누린 사람들이었다. 그 사람들은 지금 대역죄인으로 몰려 외국으로 망명 중이었다. 조정에서뿐 아니라 보통 사람들도 다 그들을 친일의 무리로 저주했다. 뼈를 갈아 마시고 싶게 증오하는 무리도 적지 않았고, 너도나도 자객이나 되어 김옥균이나 박영효 머리를 베어오고 싶어했다. 종상이도 마찬가지였다. 김옥균, 박영효의 이름을 얻어들은 건 뒤늦게였지만 그들이 친일파고 지금 일본에서 그 정부의 비호를 받고 있다는 소문만으로도 맹렬한 적개심을 느꼈다. 자객으로 떠날 생각까지는 못해봤어도 누가 그들을 죽였다면 속이 후련해질 테고, 죽은 시체라도 이 나라에 돌아온다면 돌팔매쯤은 서슴지 않을 작정이었다. 개화파는 이렇게 완벽하게 실패했건만, 그들이 떨군 씨앗은 더 밑바닥 엉뚱한 시궁창에서 뿌리를 내리고 줄기를 뻗고 있었다. 종상이에게 있어서도 사람이 평등하다는 놀랍고 아름다운 생각과, 증오해 마지않는 친일의 무리들과는 전혀 따로따로의 것이었다. 그가 지금 아무리 보아도 싫증 안 나고 아무리 들이마셔도 허기지는 것은 실상 저잣거리의 변화가 아니라 평등과 자유의 예감이었다. 그런 활기가 송도에는 있을 것 같지를 않았다. 돌아갈 때는 옷깃을 스친 바람으로서가 아니라 뭔가 좀 더 확실한 것으로 움켜쥐고 가고 싶었다.

　종상이가 중학다리의 처소로 돌아왔을 때 임근식이 기다리고 있었다. 근식은 종상이가 잠시 전처만네 둘째 아들 부성이네 청포전에 있을 때 먼저 들어와 있던 사환이었다. 그 후 그는 서기가 되어 청포전에서 중요한 일을 맡아보고 있었다. 종상이를 거느릴 때도 텃세가 없었고, 종상이가 쫓겨난 후 송도에 볼일 보러 올 때마다 들렀어도 한결같이 푸근하게 대해주었었다. 또 종상이가 관가에서 매맞고 사경을 헤맬 때는 약도 지어다 주었고, 틈나는 대로 들여다보아 주어 웬만한 동기간보다 의지가 되었었는데 한양에서 만나긴 처음이었다. 반가운 수인사가 끝난 후 종상이는 근식이 얼굴을 아무 말없이 빤히 바라보기만 하고 싱글댔다.

　"왜 그래, 내 얼굴에 뭐 묻었는?"

　"아냐 형, 형 코가 남아났나 해서."

　서울선 눈감으면 코 베어간다더란 송도의 소문을 빗대놓고 하는 소리이기도 했지만, 꼭 객줏집 도마처럼 가운데가 죽은 근식이의 못생긴 얼굴을 놀리는 소리이기도 했다.

　"짜식, 이 코마저 잃어뿌리면 어드렇허게. 멀찌거니 무악재가 바라보이는 데서부터 코부텀 움켜쥐고 왔다."

　이쯤 농지거리로 한동안 떨어져 있던 둘 사이가 다시 흉허물 없어졌다. 근식이는 정색을 하고 전처만 영감의 부음을 전했다.

　"근식이 형, 그게 정말이야?"

　"그래."

"왜 진작 기별해주지 않구."

"아무도 그런 생각 허는 사람 읎었구, 너 아니라도 송도 성내가 떠들썩하게 장헌 장사를 치렀다. 나중에 궤연에 인사드리면 되지 뭐."

"그래도 나한테는 여러 가지로 은인이셨는데."

"너를 미워했잖는? 우리덜은 다덜 그렇게 아는데."

"태임 아기씨가 안됐군."

"그 아기씨, 어머니가 물에 빠져 죽었을 때도 눈물 한 방울 안 흘려 독하다고 소문이 났는데 할아버지 장사 때는 어찌나 애간장이 끊어지게 우는지 상여 구경 나온 사람치고 안 우는 사람이 읎었다네."

"뭐라구? 누구라 물에 빠져 죽었다구? 그럼 머릿방 아씨가 물에 빠졌단 말야, 형?"

"넌 여태 그것도 모르고 있었구나? 여긴 별세계네."

"어쩌자고 그 댁이 그 지경이 되고 말았지?"

"누가 아니래니. 사람이 꼬박 한 대를 걸려서 이룩한 것도 망하는 데는 1년도 안 걸리더라구."

"형은 왜 그 댁이 망했다구 그래요? 죽으면 누구라 돈 짊어지고 가는?"

"돈이나 좀 남겼으면 뭘 허는? 뒤끝이 있어야지. 머릿방 아씨가 우물에 빠져 죽을 때부텀 입 가진 사람덜은 한마디씩 허더라. 그 댁도 이젠 별수 읎이 망했다구. 영감님도 그게 원통해서 심화를 끓이다가 화병으로 돌아가실 무렵에는 제정신이 아니었나 보더라. 허구

헌 날 며느리 귀신이 나온다고 싹싹 빌고 벌벌 떨고 별의별 해괴한 짓을 다하다가 돌아가셨나 봐. 소문이지만 하도 흉하다 보니 그 좋은 집까지 흉가처럼 돼서 아무도 발길을 안 허게 되고, 남은 식구는 곧 우리 주인어른 댁허구 합치실 모양이야. 그만허면 망했다 할 만하잖는?"

"태임 아기씨가 있잖아."

"뒤를 잇지 못할 여식 남아 있으면 뭘허는?"

"여식밖에 읎는 게 어제오늘 된 일도 아닌데 지금 와서 왜 망했다고 야단들이야, 남의 집안을."

종상이가 몹시 분한 듯 볼멘소리를 냈다.

"엣다, 넌 이제 그 댁 걱정헐 게 아니라 니 헐일이나 제대로 챙기거라. 송도에서 너 내려오기를 학수고대 기다리는 네 동무들이 네가 이렇게 멀쩡해지고도 한양에서 빈둥대며 소일허는 걸 알면 너 다리 한 번 더 분질러질라."

근식이가 전대에서 꼬깃꼬깃한 서찰을 꺼내놓았다.

썼다기보다는 괴발개발 그린 것 같은 언문 편지는 천명이로부터였다. 천명이는 거사를 모의한 젊은 동무들 중에서도 나이가 종상이하고 동갑이었고, 무자년에 염병이 돌 때 부모 동기를 한꺼번에 여의고 혼자 살아남은 천애고아였다. 종상이 역시 조실부모하였고 동기간은 요절하고 삼촌들도 가난을 핑계로 제각기 살길을 찾아 산지사방으로 이산하여 혈혈단신이었으므로 비슷한 처지였다. 그러나 종상이가 자신의 고독이나 곤궁이 밖으로 드러날까 봐 기를 쓰고 늠름하게 굴리는 것과는 달리 천명이는 청승과 사람 그리움을 더덕더덕 밖으로 붙이고 다녔다. 자연히 천명이 쪽에서 먼저 종상이를 따르고 의지하려 들었고 종상이도 그게 싫지 않았었다.

　송도 동해랑의 전처만네 행랑채에서 젊은 혈기들이 머리를 맞대고 불온한 모의를 할 적에 천명이는 종상이를 주모자로 정하자고 주장해서 좌중을 놀라게 했었다. 그때만 해도 종상이는 지금처럼 몸이 회복되기 전이었다. 죽지 않을 만큼 얻어맞아 온몸이 멍들고 부러진 다리는 퉁퉁 부어 꼼짝을 못하는 반송장을 주모자로 받들자는 이유인 즉, 훗날 제가 관가에 붙들려가 악형을 당할 때 죽지 않고 살아남으려면 실토할 수 있는 주모자 이름이 있어야지 않겠느냐는 거였으니 듣기에 여간 야박한 게 아니었다. 당장 동무들의 비난이 빗발치는 게 당연했다. 그러나 그때도 정작 당사자인 종상이는 아무렇지도 않았다. 절대로 부귀영화나 명예가 돌아올 일이 아니기에 주모자로 나서기도, 남을 주모자로 지목하기도 서로 삼가고 있었다. 그러나 동무들이 당할 악형의 죽을 고비를 덜어주는 데 필요하다면 자신의 이름을 선뜻 주모자로 내놓아도 좋다고까지 생각했기에 종상이는 그 자리에서 쾌히 그것을 승낙했었다. 그리고 속에 품은 마음과 다른 말을 입 밖에 낼 줄 모르는 천명이에게 더욱 호감을 느꼈다. 실상 주모자를 굳이 갖고 싶어 한 천명의 말주변이 모자라서 마음을 그렇게밖에 표현 못 해서 그렇지, 자신이 위급할 때 제물로 쓰고 싶어서가 아니었다. 문란한 정치와 무방비 상태로 맞아들인 외세와 외래 문물로 인심은 흉흉하고 풍속은 흐려지고 도처에서 화적 떼만 날뛰는 세상이었다. 관가를 습격할까, 행세깨나 하는 양반네나 약탈할까, 중구난방으로 가진 자를 저주하고, 말세를 내일모레쯤으로 점치면서 혈기를 낭비하는 게, 가진 것도 문벌도 없는 젊은이가 몇 명만 한자리에 모였다 하면 하는 짓거리였다. 천명이는 그들의 모의만은 그런 시체 유행하곤 조금이라도 다르기를 바라고 있었다. 천명이 역시 비슷한 처지끼리 불평불만을 토로하는 게 숨 쉬는 것만큼이나 살기 위한 생리적 욕구에 가까웠지만 한 가닥 꿈이 있었다. 그 밑에서 죽어도 좋을 것 같은 확실한 영도력, 황홀한 깃발을 꿈꾸고 있었다. 종상이는 바로 자신이 천명이의 이런 천진한 꿈을 한 몸에 모으고 있다는 걸 알고 있었기 때문에 그의 주모자 타령이 괘씸하거나 불쾌하지 않았다. 절로 훈훈한 미소가 떠오르면서 과분하단 생각까지 들곤 했었다.

　종상이는 천명이의 편지를 몇 번 거듭해서 읽었다. 글씨나 글솜씨가 서툴기도 했지만 그가 미처 못다 한 사연까지 헤아리고자 해서였다. 거듭 읽을수록 종상이의 표정은 암울하게 그늘져갔다. 편지는 처음부터 또 주모자 타령이었다. 주모자가 병 고친답시고 슬그머니 자리를 피하고 말아, 일이 흐지부지돼 가는가 했더니 요새 별안간 엉뚱한 자를 주모자로 받들면서 곧 뭔 일이 터질 것 같다는 고자질과 원망과 근심과 하소연이 뒤범벅된 사연이었다. 엉뚱한 자를 천명이는 다만 김가라고만 했지만 전후 사연으로 미루어 보아 벼슬을 한 일이 있는 양반임이 분명했고 돈을 대면서까지 동무들을 충동질한다니 돈푼깨나 있는 양반이 사사로운 원한으로 툭 건드리면 터지게 돼있는 젊은 혈기를 이용하고 있다는 의혹도 배제할 수 없었다. 천명이도 누가 주모자가 되든 간악하기가 끝 간 데 없는 유수나 아전배들을 민심의 이름으로 응징하긴 마찬가지라고 동무들은 여길지 모르지만 자기 생각엔 똥 묻은 개의 앞잡이가 되어 겨 묻은 개를 물어뜯으러 나서는 꼴이 되기 십상일 것 같다고 말하고 있는 걸로 봐서 그와 비슷한 의심을 품고 있는 듯했다. 천명이가 한 번 그렇게 말한 것 외엔 주모자로 떠받들어진 적도, 또 실질적인 주모자 노릇을 한 적도 없는 종상이였지만 일이 그쯤 됐단 소식엔 분통이 터졌고 느닷없이 강렬한 책임감까지 느꼈다. 종상이는 그동안 엉뚱한 데 정신이 팔려 잊어버리고 지냈던 동무들의 얼굴을 하나하나 떠올렸다. 그의 고통과 절망을 횃불처럼 밝혀주던 그 아름다운 얼굴들을. 억울하게 당하고 고통 받는 종상이에 대한 그들의 동정은 참말로 진국스러웠다. 그러나 진국스러운 동정만 가지고 그런 큰 모의가 성립될 순 없었다. 종상이가 당한 어처구니없는 사건을 통해 그들은 관의 부패뿐 아니라 간교한 외세 앞에 뿌리째 흔들리는 나라의 운명을 보았기 때문에 아직도 남아 있는 백성의 건강한 기운을 보여주고자 했던 것이다. 그렇게 짓밟히고도 유순하게 가만가만 있다는 건 지렁이만도 못한 짓이었다. 그들은 자연발생적인 의분을 모아, 꼭대기에서 썩어 문드러진다고 덩달아서 썩어 문드러질 순 없다는 강렬한 의지를 보였고, 종당엔 행동으로 표현코자 했었다. 순수한 만큼 충동적이었고, 이해타산이 섞이지 않은 것만큼 조직적이지도 못했다. 그런 허점을 이용하려는 낯선 손길에 대해 천명이가 감지한 불순하고 간교한 인상에 종상이도 전적으로 동감이었다.

"왜 그래? 무슨 편진데 그래? 네 얼굴이 꼭 춘향이 편지 본 이 도령 얼굴 같다 아아."

근식이가 착잡한 얼굴로 편지를 읽고 또 읽는 종상이를 보다 못해 이렇게 물었다.

"형, 근식이 형 보기엔 내가 어드래?"

종상이는 잠에서 깬 것처럼 딴소리를 했다.

"서양 의술이 과연 좋긴 좋구나. 절름발이는 못 면할 줄 알았는데 감쪽같잖는? 얼굴도 좋아지고."

"그게 아니고 내가 의리 없는 놈 같잖우? 혼자서 너무 호강하고 있는 것 같기두 하구."

"아닌 게 아니라 송도에선 더러 그런 소문도 들리더라만 막상 내 눈으로 보니 그렇지도 않구나. 동해랑에서도 행랑방 신세더니 여기서도 고작 문간방 신세면서 호강은 무슨 호강이냐."

근식이는 겨우 장정이 다리 하나 뻗고 잘 만한 협소한 방구석을 휘둘러보며 말했다. 바닥에 깐 돗자리는 너덜너덜해져서 흙바닥이 드러났고 새까맣게 전 창호지는 만신창이였고 궤짝 위에 개어 얹은 이부자리는 두엄더미처럼 누추했다.

"그래도 그동안 내 한 몸 온전해지라고 읖앤 돈이 얼만 줄이나 알우? 10년 계량은 너끈히 할 논마지기 장만하고도 남을 돈을 단 석 달 동안에 다리 하나를 위해 들였으니 그건 아무나 할 수 있는 호강이 아니지."

"야아 그런 치하는 그 영감 궤연에서나 허구. 이 집 참 이상하다. 겉으로 보기엔 고래등 같은 기와집인데 안은 왜 이렇게 귀살스럽는?"

"아직 안이 아니라서 그래. 중문간만 들어서보라지, 인절미를 굴려도 먼지 한 꼬물 안 묻게 온 집안이 반들반들하다우. 별세상야."

"별세상이 아니라 별인간들이다. 아무리 거저 얻어먹어도 이만한 집에서 사람 대접을 어드렇게 이렇게 헐 수가 있는?"

"거저 얻어먹긴. 주인어른이 내 눈앞에서 후하게 방값, 밥값을 쳐준걸."

"그럼 그걸 처먹고도 이런 대접을 한단 말이냐?"

"처음엔 펄쩍 뛰면서 사양을 하데. 나 하나쯤 공밥 먹여도 아깝잖을 만큼 우리 주인어른께 신세진 일이 있는 눈치던데. 그래도 못 이기는 척 돈은 돈대로 챙기구두 사람 대접에다 그걸 보태는 건 깜빡 잊어버렸나 봐."

"서울깍쟁이라더니."

"그래도 깍쟁이라면 개성을 더 알아주잖우?"

"깍쟁이보담 더 무서운 게 사람 층하다, 안 그렀는?"

"층하를 헐래 허는 게 아니라, 안주인이 건사를 안 해서 그래. 안대청에서 보이는 데만 가지고 온종일 아랫것들을 들들 볶으니까 눈앞에서만 살살 기는 척허고는 뒷구멍으로 무슨 짓을 허는지 알게 뭐유. 빼돌리고 썩히고 구데기가 슬어도 모르는 주제에 오이소박이 수효나 세고 앉아 살림 잘허는 줄 아는 주인마님한테 나 같은 게 안중에나 있겠수. 굶잖구 하루 세끼 얻어먹는 것도 내가 아랫것들한테 인심을 안 잃고 불쌍하게 보인 덕이지."

"밥값은 밥값대로 치렀다며 왜 불쌍하게 얻어먹는?"

"왜 그렇게 됐는지 그 이치는 나도 모르겠어. 의당 받을 돈도 안 받을 것처럼 내숭을 떨다가 받고, 돈 받고 해주면서 거저 해주는 것처럼 생색을 내는 게 서울 인심이라는 것밖엔."

"하긴 줄 거 주고 받을 만큼 받는 셈에 있어서 명명백백하기로 치면야 어느 누가 개성깍쟁이를 따르겠는?"

"그뿐인 줄 알우. 남의 눈에 띄는 데나 안 띄는 데나 똑같이 깔끔하게 살림하기로도 개성 여자가 조선 팔도에서 으뜸일 거유."

"종상이 너 지금 내숭을 떠는 건지 시침을 떼는 건지 모르겠다. 서울에서 호강을 허고 있는 것도 아니고 정 붙일 데가 있는 것도 아니면서 멀쩡하게 다 나아 가지고도 왜 송도로 올라갈 척을 안 하는?"

근식이가 별안간 정색을 하고 말했다.

"곧 올라가리다."

"휘딱 올라가 임마, 너 읎인 죽도 밥도 안 되겠더라."

"형이 뭘 안다구."

"왜 몰라, 너보담 내가 더 많이 알걸."

"그럼 안 되지. 동무들끼리 도모한 비밀을 그렇게 함부로 누설한 게 누굴까?"

"까불지 마, 임마. 너 싫으면 내가 주모자 해도 될 만큼 느이들 속사정은 환하다만 어디메 가서 입 한번 뺑긋한 적 있는 줄 아는? 그런데도 곧 무슨 일이 날 거라는 소문이 송도 바닥에 낭자하니 괴이하지 않는?"

"괴이할 거 읎어 형. 난리가 날 거라는 소문만이면 그래도 약과지. 조선 팔도가 벌집 쑤셔놓은 것처럼 시방도 예서제서 민란이 그칠 날이 읎으니까. 정작 괴이한 건 백성들이 그렇게 죽자꾸나 목숨을 걸고 아우성쳐도 토색질, 토호질은 숨을 쥑이기는커녕 점점 더 번성하고 극악해지는 거 아니겠수?"

"배 터져 죽게 된 탐관이나, 배곯아 죽게 된 백성이나 오늘 살 생각만 허구 내일 죽을 생각을 못 허긴 마찬가지인 것 같아."

종상이 심란하게 한숨을 쉬면서 말한다.

"너 무슨 소리를 그렇게 정떨어지게 허는? 꼭 탐관과 백성을 한꺼번에 굽어볼 수 있는 신선 같은 소리를 허구 자빠졌잖아. 이 자식이 보아하니 후환이 두려워 그 일에서 슬그머니 발을 뺄려고 그렇게 갖은 엄살을 다 떨고 송도를 빠져나왔구나. 어쩐지 부러진 다리가 붙었다는 것부터가 수상쩍드라니."

"아냐 형, 형이 어드렇게 그런 생사람 잡을 얜한 소리를 헐 수가 있어?"

"그래 그건 앰한 소리라고 치자. 내 눈으로 알 밴 동아뱀마냥 징그럽게 부은 네 다리통을 보았으니까. 그렇담 이렇게 멀쩡해지고 나서도 이 구더기 밑살만도 못한 문간방을 못 떠나고 뭉그적대는 까탈이 도대체 뭐냐? 사람이 인두겁을 썼으면 첫째 의리라는 게 있어야지. 너도 밴댕이만큼이라도 소갈딱지라는 게 있으문 생각 좀 해봐라. 그 동무들이 누구 땜에 이번 일을 모의하게 됐냐를. 순전히 너 때문이야. 네가 억울허게 당한 걸 보고 감히 관가를 때려 부술 엄두를 내게 된 게라구. 그 법 읎이도 살 순진한 친구들이 너 따위 의리 읎는 자식을 위해 죽기를 맹세한 걸 알면 어떤 얼굴을 할까 생각만 해도 끔찍하다 끔찍해."

생긴 것처럼 마음씨도 옹골찬 데라곤 없이 순해빠져 더러는 못나 보일 때도 있던 근식이가 느닷없이 성깔 있게 나오니까 종상이는 되레 바른 말을 할 수 있는 용기 같은 게 생겼다. 그렇다고 여지껏 하고 싶은 말을 일부러 안 하고 딴청만 부린 것은 아니었다. 그 역시 그걸 몰라 적이 답답했던 자신 속에서 욱신거리던 본심이 문득 분명해진 것처럼 느끼고 있었다.

"형, 내가 싫은 건 바로 그거유. 나 한 사람을 위헌 사사로운 원한으로 이번 일이 비롯된 게 암만해도 나는 께름칙해. 조선 팔도에서 벌집 쑤셔놓은 듯이 일어나고 있는 민란이 다 비슷하지만 억울하게 당하다 당하다 정 못살게 된 백성이 주동이 되어 행악이 심한 고을 수령 하나쯤 내몰거나 빼앗긴 재산을 쟁여놓은 곳간에 불이나 지를 수 있으면 뭘 허우? 그 다음 원님이 탐관이 아니란 보장을 도대체 누구라 한답디까? 더 돈 많이 들여 벼슬 산 원님 배에 잔뜩 발기름이 끼게 할려면 구관이 명관이란 신음 소리가 저절로 나올 게 뻔헐걸."

"아무려면 백성 수효보담 탐관 수효가 더 많을라구."

"그렇지만 온 고을 백성이 한꺼번에 다 일어나도 기껏 탐관 하나 죽이거나 귀양 보내게 할 수 있지만 원님 하나는 백성 수십 수백 명도 문초하고 치죄허구 목숨도 빼앗고 싶으면 빼앗을 수 있잖 우."

"옳거니, 이제 알겠다. 네가 근본은 양반이라서 서울서 비비적대 는 사이에 벼슬 살 연줄이라도 만난 게로구나. 그렇지?"

"양반? 개 팔아 두 냥 반도 아니고, 진사 값이 자그마치 만 냥이네 5천 냥이네 허는 세상이유. 벼슬은 아무나 허는 줄 알우?"

"그럼 네 진짜 속셈은 뭐냐?"

"사사로운 원한으로 어느 한 사람한테 앙갚음을 해선 안 될 것 같 아. 돈 주고 벼슬 사는 그릇된 제도를 뜯어고쳐야지."

"그릇된 제도를? 그걸 감히 우리가 어드렇게 뜯어고치냐, 뜯어고 치길. 언감생심 그런 생각을 하다니, 누구라 들으면 역적모의한다 고 몰릴라. 그런 생각은 영락없는 역적모의야."

"역적모의허군 달라."

"어드렇게?"

"어드렇게 다르다는 건 나도 잘 모르겠어. 그걸 알듯 알듯 하면서 도 모르고 사니까 답답허기가 일자무식과 진배없어. 그러고 보니 내가 정말 하고 싶은 건 공분가 봐, 신식 공부……."

종상이의 눈빛이 간곡하고 신실해졌다. 근식이도 더 이상 의리 없다고 윽박지를 마음이 안 났지만 놀라움은 한결 더했다.

"뭐 신식 공부?"

"그래요. 서울엔 신식 공부 가르치는 학교가 벌써 여럿 생겼다우."

"너 온갖 못된 바람이 들다 들다 이젠 개화 바람까지 들었구나."

"형 보기에 개화 바람이 그렇게 나쁜 거유?"

"쟤 좀 봐. 개화당이 역적모의한 것도 몰라? 안 되겠다. 꼭뒤잡이를 해서라도 널 송도로 끌고 가야지."

"형이 꼭뒤잡이 안 해도 내일 당장 올라갈게. 그 일도 그 일이지만 주인어른 궤연도 뵈어야지. 그 어른한테 입은 하늘 같은 은혜를 갚을 길이 읎으니 망극해서 어쩐다지?"

"역시 거사는 뒷전이로구나."

"형, 형이야말로 형 장사는 뒷전으로 제쳐놓고 우리 거사에 웬 참견인지 모르겠구려."

"나도 장사 걷어치고 화적 떼나 될까 부다."

근식이가 밑천을 드러내듯이 계면쩍고 자포자기한 태도로 말했다.

"형, 뭔 일이 잘 안됐어?"

"이번 길은 심부름이 아니라 처음으로 내 주장대로 할 수 있는 장삿길이었는데……."

"형이 벌써 그렇게 됐나. 부럽수."

"임마, 누구 약을 올리냐? 남의 말을 다 듣기도 전에 촐랑거리긴."

"왜 일이 잘 안 됐수?"

"일이 아주 더럽게 됐다. 무악재고개가 보이기도 전에 코 하나는 단단히 움켜쥐었다만, 간 빼먹는 재주 가진 놈도 있다는 걸 미처 몰랐지 뭐냐?"

"왜, 무슨 일을 당했는데?"

"당해도 더럽게 당한 게 왜놈한테 당했지 뭐냐."

"왜놈? 왜 처음 장사를 하필 왜놈하고 시작했수?"

"하부다이 장사가 곱절 장사는 된다기에 그걸 허러 왔거든."

"하부다이? 그게 어드런 물건인데."

"비단이야, 일본 비단."

"일본놈이 비단도 들여오나? 비단 허면 뭐니 뭐니 해도 청국 비단이 으뜸갈 텐데."

"청국 비단도 좋기야 좋지. 그렇지만 일본 비단 좋은 건 혹할 만하단다. 특히 하부다이는 곱고 부드럽기가 천이라기보다는 봄바람이나 안개 같거든."

"설마."

"정말이야. 청국 비단이 미려하다면 일본 비단은 간사하고, 청국 비단은 밖으로 광택이 나지만 일본 비단은 속살로 감긴단다."

"형, 형이 지금 하는 얘기는 비단 얘기유, 청루에서 안아본 계집 얘기유?"

"얘가, 입에서 젖비린내도 안 가신 녀석이 못하는 소리가 읎네. 아닌 게 아니라 하부다이를 한번 만져보면 계집의 속살도 이렇거니 허는 음한 생각이 날 만도 하지. 그보다도 똑같은 명주실을 가지고 어찌 이리도 곱고 가는 실을 뽑아낼 수 있을까, 저들의 기술에 감복도 허구 시기도 하게 된다. 그 하부다이가 요새 이름난 노류장화들 사이에서뿐 아니라 세도하는 사대부가의 안방마님들 사이에서까지 널리 퍼져 물건이 달릴 뿐 아니라 부르는 게 값이란다."

"정말 말세로구먼. 내가 어려서 듣기론 우리 손으로 짠 질박한 명주도 속살에 닿으면 음욕이 동한다 해서 젊은이는 입기를 삼가되 수족이 냉해지는 노인네 의복으로나 합당하다 했거늘, 우리 것도 아닌 남의 나라의 요상한 비단으로 양반집 부인이 노류장화와 똑같은 사치를 즐긴다니."

"못살겠다고 민란이 그칠 날이 읎는 나라 안 이야기 같지도 않지만 사실인 걸 어드렇거네. 난 장사꾼이니 이문 남기는 게 첫째 목적이고, 또 내 주장으론 첫 번 장삿길이라 주인어른 신망에 여봐란듯이 보답하고 싶은 욕심도 있고 해서 하부다이 장사에 겁 읎이 덤볐다가 큰 낭패를 보게 됐어."

"어드렇게?"

"한 짐 잔뜩 해가지고 온 홍삼과 하부다이를 바꾸려고 거간꾼을 내서 흥정을 하는데, 처음엔 잘 나가다가 물건끼리 바꾸는 건 뭐 구식 장사라나. 장사도 신식으루다 해야 이문도 몇 푼 몇 리까지 깔축이 읎고 편리하다는 게야."

"신식 장사라니?"

"별것도 아니야. 고작 돈으로 사고파는 거 말이더군. 개성 장사꾼들이 몇백 년 전부터 길들여온 것을 신식 장사라고 허길래 하 우스

위서 선뜻 승낙을 했지. 먼첨 홍삼을 팔래기에 나도 약은 사람이라 하부다이 값도 미리 약조해놓고 나서 홍삼 대금을 받았지 뭔가. 그게 바로 어제구 그때꺼정두 돌다리도 두들겨보고 건너는 심정으루 다 실수 읎이 조심조심했는데 글쎄 오늘 딴소리를 하는 게야. 오늘의 하부다이 시세가 어제의 곱절이라니 그게 말이 되냐? 내가 저놈들한테 속은 것도 억울헌데 그놈들 한다는 소리가 우리나라 돈이 매일 반절씩 값어치가 떨어진다는 게야."

"저런 육시를 헐 놈들, 그놈들을 관가에 고발을 허지 그냥 내버려 뒀더란 말유?"

"애 좀 봐, 네 다리 붙은 지가 며칠 됐다고 그런 흰소리를 텅텅 허구 자빠졌냐? 하늘이 내려다보는 명백한 도적을 잡구두 되레 다리 몽둥이가 분질러진 주제에 세전까지 내면서 네 활개 펴고 장사허는 왜놈을 무슨 수로 잡냐, 잡길."

"그건 형 말이 옳아요. 그렇지만 그런 간사한 무리들한테 당허구만 있을 순 없잖우."

"여북해야 화적 떼가 되고 싶겠는?"

"화적 떼는 내가 될 테니 형은 장샛길이나 잘 닦아요. 한 번 실수는 병가지 상사라잖우?"

"그 자식. 그 문자를 거기다 붙이니까 어째 어색하다. 너 송도 올라가기 싫으면 안 올라가도 돼. 네가 잘못돼 혀 빼물고 저잣거리에 걸렸는 걸 보게 될까 겁난다. 그렇지만 돈벌이든지 하다못해 여리꾼 노릇이라도 해서 밥벌이를 해야지, 사지가 멀쩡해가지고 여기

마냥 죽치고 있진 말거라."

마음이 순해터진 근식이는 종당엔 이렇게 눙쳐주고는 더 이상 거사얘기는 꺼내지 않았다.

잡아놓은 주막이 있다고 가려는 근식이를 부득부득 잡아놓은 종상이는 불면 날아가게 살살 퍼 담은 한 그릇 보리밥을 나누어 먹고 두엄 더미 같은 자리를 펴고 나란히 누웠다. 조심조심 실패한 장사 얘기나 주모자 타령을 피해, 실없는 소리만 골라 하던 근식이는 석유 등잔이 독한 그을음과 냄새를 남기고 저절로 사그라지자 곧 코를 골기 시작했다. 종상이도 내일 길 떠날 생각을 하면 한잠 푹 자둬야 할 것 같았으나 좀처럼 잠이 오지 않았다. 이리 뒤척 저리 뒤척 천명이 편지 사연을 곱씹을수록 마음이 조급해졌다. 돈까지 대가며 거사를 충동질한다는 김가가 누구인지 특히 마음에 걸렸다. 겨우 수령 하나를 응징하기 위해 많은 젊은이들이 구만리 같은 앞날을 포기할 각오까지 하고 몇 달을 두고 모의하고 벼른 게 참으로 어리석고 하찮아 보여 거의 잊어버릴 뻔한 나날이었다. 서울이란 대처에서 쐰 개화 바람에 스민, 사람은 문벌에 상관없이 모두 평등한 권리를 가진다는 생각은 그만큼 놀랍고 황홀한 충격이었다. 그 충격 때문에 빛바래고 왜소해 보이던 모의가 엉뚱한 자한테 난데없이 이용을 당하려 하자 새삼스럽게 강한 애착이 갔다. 김가가 함부로 더럽히지 못하게 새로운 가치를 부여해야 할 것 같은 책임감도 아울러 동했다. 그러면서도 그 급변한 형편이 그의 뜻과는 상관없이 강요된 것 같은 낭패감 또한 생생했다.

다음 날 새벽 해 뜨기 전에 무악재고개를 넘었건만도 해 안에 임진나루까지도 못 가고 파주 주막거리에서 하룻밤을 드새야만 했다. 다리가 붙고 나서 처음 걷는 먼 길이었다. 한창나이 때, 빈 몸으로 한양까지는 하룻길이면 족했다는 자랑은 노소를 막론하고 송도 사람이 흔히 하는 소리였다. 종상이 역시 그런 흰소리를 많이 들어봐서 낸들 못 할까 싶었는데 막상 백 리도 못 걷고 기력은 탈진하고 날이 저무는지라 보는 사람 없이도 창피한 생각이 들었다. 나그네를 받기 위해 비교적 정결하게 꾸며놓은 주막의 뒷방 호롱불 밑에서 푼 감발이 시뻘건 핏빛으로 보였다. 무악재고개를 넘으면 석탄빛으로 검던 한양의 흙이 차츰 붉어져서 파주땅으로 들어서면 시뻘건 황토흙이 되었다가 임진강을 건너면 점점 그 빛이 바래고, 은빛으로 빛나는 모래땅이 되면 송도였다. 내일 해안으로는 송도에 당도하리라. 나무를 깎아 만든 투박하고 찌든 등잔대엔 이 빠진 종지를 기울여놓고 그 밑에 쇠뿔을 걸어놓아 어쩌다 넘치는 들기름을 받도록 돼 있었다. 그동안 한결 밝은 석유 등잔에 익숙해진 종상이의 눈에 심지를 타고 종지 언저리에서 가물대는 호롱불이 가슴이 저리게 정겨웠지만 한편 답답했다. 그가 거처하던 문간방엔 석유 등잔이었지만 별세계 같은 안채에선 남폿불을 켜고 있었다. 아침마다 계집종이 방방의 남포 등피를 내다가 입김을 불어가며 투명하게 닦는 걸 중문 틈으로 엿보면서 느낀 새로운 문물에 대한 아련한 동경이 달콤하고도 아릿하게 되살아났다. 그러나 날랜 말을 타고 달릴 때처럼 한양의 풍물은 그의 의식 속에서 획획

뒤로 물러가 환상이 되고, 그가 앞으로 처리하고 감당해야 할 송도 일이 점점 답답하고 헝클어진 현실이 되어 사정없이 그의 앞으로 육박해왔다.

전처만 영감이 죽었다! 처음 그 소식을 들었을 때는 한양에서의 새로운 견문, 그중에서도 평등과 자유의 빛나는 예감에 흥분하고 있어서인지 순간적인 놀라움에 그치고 말았다. 그러나 송도를 강 건너로 바라보면서 전씨 가문의 비운과 모의의 주모자 노릇이 양 어깨에 진 짐처럼 같은 무게로 그를 짓누르기 시작했다. 전 영감을 처음 만났을 때 광경은 언제 떠올려도 섬뜩한 악몽이었다. 종상이한테 극진히 굴고 돈을 안 아끼고 부러진 다리를 고쳐주려고 애쓸 때만 해도 많이 추비하고 부드러워진 말년이고, 그보다 5년 전 청포전에서 처음 본 전 영감은 기골이 장대한 노인이었다. 섬뜩하도록 매서운 눈빛이 종상이가 이 생원의 손자라는 소리를 듣자 푸른 불빛처럼 타오르면서 날카로운 턱을 뒤덮은 수염이 사자의 갈기털처럼 곤두서던 모습을 어찌 잊을까. 겁낼 것 없다. 나를 똑바로 봐라. 그렇게 겁먹은 눈으로 보지 말고 힘껏 노려보란 말이다. 알겠는? 원수처럼 노려봐. 눈을 부릅뜨고. 이렇게 이렇게 노려보란 말야. 이 못나 자빠진 양반의 새끼야. 분노로 오히려 착 가라앉은 목소리로 이렇게 다그쳤건만 종상이는 뱃속까지 와들와들 떨며 차마 전 영감을 바로 보지 못했었다. 그건 그 후에도 쭉 버릇으로 남았다. 전 영감이 훗날 그에게 친할아버지처럼 자애롭게 굴 때는 그는 제법 옹골차고 담대한 젊은이로 자랐건만 여전히 영감을 바로 보지 못했다. 영감을 믿고 의지하고 고마워하게 되었으면서도 문득 문득 영감이 자기를 해칠지도 모른다는 망상에 시달리곤 했다. 그건 영감이 종상이에 대한 격렬한 애증에 시달린 것과 마찬가지 이치였다. 종상이는 영감이 죽음으로써 그가 풀지 못하고 간 애증의 비밀을 고스란히 떠맡는 것처럼 느꼈다. 그는 밤이 깊도록 잠을 못 이루고 뒤챘다.

한양이 하룻길이란 말짱 흰소리였든지 붙은 지 얼마 안 되는 다리라 아직 힘이 덜 올랐는지 종상이는 다음 날도 송도에 당도하지 못했다. 물집 잡힌 발가락을 딴 게 덧나 찔룩대며 걷다 쉬다 하는 걸음이 하루 50리 길도 힘에 부쳤다. 그렇게 지지부진한 걸음인지라 송도까지 사흘이나 걸렸다. 다행히 해 안에 당도한지라 그는 야다리 밑에서 황톳빛 감발을 풀고 맑은 물에 발을 담갔다. 해가 설핏한 무렵의 가을 물은 심신을 쇄락하게 했다. 그는 행담 속에 아껴두었던 흰 버선으로 갈아 신고 행전도 새것으로 쳤다. 전 영감의 영전에 삼가 조의를 표할 준비 겸 아직도 고려의 숨결이 남아 있는 그 지조 높은 기개 있는 은빛 고도에 대한 그 나름의 경의를 표하고자 해서였다.

외관상 변한 게 없건만 동해랑의 전처만네는 쇠락의 기운이 완연했다. 행랑채의 언년네가 그의 의젓한 걸음걸이를 보고 호들갑스럽게 놀라면서 언년 아범을 불러냈다. 어둑시근한 방구석에서 고개만 내민 언년 아범 주먹코에 잔뜩 주독이 오른 것도 이 댁의 느슨해진 기강과 상관이 있을 듯하여 그는 짐짓 근엄한 안색을 풀지 않았다.

안마당엔 서릿발처럼 희고 송이가 작은 토종국화가 무리져 피어 있는 걸 거두지 않아 쓰러져 덤불을 이루고, 석양빛에 더욱 자지러진 단풍나무의 선홍빛은 피를 토하듯이 처절해 보였다.

그러나 종상이가 머리끝에서 발끝까지 비감에 떤 것은 주인 잃은 집 마당의 이런 가을 풍경 때문만은 아니었다. 마침 태임이가 상식을 지내고 있었다. 궤연을 두른 소장 안에는 짚베개랑 상장이 보였지만 딴살림 난 아들 며느리는 삭망에나 모이는 듯, 태임이 혼자 엎드려 곡을 하고 있었다. 곡성은 서럽거나 격하지 않고 단조롭고 잔잔했음에도 불구하고 종상이는 온몸이 가녀린 현이 된 듯 민감하게 떨고 있었다. 늘 빼어난 솜씨로 지은 물색이 고운 비단옷만 입던 몸에 굵은 홈질이 드러난 깃옷이 웬 말이요, 치렁치렁 삼단 같은 머리채에 양귀비꽃처럼 물렸던 다홍 댕기 대신 흰 댕기가 웬 말인가. 종상이는 전 영감이나 머릿방 아씨의 죽음보다 그게 한결 더 비통하여 목구멍이 뿌듯하게 오열이 치받치는 걸 참느라 이를 악물었다.

곡을 마치고 사배하고 난 태임이가 등 뒤에 인기척을 느끼고 돌아섰다. 볼이 약간 여위었을 뿐 눈물 자국 없이 해맑은 얼굴이었다. 신열이 있는 것처럼 약간 비정상적으로 번들대는 총기 있고 당돌한 눈과 정면으로 마주치자 종상이는 자기도 모르게 한 손으로 가슴을 움켜쥐며 두어 발자국 물러섰다. 이상한 일이었다. 태임의 눈길에 비수가 달린 것처럼 가슴이 아팠고 이어서 화끈거렸다. 종상이는 애써 전 영감의 불같은 노여움 앞에 사시나무 떨듯 하는 그를 위해 할아버지 옷깃에 매달려 애원하던 어린 계집애 적 태임이의 인정 많은 마음씨를 생각하려 들었고, 그가 상한 짐승처럼 신음하는 행랑방을 겁 없이 찾아와 그의 말에 귀 기울이고 그를 믿어주던 그녀의 늠름한 사람됨을 떠올리려 들었다. 그러나 눈앞의 그녀가 지난날의 그녀를 완강히 가로막고 그를 꼼짝도 못 하게 했다. 차라리 지엄한 내외의 법도를 따라 다소곳이 안으로 들어가 주었으면 싶었다.

태임이가 먼저 입을 열었다.

"자네 오래간만이네. 할아버님 상중에도 못 본 듯한데 그 어른께 입은 은혜를 생각해서 어찌 그럴 수가 있는가?"

추상같은 호령이었다. 처음 들어보는 '허게'는 내외의 법도가 아닌 상전과 하인의 법도에 한 치의 어긋남이 없이 깍듯했다. 종상이는 헛되이 입가를 씰룩거렸다. 내외할 가치조차 없다는 듯한 태임이의 교만한 하대는 그의 가슴에서 새롭게 움트는 걸 무참하게 유린했다.

종상이에 대한 태임이의 '허게'는 털끝만큼도 예절에 어긋나는 게 아니었다. 태임이는 이제 그 넓은 동해랑 집의 주인이자 상속녀였다. 할머니 홍 씨가 아직 생존해 있다고는 하나 그 정정하던 기력과 여문 살림 솜씨와 경우 바른 마음씨는 실절한 맏며느리를 잔혹하게 징벌하는 데 탕진하여 지금은 산송장이나 진배없었다. 기력만 탈진한 게 아니라 정신마저 혼미하고 오락가락했다. 태임이는 위로 이런 조모를 모시고 식구는 없이 덩치만 큰 살림을 주장하고 아랫것들을 건사하는 데 능했을 뿐 아니라 전처만이 현금과 함께 물려준 적지 않은 어음을 회수하는 데도 깔축이 없었다. 태임이 눈에 종상이가 부리고 책임져야 할 드난꾼 이상도 이하도 아닌 것으로 비쳤다고 해도 종상이는 분하고 억울해할 처지가 못됐다. 그러나 종상이는 태임이의 하대에 앙분해서 피가 거꾸로 흐르는 듯했다. 엄청난 배신감이었다.

태임이가 얼마나 당차고 겁 없는 계집애라는 건 종상이도 익히 알고 있었다. 촌에서 처음 나온 그가 전처만의 까닭 모를 노여움 앞에 사시나무 떨듯 할 때 태임이는 방구리만 한 계집애였으나 감히 그의 역성을 들고 나섰다. 그때의 전처만의 분노와 증오는 아직도 그에겐 음험한 수수께끼였다. 그러나 그는 그 수수께끼를 풀려고 고민하지 않았다. 나중에 전처만이 그를 각별히 위해준 때문도 있었지만 그 사건이 그에게 조금도 원한이나 상처를 남기지 않았기 때문이었다. 원망은커녕 그 사건에는 감미로운 도취가 있었다. 그때 만난 쬐그맣고 당돌한 계집애는 그의 외롭고 고된 날의 위안이 되었고 그늘진 삶의 빛이 되었고 어려운 일을 앞두고는 용기가 되었다. 뿐만 아니라 방구리만 한 계집애는 그의 나이와 함께 그의 마음속에서 은밀하고 꽃답고 향기롭게 자라났다. 태임이를 처음 만나고 나서 5년 동안 그는 줄창 고되고 부지런한 삼포 일꾼에 지나지 않았지만 자신이 그 또래의 딴 일꾼들과 다르다는 걸 강하게 자각하며 지냈다. 마음속에 도도하고 향기 높은 꽃을 키우고 있기 때문이었다. 한 그루 매화를 키움으로서 다만 풍우를 막아주던 단칸방이 격조 높은 사랑방 행세를 하려 들듯이 그는 남달리 준수하고 늠름하고 자부심이 강한 청년이 되고 말았다. 그가 국운과 함께 날로 피폐해가는 삼포의 운명을 통탄하여 일꾼들의 힘을 모아 앞장서서 삼포 도굴꾼들의 길목을 지켰다가 마침내 그들의 정체가 왜놈들이란 걸 입증하기까지에 이른 것도 그 남다름 때문이었다. 남다름이 시류를 잘 타면 출중함이 되지만 잘못 타면 미운 터럭에 지나지 않는다. 그가 세운 공로는 관의 인정을 못 받았을 뿐 아니라 세상을 어지럽힌 죄인으로 되잡혀 죽지 않을 만큼 얻어맞고 버러지처럼 기어나와 전처만의 행랑방에서 사경을 헤맬 때, 다시 만난 태임은 그가 5년 동안 마음속에서 키운 것만큼 꼭 그만큼 자라 있어서 결코 낯설지가 않았다. 그러나 마음으로 보던 그녀를 눈으로 보니 한결 황홀했다. 더 황홀한 건 그녀가 그의 피맺힌 외침을 조금도 의심하지 않고 고스란히 믿어준 거였다. 믿어주었을 뿐 아니라 칭송하고 우러러주었다. 온 세상이 그를 상한 버러지처럼 능멸한다고 해도 태임이가 그가 한 일의 가치를 알아주고 그런 일을 한 그를 앙모하는 한 그가 한 일은 억울하지도 헛되지도 않았다. 태임은 정성스럽고도 겸손하게 그의 썩은 내 나는 상처에 엉겨 붙은 더러운 헝겊을 떼어내고 깨끗한 천으로 갈아주었고 그의 울분에 귀를 기울여주었다. 태임이가 그를 믿고 우러러주는 한 그는 억울하고 어리석은 백성이 아니라 영웅이었다.

그때에다 대면 지금의 종상이는 몸이 완전해졌을 뿐 아니라 대처에서 견문을 넓히고 생각이 깊고 복잡해져 촌티를 말끔히 벗고 있었다. 게다가 대처에서 쐰 새로운 바람, 인민은 문벌에 상관없이 평등한 권리를 가진다는 개화 바람은 그를 딴사람처럼 생기에 넘치게 했다. 그의 이런 변화에 비하면 같은 동안에 있었던 태임이의 환경의 변화는 얼마나 못할 노릇이었던지 하늘이 무너지고 땅이 꺼진 데 비유할 만했다. 종상이는 돌이킨 건강뿐 아니라 자유와 평등의 예감 때문에 더욱 빛나는 자신의 젊음으로 태임의 앙모를 한층 두텁게 모을 줄 알았다. 그 어느 때보다도 여유 있고 늠름하게 태임의 가련한 처지를 위로하고 다독거려줄 자신이 있었다.

청천벽력도 분수가 있지 이런 깍듯한 상전 노릇과 야박한 하대는 상상도 못 해본 일이었다.

"게 누구라 왔는?"

안방에서 홍 씨가 두억시니 같은 머리를 내밀며 자지러지는 소리로 물었다. 문지방을 휘어잡은 손가락이 섬뜩하도록 앙상했다.

"아무도 아녜요, 할머니."

태임이가 장대처럼 서 있는 종상이를 아무도 아니라고 부정하면서 거만하게 노려보았다. 종상이는 태임이의 오만불손하고도 차가운 눈길에 쓸리는 검부락지처럼 허청허청 참담하게 궤연 앞을 물러났다. 미처 조상도 못 했다는 것조차 깨달을 겨를이 없었다. 중문간에서 그만이가 호들갑스럽게 그를 반겼으나 그는 모르는 척했다. 그의 눈엔 아무것도 보이지가 않았던 것이다. 그가 행랑채에 앓아누웠을 때 행주치마폭에다 구미구미 보신할 만한 거나 구미 돋을 만한 걸 여투어다 먹인 적이 있는 그만이는 그의 배은망덕이 하도

기가 막혀 벌린 입을 못 다물었다. 한참만에야 분한 마음이 북받쳐 올라 저 녀석이 다리가 붙은 대신 눈깔이 멀어 청맹과니가 됐음이 분명하렷다 싶었지만 확인해볼 길은 없었다.

  종상이는 급한 볼일이 있는 것처럼 횡하니 그러나 다리 기운은 하나도 없이 흐느적대며 어디가 어딘 줄 모르고 송도 바닥을 마냥 헤맸다. 나깟줄小川을 수도 없이 건넜고 남대문이 바라보이는 점방거리에서는 괜히 깜짝 놀라 돌쳐서기도 했다. 끝이 안 보이게 청청한 무밭이라도 나타나면 여기가 오정문 밖이거니 어림짐작을 하는 게 고작일 뿐, 뉘엿뉘엿하던 해가 꼴깍 넘어간 후에도 그의 발길은 정처가 없었다. 추위를 재촉하듯 장단 산성 쪽에서 해 저물녘까지 들어오던 장작 달구지가 덜커덩대는 소리도 멎고, 나는 새도 제 둥우리를 찾아 깃을 쉬는지 하늘이 물빛으로 텅 빌 때까지도 그의 상한 마음은 질정을 못했다. 어느 틈에 송도가 한눈에 내려다보이는 곳에 와 있었다. 자남산이었다. 주위의 명승고적이 많아 가게에서 일하는 친구들과 어울려 한두 번씩 올라가 본 산이었다. 풀 끝에서 풀 끝으로 부지런히 뛰던 방아깨비도 메뚜기도 언덕길을 스멀스멀 기던 징그러운 도마뱀도 다 잠을 자는지 풀숲은 괴괴하고, 한결 성글어진 나뭇잎 사이로는 하나둘 별빛이 내려앉기 시작했다. 문득 소슬한 가을 기운이 겹옷만 걸친 살갗에 소름을 돋게 했다. 송도는 자남산에서 내려다볼 때가 가장 정연하고 풍요하고 친근해 보였었다. 그러나 지금은 먹물을 푼 듯한 어둠에 휩싸여 매우 혼미해 보였다. 한때 사나이 야심을 걸어볼 만한 문물과 재물의 중심지로 보이던 눈부신 대처가 혼미할 뿐 아니라 여간 작고 초라해 보이는 게 아니었다. 종상이는 이 낙후한 고장 사람들은 아마 인간이 평등하단 기쁜 소식을 알지 못할 거라고 생각했다. 자기가 누구보다도 먼저 그것을 알았다는 걸로 그는 돌연 우월감을 느꼈다. 태임이에 의해 상한 건 그의 자존심이었으므로 송도를 발아래로 굽어보면서 느낀 우월감은 억지스럽고도 신속하게 그 치료제가 되었다. 그는 미친 듯이 낄낄댔다. 발아래 송도의 어둠은 더욱 짙어지고 무분별한 정열이 그의 가슴속에 팽배했다. 가을날의 황혼은 순식간에 깜깜해졌다. 조금께라 달도 뜨기 전이었고 창마다 비치는 불빛도 어둠을 밝힐 만하지 못했다. 종상이의 웃는 얼굴은 차츰 비참하게 일그러졌다. 그는 자신의 가슴속의 불꽃으로 발아래 고장이 입고 있는 어둠을 태우고 싶다고 생각했다. 인간이 평등하다는 개화 바람도 모르고 게으른 초저녁잠에 빠진 고장을 불 지르고 싶었다. 조선 팔도 방방곡곡에 괴질처럼 번진 민요 민란을 홀로 모르는 채 문 닫아걸고 평안과 실속에만 급급한 이 폐쇄적이고 이기적인 고장이 아비규환의 고통에 빠지는 걸 보고 싶었다. 종상이가 그의 가슴속에 분노로 정작 태우고 싶은 건 태임이었다. 태임이의 오만이었다. 그러나 이 고장이 온통 불바다가 된다고 해도 태임이만은 그 안에서 구해내고 싶은 것 또한 진심이었다. 그는 그의 광포한 정열이 번져 발아래 고장을 태우는 걸 보았고 아비규환을 들었고, 그리고 그 안에서 태임이를 구해 업고 나오는 자신의 모습에 도취했다. 그는 결국 그의 자존심을 짓밟은 한 여자에게 앙갚음하기 위해 한 도시를 불태우기를 꿈꾸고 있었다. 그는 제정신이 아니었다. 동무들과 꾸민 다 된 모의에서 슬쩍 발을 빼려 했던 것도 비열해서가 아니라 행여 개인적인 원한풀이가 될까 봐 꺼리고 삼가는 마음에서였다. 그는 그만큼 침착하고 사려가 깊었었다. 한 사람의 탐관을 응징하기보다는 탐관을 얼마든지 배출해낼 수 있는 제도를 뜯어고칠 수는 없을까. 개인을 향한 미움에서 제도를 비판할 수 있는 안목을 획득할 만큼 이성적이기도 한 그였다. 그런 그가 지금은 고작 한 여자에 대한 증오의 불길로 한 도시를 불사르기를 망상하고 있었다. 차가운 바람이 술렁술렁 숲을 흔들더니 그의 화끈한 이마에 얼음 조각처럼 와 닿았다. 그는 부르르 몸을 떨며 불길과 아비규환에서 깨어났다. 그렇다고 망상을 아주 떨친 건 아니었다.

종상이가 강릉골 집으로 돌아온 건 야심해서였다. 전처만의 소실 해주댁은 종상이를 보자 울음 먼저 터뜨렸다.

"자네꺼정 날 버린 줄 알았네."

"그럴 리가 있겠시니까?"

종상이는 덤덤하게 대답했다. 너무 쉽게 부인했으므로 되레 믿음성 없이 들렸다. 그의 정신이 지금처럼 딴 데 가 있지 않을 적에도 앞으로 언제까지 해주댁 밑에서 동고동락할 것인가에 대해 진지하게 생각해본 바가 없었다. 그러나 해주댁의 소복과 슬픔이 가득 괸 안색은 동해랑의 궤연보다 훨씬 더 전처만 영감의 죽음을 실감케 했으므로 종상이도 절로 추연해졌다.

"서양 의술이 참말로 신통하네그려. 사람 뼈를 무엇으로 붙이던가? 약으로 붙이던가? 아니면 저들만 부리는 요술이 있던가?"

"웬걸요. 어긋난 뼈를 본디대로 대강 이어만 놓고 꼼짝 못 하게 할 뿐 약도 요술도 쓰지 않던걸요. 사람 몸속에서 나는 진으로 저절로 붙을 때까지 기다리는 동안이 여간 지루허지 않았지만 양의가 꼭 붙는다는 확신을 주었기에 참을 수가 있었지요."

"서양 의술은 약도 기술도 그 자리에서 결판이 나는 직효라더니 그렇지도 않네그려. 몸에서 우러나는 기운을 따르고 기다린다면 한방과 다를 게 읎잖은가?"

"글쎄올시다. 밤이 늦었지만 요기나 좀 할 수 읎겠시니까?"

"아유, 이를 어드렇거나? 내 정신 좀 보게나. 야심허길래 으레 먹었거니 물어도 안 봤네그려. 내 휘딱 밥을 지을 테니 자넨 방에 군불이나 지피겠나? 여름내 비워놓아서 눅눅할 걸세."

"아니올시다. 찬밥이라도 한술 있으면 모를까 더운밥을 지으시다뇨? 온종일 떡으로 요기를 했더니 김치 생각이 나서 그렇지 시장허진 않시다."

"그렇담 찬밥이라도 먹고 자게나. 열무김치가 맞춤하게 익었다네."

개다리소반에 받쳐온 건 샛노란 조밥 반 그릇에 시퍼런 열무김치 한 탕기뿐이었다.

"오늘 마침 오조 마당질을 했길래……."

해주댁은 입쌀이 한 톨도 안 섞인 조밥을 이렇게 변명했다. 송도 바닥에서 이름난 거상의 소실답지 않은 검약한 살림 형편에 종상이는 처음으로 어떤 의혹을 느꼈다. 그는 진기는 없으나 씹을수록 고소한 조밥에다 시원한 열무김치를 얹어서 맛있게 먹다 말고 불쑥 물었다.

"주인어른께서 후성이한테 뭐 따로 남긴 거 읎이 돌아가셨시니까?"

후성이는 전처만 영감이 환갑 나이에 해주댁한테서 본 서자였다. 이제 겨우 여섯 살이었지만 종상이가 보통 머슴이었다면 의당 도련님이라고 불러야 마땅하건만 그는 처음부터 그러지 않았고 또 아무도 그것을 탓하지 않았다. 아무리 바닥까지 영락했어도 양반의 핏줄이라는 마지막 자존심만은 뾰루지처럼 남아 있어서 차마 상인의 서출에게 도련님 소리만은 안 나왔고 해주댁 역시 소실과 서자라는 신분을 의식하고 있어서 탓할 엄두를 내지 않았다. 해주댁은 본디 그런 여자였다. 그런 무던함과 겸손함 때문에 화초첩도 여럿 거느려본 전처만 영감의 가장 오래된, 그리고 마지막 첩이 될 수 있었는지도 모른다. 그런 해주댁이건만 종상이의 물음엔 발끈 성깔이 난 목소리로 되물었다.

"따로 뭘 남기시다니?"

목소리뿐 아니라 그 마냥 편안한 얼굴에도 날이 섰다.

"아, 아니올시다. 재산이 아니더라도 혹 말씀 같은 거라도 따로 남기시지 않았나 해서……."

종상이는 이렇게 얼버무리면서도 속으론 해주댁의 물욕 없음을 딱하게도 가소롭게도 여겼다.

"평생 지니고 살 수 있는 말씀 한마디 못 들어둔 건 나도 두고두고 섭섭허네만 그 어른이 돌아가실 무렵엔 많이 노망허시어 유언을 남길 만허시지가 않았다네. 내가 갈수록 섭섭하고 한이 되는 건 그게 아니라……."

해주댁의 눈이 그렁해지면서 말끝을 흐렸다. 그녀의 말씨는 오히려 홍씨 부인보다 점잖아서 비록 남의 첩이 됐을지언정 근본은 양반이 아니었을까 싶은 의혹을 자아냈다.

"그게 아니면 무엇이니까?"

"영감님이 운명하셨단 소리를 전지전청으로 겨우 전해 듣고 후성이 데리고 머리를 풀러 큰댁으로 갔다가 문간에서 내쫓겨났다네. 후성이만이라도 상제 노릇 시켜달라고 애걸했네만 큰댁 마나님이 막무가내 문지방도 못 넘게 허시지 뭔가. 영감님을 통해 듣기로는 소싯적부터 줄창 소실을 보아나셔서 영감님한테는 으레 여자가 따르려니 투기라는 걸 모르신다더니 나헌테만은 어찌 그리도 박절허셨던고? 재산에 욕심을 내고 영감님을 호린 화초첩도 아니겠다, 전씨 댁 씨까지 받은 불쌍한 년을 그리도 모질게 대허실 게 뭐였을까. 그 한은 죽어 눈감기까지는 차마 못 잊을 것 같네그려."

종상이는 해주댁이 맺힌 마음을 실꾸리처럼 풀어놓자 비로소 집으로 돌아왔다는 안도감이 생겼다. 거의 1년 만이었다. 그러나 군불을 지피라는 걸 마다하고 오랫동안 비워두어 눅눅한 뜰아랫방에 누우니, 가슴속엔 아직도 송도를 불 지르고 싶은 불씨가 지글대고 있어 편한 잠을 이룰 수가 없었다. 이리 뒤척 저리 뒤척 오만가지 생각과 계략이 뒤엉켜 뒤숭숭한 잠자리에서 깨니 몸은 찌뿌드드한데 날씨는 유리처럼 쾌청했다. 작년에 이엉을 인 지붕은 비둘기빛으로 부드럽고 울타리 밑의 꽈리나무와 긴돌 위의 치자나무는 다함께 그 열매가 노을빛으로 물들었고, 후성이 키보다 큰 댑싸리가 아늑하게 에워싼 바깥마당엔 깨꽃과 맨드라미가 불을 뿜듯이 진하게 피어 있었다. 떳떳지 못한 소실의 집답게 마을에서 떨어진 외딴집일망정 알뜰히 가꾸고 정을 쏟은 티가 고스란히 드러나 보이는 집이었다. 그러나 단장하고 기다릴 주인이 없으니 가을빛만큼이나 역력하게 수심이 어려 보이는 것 또한 어쩔 수가 없었다. 실상 종상이가 눈여겨보아야 할 것은 그런 곳들이 아니었다. 몇 마지기 되진 않았지만 문전옥답에선 벼가 누렇게 고개 숙이고 있었고 텃밭에선 수수이삭이 피딱지처럼 영근 채 건들대고 있었고, 그 아래 호박 덩굴은 피둥피둥 누런 배를 드러내고 여기저기 나자빠진 늙은 호박들 몸뚱이도 못 가려주게 말라 비틀어져가고 있어, 그것을 걷어내고 김장배추씨를 뿌릴 시기를 많이 놓친 듯했다. 보이는 것마다 온통 일손을 기다리고 있는 것들뿐이었다. 밭두렁 논두렁도 안 놀리고 부지런히 뿌린 것만큼 부지런히 거두지 않으면 다시 흙으로 돌아갈 것들뿐이지 제 발로 걸어 들어올 것은 검부럭지 한 올도 없었다. 하다못해 산기슭에서 편편히 놀고 있는 밭도 팔자가 좋아 노는 게 아니라 내년 봄에 인삼을 심으려고 놀리는 걸 테니 몇 번 갈아 엎어줘야 하는데 타작마당처럼 굳어 있는 걸로 봐서 그동안 일손이 안 간 모양이었다. 종상이는 이왕 그 집으로 돌아온 이상 걷어붙이고 논밭으로 뛰어들어야 마땅하거늘 그럴 신명이 나지 않았다. 그럴 작정이 아니었기 때문이다. 전처만의 재력으로 과람한 치료를 받으면서도 만약 성한 몸이 된다고 해도 전처만의 머슴살이를 또 할 생각은 털끝만큼도 없었다.

종상이는 지천으로 널린 일을 못 본 체하고 부스스 눈 부비고 나온 후성이를 무등 태우고 황금물결치는 논두렁길을 한가로이 거닐었다. 후성이는 무등을 태우기엔 너무 컸다. 그러나 종상이의 실한 어깨와 우쭐우쭐한 걸음걸이가 즐거워서 마냥 킬킬대며 좋아했다.

"나 아부지만큼 크지? 성."

어쩌다 봐서 어렵고, 기골이 장대해서 더욱 어려운 아버지만 해졌다고 생각하는 게 그렇게 신나는 모양이었다.

"그래, 이러구 마을로 들어가면 사람들이 아버진 줄 알고 인사하고 비켜설라."

장난이 아니라 마음으로부터 그런 생각이 들 만큼 후성이는 전처만 영감을 쏙 빼닮은 소년이었다. 전에도 그걸 모른 건 아니었지만 전처만이 죽고 나서 그게 여간 신기하지 않았다. 부성이도 이성이도 전처만을 닮긴 했으나 조금씩은 다른 데가 있었다. 다른 게 그들 나름의 개성이련만 마치 전처만의 불완전한 표본인 것처럼 그들은 어딘지 불완전해 보였었다. 전처만도 그걸 느끼고 완전한 자신의 분신을 남기기 위해 해주댁을 상관했음이 아닐는지, 종상이는 이런 실없는 생각을 하면서 후성을 무등 태우고 들을 한 바퀴 돌고 와서 아침밥을 뚝딱 한 그릇 비우고 천명이를 찾아갔다. 그가 머슴 살고 있는 집까지 갈 것도 없이 들에서 일하고 있는 그에게 먼발치에서 눈짓 한 번 한 걸로 자기가 돌아왔단 연통은 한 셈이었다.

동무들 사이의 연통은 해 안에 끝났으련만 그날 밤 종상이의 방 호롱불 아래 모인 건 몇 사람 안 되었다. 모인 동무들도 다 풀이 죽어 있었다.

"한양에서 여지껏 뭐 하고 자빠졌다가 이제야 어슬렁어슬렁 내려왔는?"

천명이가 먼저 원망 섞인 소리를 했다.

"보면 모르냐? 병신 팔자 못 면할 줄 알았더니 저렇게 멀쩡해졌는데 그만큼의 시일이 안 걸리겠는?"

이렇게 종상이 역성을 들어주는 동무도 있었으나 전체적으로 분위기가 침체했다. 쭉정이만 남았다고 할까? 말발이나 서고 힘깨나 쓸만한 친구들은 다 빠져나가고 없었다. 천명이의 편지대로 김가의 수하로 들어간 것이었다. 그래 그런지 말하는 것도 한결 중구난방이었다.

"꼴 잘돼간다. 탐관을 혼내주려고 기껏 탐관 퇴물 따위의 앞잡이가 되다니."

김가가 벼슬을 지낸 양반이란 게 남은 친구들에게 가장 못마땅한 대목인 듯싶었다.

"아, 이열치열이란 말도 있잖는?"

"이 사람아, 그 문자는 그럴 때 쓰는 게 아냐. 무식하면 국으로 가만히나 있지 않구."

"유식한 게 그렇게 좋으면 김가한테 붙지 왜 남아 있는?"

"누가 남아 있고 싶어 남아 있는 줄 아는? 그쪽에서 안 붙여줘서 남아있다. 어쩔래?"

"얼래. 이 새낄 그냥. 너 우릴 뭘로 알고 함부로 주둥아릴 놀리는?"

"뭔 뭐야. 입만 살아서 이불 속에서 활개 치는 것들이지. 우리가 언제 손에 먹물 묻히고 살았다고 맨날 앞뒤로 재기만 하냐? 배운 것도 없는 주제에 겁만 많은 것들 난 하나도 안 무섭다. 흘겨보면 어쩔래?"

"그건 네 말이 옳아. 쇠뿔도 단김에 빼랬다고 거사가 성공해봤댔자 우리 손으로 천하를 다스리게 될 것도 아닌데, 그때 홧김에 일을 저질러버렸어야 하는 건데……."

"주모자가 없으니 될 게 뭐냐?"

"종상이가 주모자 한댔잖아."

"말로만? 천 리 밖에 가앉은 주모자가 무슨 소용에 가닿는?"

"한양이 천 리나 되는? 누구라 그러는데 2백 리도 안 된다는데."

"저렇게 아둔하긴……. 이를테면 그렇단 말야."

"종상이가 우리보담 유식하긴 해도 주모자 감은 아냐. 인경 꼭지가 말랑말랑해질 때까지 기다릴 성미가 어드렇게 난리를 일으키는. 주모자가 될려면 저도 그릇된 걸 보면 물불을 안 가려야 허지만 동무들의 마음도 물불을 안 가리게 움직일 재간이 있어야 하는데."

천명이가 짐짓 종상이의 아픈 데를 긁었다.

"그건 네 말이 맞다. 그런 기술이 읎으면 김가처럼 돈이나 있든지."

"그럼 우리 동무들이 순전히 김가의 돈 때문에 그 수하로 들어갔단 말이냐?"

"아니면?"

"돈 때문이야. 돈 받고 팔려간 거야."

"설마."

"설마가 사람 죽이는 것 모르는? 다 아는 일이야. 김가가 돈으로 물불 안 가릴 친구들을 꼬셔간 건."

"그럼 우린 뭐냐?"

"뭐긴 뭐야 쭉정이지. 김가 따위한테도 별 쓸모가 읎어 보였으니."

"그럼 너도 김가가 꼬셨으면 그리로 갔겠구나. 돈 몇 푼 받고."

"이거 사람을 어드렇게 보고 허는 소리야. 품팔이도 아니겠다, 목숨 걸고 허는 일을 어드렇게 돈에 팔려 헐 수 있는? 아무리 1년 새경 몇 섬에 매인 보잘것읎는 인생이라지만 돈 몇 푼에 목숨을 팔았단 소리는 듣기 싫어야. 이왕이면 의를 위해 죽었다는 소리를 듣고 싶지."

"너 그 말 한마디 잘했다. 그건 너뿐 아니라 여기 남은 동무들의 다같은 심정일 거야. 그러니까 우린 쭉정이만 남은 게 아니라 알짜만 남은 거야."

맨 나중에 종상이가 이렇게 풀이를 했다. 꿈보다 해몽이 좋다고 의기소침했던 분위기는 별안간 기고만장해지기 시작했다. 종상이는 속으로 그들을 조종하기가 생각보다 쉽다는 데 기쁨보다는 낭패감을, 자신보다는 회의를 느끼고 있었다. 그러나 또다시 망설이거나 앞뒤를 잴 계제가 아니란 것도 알고 있었다.
 구체적인 계획의 단계에서 다시 의견이 분분해졌다. 김가가 꾸민 거사보다 한 발 앞서서 거사를 해야 한다는 조급하고 감정적인 의견도 나왔으나 실용성이 없었다. 대부분의 동무들을 빼앗겼으니만큼 그쪽의 정보 또한 환히 통하는 처지여서 그쪽은 계획성도 치밀할 뿐 아니라 인력도 막강하고 또 진행이 신속하다는 걸 알고 있었다. 언제 터뜨려야 가장 강렬하고 화려하게 폭발할지 그 시의의 묘 같은 걸 터득하고 있음에 종상이는 질투에 가까운 걸 느꼈다. 이쪽에서 알아낸 바로는 그쪽의 거사는 이틀 후로 임박해 있었고 관아 안에서 호응할 세력도 충분히 확보해놓고 있었다. 미리 거사하자는 건 말도 안 되는 소리였고 그날 곁다리로 끼어들자는 의견도 나왔지만 개밥에 도토리가 되자는 소리와 진배없었다.
 "난 벼슬아치들의 토색질보담 장사꾼들이 돈 버는 데 수단방법 가리지 않는 게 더 밉더군. 내가 듣기론 개성 상인은 돈을 버는 데도 엄한 도가 있다더니 요샌 어떻게 된 게 왜놈의 앞잡이가 되어 농사꾼 고혈을 빠는 개성 상인이 수두룩하니······."
 누군가 지나가는 말로 투덜투덜 한마디 지껄인 소리가 잔뜩 괸 물에 물꼬를 터준 것 같은 효과를 냈다. 너도나도 관과 결탁하고 왜놈의 앞잡이가 되어 난세를 교묘히 틈타 막대한 돈을 벌어 곳간에 넘치고 배가 기름진 몇몇 상인들한테로 원성을 모았다. 종상이는 일이 그렇게 돌아가는 데 쾌감과 공포를 동시에 느꼈다. 그들은 일제히 장사 풍토를 그렇게 흐려놓은 악덕 상인의 효시이자 괴수로 전처만 영감의 셋째 아들인 이성이를 꼽았다. 이성이는 전 영감이 일찍이 그 지나치게 이재에 밝음을 꺼려 가게 대신 삼포를 맡겼으나 타고난 재주는 어쩔 수가 없는지 왜상과 짜고 도굴을 가장하여 삼포의 세금을 포탈하는 방법으로 막대한 이윤을 남겨 그 못된 본이 널리 퍼지게 한 장본인이었다. 그렇게 크게 한탕 해먹고 난 그는 그 후에도 계속해서 왜상과의 거래를 유지하고 있었다. 석유, 광목, 비누, 양잿물, 농기구 등 왜상이 들여온 새로운 물건들로 인근 농민들 눈을 홀려 외상으로 들여놓게 하고 가을에 추수한 곡식으로 쳐 받아가는 방법으로 왜상과 죽이 맞아 막대한 축재를 한 걸로 소문이 자자했다. 개성 상인이 경우 밝고 검약하기로 널리 알려진 것과 마찬가지로 장리쌀 모르기로 알려진 개성 농민들이 적지 아니 이런 신식 물건에 홀려 빚쟁이로 전락해가고 있다고 했다. 반면 이성이처럼 왜놈 물건 팔아주고 쌀을 걷어가는 새로운 장사꾼은 자꾸만 늘어가는 추세였다. 소소하게 번 상인 빼고 돈더미에 올라앉은 걸로 소문난 사람만도 이성이 말고 다섯 손가락이 모자랐다. 그들이 어리석은 백성을 홀리는 간교한 방법은 관의 불법과 가렴주구의 방법 뺨치게 다양하고 기기묘묘해서 들을수록 끓어오르는 의분을 금치 못하게 했다. 민심의 이름으로 그들을 한번 혼내주는 일이 관아를 작파하는 일보다 훨씬 더 시급하고 의로운 일로 여겨질 지경이었다. 비로소 곳을 찾는 분노가 아우성치며 끓어올랐다. 젊은 혈기는 쉽게 광포해졌다. 벌써 약탈을 꿈꾸는 젊은이도 있었다. 김가한테 돈으로 팔려간 동무보다 나은 실속을 올릴 수도 있으리라는 은밀한 기대는 충천하는 혈기에 기름을 부었다. 걷잡을 수가 없었다. 이런 방향으로 이끌 작정은 결코 아니었다고 종상이는 속으로 발뺌을 했다. 이끈 바가 전혀 없이 그렇게 되고 말았건만도 결과가 그의 비밀스럽고도 비열한 소망과 일치했기 때문에 이끈 것처럼 착각을 하고 있었다. 작파하고 불 지르고 약탈할 대상 속에 이성이네가 포함된 건 당연하지만 동해랑 전처만네까지 거론하는 걸 듣고도 종상이는 말릴 엄두를 못 냈다. 전처만 영감은 이미 고인이 되었고 살아생전에 그런 간사한 상행위를 한 일도 없으니 그 집을 작파하는 건 부당했지만 이성이에 대한 특별한 미움은 그렇게라도 표현해야 직성이 풀리겠다는 데야 당해낼 도리가 없었다. 이미 물꼬를 만나 터진 물이었다. 종상이는 그건 부당하다고 나설 기회를 슬그머니 놓치고 말았다. 그보다는 어제 자남산에서 송도를 굽어보며 한 화려한 망상이 내일 모레면 현실화될 것을 생각하고 오싹한 전율을 느끼고 있었다. 거사 날짜는 김가가 거사하는 날로 맞추기로 의견의 일치를 보았다. 서로 도움이 되면 됐지 폐가 될 것은 없을 것 같았고 나중에 관의 눈을 혼란시키는 데도 한 가닥보다는 두 가닥이 유리할 듯싶어서였다. 종상이는 그가 저항하고 작파해야 할 것이 개인이냐 제도냐로 진지하게 고민하고 망설인 적이 있는 사람답지도 않게 태임이의 한마디로 상한 마음을 분풀이하는 일과 민심의 이름으로 간상

奸商 응징하는 일을 적당히 얼버무리려 하고 있었다. 그가 자남산에서 보고 느낀 송도의 혼미는 바로 그의 마음의 혼미였는지도 모른다.

받아놓은 날 다가오듯 한다는 말이 있듯이 이틀 밤 이틀 낮은 걷잡을 수 없이 빠르게 지나갔다. 종상이는 그도 알 수 없는 바람을 맞아 이상하게 변모되어 마침내 저질러지려는 집단의 힘에 대해 곱씹거나 반성할 겨를이 미처 없었다. 마치 급류에 휩쓸리는 짚세기를 좇듯이 숨 가쁘게 헐떡이면서도 그보다 저만큼 앞서가는 것의 정체를 따라잡지 못하고 있었다. 천명이를 비롯한 동무들이 불안 없이 오직 신바람만 내고 있는 것도 그를 외롭게 했다. 그는 찢긴 깃발처럼 초라하고 외롭게 나부껴야만 했다.

거사 날은 해질 무렵 일단 자남산 관덕정 앞에 모이기로 돼 있었다. 그날은 짐짓 새벽부터 낫과 보습도 갈고 놀고 있는 삼포 예정지에 쟁기질도 했다. 당장 급한 일도 쌔고 쌨지만 마음속의 혼란을 드러내지 않고 혼자 있고 싶어서였다. 잔소리를 하는 법이 없는 해주댁인지라 그 정도는 멋대로 할 수가 있었다. 고단해서 일찍 잘 뜻을 비치며 우물가에서 몸을 닦는 종상이 옆에서 저녁쌀을 씻던 해주댁이 혼잣말처럼 뇌까렸다.

"그 어른만 살아 계셨어 봐. 어떻게 감히 집 안에 판수를 불러들여?"

"누구라 집 안에다 판수를 불러들였다고 그러시니까?"

"동해랑 큰댁에서 오늘 저녁에 용한 판수를 불러다 경을 읽는다네."

"경을요? 경이 뭐허는 건데요."

"경을 읽어 원혼을 호리병 속에다 잡아 넣는 걸로 소문난 소경이 있다네."

"원혼을 잡아 넣다니요? 그 댁에 무슨 원혼이 있길래?"

"자넨 몰라도 돼. 흥, 원혼이 그렇게 무서운 줄 몰랐나? 원혼이 무서운 줄 알면 원한 만들지를 말아야지. 이승에서도 억울하게 산 불쌍한 며느리를 그 모양으로 죽이고도 당신이 그럼 편안히 살 줄 알았남? 죄받아 싸지 암 싸고말고."

예쁘달 순 없어도 늘 편안하고 너그러워 보이는 해주댁의 얼굴이 이 가는 소리라도 낼 듯이 모질어졌다.

"아니 그게 무슨 말씀이시니까? 누구라 누굴 죽였다고 이러시니까?"

"자넨 그럼 소문도 못 들었나? 그댁 맏며느리가 우물에 빠져 죽었다는……."

"그건 알고 있어요. 자기 팔자 한탄으로 죽은 게 아닌감요?"

해주댁이 마침내 머릿방 아씨가 우물에 빠져 죽기까지의 내력을 들은 대로 실토했다. 아무한테도 말하지 말라고 쉬쉬하면서도 입이 가려워 못 견딘 그만이와 언년이한테서 흘러나온 소리니만큼 거의 사실에 가까웠다.

"그렇게 못할 노릇을 저질러놓고 어떻게 꿈자리가 뒤숭숭하지 않길 바라겠나. 마나님은 허구헌 날, 산발한 며느리가 꿈에 뵈는 통에 단잠을 못 자고 구미도 떨어지고, 정신도 오락가락한다네. 그만한 벌은 받아 싸지. 자고로 남의 목숨 초개처럼 아는 사람치고 제 목숨을 천금처럼 알고 떨지 않는 사람 읎다더니 그 어른도 원귀한테 시달려 제 명에 못 죽을까 겁은 났던지 접때는 큰굿을 허더니 이번엔 또 경 읽기라네. 덕물산에서 큰무당들을 데려다 하룻밤 하룻낮을 꼬박 질탕같이 놀고도 천도를 못 한 귀신이 눈먼 소경의 호리병 속으로 호락호락 들어갈까 원."

　종상이에겐 해주댁의 이런 넋두리가 하나도 들리지 않았다. 처음 들은 아씨가 우물에 빠져 죽기까지의 경위가 너무 충격적이어서 거기서 헤어나질 못하고 있었다. 그렇다고 해주댁이 혐오스러울 정도로 복잡한 인상을 쓰며 말한 염불이 빠졌다는 속어를 종상이가 이해한 것도 아니었다. 다만 막연하게 여자에게 견디기 어려운 굴욕적인 어떤 사고리라 짐작할 수 있을 뿐이었다. 실상 그건 아무래도 좋았다. 종상이에게 충격을 준 것은 그게 아니었다. 홍 씨가 머릿방 아씨에게 그 끔찍한 박해를 가할 수 있는 구실이 된 게 바로 민란의 소문이었다는 데 그는 얻어맞은 것처럼 멍한 충격을 받았다. 민란이 일어나 부잣집이 습격을 당하리라는 소문은 당시에도 근거 없는 소문이 아니었거니와 오늘 밤 바로 그대로 일어날 일이었기 때문이다. 더구나 그의 자의든 타의든 간에 그 일의 주동자가 아닌가. 그 소문만으로도 이미 한 약한 인간의 운명이 무참히 짓밟혔거늘 실제로 그 일이 일어나면 얼마나 무고한 사람이 상할지 알 게 뭔가.

그는 집단의 힘이 제도적인 악을 응징하는 데 어느 만큼 쓸모가 있을 것인지 적이 회의적이었으므로 거의 억울하게 밟힌 인간의 운명에 절절한 아픔을 느꼈다. 달구지채를 잡고서도 왜, 어디로 가야 하나 하는 목적을 잊고, 바퀴에 치여 죽을 미물이 불쌍해 꼼짝 못 하는 형국이 되어 있었다. 문득 이번에 화를 입을 차례는 태임이일지도 모른단 생각이 들었다. 그는 허둥대며 송도로 들어갈 채비를 했다. 눈에 보이는 게 없었다. 태임이를 보호해야 할 것 같은 사명감과 주동자로서의 사명감 사이에서 갈등을 일으킨 것은 다시 혼미한 황혼이 깃들인 개성 부내에 당도하고 나서였다.
  북부 동해랑은 예로부터 부자들이 많이 모여 살기로 소문난 동네였다. 그러나 철두철미하게 외빈내부를 근본으로 하고 있어서 바깥채는 초라할 정도로 낮은 초가지붕이고 안채는 드높고 번들대는 기와집이었다.
  종상이는 알고 있었다. 몸집이 커질 대로 커진 안채가 그 갈피 갈피에 얼마나 골 깊은 광과 헛간과 벽장과 다락을 숨기고 있나를. 그리고 그 안에 여투어둔 재물을 지키기 위해 사람으로선 차마 못할 일도 서슴지 않았다는 것까지 알아버린 종상이는 초가 뒤에 숨은 기와집들이 눈 가리고 아웅하는 능구렁이처럼 꼴 보기 싫었다. 서리서리 또아리 튼 능구렁이로부터 어떡하든 태임이를 구해내야 한다는 일념으로 단숨에 달려온 종상이는 바깥까지 새어나오는 판수의 경 읽는 소리에 퍼뜩 제정신이 들었다. 태임이의 안전을 시시각각 위협하고 있는 것은 그녀의 집이 아니라 그가 주동해서 꾸민 노략질이라는 데 생각이 미치자 그는 창피하고 비참해졌다. 대단한 일, 적어도 유수 하나쯤은 혁파하고, 차후의 유수들도 경계로 삼을 만한 거사를 꿈꾸고 모의한 일이 어찌어찌 변질하고 전략하고 오므라들어서 겨우 남의 거사에 곁다리로 끼는 지경에까지 이르렀다는 건 이미 알고 있는 바였지만 그 일이 노략질에 불과하다고까지 생각한 건 처음이었다.

 누군가가 귀한 석유를 마련할 책임을 자청했었다. 김가네 패거리가 관아를 혁파하는 시각과 때를 맞추어 미리 지목해놓은 몇몇 부잣집을 나누어 맡은 동무들이 일제히 마루 밑에 쟁여놓은 장작에다 석유를 붓고 불을 지르기 위해서였다. 이미 크고 떳떳한 목적까지 김가네한테 빼앗긴 동무들이 그 뒤에 무슨 일을 저지를지는 뻔했다. 어쩌다 이 지경이 되고 말았을까. 종상이는 자신이 노략질의 주모자일 뿐 아니라 배반자라는 데 다시 한 번 소스라쳤다. 지금은 종상이가 자남산 관덕정에 있어야 할 시간이었다. 그런데 그가 꾸민 일을 연통해주려고 동해랑에 와 있지 않은가. 종상이는 동무들을 뒤죽박죽으로 만들었을 뿐 아니라 그 자신이 뒤죽박죽이 돼 있었다.

 확실한 건 그가 관계한 일로 태임이의 털끝 하나도 다치게 할 수는 없다는 것뿐이었다. 그가 원인이 되어 주동한 일의 소문만으로 이미 하나밖에 없는 어머니를 잃고 천애의 고아가 된 태임이가 아닌가. 하필이면 왜 머릿방 아씨였을까. 하필이면. 충동적인 집단의 힘이 할 수 있는 일에 대해 가뜩이나 회의적이었던 종상이었다. 그

힘이 채 행동으로 나타나기도 전에 벌써 가장 약한 자를 희생시키는 데 이용당하고 말았다는 데 대한 분노와 상심에서 헤어날 수가 없었다.

판수의 경 읽는 소리는 풍악 소리 없이도 담장을 넘을 만큼 드높았지만 단조로웠고 무슨 소리인지 알아들을 수는 없었지만 귀를 막고 싶게 불길스러웠다. 전 씨가에서 울려 퍼지는 이 불길한 소리의 저주가 두려워 숨죽이고 있는 것처럼 온 동네가 고즈넉하게 가라앉아 있었다. 종상이는 아무의 눈에도 띄지 않고 전 씨가의 대문과 행랑채를 지나 중문으로 안채를 엿볼 수가 있었다. 여기저기 켜놓은 등잔과 밀초불로 대청은 대낮처럼 밝았다. 안방 문지방엔 홍 씨가 여전히 두억시니 같은 머리를 기대고 물끄러미 밖을 내다보고 있었고, 마루에서 경을 읽는 판수 둘레에는 며느리들과 친척 아낙네들이 둘러서서 두 손을 싹싹 부비면서 입술을 들썩이고 있었지만 소리는 들리지 않았다. 뜰아래엔 언년네, 그만이를 비롯한 아랫것들이 지루한 듯 몸을 비틀며 서 있는 것도 보였다. 태임이는 보이지 않았고, 대청 위고 아래고 판수 빼고는 모조리 여자들뿐이었다. 여기저기 켜놓은 불빛 때문에 여러 갈래의 희미한 그림자를 거느린 여자들은 저승에서 온 손님처럼 비현실적으로 보였다. 경을 읽는다는 걸 굿이나 푸닥거리와 유사한 거려니 짐작한 종상이는 전혀 딴판인 침울한 분위기에 압도되어 숨을 죽였다.

종상이가 어린 시절을 보낸 샛골에선 덕물산이 멀지 않았다. 덕물산엔 이름난 무당들의 마을이 있었고 그 무당들이 우두머리 신으로 받드는 최영 장군의 사당이 있었다. 이성계의 회군으로 웅대한 뜻이 꺾였을 뿐 아니라 결국은 이성계에 의하여 목숨까지 빼앗긴 고려의 마지막 명장 최영의 원혼을 위무하고 숭앙하는 개성 사람들의 정성은 지극하고도 한결같았다. 그건 곧 최영을 죽인 이성계가 이룩한 왕조에 불사하는 대신 특이한 상혼을 이룩한 그들의 당찬 기질의 뼈대 같은 거였다. 최영 장군의 사당에선 몇 년에 한 번씩 대제가 거행되는데 그때마다 팔도의 이름난 무당들이 다 모여들었고 인근 부락뿐 아니라 개성 부내가 온통 잔치 분위기로 들떴다. 종상이는 아주 어렸을 때 한 번, 머슴살이할 때 한 번, 도합 두 번씩이나 그 큰굿을 구경한 적이 있는데 푸짐하고 색스럽게 괸 전물과 함께 장군놀이의 인상이 특히 강렬했다. 장군놀이란 무당이 옛날 장군의 전복을 입고 벙거지를 쓰고 버선을 벗은 맨발로 작두 위에 올라서서 공수를 주며 춤을 추는 걸 일컬었다. 작두도 보통 작두가 아니었다. 우선 마당에다 큰 멍석을 깔고 그 한가운데다 비단 방석을 깔고, 그 위에다 물을 하나 가득 담은 질동이를 올려놓고, 나무 뚜껑을 덮은 다음, 그 위에다 비로소 시퍼렇게 날이 서도록 잘 간 두 개의 작두를 나란히 평행으로 올려놓는다. 작두가 움직이지 않도록 양쪽 끝을 두 여자가 손으로 잡아 고정시킨 다음 맨발의 무당이 올라서서 춤을 추는 모습은 가히 신기神技였다. 평지에서보다 더욱 자유롭게 때로는 나비처럼 너울너울 춤추며 온갖 듣기 좋은 덕담을 하기도 했고, 성난 맹수처럼 길길이 뛰며 엄엄한 공수를 주기도 했다. 발바닥이 작두날에 닿을 새 없이 눈부시게 춤을 추다가도, 별안간 장군의 위엄으로 버티고 서서 대지를 구르듯이 힘차게 작두날을 구르며 서슬 푸른 호령을 하기도 했다. 그래도 무당의 새하얀 발바닥에선 피 한 방울 안 났고 곧 다시 두 마리의 부나비가 되어 허공을 난무했다. 거기 맞춰 풍악이 한껏 자지러지면 남녀노소, 구경꾼들은 숨을 못 쉬게 옥죄던 긴장에서 문득 해방되어 더덩실 춤추고 싶은 신바람을 맛보곤 했다. 무당들이 온갖 재주를 다 부려 위무코자 하는 것은 최영 장군의 원혼뿐 아니라 농사꾼과 장사꾼과 드난꾼들의 그간의 노고였다.

종상이의 기억 속의 굿은 이렇게 마냥 즐겁고 흥겹고도 신기한 것이었고 모든 액을 물리치고 복을 맞이하는 길한 잔치였다. 멀고 가까운 이웃들이 구름같이 모여 푸짐한 음식과 흥겨운 가락과 아름다운 재주로 귀신을 달래 인간의 평온을 빌고 소원을 이루려는 영검과 화합의 자리였다.

판수도 무당처럼 귀신과 통하는 특별한 사람이긴 마찬가지일 테니 귀신을 불러내는 방법도 비슷하려니 했는데 전혀 그렇지가 않았다. 하긴 귀신을 어르고 달래 흥겹게 해줌으로써 귀신으로부터 이익을 얻으려는 방법과 귀신을 꼼짝 못 하게 가둠으로써 귀신의 해코지를 막으려는 방법은 근본적으로 상반된 발상이었다.

종상이는 판수 경 읽기의 괴기하게 가라앉은 분위기를 들여다보면서 죽어서도 그런 대접밖에 못 받는 머릿방 아씨가 불쌍해 가슴이 찡했다. 종상이는 한 번도 생전의 머릿방 아씨를 본 적이 없었다. 어떤 소문을 들은 기억도 없었다. 태임이를 낳았으니 아름답고 도도한 부인이려니 짐작할 수 있을 뿐이었다.
 한없이 어두운 골짜기를 헤매듯이 절망적으로 고달프게 이어지던 판수의 소리가 별안간 뚝 그쳤다. 그리고 냅다 위로 솟구치더니 허공을 향해 큰 소리로 꾸짖었다. 둘러섰던 부녀자들이 소스라치면서 판수의 보이지 않는 시선이 향한 방향으로 몸을 피해 양쪽으로 갈라섰다. 판수의 일갈의 여운이 한동안 모든 사람을 꼼짝 못하게 했다. 한 손엔 신장대를 들고 한 손엔 호리병을 든 판수가 말없이 사시나무 떨듯 떨기 시작했다. 한눈에 그에게 신장이 내렸다는 걸 알 수 있었다. 신이 내린 판수는 신장대와 호리병을 격렬하게 흔들며 가볍게 몸을 날려 마루에서 내려와 두벌대의 댓돌을 나는 듯이 뛰어내렸다. 그리고 시궁창 모퉁이와 광과 헛간을 뒤지기 시작했다. 흰자위밖에 없는 그의 눈은 마치 어둠 속에서 원귀를 찾아낼 수 있는 신통력이 있는 것처럼 신비하게 번득댔다. 보이지 않는 그에게 명암이 상관있을 리 없건만 어둠만 골라 획획 나는 그를 보며 구경꾼들은 그의 영검에 공구했다. 더욱더 신이 오른 그는 사잇담을 획획 거침없이 뛰어넘어 뒤란 굴뚝 모퉁이를 뒤지기 시작했다.
 원도 많고 한도 많은 불쌍한 귀신아, 이 안으로 쏙 들어오지 못할까. 한번만 들어와봐라. 일월이 명명하고 천기 또한 순후하니 내쫓은들 나갈손가.
 예다 제다 호리병을 들이대며 이렇게 꼬이다가 뜻대로 안 되는지 다시 바람처럼 몸을 날리곤 했다. 호리병에다 귀신을 잡아넣는 게 아니라 구석구석에 풀어놓고 다니는 것처럼 그가 거쳐간 어둠엔 귀신의 차가운 숨결이 느껴지고 무시무시해졌다.

종상이는 신이 올라 자유자재로 집 안팎을 횡행하는 판수가 놀랍기도 하고 호기심도 동해 살금살금 뒤란까지 뒤를 밟다가 그만 놓치고 말았다. 어디로 휙 날았는지 일월이 명명하고 천기가 순후하단 감언이설이 안채에서 들려오고 있었다. 지붕을 넘을 만큼 판수에게 큰 신통력이 붙은 것 같진 않고 아마 부엌 뒷문으로 해서 안으로 들어간 모양이었다.

"자네가 웬일인가?"

안에까지 따라 들어갈 순 없고 할 수 없이 돌아 나가려는 종상이를 불러 세우는 목소리가 있었다. 머릿방 굴뚝 모퉁이에서였다. 판수가 귀신을 불러내던 끝이라 종상이는 머리끝이 쭈뼛하고, 오금이 저려 그 자리에 꼼짝을 못하고 얼어붙고 말았다. 누구 목소리인지 분별할 만한 정신이 없었다.

"원 사람도 변변치 못하긴."

목소리가 싸늘하게 비웃었다. 태임이었다. 태임이는 몸을 조그맣게 오그리고 굴뚝목에 찰싹 붙어 앉아 있었다.

"아기씨야말로 어쩐 일이시니까요?"

종상이는 비로소 놀란 가슴을 쓸어내리며 물었다.

"묻는 말에나 대답하게나. 여기는 내 집안일세. 내가 어디메 있건 상관할 거 읎네. 자네 거동이야말로 괴이쩍지 않은가? 어서 바른 대로 대게."

호령이 추상같았다. 그러나 종상이는 그녀의 호령이 무섭지 않았고, 처음 듣고 그렇게도 앙분했던 '허게'도 별로 듣기 싫은 줄을 몰랐다. 그만큼 자존심이 없어져서가 아니라 태임이가 하도 쪼그매 보여서였다. 굴뚝목에 몸을 똘똘 뭉치고 있는 태임이는 정말 방구리만 해 보였다. 종상이가 허허 웃었다.

"왜 웃나? 객쩍게스리."

"아기씨를 처음 뵀을 때 생각이 납니다요. 그때 주인어른이 아기씨를 방구리만 하다고 하신 생각 안 나십니까요?"

"자네 지금 나하고 농지거리를 헐 셈인가? 어림읎네."

"그럴 리가 있겠시니까. 거기 그러고 계시니까 정말 방구리만 해 보여 웃음이 날 뿐입니다요."

"내 곁에 앉게나, 저쪽 굴뚝목으로. 저놈의 소리 듣기 싫어 피해 나왔네."

머릿방머리엔 두 개의 굴뚝이 있었으므로 두 사람은 각각 굴뚝목을 하나씩 차지하고 앉았다. 아무리 모습이 드러나지 않는 어둠 속이라지만 내외해야 할 남녀 간이고, 또 맞대서 상종할 까닭이 없는 상전과 하인 사이인지라, 그렇게 몸을 숨기고 또 서로 간격을 만드니 한결 편해졌다.

"판수헌테 용케 들키지 않으셨습니다요."

"판수가 제아무리 영검해도 소경 아닌가? 혼백을 볼 수 있을지 몰라도 무슨 수로 산 사람을 보겠나?"

"허긴 그렇습니다만요. 인기척도 못 느낀 주제에 혼백을 찾아 나서봤댔자란 생각이 드는구먼요."
 "난 처음부터 그 자를 안 믿었네. 제깐 놈이 내 어머니 혼백을 잡아 가두겠다고, 어림도 읎지."
 "그럼 아기씨는 죽은 사람에게 혼백이 있다는 건 믿으시니까?"
 "이승에서 여한이 읎다 살다 간 사람은 몰라도 내 어머니처럼 철천지한을 품고 제 명에 못 죽은 목숨엔 원혼이 있다고 믿네."
 "노마님께서 많이 편찮으시니까요?"
 "자네는 판수가 경을 읽어서 그분 병환을 고칠 수 있다고 생각하나?"
 "다 부질읎는 짓입죠. 원혼이 어디 있겠시니까? 다 그분 마음에서 생긴 병환 아니겠시니까?"
 "바로 그걸세. 그 어른 마음에서 이미 죽어 읎어진 사람을 지울 수가 읎어 날로 병환이 깊어지니 그게 원혼이 있다는 증거가 아니고 뭔가."
 "글쎄올시다요. 그 어른 마음 잡숫기 나름 아닐깝쇼."
 "당신도 당신 마음을 마음대로 못 하시니까 굿두 허구 경두 읽지 않는감. 그 어른이 매일 느끼고 시달리는 원혼을 왜 자네는 읎다고 하고 싶어하나?"
 태임이가 몹시 못마땅한 듯 따지고 들었다. 그러나 아무리 따지고 들어도 입씨름에 지나지 않지, 뭔가 규명할 수 있는 일이 아니기에 종상이는 슬쩍 한 걸음 물러났다.
 "제가 원혼을 믿지 않는 게 중요한 게 아니라, 자꾸만 있다고 믿으시는 아기씨 마음이 더 중요한 게 아니겠시니까."
"원혼마저 읎다면 내 어머니 한평생이 너무 억울해서, 너무 속절 읎어서 믿는 걸세."
종상이는 대꾸하지 않고 안의 동정에 귀를 기울였다. 다시 경 읽는 소리가 단조롭게 불길하게 들려왔다. 호리병 속에다 원혼을 잡아 가두는 일이 일단은 실패한 모양이었다. 종상이는 더 이상 혼백 얘기를 하고 싶지 않았다. 그가 동무들과 회합하기로 한 관덕정으로 가지 않고 여기까지 달려온 것은 살아 있는 사람들이 일으킨 화로부터 살아 있는 사람을 보호하고 싶은 일념에서였지 혼백까지 상관할 경황도 없었고 오지랖이 그렇게 넓지도 않았다. 그러나 급한 용건 제쳐놓고 딴청만 부려도 조바심 나지 않고 즐겁기만 한 것도 어쩔 수가 없었다.
"자네 아까 나더러 방구리만 하다고 했겄다?"
태임이가 따지듯, 그러나 웃음기를 머금은 소리로 물었다.
"아, 예."
"거기 그러고 있는 자네도 별수 읎구먼. 뭐, 자네는 꼭 오줌장군만 하네그려."
그러면서 티 없는 소리로 깔깔댔다. 종상이도 덩달아 웃었다. 지척에선 판수가 경을 읽고, 조금 떨어진 곳으로부터는 석유와 몽둥이를 든 성난 군중들의 약탈의 대상이 되고 있는 집구석의 굴뚝목이 아닌, 춘삼월 호시절 꽃나무 그늘에라도 앉은 것처럼 종상이의 마음은 한가하고 화려해졌다.

"한바탕 웃고 나니 한결 마음이 개운해지네그려. 무서움증도 가시고……."

"아기씨도 역시 무섬을 타셨나 보죠?"

"아닐세, 판수나 원혼이 무서웠던 건 아니고, 여긴 가끔 구렁이가 나온다고 전해지는 자리거든."

"네엣, 구렁이가요?"

종상이는 앉은자리를 고쳐 앉으면서 놀라는 시늉을 했다.

"왜 겁나나? 사내 대장부도 별수가 읎구먼."

"아기씨도 여기서 정말 구렁이를 보신 적이 있는 건 아니겠습죠?"

"내 눈으로 직접 보진 못했지만 괜한 소문은 아닐 걸세. 돌아가신 아버님은 병약하셔서 생전에 보약을 이루 말할 수 읎이 많이 드셨는데 나중엔 여기서 나온 구렁이도 때려잡아 고아 잡수셨다니까."

"네, 구렁이를요? 설마."

"설마가 뭔가. 예로부터 부족증엔 구렁이가 약이라지 않던가? 우리 아버님은 부족증으로 돌아가셨다네. 부족증은 몸보신밖에는 따로 약이 읎는 거라 온갖 보약과 보신에 이롭다는 음식만 골라 늘 장복하셨건만도 워낙 비위가 약하신지라 살모사나 구렁이 따위는 해드릴 엄두를 못 내었다네. 그러는 사이에 병세가 기울어 오늘내일 하는 판국에 구렁이가 어느 날 사랑마당까지 기어 나와 할아버님 안전에 또아리를 틀고 있더라지 뭔가? 맏자식을 앞세우는 비운을 면할 기적 같은 걸 바라고 계시던 할아버님 눈에 그게 하늘이 내린 상약으로 비친 것을 누가 탓하겠는가. 할아버님은 언년 아범을 급히 불러 그 구렁이를 때려잡게 하셨고 마당에 솥을 걸고 고와서 거의 사경의 병자 입에 흘려 넣어보았지만 끝내 회생하시지 못허셨지."

"그러면 터구렁이를 그때 이미 때려잡았으니 여기에 구렁이가 나올 까닭이 읎지 않겠시니까."

"정작 이야기는 그 다음부터라네. 아버님 장삿날 또 한 마리의 구렁이가 바깥마당까지 기어 나와 상여가 떠날 때까지 지켜보고 들어가는 걸 수많은 문상객들이 다 보았다네. 할아버님이 때려잡은 구렁이의 아내나 남편이라고도 하고, 에미나 자식일 거라고도 하고, 사람마다 추측은 구구했지만, 한결같이 간담이 서늘해졌다고 하더군. 그러니 그 일을 저지른 할아버님의 심정이 오죽허셨겠나. 우리 할아버님처럼 생각이 깊으시고, 일에 앞서 꾀허기를 열 번 스무 번도 더 허시는 어른도 그런 돌이킬 수 없는 실수를 허셨으니 딴사람들이야 나무라고 원망해 무엇 하겠나."

"실수와 후회를 되풀이하는 게 인간사 아니겠시니까?"

"아무리 그렇더라도 할머니가 허신 일만은 내 결단코 용서헐 수 읎네."

"네? 아기씨. 그게 무슨 말씀이오니까?"

"아, 아닐세."

실상 태임이는 그 소리를 혼잣말로 입안에서 중얼거린 데 불과했다. 그러나 종상이는 그 말을 똑똑히 알아들었고 강릉골에서 해주댁한테 머릿방 아씨가 우물에 빠져 죽은 까닭을 처음 들었을 때와 다름없는 충격을 맛보았다. 태임이는 할머니가 민란이 날 거라는 소문으로 며느리를 위협해 그 지경을 만들고 마침내 죽게 한 것까지만 알고 있을 것이다. 만약 난리가 할머니가 지어낸 소문이 아닌 근거 있는 거였을 뿐 아니라 그 주모자가 종상이라는 걸 알면 얼마나 놀랄까. 그런 경우 태임이하고는 평생 원수지간을 못 면할 생각을 하고 종상이는 두려워서 어쩔 줄을 몰랐다. 거기까지 달려온 것은 그날 밤 전씨가가 당할지도 모를 화로부터 태임이만은 안전케 하고 싶은 마음과 머릿방 아씨의 불행의 책임이 자기에게도 있었음을 태임이에게 고백하고 용서를 구하고자 하는 마음과 반반씩이었는데 그럴 용기가 나지 않았다. 사람은 왜 용서받을 수 없는 실수를 저지르면서도 그 당장은 그걸 짐작도 못할 만큼 미련한가. 그러고도 걸핏하면 만물의 영장이라고 뽐내기를 좋아하니 얼마나 가소로운가. 종상이는 태임이에게 못할 노릇을 한 자신이 꼴 보기 싫은 걸로 인간들을 한데 싸잡아 혐오하면서 더욱 초췌한 혼란에 빠졌다.

"안방마님이 정말 많이 편찮으시니까요?"

종상이는 자신의 뒤죽박죽을 태임이한테 들릴까 봐 짐짓 점잖게 아까 한 인사성을 되풀이했다.

"쉬 돌아가시면야 복 좋다고들 하겠지만 아마 그렇게는 안 될 걸세. 못할 노릇 하신 것만큼 거두고 가시려면 아직아직 멀었을 걸세."

태임이가 잔뜩 앙심 먹은 소리로 종알댔다. 섬뜩해진 종상이는 급한 불을 끄듯이 허둥대며 말했다.
"아기씨, 무슨 말씀을 그리 박절하게 허시니까. 아기씨 신세를 생각하셔서라도 그 어른이 하루빨리 쾌차허셔서 오래오래 사셔야 합니다요."
"자네, 나를 능멸허려고 이 밤중에 예까지 왔는가?"
 태임이 목소리가 파르르 떨리면서 발딱 일어섰다. 앉았을 때는 방구리만밖에 안 하던 그녀가 일어서니 늘씬하고도 호리호리했다. 소슬한 가을 야기가 소복을 휘감아 그녀의 나굿하고 부드러운 몸매를 드러냈다. 오랫동안 어둠에 익은 눈에도 그 선은 분명하지 않고 몽롱했다. 하여 더욱 그의 상상력을 자극했다. 그는 마음과 관능이 함께 세차게 전율하는 걸 느꼈다. 그런 느낌은 생전 처음이었다.
"아, 아니올시다요, 아기씨."
 침이 마른 입 속에서 혀가 끈끈하니 말을 잘 듣지 않았다.
"그럼?"
"오늘 밤 개성 부내에 한바탕 큰 소란이 있을 듯해설라므네⋯⋯. 전지전청으로 얻어들은 바에 의할 것 같으면 관아뿐 아니라 부내에 이름난 부자 댁도 몇몇은 오늘 밤새 무사치 못할 듯해설라므네⋯⋯."
"자네 왜 그리 더듬나? 답답하게."
"더듬긴요. 그래서 주인댁은 더구나 부녀자들만 사시기에 미리 연통을 해드릴려구요. 설마 상인의 식구를 해치지야 않겠지만 노략질은 안 당하란 법 읎겠기에……."

"드디어 동학당이 송도까지 몰려오는가 보네그려."

태임이는 놀라기는커녕 호기심으로 눈을 반짝이며 목소리가 탄력있어졌다.

"아, 아니올시다요. 그렇게 대단한 무리들은 못 되옵고, 이 지방에서 일어난 오합의 무리일 것이옵니다요. 요즈음 세상 만난 화적떼들입죠."

"거, 별난 도적들도 다 있네그려?"

"네? 아기씨."

"안 그런가? 무슨 도적들이 도적질 들어갈 집에 미리 연통을 한다던가?"

"연통을 하다니요?"

"자네가 지금 나한테 연통을 허구 있지 않은가?"

태임이의 총명한 눈에 파리끼하니 날이 서면서 종상이를 노려보았다. 만약 오랜 시간 어둠이 눈에 익지 않았다면 지척도 분간 못 하게 굴뚝 모퉁이는 어두웠다. 젊은이다운 과민한 감각과, 연모가 싹트는 이성간의 풍부한 상상력으로 서로를 보고 있는 것이지 시력으로 보고 있는 것이 아니었다. 그럼에도 불구하고 종상이는 자신의 오장육부로부터 털끝까지 백일하에 폭로당해 태임이 눈앞에 펼쳐진 것처럼 느꼈다.

"도대체 자네허구 그 화적 떼완 어떤 관곈가? 바른 대로 대게. 어름어름 넘어갈 일이 아닌 것 같네. 또 넘어갈 내도 아니고. 똑똑히 들어 두게. 난 우리 할머니나 어머니허군 달라. 소문만 듣고 경망스럽게 굴지도 않으려니와 아무리 집안에 남자가 귀하다고 해도 자네한테 빌붙지도 않을 걸세. 자네가 설사 그 화적 떼의 두목이라 해도 말일세."

태임이의 목소리가 하도 당차서 종상이는 숨이 멎을 것 같았다. 그는 거의 궁지에 몰린 쥐가 고양이에게 대들듯이 자초지종을 불기 시작했다. 처음엔 자포자기한 마음으로 다소 위악도 부렸건만 곧 편안하고 정직해졌다. 자신의 말이 겉돌거나 곡해되지 않고 순탄하게 스미고 있다는 걸 곧 느낄 수 있었기 때문이다. 일의 발단은 종상이가 억울한 누명을 쓰고 관가에서 죽지 않을 만큼 얻어맞고 누워 있던 행랑방에서부터 비롯됐고, 그 시절의 종상이를 영웅처럼 우러른 적이 있는 태임인지라 말귀가 빨랐다. 언외로 더 많이 말하고, 더 많이 알아듣는 것 같은 야릇한 기쁨도 맛보았다. 그가 주모자를 승낙한 대목에선 우쭐했고, 한양 가 있는 동안 동무들이 분열하고 변질한 대목에선 낙심했고, 그동안 집단의 행동이 제도적인 악을 응징하는 데 과연 어느 만큼 쓸모가 있을 것인가를 놓고, 얼마나 고뇌롭게 갈등해왔나를 이야기할 때는 자기과시욕으로 말이 청산유수처럼 유창해지기도 했다. 그러나 동무들을 배반하고 여기까지 달려오게 한 결정적인 계기가 된 것이 그가 주동한 모의의 소문이 머릿방 아씨를 죽게 하는 데 이용됐다는 걸 들었을 때라고 말할 때 그는 거짓 없이 진국스러워졌다. 나중에 진국스러워진 건 참 잘된 일이었다. 다 듣고 난 태임이의 그 깔끔한 눈빛에 얼핏 추파 같은 게 어리어 종상이는 가슴이 짜릿했다. 그러나 숨김없이 아뢨으니 믿어 달라는 말로 변명을 끝마친 종상이는 모멸감을 느꼈다. 왠지 떳떳지가 못했다.

"자네에게 부탁이 하나 있네. 믿거라 허구 허는 부탁이니 꼭 들어줘야 허네."

태임이가 간곡하게 말했다. 그러나 여전히 똑 떨어진 '허게'가 종상이에게 아무것도 달라진 게 없다는 새삼스러운 낭패감을 안겨주었다. 안에서 판수 경 읽는 소리가 경풍 들린 것처럼 빨라지고 덩달아 집 안 구석구석에 괸 불길이 파문을 일으키는 것 같아 두 사람은 잠시 말을 끊고 숨을 죽였다.

"어드런 부탁이니까?"

이윽고 종상이는 퉁명스럽게 물었다. 한 짐 벗은 것처럼 개운해진 반면 알 수 없는 부아가 치밀고 있었다. 사람의 속이란 제 속이건 남의 속이건 겹겹이가 무궁무진해서 다음 일어날 일을 헤아릴 수 없는 건 마찬가지인 듯하였다.

"나에게 동생이 하나 생겼다네."

"예?"

"바라고 바라던 사내동생이라네."

태임이는 몸을 방구리만큼 오그리고 손가락으로 땅에다 뭔가를 그렸다 지웠다 하면서 바스라질 듯 메마른 소리로 말했다. 말뜻을 잘못 알아들은 종상이는 멀뚱멀뚱 이런 태임이를 바라보기만 했다.

"왜 조금도 안 놀라나?"

"아, 네?"

"그 소문까지 벌써 퍼진 게로군 그래."

"아, 아니올시다. 금시초문이올시다."

"근데 왜 안 놀라나?"

태임이 마치 떼 잘 쓰는 아이처럼 굴었다.

"아, 양자를 들이셨군요? 대를 이으려고."

종상이는 별로 어렵지 않은 수수께끼를 풀고 나서 그것을 낸 상대방에겐 짐짓 어려웠던 척 비위를 맞출 때처럼 무릎을 치며 말했다.

"아닐세. 내 어머니가 낳아주고 돌아가셨다네."

"아기씨도 무슨 그런 말씀을……. 누구라 들을까 봐 겁납니다요."

"이제야 좀 놀라는군."

"어디에 사람 놀래킬 말이 없어서……."

"내가 헐 소릴세."

"네?"

"내가 어디 한두 살 먹은 어린앤가? 돌아가신 어머니를 욕보여서 자네를 놀래키는 실없는 장난을 허게."

"그러면……."

"정말일세. 내 어머니는 동생을 낳아주기만 했고, 그 아이를 나에게 전해준 건 할아버님이셨다네."

"무슨 말씀이신지요?"

"그전에 한 가지 짚고 넘어가야 헐 일이 있네. 내 어머니가 돌아가신 건 자네들 탓이 아니네. 억지로 탓을 하자면 다 익어 연시가 된 감이 나무에서 떨어질 적에 어찌 살짝 바람 한 점이 읎었겠나. 그러나 바람이 읎어도 감은 떨어지고야 말았을걸. 과부가 애를 낳은 걸 시어머니한테 들켰으니 어찌 살아남길 바라겠는가. 내 어머니는 그러구두 살아남길 바랄만큼 구질구질하지가 못했다네."

태임이는 비정하리만큼 싸늘하게 말했다. 태임이의 눈앞에 중천에 떠오른 햇살이 우물 한가운데로 꽂힐 때를 기다렸다가 산발한 머리와 펼친 옥색치마로 우물 안을 하나 가득 채우고 떠오른 어머니의 주검이 선연하게 떠올랐다.

"그 아이는 관옥 같다고 하시더군."

별안간 태임이의 목소리에 부드러운 정감이 서렸다.

"네?"

"할아버지께서는 그 아이를 손수 가 보셨다네, 고마우시게도……."

"아기씨는요?"

"난 아직 못 봤지만 눈에 선하다네, 그 아이는 관옥 같다네."

"그 아이의 거처는 알아놓으셨시니까?"

"여부가 있나? 그 아이는 내 거라네. 할아버지가 그 아이를 내게 주고 가신걸. 난 아직 그 아이를 보지는 못했지만 나만이 그 아이를 가질 수 있는 신표를 가졌다네."

태임이의 목소리가 점점 잠꼬대처럼 몽롱해져서 듣다 못한 종상이는 벌컥 역정을 냈다.

"아기씨, 그 아이는 장난감이나 재물이 아닙니다요. 시집도 안 간 처녀가 그 아이를 가지시다니 말도 안 되는 소립니다요. 아기씨 전정도 생각허셔야지요."

"그 아이가 물건이 아니란 걸 내가 모를 줄 아나? 그 아이가 얼마나 애물이라는 것도 안다네. 할아버지도 어머니도 그 아이헌테 지고 말았지만 난 그 아이를 이길 걸세. 관옥 같은 그 아이를 헌헌장부로 키울 걸세."

"시집은 안 가시고요?"

"그 아이를 데려다가 눈치 보지 않고 떳떳하게 키울 수 있는 자리가 생기면 모를까 그렇지 않으면 안 가도 그만이네."

"지금 있는 데가 어디멘지 그렇게 편치 않은 덴감요? 의향만 있으시다면 딴 데를 알아볼 수도 있겠는데요."

"아닐세. 할아버지 보시기에 더할 나위 읎이 좋은 데라고 허셨으니 틀림이 읎을 걸세. 그 아이에겐 이 세상에 같은 핏줄이 나 하나밖에 읎다는 걸 유념해주게. 내가 자네한테 부탁허구 싶은 것도 내가 직접 그 아이를 돌볼 수 있을 때까지 가끔이라도 좋으니 그 아이네와 연통하는 일을 맡아주었으면 허는 걸세."

"연통을 한다면 돈 심부름 같은 걸 일컬으시니까?"

"아닐세. 그건 할아버지께서 벌써 넉넉하게 마련해주셨다네. 고마우시게도. 난 다만 그 아이나 그 아이를 맡아 기르는 사람들이 그 아이의 뒤에는 돈줄 말고도 핏줄도 숨어 있다는 걸 느끼게 해주고 싶을 뿐이라네. 자네라면 그 일을 해줄 수 있지 않겠나. 나의 부탁을 들어주게나."

"혹시, 혹시 말입니다요……."

종상이는 운만 떼고 망설였다.

"무슨 말을 허구 싶은가? 못하겠단 소리만 아니라면 망설이지 말고 말하게나."

"혹시 그 아이의 아버지가 누군지 알아놓지 않았나 해서요."

"그건 알아 뭘 허게? 그 아이는 내 거라고 허지 않았나."

태임이가 날카롭게 말했다. 종상이는 뭐라고 대들려다 말고 입을 다물었다. 그리고 쉿 손가락으로 입 다물라는 시늉을 하면서 귀를 세웠다. 판수 경 읽는 소리하곤 또다른 소리를 들었기 때문이다. 멀리서이기는 하지만 그건 분명히 우렁찬 함성이었다. 한밤의 함성이 곤히 잠든 송도의 밤을 흔들고 있었다. 어둠이 잔물결을 일으키며 종상이한테 와 부딪혔다. 종상이는 부르르 몸을 떨었다. 들릴 듯 말 듯한 함성에 재빠르게 영합해서 아우성치는 그의 젊은 피가 그의 귀를 먹먹하게 했다.

머릿방 굴뚝 모퉁이는 정서향이었다. 관아가 있는 서쪽 하늘에 때 아닌 연싯빛 노을이 지는 걸 곧바로 바라볼 수가 있었다. 어디선지 발자국 소리도 들렸다. 아이 울음소리와 여인네의 비명 소리도 들렸다. 한 떼의 웅성거림과 다급한 발자국 소리가 바로 담장 밖을 지나는 소리도 들렸다. 집집마다 깨어나 숨죽이고 귀 기울이는 기척까지 들리는 듯했다. 종상이가 생각하고 망설이고, 망설이고 생각하느라 미루고 미루던 일이 마침내 그와는 상관없이 행동으로 옮겨지고 있었다. 불이야, 하는 비명과 함께 바로 지척에서 횃불처럼 타오르는 불길도 보였다. 오랫동안 독자적인 번영을 누리며 팔도의 소요와 민란과 드센 개화 바람을 빗장 걸고 문밖의 일로 좌시하던 이 폐쇄적인 고장이 마침내 모진 풍랑에 흔들리고 있었다.

"걱정 말게나. 자네가 우리 집을 생각해서 미리 연통까지 해준 건 고맙네만 아무 일 읎을 걸세. 판수가 귀신은 못 쫓아도 도적쯤은 쫓을 수 있을 걸세. 대문 열어놓고 불 밝히고 밤새도록 경 읽는 집에 도적이 들지는 못할 테니까. 집안 식구뿐 아니라 하인들도 다 깨 있고 사랑엔 삼촌들도 와 있으니 제까짓 좀도적들이 감히 넘보진 못헐 걸세."

종상이의 고뇌로운 태도를 태임이가 어떻게 이해했는지 이렇게 좋은 말로 위로까지 했다.

"좀도적이라뇨?"

종상이는 그 말에 역력히 불쾌해지면서 언성을 높였다.

"정작 큰일헐 친구들은 다 빼앗기고 자네들은 곁다리로 부자들 집이나 털고 보자고 했다니 좀도적이 아니고 뭔가?"

태임이가 하얗게 이를 드러내고 비웃었다.

나는 왜 여기 와 있나. 동무들이 좀도적이라면 나는 뭔가? 좀도적만도 못한 배반자가 아닌가.

종상이는 그가 거기 있다는 게 마치 타의에 의한 것처럼 이해할 수가 없었고 덮어놓고 억울했다. 그리고 한때 생각이 지나쳐 행동을 미루고, 행동의 앞뒤를 미리 재다가 회의에 빠져 드디어 행동에서 이탈하게 된 경위를 잊어버린 양 그와는 무관하게 저질러지고 있는 행동에 피 끓는 선망을 느꼈다. 생각이 지나치다 보니 성과에 대한 전망이 뚜렷하지 않은 행동이 무의미해 보였듯이 행동이 빠진 생각 역시 무의미해 보였다. 아니 무의미한 것보다 더 나빴다. 자신이 이렇게까지 비천해 보이긴 생전 처음이었다. 관가에서 실컷 얻어맞고 버러지처럼 땅을 기다가 시궁창에 머리를 박고 구정물을 핥을 때도 이렇게까지 자신이 비천한 줄은 몰랐다. 스스로를 비하할수록 멀리 가까이서 들리는 함성은 더욱 싱그러워졌다. 괴로움이 극도에 달한 그는 두 손으로 머리털을 쥐어뜯었다.

"왜 그러나? 도대체 무슨 일인가?"

그의 태도가 심상치 않다는 걸 눈치챈 태임이가 다급하게 물었다.

"몰라 나도 모르겠어. 나는 저들보다 생각이 깊고 그래서 저들보다 한 수 위라고 생각했는데 그게 아닌가 봐. 저들이 부러워. 내가 너무 못나 보여. 생전 얼굴을 못 들 것 같아. 내가 왜 이러지? 이런 줄은 정말 몰랐어. 부끄러워서 미칠 것 같아."

태임인 그의 돌연한 반말을 탓하지 않았다. 총명하고 예리한 눈으로 한동안 그를 응시했다. 그리고 불쑥 한마디 했다.

"자네 혹시 한양 가서 신식 공부할 생각 읎나?"

종상이는 말귀를 못 알아들었는지 한동안 멍청히 있다가 "옛?" 하고 큰소리로 반문했다.

"신식 공부는 내가 꼭 허구 싶은 거였는데 대신 자네한테 시키고 싶어졌네."

"여자가 신식 공부를요?"

"내 말이라면 뭐든지 들어주시던 할아버님께서도 그 소원만은 응석으로 알고 상대를 안 해주셨지. 내가 보통 아녀자처럼 살지 말고 신사임당이나 그런 여자처럼 특출하게 살기를 바라셨건만도 신식 공부는 엄두가 안 나셨나 봐. 이젠 내가 엄두가 안 나네. 여기서 헐 일이 많거던. 이재理財)도 신식 공부 못지않게 헐 만한 일이라고 생각하네. 자네 공부시키는 것도 이재가 아니겠나?"

태임이가 활짝 웃었다. 아름다운 얼굴이었다. 종상이는 태임이의 얼굴과 신식 공부가 함께 눈부셔서 둘 다 직시할 수가 없었다.

(2권에 계속)

미망 1

초판 1쇄 발행 2012년 1월 22일
초판 8쇄 발행 2022년 11월 16일

지은이	박완서
펴낸이	최동혁

기획위원	권명아·이경호·호원숙·홍기돈
기획본부장	강훈
영업본부장	최후신
기획편집	강현지·오은지·조예원·한윤지
디자인팀	유지혜·김진희
마케팅팀	김영훈·김유현·양우희·심우정·백현주
영상제작	김예진·박정호
물류제작	김두홍
재무회계	권은미
인사경영	조현희·양희조
북디자인	오진경

펴낸곳 (주)세계사 컨텐츠 그룹
주소 06071 서울시 강남구 도산대로 542 8, 9층 (청담동, 542빌딩)
문의 plan@segyesa.co.kr
홈페이지 www.segyesa.co.kr
출판등록 1988년 12월 7일 (제406-2004-003호)
인쇄 예림인쇄
제본 다인바인텍

ⓒ 박완서, 2012, Printed in Seoul, Korea

ISBN 978-89-338-0188-8 (04810)
ISBN 978-89-338-0173-4 (세트)

- 저자와 협의하여 인지를 붙이지 않습니다.
- 책값은 뒤표지에 표시되어 있습니다.
- 이 책 내용의 전부 또는 일부를 재사용하려면 반드시 저작권자와 세계사 컨텐츠 그룹 양측의 서면 동의를 받아야 합니다.